KNAUR

Über die Autorin:
Valerie Colberg, geboren 1981 in Schleswig-Holstein, malt Bilder und erfindet Geschichten, seit sie sich erinnern kann. Ihre Begeisterung für antike Sagen brachte sie zum Studium der Literaturwissenschaft und Alten Sprachen. Valerie Colberg lebt und arbeitet in Norddeutschland.

Valerie Colberg

Talvars Schuld

Roman

KNAUR

Besuchen Sie uns im Internet:
www.knaur.de

FSC
www.fsc.org
MIX
Papier aus verantwortungsvollen Quellen
FSC® C083411

Originalausgabe Februar 2017
Knaur Taschenbuch

Ein Imprint der Verlagsgruppe
Droemer Knaur GmbH & Co. KG, München

Redaktion: Martina Vogl
Umschlaggestaltung: ZERO Werbeagentur, München
Umschlagabbildung: FinePic®, München / shutterstock
Satz: Adobe InDesign im Verlag
Druck und Bindung: CPI books GmbH, Leck
ISBN 978-3-426-51434-4

2 4 5 3 1

Prolog

Kessel, im Jahr 428 nach dem Tyrannenmord

Der Regen ist so stark, dass das gurgelnde Wasser unter dir den Boden fortspült und dich ins Straucheln bringt. Der Sturm greift nach dir; um nicht weggerissen zu werden, klammerst du dich an einem Baum fest, du presst das Gesicht gegen die Rinde, und dein Herz schreit, während dein Verstand noch nicht erfasst hat, dass dich der Hammer der Geschicke zu Boden geschmettert hat.«

Talvar klammerte sich an dem Baum fest, presste das Gesicht gegen die Rinde, und sein Herz schrie, während sein Verstand noch nicht einmal erfasst hatte, dass er ein geschlagener Mann war. Regentropfen trafen sein Gesicht, Wasser lief in seine Augen, und wenn er den Kopf hob, um nach seinen Truppen Ausschau zu halten, sah er nichts außer wirbelndem, grauem Chaos. Der Regen fiel so dicht, dass er nicht einmal die Flanken der nahen Berge erkennen konnte. Mit einem Schlag hatte sich die strahlende, goldgelbe Welt der Insel Kyma in ein Reich der Finsternis verwandelt, in dem alle vergessenen Wettergötter verrückt spielten. Er war allein und hilflos. Wenn er seine Soldaten nicht wiederfand, würde er ein ebenso rasches Ende finden wie die vorige Kommandantin – all sein Erfindungsreichtum nützte ihm dann auch nichts mehr.

»So müsst Ihr es Euch vorstellen, verehrte Richter. Aber auch in dieser Lage besann sich der Angeklagte darauf, wer er war, besann sich auf die Leistungen seiner Vorfahren; und er dachte keinen Moment an Rückzug. Vor seinen Augen standen die Gesichter der ehrwürdigen Ratsmitglieder, und im Geiste spürte er ihre prüfenden Blicke auf sich ruhen.«

Talvars Kopf war nur noch mit einem Gedanken erfüllt: Rückzug! Er wusste, dass das dem Rat in seiner Heimatstadt nicht gefallen würde. In den Windböen glaubte er die gehässigen Stimmen der Ratsmitglieder zu hören, im Geiste spürte er schon jetzt ihre prüfenden Blicke auf sich ruhen. Rückzug galt als keine Option, erst recht nicht gegen eine Stadt voller Kunsthandwerker, die angeblich nur mit dem Malerpinsel und dem Meißel eines Bildhauers, nicht aber mit der Klinge umgehen konnten. Was aber nützte ihm ein ehrenhaftes Ende, wenn das bedeutete, dass er tot war?

Er musste sich in Sicherheit bringen, ehe ihn der Feind entdeckte. Wie hatte er nur von seinen Männern und Frauen getrennt werden können? Wenn sie nicht lebensmüde waren – und er ging davon aus, dass sie es nicht waren –, zogen sie sich zu den Schiffen zurück, sicherten dort die Stellung und verschwendeten keinen Gedanken daran, nach ihrem Kommandanten zu suchen. Dort, bei den Schiffen, würde er sie finden. Doch wie sollte er zum Strand gelangen? Das Unwetter ließ nicht einmal den Stand der Sonne erahnen, an dem er sich hätte orientieren können.

Talvar holte tief Atem, wartete, bis das Gebrüll des Sturms einen Moment lang nachließ, löste sich dann von dem Baum und stolperte in den heulenden Zorn der Elemente hinaus. Nach der kurzen Atempause ballte der Sturm erneut die Faust und hieb sie ihm mit brutaler Gewalt in den Rücken. Talvar wurde von den Füßen geschleudert und rollte über den lehmigen Boden. Seine Seite schmerzte heftig, wo er aufgeprallt war. Auf die Beine kam er nicht wieder, sosehr er es auch versuchte. Erbarmungslos pressten ihn die Winde und der Regen nieder. Die Zähne zusammengebissen, kroch er auf Händen und Knien weiter, fort von dem Baum, der ihm nun keinen Schutz mehr bieten konnte. Zum Meer, irgendwie musste er zum Meer gelangen. Hoffentlich stimmte die Richtung.

»Und als er den Feind erblickte, zögerte Sotan Talvar daher keinen Augenblick. Er besann sich auf die Tapferkeit der Sippe Sotan und Lira, zog blank und stürzte sich auf den Anführer der Inselleute, um ihn zu durchbohren.«

Talvar bemerkte den Feind erst, als er bis auf wenige Schritte heran war, eine Gruppe von vielleicht zehn Kämpfern. Im niederstürzenden Regen sahen sogar die Kymaner in ihren bunt bemalten Leinenrüstungen aus wie Geister vom Schattenfluss. Auch sie hatten Mühe, sich im Sturm aufrecht zu halten. Einer hob die Hand, um dennoch seine Lanze zu schleudern, aber der Anführer, ein großer, schlanker Mann, hielt ihn zurück und ging mit gezückter Klinge auf Talvar zu. Regen lief in Strömen von seinem Bronzehelm und rann ihm übers Gesicht. Auch von der Schwertklinge perlte er ab. Die Klinge richtete sich auf Talvar.

»Gnade!«, brachte er in der Sprache der Inseln hervor. Er hob den Kopf, doch er konnte keinen Blickkontakt herstellen. Der Helm des Gegners verbarg das Gesicht und umschattete die Augen. »Ich will euch eure Statuen und Kübel und all die Sachen zurückgeben, aber bitte tötet mich nicht!«

Trotz des Rauschens ringsum hörte er, wie einer der Inselleute grimmig wiederholte: »Kübel.«

Talvar gab sich keinen Illusionen hin. Selbst wenn sich die Inselleute überreden ließen, sein Leben vorerst zu schonen, erwartete ihn in der Gefangenschaft früher oder später doch der Tod. Einen einfachen Soldaten würden sie vielleicht laufen lassen, nicht aber den Kommandanten. Ihre Feindschaft war nicht jung genug für wirklich große Gesten. Vielleicht wussten sie jetzt noch nicht, dass er der Kommandant ihrer Gegner war. Es würde aber gewiss nicht lange dauern, bis sie es herausfanden.

Die Schwertspitze vor Talvars Gesicht senkte sich langsam.

»Gebt Ihr uns Euer Wort, Kessler, uns ohne Gegenwehr in die Gefangenschaft zu folgen?«, fragte der Kymaner.

»Ja, ich schwöre.«

»Dann legt eure Waffe ab und steht auf!«

Während Talvar mit glitschigen Händen an der Schnalle seines Schwertgurts herumzerrte, beobachtete er die Inselleute aus den Augenwinkeln. Seit er gesagt hatte, dass er sich ergeben wollte, wirkten sie deutlich entspannter. Sie alle waren so jung wie ihr Anführer, einige mit ihren rundlichen Kindergesichtern unter den Helmen vielleicht noch jünger, und Talvar erkannte, dass sie sehr wenig Erfahrung im Kampf haben mussten. Dieser Krieg hatte die Insel dazu gebracht, alles auf ihre Schlachtfelder zu speien, was eine Waffe tragen konnte.

»Ich bekomme dieses Ding nicht auf«, sagt er und zeigte seine lehmverschmierten Hände, »helft mir bitte!«

»Das Gefecht, das sich jetzt entspann, hätte einem Mann vom Format des Tyrannenmörders Selvid Silar zur Ehre gereicht. Sotan Talvar kämpfte wie ein Löwe – nicht um sein Leben, aber für den Ruhm unserer Stadt. Obwohl ihm die Gegner zehn zu eins überlegen waren, erschütterte sein Mut ihre empfindsamen Künstlerseelchen so sehr, dass er sie mehr und mehr zurückdrängen konnte.«

Bei den »empfindsamen Künstlerseelchen« flog ein gedämpftes Lachen über die Menge hinweg, zum ersten Mal, seitdem Talvars Redner seine Verteidigung begonnen hatte.

Tatsächlich beugte sich der Anführer zu Talvar hinab, und in diesem Augenblick zerrte Talvar sein Schwert aus der Scheide, um es ihm in den Bauch zu rammen. Die Klinge prallte zwar am Brustpanzer ab, glitt aber in den Oberschenkel des Mannes, und sein Geschrei übertönte das Unwetter. Talvar wusste selbst nicht, wie es ihm gelang, auf die Beine zu kommen, und er verlor keine Zeit damit, zu überprüfen, wie schwer er den Feind verletzt hatte. Er nutzte den Moment, in dem der Anführer und seine Leute von der Überraschung gelähmt waren, um wegzurennen. Auf der Stelle riss der Sturm sein Maul auf und verschlang ihn von Neuem. Die Kymaner waren verschwunden hinter einem Regenvorhang, und Talvars Stiefel suchten Halt auf dem nachgiebigen Boden. Er durfte nicht noch einmal stürzen!

Dann, plötzlich, sah er das Meer vor sich. Ein Berghang wich zur Seite, und dort war es, selbst bei der schlechten Sicht deutlich zu erkennen: die unendliche, sturmgraue Masse mit ihren weißen Wogenkämmen. Erleichterung ließ Talvars Knie weich werden. Er sah das abschüssige Ufer, wusste, dass die Schiffe in der Nähe gelandet sein mussten. Kymas Küste bestand fast überall aus steilen Felsklippen, und sie hatten lange nach einer geeigneten Stelle zum Anlegen suchen müssen. Jetzt war er gerettet. Seine Soldaten konnten nicht weit sein.

Talvar sammelte all seine Kraft und rannte auf das Ufer zu. Kein Weg war zu erkennen, aber das war ihm gleichgültig – nur noch wenige Schritte, dann war er in Sicherheit.

»In einer gewagten Attacke war es Sotan Talvar gelungen, dem Anführer der Inselleute das Schwert aus der Hand zu schlagen. Nun wollte er zum tödlichen Stich ansetzen, da bediente sich der Gegner eines unehrenhaften Manövers und griff ihn mit dem Schild an. Wie eine Waffe gebrauchte er ihn, stieß ihn dem Unglücklichen ins Gesicht – einen Schild aus Holz mit einem bronzenen Buckel. Nur Todesangst konnte dem Mann eine solche Kraft verleihen. Sicher ist, dass Sotan Talvar keine Möglichkeit mehr hatte, sich noch weiter zu wehren: Der Angriff zerschmetterte ihm die Knochen, und er brach zusammen wie ein Baum, den die todbringende Gewalt des Blitzes niederstreckt.«

Plötzlich geriet Talvar erneut ins Straucheln. Ehe er wusste, was geschah, sackte der Boden unter ihm ab, löste sich auf in Schlamm und kleinen Steinen; und unter seinen Sohlen war nichts mehr. Noch während er stürzte, begriff er, dass er eine Klippe übersehen hatte. Der Regen und sein verzweifelter Wunsch, den Strand zu erreichen, hatten ihn blind gemacht.

Grauer Himmel und Fels schienen sich zu überschlagen. Talvar schrie. Sein Kopf traf gegen etwas Hartes, und ein Strudel feuriger Helligkeit riss sein Bewusstsein mit sich.

»Sotan Talvar hatte Glück im Unglück, denn der Feind hielt ihn für tot und ließ ihn liegen. So fanden ihn seine treuen Soldaten wenig später. Sie brachten ihn in Sicherheit. Ihrer Fürsorge hat er es zu verdanken, dass er seine schwere Verletzung überlebte.«

Schmerzen. Unerträglich. Diese Muster aus gleißendem Licht, die durch seinen Kopf sprangen. Es musste aufhören. Gütige Geschicke, lasst das aufhören!

Die Schmerzen begannen sich in der linken Hälfte seines Gesichts zu konzentrieren. Stimmen stachen in seine Ohren, man nannte seinen Namen, seinen Titel: Kommandant Sotan Talvar. Jeder Laut ließ ein stachliges Farbmuster vor seinen Augen aufleuchten und verblassen. Talvar wollte die

Soldaten auffordern zu schweigen, aber er konnte nicht sprechen. Wie ein geschwollener Klumpen lag die Zunge in seinem Mund, auch die Lippen gehorchten seinem Willen nicht. Nun spürte er die Hitze, die in seinem Körper brannte; er erinnerte sich an seine Flucht, an seinen Sturz von der Klippe.

Etwas Kühles berührte seine Stirn, tastete über sein Gesicht, dann strömte Tageslicht in seine Augen. Jemand zog ihm ein Lid hoch. Er ächzte; die Helligkeit war mehr, als er ertragen konnte. Doch durch den Nebel und die zuckenden Farben sah er in das Gesicht einer vergessenen Göttin. Es war unscharf, aber der Anblick floss direkt in seine Seele und betäubte den Schmerz ein wenig.

»Sein Schädel ist gebrochen«, sagte eine Frau mit einer Stimme, die kühl wie die Dunkelheit war, in der Sprache der Inseln. »Hier über der Schläfe, und noch einmal mehrfach hier, am Wangenknochen. Wenn ich ihn operiere und die Knochen richte, kann ich sein Leben vielleicht retten.« Ihr Ton verwandelte sich in eisigen Spott, als sie hinzufügte: »Bedenkt alles und urteilt weise. Ich kann nicht davonlaufen, solange meine Knöchel gefesselt sind, zudem habe ich einen Eid geschworen, allen Kranken nach besten Kräften zu helfen. Nicht zuletzt wird Euer Kommandant mit Sicherheit sterben, wenn Ihr mich nicht meine Arbeit verrichten lasst.«

Talvar hatte die Stimme bereits beim ersten Wort erkannt. Es war die Heilerin, die sie vor wenigen Tagen gefangen genommen hatten, als sie sich auf dem Weg in die Hauptstadt von Kyma befand. Er hatte bis zu diesem Tag nie eine schönere Frau gesehen. Sie hatte behauptet, am Abend einen Vortrag in der Stadt halten zu wollen, und wer sie daran hindere, begehe ein Verbrechen an der Wissenschaft selbst. Wenn sie ihm zu Willen sei, hatte er zu ihr gesagt, werde er sie freilassen, und sie werde nicht einmal zu spät zu ihrem Vortrag kommen.

Nun war es gut, dass er sein Wort nicht gehalten hatte – als hätte er geahnt, dass er bald nichts so dringend benötigen würde wie eine fähige Heilerin. Er konnte nur hoffen, dass ihr der Eid tatsächlich so heilig war, wie sie eben behauptet hatte, und sie die Gelegenheit nicht nutzte, um Rache zu üben, wenn seine Leute ihr die Fesseln lösten.

»Über lange Wochen hinweg, ja, monatelang trieb der Feldherr zwischen Leben und Tod dahin, und schließlich siegte seine robuste Kessler Natur, das Erbe seiner Familie. Doch die Erinnerung an den verzweifelten Kampf, den er gegen die Kymaner ausgefochten hat, wird ihm immer ins Gesicht geschrieben bleiben, mit dem Griffel der Geschicke, wenn ich das so sagen darf. Seht selbst!«

Bei den Worten des Redners zuckte Talvar unwillkürlich zusammen. »Nein! Das war nicht vereinbart …«

Doch Velmarun, sein Verteidiger, hatte sich bereits zu ihm hinabgebeugt, zog ihn mit sanfter Gewalt auf die Füße und stützte ihn, als er sich im ersten Moment nicht aus eigener Kraft aufrecht halten konnte. Anschließend führte er ihn direkt vor die Pulte der Richter, vor die Augen der versammelten Menge. »Vertrau mir, Talv«, flüsterte er ihm zu. Ehe Talvar antworten konnte, schlug ihm Velmarun mit beiden Händen die Kapuze zurück. »Überzeuge dich, ehrbare Talika Vara«, wandte er sich mit gedämpfter Stimme an die Vorsitzende des Gerichtshofs. »Jeder, der ihn ansieht, wird erkennen, dass Sotan Talvar bis zum Äußersten gekämpft hat. Mit einer so schweren Verwundung wäre es niemandem gelungen, die Niederlage in einen nachträglichen Sieg zu verwandeln – nicht einmal Selvid Silar selbst.«

Die Augen der Vorsitzenden weiteten sich, als sie Talvar ins Gesicht blickte, dann wandte sie rasch den Kopf zur Seite. Ihre Kollegen reagierten nicht anders, und Talvar sah, wie einer von ihnen verstohlen mit der Linken das Schutzzeichen gegen übelwollende Geister formte. Unfähig, sich zu rühren, stand er da, bis Velmarun ihm sacht eine Hand auf die Schulter legte und ihn zu der Menge der Schaulustigen umdrehte. Alle reckten die Hälse, um ihn besser erkennen zu können, und nun lief ein Stöhnen über den Platz. Doch unter dem Mitgefühl verbarg sich die Abscheu mehr schlecht als recht, und zum ersten Mal seit seiner Verwundung wünschte sich Talvar, tot am Fuß dieser verdammten Inselreichklippen zu liegen, anstatt überlebt zu haben.

Mit zitternden Händen tastete er nach seiner Kapuze, doch Velmaruns Griff wurde fester, hielt ihn davon ab, sich wieder zu verhüllen. Schwach, wie er noch immer war, konnte ihm sogar ein Redner mit Leichtigkeit seinen Willen aufzwingen. Talvar hätte seinen Freund umbringen wollen.

»Ja, ein solcher Anblick verschlägt uns die Worte und lässt uns hoffen, dass wir niemals in dieser Weise den Launen der Geschicke ausgeliefert werden.« Velmarun klang, als werde er jeden Augenblick in Tränen ausbrechen. »Ihr könnt Euch wohl vorstellen, wie mir zumute war, als ich meinen besten Freund so wiedersehen musste. Das Herz hat mir geblutet. Aber nicht genug damit! Gleich darauf musste ich erfahren, dass dieser tapfere Mann in seinem Unglück auch noch angeklagt wurde, und das gleich zweier abscheulicher Vergehen, die allein schon sein Familienname ausschließt! Wie sich die feigen Wüstenhunde um einen Löwen sammeln, der eben die Grenzen seines Reviers verteidigt hat und geschwächt ist vom Kampf, so ziehen seine Feinde ihren Kreis um meinen Mandanten enger.« Unvermittelt wurde Velmarun wieder sachlich. »Die Tuvaren werfen ihm nicht nur Beuteunterschlagung vor, sondern darüber hinaus hinterhältigen Mord an seiner Vorgängerin, der Kommandantin Alven Kamaren. Sie waren auch die Ersten, die laut das Wort ›Niederlage‹ geschrien haben. Doch wessen Niederlage? Hat Sotan Talvar nicht das Kommando übernehmen *müssen*, nachdem Feldherrin Kamaren aus der Familie Alven und Tuvar ein Opfer ihres mangelnden taktischen Geschicks geworden war? Den Ablauf der Ereignisse habe ich Euch ja bereits ausführlich dargelegt. Alven Kamaren geriet in eine Falle der Inselleute, die eine Frau mit ihrer Erfahrung eigentlich hätte bemerken müssen …«

Velmaruns Stimme schien leiser und leiser zu werden. Talvar blinzelte. *Nein, nicht schon wieder, nicht jetzt!* Funkelnder Staub rieselte vor seinen Augen nieder, er spürte einen sonderbaren Druck in den Ohren, dann kehrte der Schmerz zurück. Glühender Stahl schien sich hinter seine Augen zu bohren. Er holte tief Luft, doch es half nichts. Die Welt färbte sich grau, zog sich zu einem Tunnel zusammen – einen Atemzug später kippte sie weg.

Als er die Augen aufschlug, kreiste über ihm am Himmel ein einsamer Vogel. Dann war er fort, und an seiner Stelle befand sich Velmaruns Gesicht. Sein Freund lächelte. »Ah, du bist aufgewacht! Als freier Mann, wenn ich es anmerken darf. Die Richter haben dich freigesprochen. Ich habe den Prozess gewonnen!« Stolz lag in seiner Stimme.

Talvar blinzelte. War die Verhandlung nicht eben noch in vollem Gang gewesen? Velmarun hatte ihn vor die Richter geführt und …

»Langsam«, mahnte sein Freund und stützte ihn, als er

sich aufzurichten versuchte. Nun erkannte Talvar, dass er auf einer der Sitzbänke lag, Velmaruns orangefarbenen Umhang zusammengerollt unter dem Kopf. Die Menge hatte sich während seiner Bewusstlosigkeit bis auf wenige Schaulustige weitgehend zerstreut, überwiegend Gefolgsleute seiner Familie drängten sich jetzt noch in einigem Abstand um die Bank. Doch wie befohlen hatte seine Leibwache nur Velmarun in seine unmittelbare Nähe gelassen.

Seine Gefolgsleute übertrafen sich nun in Beteuerungen, wie erleichtert sie waren, ihn wach zu sehen, und streckten die Hände nach ihm aus. Ihre Stimmen schwirrten in Talvars Ohren. Er gab den Männern der Leibwache ein Zeichen, sie weiter zurückzutreiben. Sobald er bemerkte, dass er nicht verhüllt war, zog er sich rasch die Kapuze vors Gesicht.

Missmutig ließ er den Blick über die versammelten Männer und Frauen schweifen. Wenn man bedachte, dass er so schwerer Verbrechen angeklagt worden war, hätten sie in größerer Zahl erscheinen müssen, um ihm beizustehen. Und überhaupt, wo steckten die Mitglieder seiner Familie? Von ihnen entdeckte er nur eine Handvoll, zusammengedrängt im Schatten der Markthalle, den Blick abgewandt. Auch wenn seine Sippe seit Generationen schrumpfte, das war erbärmlich. Midara, seine Ehefrau, war nirgends zu sehen. Vermutlich war sie nach dem Ende des Prozesses als Erste gegangen. Doch Enttäuschung und Zorn machten fast sofort einem Gefühl der Resignation Platz.

»Was ist passiert?«, murmelte er, an Velmarun gewandt.

»Du warst fast eine Stunde lang bewusstlos. Wenigstens hättest du warten können, bis ich mit den Geiernasen von Tuvaren fertig war, jetzt hast du jede Menge Spaß versäumt. Geht es dir denn nun besser?«

»Ja.« Talvars Kopf fühlte sich sonderbar leicht an, als könne er sich jeden Moment vom Hals lösen und in die Luft davontreiben, aber der Schmerz war fast verschwunden. Nur langsam drang die Bedeutung von Velmaruns Worten in sein Bewusstsein. »Ich bin freigesprochen worden? Von beiden Vorwürfen?«

Velmarun half ihm auf die Füße. »Ein Mann wie du könnte niemals einen Mord an einer Mitbürgerin begehen, und Beute zu unterschlagen würde ihm erst recht nicht einfallen.«

Probeweise machte Talvar einige Schritte. Er traute seinen Beinen noch nicht ganz, aber er war froh, dass er inzwischen nicht mehr bei jeder Bewegung auf eine helfende Hand angewiesen war. Leise sagte er: »Ich vermute, du warst gut.«

»Ich war nie besser.« Talvar sah Velmaruns selbstgefälliges Grinsen vor sich, auch ohne sich zu ihm umzuwenden.

»Ich kann mich glücklich schätzen, einen Freund wie dich zu haben. Trotzdem, das hätte nicht sein müssen.«

»Mitgefühl ist eine mächtige Gemütsbewegung. Sie erschüttert die Herzen und lenkt den Lauf der Gedanken in jede gewünschte Richtung. Deine … Verletzung war mein bestes Argument.«

»Du hättest mich fragen müssen, ob du dieses Argument vor Gericht nutzen darfst.«

»Ich kannte deine Antwort, und in diesem Fall wärst du vermutlich nicht hier, sondern im Ratsgefängnis erwacht.«

»Dafür weiß nun ganz Kessel, dass das Oberhaupt der Sippe Sotan und Lira ein entstelltes Monstrum ist, das nicht einmal die Vorsitzende des Gerichts ohne Ekel ansehen kann.« Abrupt wandte sich Talvar zu den Schaulustigen um, die sich in einiger Entfernung versammelt hatten, zu weit weg, um das Gespräch mit anzuhören. Unter der

Kapuze hervor starrte er sie an, bis sie allmählich zurückwichen und sich die Gruppe auflöste.

»Sie wissen, dass du in einem harten Kampf eine schwere Wunde davongetragen hast.«

»Als mich einer der Inselleute mit seinem Schild ins Gesicht schlug.« Talvar rieb sich die Schläfen. Velmarun hatte nur seine Arbeit erledigt, aber noch brachte er es nicht über sich, ihm zu danken. »Ich bin erschöpft. Lass uns nach Hause zurückkehren.«

»Ich mache mir Sorgen um dich, weißt du«, sagte Velmarun, als die Diener die Sänfte schon beinahe bis zu Talvars Stadthaus getragen hatten. Die meiste Zeit hatten sie in vertrautem Schweigen verbracht. Im Inneren der hölzernen Sänfte herrschte angenehmes Dämmerlicht, Vorhänge hielten die Helligkeit fern, und Talvar hatte sogar etwas Schlaf gefunden. »Du bist schon mehrmals einfach bewusstlos geworden, seitdem du … zurückgekehrt bist; von einem Moment auf den nächsten warst du weg. So wie vorhin.«

Mit halb geschlossenen Augen ruhte Talvar in den Kissen. Die Kapuze hatte er zurückgeschlagen. Sonst benutzte er einen Schleier, wenn er sich in die Öffentlichkeit wagte, aber Velmarun hatte ihm davon abgeraten, ihn vor Gericht anzulegen – angeblich, weil Schleier gewöhnlich Witwen vorbehalten waren. Inzwischen vermutete Talvar, dass sein Freund es deswegen getan hatte, weil er sich vom Zurückschlagen der Kapuze einen größeren Effekt auf die Richter und das Publikum versprochen hatte. Sein Körper schmerzte vom langen Sitzen während des Prozesses. »Sismi sagt, das sei nichts Ungewöhnliches nach einer Kopfverletzung. Vielleicht werde ich für den Rest meines Lebens damit zurechtkommen müssen.«

»Sismi«, wiederholte Velmarun säuerlich. »Dieser Frau würde ich nicht weiter trauen, als ich sie werfen kann. Wahrscheinlich kommen diese Anfälle von dem Gift, das sie dir in den Tee mischt.«

»Sie würde mir nie etwas antun, selbst wenn sie wollte. Alle Ärzte der Inselreiche schwören einen Eid, dass sie ihre Fähigkeiten nur zur Unterstützung, nie zum Schaden anderer gebrauchen werden.«

Velmarun schnaubte. »Und das glaubst du? Ich sage dir, vielleicht hätte die Richterin heute nicht so schnell wegsehen müssen, wenn dich damals jemand anderes versorgt hätte.«

»Wenn mich jemand anderes versorgt hätte, wäre ich gestorben. Mein Leben lang werde ich nicht vergessen, dass ich in Sismis Schuld stehe.« Beim Gedanken an die Heilerin dehnte sich in Talvar ein warmes Gefühl aus, wie jedes Mal. Doch jetzt mischte sich Melancholie hinein. »Daher werde ich heute zumindest einen Teil meiner Schuld bei ihr bezahlen und sie freilassen. Ich habe es ihr versprochen, wenn ich den Prozess gewinne.«

»Wenn *ich* den Prozess gewinne, wolltest du wohl sagen. Aber die Frau wegzuschicken klingt nach einer ausgezeichneten Idee. Es wird dir danach gleich wesentlich besser gehen.«

Das allerdings glaubte Talvar kaum.

Die Diener hielten an, und Velmarun half Talvar aus der Sänfte. Obwohl das Stadthaus direkt vor Talvars Augen lag, konnte er noch immer kaum fassen, dass es noch da war – wie immer, als wäre nichts passiert: dieses massige, langgestreckte rot verputzte Haus mit den Blumenbeeten vor dem Eingang. Gelbe, weiße und rosafarbene Blumen waren so gepflanzt, dass sie ein hübsches Muster bildeten, in der sengenden Nachmittagssonne ließen sie jedoch alle die Köpfe hängen. Er erinnerte sich, wie er als kleiner Junge zusammen mit Velmarun in den unzähligen Gängen und Kammern des Hauses Verstecken gespielt hatte. Die Erinnerung schien ebenso verwelkt wie die Blumen vor dem Haus.

»Velman«, sagte er unvermittelt und gebrauchte den alten Kosenamen, den er seit sehr langer Zeit nicht mehr benutzt hatte. »Erinnerst du dich daran, wie es war, als wir jung waren?«

Sein Freund runzelte die Stirn. »Was hast du? Wir sind noch immer jung.«

Talvar betrachtete ihn. Velmaruns Gesicht war härter geworden, dünne Falten saßen über seinem Nasenrücken, auf der Stirn, in den Mundwinkeln. Nur sein lockiges, dunkles Haar schimmerte weich wie früher, und weich war auch der Schwung seiner Lippen. *Ich meinte wohl, als wir unschuldig waren*, dachte Talvar, aber er sprach es nicht laut aus. Stattdessen sagte er: »Eines muss ich dich noch fragen.«

»Sprich.«

»Ekelst du dich vor mir?«

Einen Augenblick lang hing unbehagliches Schweigen zwischen ihnen. Dann erwiderte Velmarun: »Wie könnte ich. Nachdem du so viel Leid erdulden musstest, habe ich umso mehr Respekt vor dir, und nur für Narren bedeuten Äußerlichkeiten alles. Du bist mein Freund, und das wirst du immer bleiben.« Seine Stimme vibrierte ein wenig zu sehr vor Rührung, und Talvar fragte sich, ob der Gerichtsredner oder Velmarun selbst sprach.

»Das ist gut. Ich könnte tatsächlich einen Freund gebrauchen, vor allem, wenn ich Sismi die Freiheit geschenkt habe. Ich fürchte, dann werde ich sehr allein sein.«

Er sah Velmarun an, dass er die Bedeutung seiner Worte verstand. »Und Midara?«

»Du glaubst doch nicht wirklich, dass meine Frau auch nur ein einziges freundliches Wort für mich übrig hat, seitdem ich als Verlierer von Kyma zurückgekehrt bin – und mit diesem Gesicht. Geschweige denn mehr als Worte. Velman …« Talvar räusperte sich und gab seiner Stimme einen schärferen Klang. »Die Verhandlung über deine Bezahlung steht auch noch aus. Heute Abend wäre es mir recht, darüber zu sprechen, wenn ich mich etwas ausgeruht habe.«

Es schnitt ihm ins Herz zu sehen, wie sich Velmaruns Gesicht einen Lidschlag lang angewidert verzog. Oder hatte er es sich nur eingebildet? »Ich werde zur Stelle sein.«

In diesem Moment öffnete sich die Haustür, und ein Junge stürzte heraus. »Papa!« Takis, sein Sohn, warf sich ihm an den Hals. Überwältigt von so viel plötzlicher Zuneigung, drückte Talvar ihn an sich.

»Was haben die Richter gesagt? Musst du in den Kerker?«, fragte Takis.

»Nein, mein Junge.« Talvar schob ihn von sich und stellte fest, dass er eines von diesen albernen Bändern im Haar trug, mit denen ihn Midara auszustatten pflegte. »Ich bin freigesprochen worden.«

»Ich bin so froh!« Takis strahlte ihn an, und auch Talvar fiel es nicht allzu schwer, die Lippen zu einem Lächeln zu verziehen. Wenigstens das Kind störte sich nicht an seinem Aussehen – schade nur, dass Takis mit seinem Krauskopf ein Ebenbild seiner Mutter Midara war.

Hinter dem Haus öffnete sich ein üppiger Garten. Eine Mauer und hohe Hecken umgaben ihn, sodass er von keiner Seite einsehbar war. Niemand außer der Familie und den engsten Freunden durfte ihn betreten, denn hier, im Schatten der Bäume, standen die Statuen der Helden und Sagengestalten aus den Inselreichen. Als Talvar nun zwischen ihnen hindurchschritt, war er einmal mehr ergriffen von ihrer Schönheit. Ihre marmornen Körper wirkten so lebendig, als wollten sie sich im nächsten Augenblick von den Sockeln lösen und ihre Speere schleudern. Talvar verstand nicht viel von Kunst, aber er hatte von Beginn an begriffen, dass kein Kessler Bildhauer so etwas hätte erschaffen können.

Talvar hatte Sismi das schönste Zimmer im Haus angeboten, Kissen aus vhaskalanischer Seide, Decken, doch sie hatte alles von sich gewiesen. Auch jetzt saß sie mit gekreuzten Beinen im Gras zwischen den Statuen und hatte seine Tochter an die Brust gelegt. Das blauschwarze Haar floss ihr über die Schultern und den Rücken. Und obwohl sie wie fast immer nur ein Gewand in schlichtester Form und aus ungebleichter Wolle trug, ging von ihr eine solche Schönheit und Eleganz aus, dass Talvar am liebsten ein weiteres Mal wortbrüchig gewesen wäre.

Sie sah nicht auf, als er sich langsam näherte. Ihr Blick war auf das Kind in ihren Armen gerichtet, doch ihre Gedanken schienen an einem anderen, weit entfernten Ort zu sein.

»Geliebte«, sagte er leise, und als sie nicht reagierte, »Sismi«.

Endlich hob sie den Kopf. »Mein Name ist Thesme«, antwortete sie ruhig. »Thesme von Chthonis. Wann werdet Ihr es Euch merken, Sotan Talvar?«

Auch sie schrak nicht vor seiner Entstellung zurück, sondern sah ihn offen an – aber schließlich war sie es auch gewesen, die seine Wunden von Anfang an versorgt hatte. Sie war an seinen Anblick gewöhnt.

»Ich habe dir etwas zu sagen.« Falls sie das interessierte,

ließ sie es sich nicht anmerken. Talvar unterdrückte den Anflug von Ärger und fuhr fort: »Du erinnerst dich an das Versprechen, das ich dir gegeben habe?«

»Welches von den vielen?«

»Dass ich dich gehen lasse, wohin du willst, wenn ich freigesprochen werde.«

Sie schwieg.

»Nun, das ist geschehen.«

Sie konnte ihn um den Verstand bringen – wenn nicht durch ihr Aussehen, dann durch die Art, wie sie ihn musterte, stumm und reglos, als kümmere sie ihr eigenes Schicksal nicht im Geringsten.

»Ich weiß, du wartest schon lange darauf, auf deine Inseln zurückzukehren«, sagte Talvar, »jetzt werde ich dich nicht mehr daran hindern. Wenn ich dich bisher bei mir behalten habe, dann nur, weil ich dich liebe, und vielleicht auch, weil ich deine Fähigkeiten als Heilkundige gebraucht habe. Aber inzwischen geht es mir besser, und ich will dich nicht länger zurückhalten. Denn ich sehe, dass du hier nicht glücklich bist.«

Um ihren Mund zuckte es, aber noch immer erwiderte sie nichts. Hatte er wirklich Freude erwartet? Dankbarkeit am Ende?

»Ich habe allerdings eine Bedingung: Mein Kind behalte ich bei mir.«

Nun senkte Sismi doch den Blick. Wie abwesend streichelte sie den Kopf seiner Tochter. Lerina hatte tiefschwarzes Haar wie ihre Mutter, fein und weich, und ihre Augen waren bereits jetzt dunkel. Sie würde Sismi einmal sehr ähnlich sehen, davon war Talvar überzeugt.

Nach wie vor schwieg die Heilerin, doch er konnte sehen, wie sie mit sich kämpfte. Talvar hielt den Atem an.

Vielleicht waren ihm die Geschicke an diesem Tag wohlgesonnen, und er konnte beide behalten, Sismi und seine Tochter.

Genau in diesem Moment erhob sich Sismi und legte ihm vorsichtig das Kind in die Arme. »Wenn das der Preis ist, den ich für meine Freiheit bezahlen muss, gut. Ich bin ohnehin erleichtert, wenn ich alles vergessen kann, was mit Euch zusammenhängt, Sotan Talvar.« Ihr Haar streifte seine Schulter wie ein sanfter Luftzug, und plötzlich, zum ersten Mal seit Langem, musste er gegen die Tränen ankämpfen.

Von allen Frauen, die Talvar kannte, konnte sich Sismi als Einzige leisten, so zum Oberhaupt einer der zehn Großen Familien zu sprechen, und das als Kriegsgefangene: Sie wusste, welche Macht sie über ihn hatte. *Geschicke,* dachte er, *ich kann nicht glauben, dass ich sie wirklich gehen lasse!*

Er drückte seine Tochter an sich. Warm lag Lerinas Körper in seinen Armen. Sie roch süß, ganz wie ihre Mutter. Wie konnte Sismi nur so süß duften, wo sie herb genug war, um sogar ihr Kind zurückzulassen?

Für einen Augenblick machten ihn die Tränen blind. Er blinzelte, und als er wieder sehen konnte, hatte Sismi den Garten verlassen. Er wusste, dass er den Dienern befehlen konnte, sie aufzuhalten, solange sie sich noch im Haus befand. Aber er rührte sich nicht. Sismi hasste ihn. Sie hasste ihn so sehr, dass er sie nicht einmal mit ihrem Kind erpressen konnte, bei ihm zu bleiben. Talvar fühlte sich schwach und elend, auch sein Kopf begann wieder zu schmerzen. Bevor Velmarun zurückkehrte, musste er sich ausruhen.

Er ließ sich auf eine Gartenbank sinken und summte eine kleine Melodie für seine Tochter. Es wurde ein unbeholfenes Lied, denn er fand seine Stimme kaum. Lerina lutschte im Schlaf an ihrem Daumen. Wenn er sie in den Armen hielt, hatte sie noch kein einziges Mal geweint. Ob sie weinen würde, wenn sie aufwachte und ihre Mutter nicht mehr da war?

Er hauchte ihr einen Kuss auf die Stirn und schwor sich, solange er lebte, alles zu tun, damit Lerina nicht weinen musste.

1

Fünfzehn Jahre später

Kadevis wusste nicht genau, wie er sich das Innere des Ratsgebäudes vorgestellt hatte – voller weicher Teppiche und luxuriöser Sessel vielleicht, zwischen denen Diener umherrannten und Wein und Gebäck brachten, während die bedeutenden Politiker über die Zukunft des Staates diskutierten. Nach all den Geschichten, die sein Onkel Makis erzählt hatte, musste es ein außergewöhnlicher Ort sein. Nun, da Kadevis den Rat zum ersten Mal betrat, stand er ziemlich verblüfft zwischen den einfachen Bänken. Sie hatten nicht einmal eine Lehne. Und im gesamten Raum gab es keinen einzigen Teppich! Durch die Fenster fiel dämmriges Licht auf den Steinboden, und es war kühl. Kadevis fröstelte. In der Nähe des Eingangs stand eine Gruppe von Ratsmitgliedern mit ihren roten Gürteln und unterhielt sich. Ab und zu drang ihr gedämpftes Lachen zu ihm herüber, aber sie hatten ihm den Rücken zugekehrt und drehten sich auch nicht um, als er versuchsweise einige Schritte auf sie zumachte.

Vermutlich war der »Bluthund«, von dem seine Tante gesprochen hatte, nicht unter ihnen.

Kadevis rieb sich die Gänsehaut von den Armen und blickte sich weiter um. Onkel Makis hatte ihm auch erzählt, dass dieser Saal vor vielen Generationen von den Inselleuten aus dem Berg herausgemeißelt worden war, damals, als sie im Kessler Tal noch die Einheimischen unterdrückt hatten. Und hier, an diesem Ort, sollte der Inseltyrann von Selvid Silar ermordet worden sein, dem ruhmreichen Vorfahren der Selvidensippe. Angeblich war der Blutfleck noch irgendwo zu sehen. Kadevis spähte umher, aber das Halblicht und die starke Maserung des Felsens machten es schwierig, irgendetwas anderes als die natürlichen Farben des Steinbodens zu erkennen.

Der hintere Teil des Saales verlor sich im Dunkel. Dort standen bestimmt die Urnen mit den sterblichen Überresten der Helden, von denen er schon so viel gehört hatte. Als aus dieser Richtung plötzlich ein kalter Hauch drang wie der Atem eines Geistes, sträubten sich Kadevis die Haare. Er wich zurück. Eine Stimme in ihm rief laut nach der warmen Sonne draußen, und wie von selbst machten sich seine Beine auf den Weg zur Tür. Doch auf halber Strecke blieb er stehen. Fürchtete er sich etwa wie ein kleines Kind vor ein wenig Dunkelheit und Kälte? Er war jetzt ein erwachsener Mann.

Und wenn es hier wirklich Geister gäbe, würde der Rat nicht so häufig an diesem Ort tagen.

Kadevis holte tief Luft und tat so, als würde er die Falten seiner Tunika ordnen, während er die feuchten Handflächen daran abwischte.

»Du machst ein Gesicht wie ein verirrter Hund.«

Kadevis zuckte zusammen – wie aus dem Boden gewachsen stand der Mann plötzlich neben ihm.

»Vom Anblick deiner Nase folgere ich, dass du der Junge sein musst, den ich hier abholen soll«, fuhr der Fremde fort. »Du bist Tuvar Kadevis, mein neuer Schützling.«

Kadevis starrte ihn an. Wenn sein Gegenüber gekommen war, um ihn zu treffen, musste er wohl der »Bluthund« sein, aber der Mann sah völlig anders aus, als er ihn sich anhand dieses Namens vorgestellt hatte. Der Bluthund war jung, wenn auch einige Jahre älter als Kadevis selbst, schlank und voller Sommersprossen, die große, zusammenhängende Flecken auf seinem Gesicht bildeten und sogar seine Hände sprenkelten. Das tiefrote Haar trug er gut einen halben Finger länger, als es die Tradition erlaubte, in weichen Locken fiel es ihm bis zum Kinn und hing ihm auf einer Seite sogar in die Augen. Den purpurnen Gürtel, Kennzeichen eines Ratsmitglieds, hatte er seitlich auf die Hüfte geschoben. Seine Kleidung war aus ausgezeichnetem Stoff geschnitten. Aber es war vor allem die Art, wie er dastand, den Umhang lässig über eine Schulter geworfen, die dafür sorgte, dass Kadevis ihn auf der Stelle bewunderte. *Wenn ich erst Mitglied des Rates bin*, dachte er, *werde ich meinen Umhang auch so tragen.*

Währenddessen musterte ihn der Mann mit regloser Miene, nur seine Augen bewegten sich, und Kadevis hatte auf einmal den unbedingten Wunsch, bei dieser Abschätzung gut abzuschneiden. Gerade noch rechtzeitig erinnerte er sich daran, was von ihm erwartet wurde.

»Ich grüße Euch, Ratsherr«, brachte er ein wenig verspätet hervor. »Es ist mir eine Ehre, Eure Bekanntschaft zu machen. Äh, und ich freue mich, dass meine Tante einen so bedeutenden … Mann … gewinnen konnte, der mich … also, der sich um mich kümmert.« Waren das die richtigen Worte? Kadevis streckte die Hand aus und wünschte, ihm wäre etwas Geistreicheres eingefallen.

Der Bluthund hatte einen harten Händedruck. »Kelven Malkar«, sagte er. »Es ist mir immer ein Vergnügen, mit den Tuvaren zusammenzuarbeiten.« Er stammte also aus der Kelvenen-Sippe. Kadevis hatte gehört, dass das die rothaarigste der Großen Familien sein sollte. Ein sonderbarer

Geruch ging von dem Mann aus, süß und bitter zugleich. Angenehm. »Es sieht aus«, fuhr er nun fort, »als seien wir beide durch die Ketten der Geschicke und die Anweisungen deiner Tante aneinander gefesselt; versuchen wir, das Beste daraus zu machen. Siehst du zum ersten Mal den Ratssitz von innen?«

Kadevis nickte stumm. Auch die Stimme des Mannes klang angenehm, etwas näselnd, aber hell und kraftvoll wie die eines Sängers.

»Dann solltest du die Gelegenheit nutzen und dich umschauen, damit du dich, wenn du das nächste Mal mit einem Auftrag zurückkehrst, nicht zwischen dem Rednerpult und dem Abtritt verirrst. Komm, ich zeige dir, was du wissen musst.«

Es war wohl ein Witz, aber Kadevis wusste nicht, ob er lachen sollte, so wie ihm der Bluthund – Malkar – die Worte hingeworfen hatte. Ehe er sich entscheiden konnte, hatte sich der Mann bereits abgewandt und strebte mit großen Schritten in den finsteren Teil des Saals. Kadevis beeilte sich, ihm zu folgen.

»Pass auf, wo du hintrittst, Grünschnabel.« Malkar blickte sich nach ihm um. »Du trampelst möglicherweise auf rachsüchtigen Schatten herum. Hier, erzählt die Sage, wurde der Tyrann aus den Inselreichen niedergestochen. Kluger Selvid Silar, der seiner Sippe dadurch politische Macht für Generationen verschafft hat. Wer würde einer Familie von Tyrannenmördern jemals etwas Böses zutrauen?«

Bei Malkars ersten Worten war Kadevis erschrocken zurückgewichen, nun sah er sich die Steinplatten zu seinen Füßen ganz genau an. Zusätzlich zu den Musterungen, die ihm zuvor schon aufgefallen waren, gab es überall Verfärbungen auf dem hellen Stein, doch im trüben Licht konnte er nicht unterscheiden, was wie vergossenes Blut aussah oder was nur Flecken von schmutzigen Stiefelsohlen sein mochten. »Soll nicht ein Blutfleck zu erkennen sein?«, fragte er.

»Das kommt auf deine Augen an.«

»Auf meine Augen?«

»Du brauchst Augen, die alles sehen, wovon ihnen die Tradition berichtet, dass es da ist.«

Einen Moment lang war Kadevis sprachlos. Dann murmelte er: »Mein Onkel Makis hat mir gesagt, dass der Blutfleck hier ist.« Er kam sich aus irgendeinem Grund töricht vor, fuhr aber etwas lauter fort: »Er hat ihn selbst gesehen.«

»Der Hüter Hesvar Makis hat diese Art von Augen.«

Kadevis wusste nicht, ob er es sich nur einbildete, oder ob Malkar tatsächlich eben etwas Beleidigendes über seinen Onkel gesagt hatte.

»Komm her, Kadevis. Sag mir, welche Namen du kennst.«

Malkar war vor der hinteren Wand des Ratssitzes stehen geblieben und winkte ihn zu sich. Im Halbdunkel sah Kadevis, dass die Wand hier größtenteils unbehauen war, offenbar hatten die früheren Baumeister des Ratssitzes diesen Teil nie fertiggestellt. Doch waren Nischen nebeneinander in den Fels geschlagen, jede groß genug, dass sich ein kleines Kind in ihr hätte verstecken können. Darin schimmerten die bauchigen Formen tönerner Urnen. Es mussten über hundert sein. Das war also der Ort, an dem die Helden des Staates ihre letzte Ruhestätte fanden! Knochen und Asche mussten sich in diesen Urnen befinden, und erneut schauderte Kadevis unwillkürlich. Ein erstickender Geruch nach Staub und Tod schien von ihnen auszugehen. Er blickte zu Malkar, doch der stand mit unbewegtem Gesicht da.

»Ich habe dich etwas gefragt. Sieh dir die Urnen an und nenne mir die Namen.«

»Wie denn? Sie sehen alle gleich aus. Woher soll ich wissen …«

Malkar gab ein Geräusch von sich, das wie ein Bellen klang. »Du musst genauer hinsehen. Und von zwei oder drei Helden unserer geliebten Heimat wirst du ja wohl gehört haben.«

Kadevis trat noch näher und beugte sich vor, bis er fast mit der Nase an die Urne stieß, die am nächsten stand. Für Malkar mochte das ja alles einfach sein, aber er war zum ersten Mal hier – sollte der Mann nicht ein bisschen mehr Nachsicht mit ihm haben? Dann sah er die schwarzen Zeichnungen, die die Urnen bedeckten: hier ein Mann, dort eine Frau, alle in Tuniken und den Umhängen von Ratsmitgliedern, die Gürtel sorgfältig mit Rötel aufgemalt. Er begriff, dass es die Abbilder derjenigen waren, die in den Urnen ruhten, festgehalten für kommende Generationen. Noch immer fand er, dass sie sich nicht voneinander unterschieden, aber dann gewöhnten sich seine Augen allmählich an das schwache Licht, und er bemerkte, dass die Personen auf den Urnen unterschiedlich geformte Gegenstände in den Händen hielten. Auch standen sie in verschiedenen Posen da. Ein Bild auf einer der Urnen stach Kadevis ins Auge: Ein lockenköpfiger Mann hielt in der Linken eine Wasserwaage, die Rechte hatte er in einer großzügigen Geste ausgestreckt. Auf seinem Gesicht lag ein mildes Lächeln. Ein ähnliches Bild hatte Kadevis täglich im Haus seiner Tante gesehen, wo es im Esszimmer auf die Familie herabzulächeln pflegte.

»Das ist Tuvar Atanis«, sagte er eifrig, »der Baumeister. Mein Vorfahr. Rings um die Stadt hat er Brücken und Wege anlegen lassen, und alles hat er mit seinem eigenen Geld bezahlt.« Er war stolz und erleichtert, dass er wenigstens eine der Zeichnungen zugeordnet hatte.

»Mit dem Geld deiner Familie, Kadevis«, entgegnete Malkar. »Oder vielmehr mit dem der Bauern, die deiner Familie die Pacht schulden. Ist das alles, was du erkennst? Was ist mit dieser dort?« Er wies auf eine andere Urne, auf der sich das Bild einer schwangeren Frau mit einem Eimer befand. Einem Eimer? Irgendetwas daran kam Kadevis bekannt vor – als müsse er davon gehört haben, doch er konnte sich nicht darauf besinnen. Verlegen zuckte er die Achseln.

»Adana Selkis. Sie löschte das Feuer, das im Ratssitz ausbrach, und verlor dabei selbst das Leben. Und das, obwohl ihre Sippe auf die Geburt eines neuen Oberhauptes wartete. Nun, Selkis' Schwester war es recht; so fiel der Familienvorsitz an sie. Das sorgte für einige Veränderungen der Machtverhältnisse in ihrer Sippe.«

Nun erinnerte sich Kadevis vage an die Geschichte, doch ehe er Gelegenheit hatte, genauer darüber nachzudenken, fuhr Malkar bereits fort. »Wie sieht es mit dem hier aus?«

Er war ein paar Schritte weiter gegangen und zeigte nun auf eine Urne, auf der ein Mann mit einem Kranz aus Laub und einem Spaten zu sehen war. Die Farbe blätterte bereits ab. Die Zeichnung und damit der Mann, dessen Asche in der Urne aufbewahrt war, musste sehr alt sein. Kadevis durchwühlte seinen Kopf nach Geschichten aus vergangenen Zeiten, doch ihm fiel nichts ein, was mit einem Spaten zu tun hatte. Er fühlte sich hilflos. Hätte ihn nicht wenigstens Onkel Makis vorwarnen können, dass ihn hier ein Kreuzverhör erwartete?

»Das weißt du auch nicht?« Malkar stieß verächtlich die

Luft durch die Nase. »Und dabei stammt Tuvar Kalvas aus deiner eigenen Familie. Er versteckte Selvid Silar, den Tyrannenmörder, in seinem Haus, als die Truppen der Inselleute nach ihm suchten.«

»Natürlich weiß ich, dass er das getan hat!«, protestierte Kadevis lahm. Konnte er denn gar nichts richtig machen? »Aber wie hängt das mit dem Spaten zusammen?«

»Gar nicht. Es heißt nur, Kalvas habe sein Feld immer mit eigener Hand umgegraben.«

Kadevis holte tief Luft. »Wolltet Ihr mir nicht noch etwas anderes zeigen?«, versuchte er sein Glück, damit die Befragung ein Ende fand.

Malkar musterte ihn. Er hatte helle Augen, die genau zu sehen schienen, was in Kadevis' Kopf vor sich ging. »Habe ich dich ermüdet? Du musst noch viel lernen, Grünschnabel, unter anderem den Zweck dieser Übung. Aber fürs Erste soll es genügen. Gehen wir.«

Als er wenig später im hellen Sonnenlicht stand und ihm langsam wärmer wurde, fühlte sich Kadevis, als wäre er mindestens um eine Kopflänge geschrumpft, seitdem er den Rat betreten hatte. Er konnte sich nicht entscheiden, ob er sich ärgerte, weil sein Mentor mit Fragen auf ihn losgegangen war wie mit einem Pfeilhagel, oder ob er sich schämte, weil er so wenig wusste. Hoffentlich musste er so schnell nicht wieder in den Ratssitz hinein!

»Wir gehen zu mir«, sagte Malkar mit derselben reglosen Miene wie zuvor, »und ich zeige dir, wo du die nächste Zeit über wohnen wirst.«

Der Ratssitz befand sich mitten im Herzen der Stadt. Um diese Zeit, kurz vor Mittag, drängten sich die Menschen auf den Gassen und Plätzen. Bauern waren von ihren

Feldern herbeigefahren und verkauften am Straßenrand Getreide, Erbsen und Salat, Teekräuter und Wolle. Stadtbewohner riefen durcheinander, feilschten um die Preise und zählten die Münzen an den Fingern ab, um dann ihren Einkauf davonzuschleppen. Kadevis sah Beutel voller gelber Bohnen, Heubündel und Stangen mit aufgehängten Wildvögeln. Andere Stände boten Nüsse an, die mit Honig bestrichen und geröstet waren, oder Blätter, die man kauen konnte, um frischen Atem zu bekommen. Würdige alte Damen mit weißen, hochgesteckten Haaren und rotgefärbten Umhängen schritten mit gerümpften Nasen durch die Menge, neben ihnen ihre Bediensteten wie eine Leibwache; junge Männer in Kadevis' Alter lehnten an den Hauswänden und beobachteten den Trubel, und mittendrin jagten Kinder zwischen den Beinen der Leute hinter ihren Kreiseln her. Streunende Hunde dösten im Schatten der vorspringenden Dächer. Kadevis wünschte, Malkar wäre langsamer und ihm bliebe mehr Zeit, sich alles besser anzusehen. Das Zentrum der Stadt hatte er bisher nur selten besucht, und als er heute am frühen Morgen angekommen war, waren die Straßen noch leer gewesen. Doch sein Mentor schritt mit schwingendem Umhang vor ihm her und wich geschickt sämtlichen Pfützen und Pferdeäpfeln aus. Vor ihm öffnete sich wie von selbst eine Gasse im Gedränge, hinter ihm schloss sie sich wieder. Kadevis hatte alle Mühe, ihm zu folgen.

An einer Straßenecke verkaufte eine Frau ein Fohlen mit vier hübschen weißen Beinen, das sich nach Kräften gegen den Strick wehrte, mit dem sie es anbinden wollte. Nur einen Moment später riss es sich los und galoppierte unter wilden Bocksprüngen mitten in die Menge hinein – direkt auf Kadevis zu. Ohne lang zu überlegen, warf er sich auf das Fohlen und hielt es mit seinem ganzen Körpergewicht fest – wie man ausgerissene Jungtiere wieder einfing, hatte er schon als Junge auf dem Landgut seiner Tante gelernt. Das Fohlen zappelte und schlug aus, doch es konnte sich nicht befreien. Gleich darauf war die Besitzerin herbeigeeilt, befestigte den Strick wieder am Halfter des Fohlens, und Kadevis konnte das Tier loslassen.

»Ganz herzlichen Dank, junger Mann!«, sagte sie atemlos. »Schneefuß ist so ein Wildfang, ich hätte ihn noch bis zum Fluss runter jagen können, wenn Ihr nicht gewesen wärt! Ihr seid wirklich geschickt.«

Kadevis lachte. Nach den unangenehmen Augenblicken im Ratssitz tat es gut, gelobt zu werden. »Das war einfach. Ich habe schon geholfen, ausgerissene Bullen wieder auf die Weide zurückzuscheuchen.« Obwohl ihre Haare ein wenig schmutzig waren, fand er die Frau – fast noch ein Mädchen – durchaus ansehnlich, und er wollte eben den Mund öffnen, um zu sagen, dass er schönen Frauen immer besonders gern helfe, da riss sie plötzlich die Augen auf und wich zurück. Als sich Kadevis umwandte, um zu sehen, was sie so erschreckt hatte, sah er, dass Malkar neben ihn getreten war.

»Was geht hier vor?«, fragte er. »Kadevis?«

»Das Fohlen war ausgerissen«, erwiderte Kadevis, der sich den gereizten Ton nicht erklären konnte, »ich habe es nur wieder eingefangen.«

»Es t-tut mir leid, Ratsherr«, stammelte die junge Frau. »Hoffentlich hat Schneefuß Euren … hoffentlich hat er ihn nicht schmutzig gemacht!« Unbeholfen fing sie an, Kadevis' Tunika abzuklopfen. »Er ist frisch gestriegelt, aber er bekommt sein Sommerfell und verliert ständig Haare …« Kurz sah sie hoch in Kadevis' Gesicht – und schlug mit allen Anzeichen des Schreckens die Hand vor den Mund.

»Gütige Geschicke, ich muss wohl blind gewesen sein! Ihr seid ein Tuvar, nicht wahr? Ein hoher Herr? Und ich habe mit Euch gesprochen, als wärt Ihr … Wie kann ich das wieder gutmachen?« Umso verbissener klopfte sie an seiner Tunika herum.

Kadevis wusste nicht, ob er peinlich berührt oder geschmeichelt sein sollte, jedenfalls verblüffte ihn ihr verändertes Verhalten so sehr, dass ihm im ersten Moment gar keine Antwort einfiel. Es war Malkar, der schließlich sagte: »Haltet uns nicht noch mehr mit Eurem Geschwätz auf, schert Euch endlich weg!« Er wartete nicht auf eine Erwiderung, sondern wandte sich ab und schritt davon. Kadevis hastete ihm hinterher. Über die Schulter sah er, wie sich die junge Frau mit gesenktem Kopf entfernte.

»Warum wart Ihr so unfreundlich?«, fragte er atemlos, sobald er seinen Mentor eingeholt hatte. »Es war doch nicht ihre Schuld, dass das Fohlen ausgerissen ist.«

Der eisige Blick, den ihm Malkar zuwarf, ließ Kadevis abrupt innehalten.

»Das war das letzte Mal, dass du etwas berührt hast, was dir auf der Straße vor die Füße gerannt ist.«

»Ich habe der Frau nur geholfen«, protestierte Kadevis. »Mein Cousin und ich haben zu Hause häufig Fohlen und Kälber wieder einfangen müssen. Ich weiß, wie man das macht.«

»Auf dem Land kannst du im Dreck wühlen, so viel du willst. Hier sind wir in der Stadt, und es gelten andere Regeln. Ratsmitglieder beflecken sich *niemals* mit dem Schmutz der Straße, solange sie sich innerhalb der Stadtmauern befinden. Die Frau wusste das auch.«

»Ich bin kein Ratsmitglied.«

»Und das wirst du auch nicht, wenn du so weitermachst.«

Kadevis sah an sich hinunter: Seine Tunika war tatsächlich voller rostbrauner Pferdehaare. Er seufzte. »Ich wollte nur freundlich sein.«

Wieder gab Malkar dieses bellende Geräusch von sich. Inzwischen ahnte Kadevis, dass es wohl ein Lachen war. Als er genauer über den Vorfall nachdachte, erschien ihm etwas daran merkwürdig. »Woher hat sie denn eigentlich gewusst, dass ich ein Tuvar bin?«

»Die Nase.«

Nachdenklich betastete Kadevis seine Nase. »Meine Tante hat immer behauptet, jeder würde unsere Familie an der Nase erkennen, sobald wir den Landsitz verlassen – ich dachte, sie macht nur Spaß. Augenblick mal ... Ihr habt vorhin auch so was gesagt, nicht? Als Ihr mich begrüßt habt?«

»Herzlichen Glückwunsch, Kadevis. Du hast dir etwas gemerkt.«

Fast hätte Kadevis seinen Mentor gefragt, warum er so unfreundlich zu ihm war, doch er verschluckte die Worte. Das wäre sicher wieder verkehrt, und er hatte keine Lust darauf, noch einmal angefahren zu werden. Eigentlich sollte er sich über die grobe Behandlung ärgern, doch stattdessen imponierte ihm Malkars Verhalten irgendwie. Seine Tante hatte ihn stets ermahnt, sich höflich und liebenswürdig zu verhalten, aber was er auch versucht hatte, nie war es ihm gelungen, ihren Ansprüchen gerecht zu werden. Malkar dagegen gab überhaupt nichts auf Freundlichkeit, dafür schien er umso besser zu wissen, was klug und angemessen war.

Während sie weitergingen, musterte Kadevis den Mann verstohlen. Im Sonnenlicht leuchtete Malkars rotes Haar, und jeder seiner Schritte, jede Bewegung sprach davon, dass alle, die nicht mit ihm übereinstimmten, nicht mehr sein konnten als Bauerntölpel.

Kadevis schämte sich.

Er musste beim nächsten Treffen unbedingt Onkel Makis fragen, wie er sich seinem Mentor gegenüber korrekt verhielt.

Malkars Stadthaus lag direkt an einer Kreuzung zweier belebter Straßen. Die eine führte zum Marktplatz, die andere zum Ratssitz. Alle paar Augenblicke rumpelte ein Wagen vorbei, Reiter versuchten, mit lauten Rufen und Peitschenknallen Menschengruppen zu verscheuchen, die sich auf der Straße zu einem Schwatz versammelt hatten. Obwohl das Haus über zwei Stockwerke verfügte – und damit um eines mehr als die meisten anderen Häuser der Stadt –, wirkte es mit seiner sandfarbenen Fassade eher bescheiden, umso mehr, da sich sowohl linkerhand als auch rechterhand Schusterläden befanden. Malkar sagte im Vorbeigehen, die Inhaber der Geschäfte würden einander hassen und sich am liebsten im Dunkel der Nacht gegenseitig die Kehlen aufschlitzen. Es waren die ersten Worte, die er an Kadevis richtete, seitdem sich der Zwischenfall mit dem Fohlen ereignet hatte. Kadevis war erleichtert, dass er überhaupt wieder mit ihm sprach.

Sie erreichten eine dunkle Holztür; Malkar schloss auf und ließ Kadevis eintreten. Augenblicklich strömte ihm ein angenehmer, würziger Geruch nach Pflanzen entgegen. Durch die Eingangshalle, die mit fliegenden Wolken bemalt war, gelangten sie in den Innenhof. Und nun bemerkte Kadevis, woher der Geruch stammte: Der Hof stand voller Topfpflanzen, einige wuchsen so hoch, dass sie ihre Blätter fast bis zum nächsten Stockwerk emporreckten. Unter ihnen befanden sich zahlreiche Bäume, Eichen, Duftbäume, Apfelbäume und auch Arten, die Kadevis noch nie gesehen hatte, und dabei hatte er geglaubt, sich mit Pflanzen recht gut auszukennen. Er hatte gehört, dass es in der Stadt Mode war, Bäume in Töpfe einzusperren, nun sah er es mit eigenen Augen. Die Pflanzen standen dicht an dicht, und als ein Luftzug in ihren Blättern raschelte, konnte man, wenn man die Augen schloss, fast glauben, man wäre in einem Wäldchen. Es herrschte schattige Kühle.

»Mögt Ihr Pflanzen?«, fragte Kadevis seinen Mentor schüchtern.

Malkar brummte eine unverständliche Antwort. »Du wirst oben schlafen. Folge mir.«

Er führte ihn zurück in die Eingangshalle und von dort durch einen schmalen Eingang auf einer Seite in einen langen Korridor hinein, vorbei an offenen Räumen. Obwohl Kadevis nur Zeit für einen kurzen Blick blieb, staunte er über die leuchtenden Farben der Möbelstücke, der Teppiche und der Wandmalereien – fast alle zeigten Landschaften, die wirkten, als könnte man das Gras berühren.

Nachdem sie eine Treppe hinaufgestiegen waren, ging Malkar langsamer. Das obere Stockwerk war etwas schlichter gehalten. Auch hier flogen Wolken, mit dem Schwamm getupft, über die Wände, und den Raum, dessen Vorhang Malkar nun zurückschlug, zierte über alle vier Wände hinweg eine blütenübersäte Frühlingswiese. »Ich hoffe, du bist mit deinem Quartier zufrieden, Kadevis«, sagte Malkar. »Es sollte alles vorhanden sein, was du brauchst, aber wenn du sonst noch etwas benötigst, wende dich an meinen Diener Siadan. Ich habe dir ein paar Unterlagen über den Prozess bereitgelegt, den ich momentan vorbereite. Bitte arbeite sie rasch durch.«

Kadevis trat ein und blickte sich um. Viel Platz hatte er zwar nicht, aber es gab einen Schreibtisch, ein Bett mit reichlich Kissen und einer bunten Wolldecke und eine Waschschüssel mit einem eigenen kleinen Bronzespiegel. Neben dem Bett stand sein Reisesack: Die Bediensteten seiner Tante hatten also sein Gepäck bereits gebracht. Ein dicker, gewebter Teppich bedeckte den Boden und weckte in Kadevis den Wunsch, seine Stiefel auszuziehen, um den weichen Stoff unter den Fußsohlen zu spüren. Komfortabler als das Zelt, das er während seines Militärdienstes mit neun Kameraden hatte teilen müssen, war es allemal. Aus dem einen Fenster sah er direkt auf die Kreuzung hinab. »Es ist perfekt«, antwortete er. »Vielen Dank noch einmal für Eure Freundlichkeit.« Wenigstens gingen ihm diese Worte über die Lippen, ohne dass er ins Stottern geriet.

»Du kannst dich frei im ganzen Haus bewegen, nur meine Arbeitsräume und mein Schlafzimmer wirst du nicht betreten. Und natürlich wirst du nichts anrühren – weder meine Kunstsammlungen noch die Bücher in meiner Bibliothek noch sonst etwas, es sei denn, ich gestatte es dir ausdrücklich. Und nun führe ich dich herum, damit du weißt, wo du was findest.«

Eine knappe halbe Stunde später saß Kadevis endlich allein auf seinem Bett und versuchte, die Eindrücke in seinem Kopf zu sortieren. Sicher, das Landgut seiner Tante war wesentlich größer als dieses Haus, sein Onkel Makis besaß eine imposante Sammlung kostbarer Glasflaschen, und auch sonst fehlte es seiner Familie nicht an wertvoller Einrichtung, ob Teppiche oder Möbelstücke. Aber Kadevis hatte noch nie so viel Luxus zusammengepfercht in einem Stadthaus gesehen. Kein Wunder, dass sogar im Gästezimmer ein weicher Teppich lag – Malkar besaß offenbar so viele davon, dass er nicht wusste, wo er sie überall verteilen sollte.

Kadevis waren Vasen aus den Inselreichen aufgefallen, Statuen, Figuren aus buntem Glas, Raubtierfelle, ein Käfig voller kleiner, grüner Vögel, die tschirpten und trillerten, und so viel mehr, dass er sich kaum noch darauf besinnen konnte. Er hatte Malkar gefragt, ob er viel Geld dafür bezahlt hatte – eine weitere törichte Frage, wie er im Nachhinein begriff –, doch sein Mentor hatte geantwortet, er habe fast nichts davon selbst erworben. Es seien Geschenke, Entlohnungen für seine Hilfe vor Gericht.

Malkar war Gerichtsredner. Kadevis hatte nur eine ungefähre Vorstellung davon, worin seine Arbeit bestand. Er wusste, dass die Kelvenen-Sippe zwar wohlhabend war, im Vergleich zu seiner eigenen Familie jedoch ein Leichtgewicht, was den Einfluss in der Stadt betraf. Nun fragte er sich, über wie viel Macht Malkar innerhalb seiner eigenen Sippe verfügte. Eine Ehefrau hatte er offenbar nicht, und von seiner Tante hatte Kadevis erfahren, dass Familienoberhäupter so etwas ungern sahen. Angesichts der Einrichtung seines Hauses konnten die Kelvenen jedoch mit ihm nicht unzufrieden sein.

Kadevis seufzte, als er sich die Ereignisse der letzten Stunden noch einmal durch den Kopf gehen ließ. Sein Einstand als Malkars neuer Schützling war wohl alles andere als glorreich gewesen. An sich hätte es ihm nicht viel ausgemacht – er war ein hochadliger Tuvar, seine Abstammung zwang andere dazu, über die Fehler hinwegzusehen, die er beging; anders kannte er es nicht. Doch abgesehen von seiner Tante war Malkar der Einzige, der ihn jemals so scharf zurechtgewiesen hatte. Er begann zu begreifen, warum man den Mann den Bluthund nannte: Er schnappte rasch zu. Sich mit dem Bluthund anzulegen würde bestimmt niemand so leicht wagen.

Kadevis stand vom Bett auf, zog die Decke herunter und drapierte sie wie den Umhang eines Ratsmitglieds um die Schultern. Er trat vor den Spiegel, posierte und warf die Decke über eine Schulter nach vorn. Auch wenn es ihm nicht gelang, ganz so lässig dazustehen wie Malkar, war er mit dem Bild, das die Bronze zurückwarf, recht zufrieden.

In diesem Moment klopfte es an den Türrahmen, und hastig sah Kadevis zu, dass die Decke an ihren Platz zurückkam.

»Herein.«

Malkars Diener zog den Vorhang zurück, ein hagerer alter Mann mit weißen Haaren, dem Kadevis bereits vorhin begegnet war. Es war schwer zu entscheiden, ob die Augen oder Ohren des Dieners schlechter sein mochten. Nun brachte er eine Kanne mit frischem Gewürztee auf einem Tablett und richtete aus, Malkar erwarte seinen Schützling in zwei Stunden zum Essen, wo Kadevis Bericht über seine Kenntnis der laufenden Gerichtsfälle erstatten solle, die er bis dahin erworben habe.

Kadevis starrte den Diener an, den Gewürztee und den Schreibtisch, wo ein Papierstapel auf ihn wartete. Offenbar hatte Malkar nicht gescherzt, als er gesagt hatte, er erwarte, dass er die Aufzeichnungen schnell durcharbeite.

»Natürlich«, hörte er sich selbst sagen, »kein Problem.«

Er nahm sich vor, sich bis zum Essen nicht mehr vom Schreibtisch wegzurühren. Vielleicht konnte er den schlechten Eindruck, den er bisher auf seinen Mentor gemacht hatte, ja doch noch ausgleichen.

2

Gemüsesuppe! Kadevis konnte es nicht fassen. Er verabscheute Gemüsesuppe, vor allem mit Mehlklößen darin, diesen glitschigen, kleinen Dingern, die sich auch noch grünlich verfärbten, nachdem sie eine Weile in der Suppe gekocht hatten. Wenn es zumindest Fleischklöße gewesen wären. Ein Mann wie Malkar hatte doch sicher genug Geld, um jeden Tag Fleisch zu essen. Doch sein Mentor saß da und löffelte Gemüsesuppe mit Mehlklößen, als wäre es die selbstverständlichste Sache der Welt, und es schien ihm sogar zu schmecken. Kadevis tat sein Bestes, um seinen Widerwillen zu bekämpfen und einen Löffel nach dem anderen hinunterzuwürgen. Die Höflichkeit verlangte vermutlich, dass er zumindest diesen Teller leerte. Betrübt stellte er fest, dass sich die Mehlklöße auf dem Boden der Schüssel sammelten und nicht weniger zu werden schienen.

Sie saßen einander an den Kopfenden des Esstisches gegenüber, allerdings bot der Tisch zahlreichen Personen und noch mehr Tellern, Schüsseln und Servierplatten Platz, und so trennte sie ein großes Stück Tischplatte. Zwischen zwei Löffeln Suppe schleuderte Malkar seine Fragen auf Kadevis: Welcher Verbrechen war Juma Kalima angeklagt? Wie lauteten die Namen ihres Ehemanns, ihrer Tochter? Wie alt war sie? Wie würden sich wohl die Richter verhalten, wenn Kalima ihre Tochter zum Prozess mitbrachte, was würde die Tochter tun? Welche Verbündeten, welche Feinde hatte Kalimas Familie?

Kadevis, der sich einen kleinen Bericht im Kopf zurechtgelegt hatte, fühlte sich wie eine Ente, die durch Stromschnellen zu paddeln versuchte. Über die Hälfte der Dinge, nach denen Malkar fragte, hatte er in den Aufzeichnungen kein Wort gelesen. Er antwortete trotzdem so sinnvoll er konnte, und wenn er etwas nicht wusste, verlegte er sich aufs Raten. Sein Unwissen einzugestehen war nicht klug, das hatte er bereits gelernt.

Nach einer Weile legte Malkar den Löffel nieder und starrte ihm über den Tisch hinweg in die Augen. Auch Kadevis ließ den Löffel sinken, er fühlte sich wie gelähmt. Dieser Blick konnte einem ja das Blut gefrieren lassen! Es schien aussichtslos, in der reglosen Miene seines Mentors irgendetwas lesen zu wollen; doch dann entspannte sich Malkar plötzlich und lachte. Es war kein herzliches Lachen, vielleicht nicht einmal ein gutes, aber es ließ seine Augen aufleuchten und zeigte seine ebenmäßigen, weißen Zähne.

»Du hast geantwortet wie ein Politiker, Kadevis«, sagte er dann. »Du hast keine Ahnung, worüber ich spreche, aber du lässt es dir nicht anmerken.«

Die Geschicke hätten es auch zu gut mit mir gemeint, wenn ich richtig geraten hätte. »Ich habe versucht, mir alles einzuprägen«, beteuerte Kadevis, »aber Eure Fragen …«

Malkar winkte ab. »Du hast dich tapfer geschlagen. Viele Fragen konntest du mit deinem jetzigen Wissen gar nicht beantworten. Aber du hast es versucht – vielleicht kann doch noch etwas aus dir werden.«

Kadevis wusste nicht, was er darauf erwidern sollte. War das tatsächlich ein Lob?

»Schmeckt dir die Suppe?«, fragte Malkar.

Die Frage kam so überraschend, dass Kadevis unwillkürlich mit der Wahrheit antwortete: »Nein.«

»Ja, das sehe ich. Lass dir von der Köchin etwas zubereiten, was du magst, und gib Siadan eine Liste mit deinen Lieblingsspeisen. Du wirst viel arbeiten müssen, und ich will, dass du in guter Verfassung bleibst.«

Kadevis holte tief Luft. »Diese Fragen, war das eine Prüfung?«

Darüber schien Malkar nachzudenken, doch schließlich schüttelte er den Kopf. »Auch wenn du nicht das geringste Talent zum Politiker aufweisen würdest, würde ich dich nicht zu deiner Tante zurückschicken. Ich bin die Verpflichtung eingegangen, dich auszubilden, und ich werde ihr nachkommen, gleichgültig, wie widrig die Umstände sein mögen. Ich erledige immer die Arbeit, für die ich bezahlt werde.«

»Augenblick mal.« Kadevis runzelte die Stirn. »Meine Tante bezahlt Euch hierfür?«

»Selbstverständlich. Was dachtest du denn? Dass mir der Anblick deiner Nase so gut gefällt?«

Allmählich hatte Kadevis genug davon, dass Malkar ständig über seine Nase sprach, doch er wagte nicht, das seinem Mentor direkt zu sagen. »So schlimm sehe ich auch nicht aus. Die Mädchen sagen jedenfalls …«

»Du siehst sogar sehr gut aus, Kadevis«, unterbrach ihn Malkar. »Oder vielmehr – du siehst so aus, wie man es von einem Tuvaren erwartet; und besser kannst du es dir nicht wünschen: dunkle Augen, dunkle Haut mit einem Hauch Olivgrün der Inselreiche, dunkle Haare – und natürlich die Tuvarennase. Das erinnert die Menschen in jedem Augenblick daran, wer du bist und wer deine Vorfahren waren. Einen größeren Vorteil, um deine Karriere zu beginnen, gibt es wohl kaum.«

War das nun ein Kompliment? Einmal mehr hatte Kadevis keine Ahnung, wie er über Malkars Worte denken sollte.

»Ich glaube, ich sollte wieder an die Arbeit gehen«, sagte er stattdessen und schob den halbvollen Teller zurück.

»Ausgezeichnet. Ich selbst habe auch noch eine Menge zu erledigen.«

Stunden später stand Kadevis auf, um den Rücken zu dehnen, trat ans Fenster und blickte sehnsüchtig auf die Straße hinunter. Die Abendsonne war nur noch ein rötlicher Glanz hinter den Häusern. Die Luft roch würzig, nach Frühling, nicht nach Arbeit. Wie gern hätte er sich jetzt dort draußen herumgetrieben, um die Stadt besser kennenzulernen! Aber Malkar würde es vermutlich nicht erlauben.

Widerstrebend kehrte er zu seinem Schreibtisch zurück, aber er konnte sich nicht konzentrieren. Stattdessen lauschte er auf die Geräusche, die aus dem Erdgeschoss bis nach oben hallten. Jemand klopfte an die Eingangstür, der alte Diener öffnete, eine vertraute Stimme sagte etwas. Als Kadevis die Stimme erkannte, ließ er die Gerichtsakte fallen, durch die er sich gerade arbeitete, und stürmte die Treppe hinunter. Im nächsten Augenblick hatte er sich seinem Onkel an den Hals geworfen.

Seit Kadevis vom Militärdienst zurückgekehrt war, hatte er ihn nur einmal kurz gesehen und kaum Gelegenheit gehabt, mit ihm zu sprechen. Es tat so gut, Makis' stoppelbärtiges Gesicht mit den vielen Lachfalten zu sehen. Das graue Haar seines Onkels war inzwischen an den Schläfen weiß geworden, aber er drückte Kadevis zur Begrüßung noch immer kräftig an sich. »He, Junge! Du siehst schon fast wie ein Ratsherr aus in dieser Kleidung!«

Erst jetzt sah Kadevis, dass auch sein Cousin Vesekir mitgekommen war. Ihn hatte Kadevis nicht so sehr vermisst, ihre Umarmung fiel weitaus kürzer und weniger herzlich aus. Obwohl Vesekir nur zwei Jahre älter als Kadevis war, hatte er bereits das Amt eines Bezirksrichters inne und trug mit sichtbarem Stolz den dazugehörigen Umhang und den roten Ratsherrengürtel. Auch das Haar hatte er sich ganz kurz schneiden lassen, wie es die Tradition forderte. »Na, kleiner Cousin?«, sagte er. »Wie gefällt's dir in der großen Stadt?«

»Kommt mir vor, als würde ich schon seit Monaten hier wohnen«, antwortete Kadevis. Er hatte es noch nie gemocht, wenn Vesekir mit ihm redete, als wäre er ein Kleinkind, das von nichts eine Ahnung hat. Auch jetzt, da er in dieser Kleidung herumlief, hatte sich das offensichtlich nicht gebessert.

»Wo ist denn dein Mentor?«, erkundigte sich Onkel Makis. »Ich habe eine Kleinigkeit für ihn.«

»Ich hole den Herrn«, bot der alte Diener an, der die Tür geöffnet hatte. Erst jetzt fiel Kadevis auf, dass er ziemlich pikiert darüber schien, Zeuge der stürmischen Begrüßung geworden zu sein.

Doch bevor er sich zur Treppe wenden konnte, eilte Malkar schon selbst die Stufen herab, sein Umhang wehte hinter ihm. »Verzeiht, Hüter Makis, ich bin schon zur Stelle.« Vor Kadevis' Onkel neigte er den Kopf und legte die Hand aufs Herz. »Euer Besuch überrascht mich etwas, aber Ihr und Euer Sohn seid mir natürlich jederzeit willkommen. Bitte kommt herein. Siadan, bring Wein und ein paar Happen zu essen für unsere Gäste. Und, Hüter, erlaubt mir, Euch noch einmal persönlich zu Eurem neuen Auftrag zu gratulieren …«

»Darüber sprechen wir später. Jetzt wollte ich mich erst einmal überzeugen, dass mein Neffe gut untergebracht ist.« Makis klopfte Malkar auf die Schulter. »Zu Eurem berühmten Krabbenbrot würde ich allerdings nicht nein sagen, aber macht Euch nur keine Umstände wegen des Weins. Hier, das ist für Euch.« Von irgendwoher hinter seinem Rücken förderte er eine bauchige Glasflasche zutage, die mit goldfarbener Flüssigkeit gefüllt war. Der Hals der Flasche war gebogen wie der eines Schwans. »Ein ausgezeichneter Jahrgang, ich bin sicher, Ihr werdet ihn zu schätzen wissen.« Er wartete Malkars Antwort gar nicht erst ab, sondern fuhr fort: »Ihr werdet doch mit mir anstoßen? Ich weiß, Ihr habt viel zu tun. Aber jetzt, da Ihr der Mentor meines Neffen seid …«

Er bugsierte Malkar so selbstverständlich in den Flur und dann in den Salon im Erdgeschoss, als wäre es sein eigenes Haus. Kadevis und sein Cousin wechselten einen Blick und folgten ihnen. Onkel Makis war bereits Kanzler gewesen, das höchste Staatsamt, wie Kadevis wusste. Seitdem wurde er mit »Hüter« angesprochen, und alle Ratsmitglieder – abgesehen natürlich von den anderen Hütern – mussten seinen Befehlen und Wünschen Folge leisten, auch Malkar, ob es ihm gefiel oder nicht.

Als sie sich auf die gepolsterten Sessel gesetzt hatten, zog Vesekir noch mehr Wein unter seinem Umhang hervor, dieses Mal allerdings in einem gewöhnlichen Krug. Malkars Diener trug Trinkbecher herbei, aber es war Onkel Makis, der einschenkte.

»Auf Kadevis! Es kommt mir vor, als wäre er heute früh als kleiner Junge neben mir durch die Weinberge gerannt, und plötzlich ist er alt genug, um in die Politik zu gehen.« Onkel Makis' Stimme schwankte bedenklich. Wenn es um die Familie ging, hatte er nah am Wasser gebaut. »Und auf Malkar, dass er meinem Neffen bei allem, was ihn erwartet, mit Rat und Tat zur Seite steht.«

Sie stießen an und tranken. Kadevis' Familie war berühmt für ihren Wein, vor allem den weißen, und nun hatte sein Onkel Wein gebracht, der wie Sommerblüten und Sonnenschein schmeckte. Kadevis schloss kurz die Augen und atmete tief ein. Er glaubte, die grünen Hänge rings um das Anwesen seiner Tante vor sich zu sehen, den tiefblauen Himmel, und die Kräuter auf den Wiesen zu riechen. An heißen Tagen konnten sie so duften, dass einem fast schwindelig davon wurde. Von einem Moment auf den anderen überkam ihn eine schreckliche Sehnsucht nach diesen Berghängen, die so nahe waren, nicht einmal eine Tagesreise entfernt. Jetzt, im Frühling, dufteten die Wiesen natürlich noch nicht so intensiv. Trotzdem verspürte er plötzlich nur noch diesen einen Wunsch: einen der Hänge hinunterzulaufen, das Landgut hinter sich, in eine Welt hinein, die nur aus Grün und allen Farben des Lichts zu bestehen schien.

»Kadevis, alles in Ordnung?«, hörte er Onkel Makis' Stimme.

Kadevis blinzelte die Tränen weg, die ihm plötzlich in die Augen gestiegen waren. »Alles bestens.«

»Nun werd du nicht auch noch sentimental! Es genügt, wenn ich das bin.«

Kadevis bog sich zur Seite und verbiss sich ein Lächeln, als ihm sein Onkel die Haare zerwuscheln wollte wie einem kleinen Kind. »Malkar, passt einmal auf, das wird Euch beeindrucken. Kadevis kann einen guten Jahrgang am Geschmack erkennen. Also, was meinst du, Junge?«

Vesekir neben ihm verdrehte die Augen, doch Kadevis ignorierte ihn. Die Aufforderung seines Onkels schmeichelte ihm. Noch einmal kostete er sorgfältig von dem Wein und ließ sich Zeit für eine Antwort. Makis hatte ihn gelehrt, auf die winzigen Hinweise zu achten, die das Alter des Weines verrieten und die Umstände, unter denen die Trauben gereift waren. Dieser Wein musste aus einem sehr warmen Jahr stammen. »Der Wein ist nach dem heißen Sommer gekeltert worden, der einen großen Teil der Ernte zerstört hat«, versuchte er es schließlich. »Die Trauben, die ihn überstanden haben, tragen die ganze Kraft der Sonne in sich. Das war vor zwanzig ... ja, genau vor zwanzig Jahren.«

»Im Jahr, als du geboren wurdest«, sagte Onkel Makis entzückt. Seine Augen leuchteten. »Ich habe ihn für diese Gelegenheit aufbewahrt. Heute gibt es nur noch ein paar Krüge davon, aber ich kenne wenige bessere Jahrgänge. Nun, Malkar, was sagt Ihr jetzt?«

»Ich bin beeindruckt.« Malkar nippte an seinem eigenen Becher. »Euer Neffe verfügt ja über verborgene Talente.«

Onkel Makis sah auf, begegnete Malkars Blick, und einen Lidschlag lang schien es merklich kälter im Raum zu werden. Dann sagte Makis im Plauderton: »Kadevis ist ein fähiger junger Mann, und Ihr werdet sehen, er lernt rasch, worauf es in der Politik ankommt.«

»Davon bin ich überzeugt.«

Der Moment war vorbei, und die Gespräche entwickelten sich in eine andere Richtung. Inzwischen hatte sie der Diener auch mit frischem Krabbenbrot, Gebäck, süßem Salat und anderen Leckereien versorgt, die alle auf einem niedrigen, runden Tisch zwischen ihnen Platz gefunden hatten. Vesekir begann langatmig von seinen Aufgaben als Bezirksrichter zu erzählen, während Kadevis' Gedanken immer wieder abschweiften. Erst als sein Cousin von seinen Banknachbarinnen im Ratssitz sprach, beneidete er ihn wieder um den Ratsherrengürtel. Es konnte schließlich nicht so schlimm sein, neben einem Haufen verstaubter Urnen sitzen zu müssen, wenn man dafür die gesamte Zeit über das süße Duftöl der jungen Kiris und Juma in der Nase hatte und hoffen konnte, einen Blick auf ihre Beine zu erhaschen.

Laut Vesekir war der größte Teil der weiblichen Ratsmitglieder verrückt nach ihm. Doch kaum hatte er angefangen, über Frauen zu sprechen, begann Malkar seine stachligen Worte gegen jede einzelne zu schleudern, die Vesekir erwähnte. Onkel Makis lachte. Kadevis lachte auch, obwohl er die Bemerkungen nicht immer verstand und auch die Frauen nicht kannte, aber er war froh, wenn sein Cousin kurz den Mund hielt. Schließlich griff Onkel Makis auf seine stattliche Witzsammlung zurück. Während Kadevis seinen Militärdienst geleistet hatte, hatte er offensichtlich viele neue dazugelernt. Malkar wirkte nicht übermäßig amüsiert. Überhaupt schien er ein bisschen unruhig, seitdem sie sich gesetzt hatten, und er trank nur wenig; vermutlich musste er noch arbeiten. Kadevis' Onkel forderte ihn aber ein ums andere Mal auf, mit ihm anzustoßen und zu trinken, bis sich die beiden Krüge allmählich leerten.

Die Witze und der Wein sorgten dafür, dass Kadevis bald kaum noch aufhören konnte zu kichern und sich das erste Mal, seitdem er das Haus seines Mentors betreten hatte, in guter Stimmung befand. Der kurze Anfall von Melancholie, der ihn zuvor heimgesucht hatte, war vergessen. Draußen war es inzwischen Nacht geworden, und der Lärm der Straße hatte nachgelassen, ohne ganz verstummt zu sein.

»Es ist schon spät«, sagte Onkel Makis schließlich und stand auf, »ich will Euch nicht länger von der Arbeit abhalten, Malkar.«

Malkar sah aus, als wolle er antworten, das hätte ihm auch früher einfallen können, doch er erhob sich ebenfalls und erwiderte: »Das habt Ihr nicht. Euer Besuch war eine große Ehre für mich, Hüter, Ihr seid hier jederzeit wieder willkommen.«

Sie gaben sich die Hände. »Ich bin überzeugt, Ihr werdet Euch wie ein Vater um meinen Neffen kümmern, so wie ich es selbst immer getan habe«, sagte Onkel Makis.

»Er wird wie ein Sohn für mich sein.«

»Das erwarte ich, und sicher werdet Ihr mich nicht enttäuschen. Da Ihr ja keine eigenen Kinder habt, könnt Ihr Kadevis Eure ganze Aufmerksamkeit widmen. Aber vielleicht wollt Ihr irgendwann doch darüber nachdenken, Euch eine Familie zuzulegen, ehe es zu spät ist. Ich garantiere Euch, es lohnt sich.« Er stieß Malkar freundschaftlich an.

»Ich werde darüber nachdenken.«

Vesekir stand bereits an der Tür. Nach einem knappen Nicken zu Kadevis verabschiedete er sich von Malkar, doch als er sich abwenden wollte, sagte Onkel Makis: »Geh schon einmal vor, ich komme nach. Ich habe noch kurz unter vier Augen mit Kadevis zu reden.«

Vesekir runzelte die Stirn. »Was ist los?«

»Du weißt schon Bescheid. Danke, Malkar. Ihr dürft Euch zurückziehen.«

Bald darauf waren sie allein. Dass sein Onkel plötzlich so ernst geworden war, machte Kadevis stutzig. Sie saßen nun nebeneinander auf Malkars vhaskalanischem Sofa, nachdem Makis sich überzeugt hatte, dass niemand hinter dem Türvorhang stand und sie belauschte.

»Ganz ehrlich, Kadevis, wie gefällt dir dein Mentor?« Sein Onkel hatte mehr getrunken als irgendeiner von ihnen, doch seine Stimme verriet nichts davon, und auch sein Blick war völlig klar.

Kadevis rollte die Frage eine Weile im Kopf herum, und es lag vielleicht nicht nur am Wein, dass er keine Antwort wusste. Dass er die Art bewunderte, wie Malkar seinen Umhang trug, wollte sein Onkel vermutlich nicht hören. »Ich hoffe, er lässt zu, dass ich etwas Spaß habe. Ves scheint ja eine Menge Spaß im Rat zu haben«, sagte er schließlich.

Makis lachte. »Ja, und das freut mich. Diese Sitzungen können ganz schön lang werden. Aber zurück zu deinem Mentor.« Er faltete die Hände im Schoß. »Nisra hat ihn für dich ausgewählt, und du weißt, wie sehr ich sie respektiere. Ich kenne Kelven Malkar persönlich nicht sehr gut, und auch jetzt … nun, er hat jedenfalls einen gewissen Ruf als Redner. Aber mindestens genauso bekannt ist er für seine Feiern.«

Feiern? Nachdem er von Malkars Gemüsesuppe gekostet hatte, war diese Neuigkeit nicht unbedingt das, was Kadevis erwartet hatte.

»Wie, das wusstest du nicht? Zwei oder drei Mal im Jahr trifft sich alles, was Rang und Namen hat, bei ihm. Du wirst ihm sicher früher oder später bei den Vorbereitungen helfen müssen.«

Kadevis grinste. »Ich könnte mir Schlimmeres vorstellen. Vor allem, wenn auch ein paar hübsche Mädchen kommen.«

»Versprich mir, dass du auf dich achtgibst.«

Kadevis versuchte, gegen die angenehme Benommenheit anzukämpfen, die ihn einhüllte. Etwas stimmte nicht. »Was hast du denn? Fehlt dir etwas?«

Makis winkte ab. »Nein, es geht mir gut. Aber ich werde die nächste Zeit über nicht hier sein. Der Rat hat mich alten

Scherzkeks ausgewählt, um eine Gesandtschaft nach Laidon zu begleiten. Offenbar meinen alle, ich hätte trotz der fünfundzwanzig Jahre Ehe mit deiner Tante noch nicht ganz verlernt, meine eigene Position zu behaupten.«

»Nach Laidon?«, wiederholte Kadevis. Die Nachricht war wie ein Schlag in den Magen. »In die Inselreiche? Wann … musst du dorthin?«

»Ich breche übermorgen auf. Vermutlich muss ich eine Weile dort bleiben. Laidon selbst zeigt sich zwar kooperativ, aber es gibt Ortschaften im Umland, die sich noch im Widerstand gegen unsere Herrschaft üben. Ich werde wohl nicht wieder vor den Rat treten können, ehe diese Probleme behoben sind.«

Kadevis ahnte, was sich hinter den leichten Worten seines Onkels verbarg: Der Rat schickte ihn nicht als Vermittler nach Laidon, sondern mit militärischen Pflichten. »Du darfst nicht gehen. Meine Eltern … sie sind aus den Inselreichen nie wieder zurückgekommen. Und du bist … du bist zu alt, um noch zu kämpfen.«

»Niemand erwartet von mir, dass ich mich persönlich ins Kampfgetümmel stürze, Kadevis.« Onkel Makis legte ihm einen Arm um die Schultern, und für einen Moment lehnte sich Kadevis an ihn. Onkel Makis' vertrauter Geruch gab ihm ein Gefühl von Sicherheit, und wenn es nur für den Augenblick war. »Auf einem Hügel auf einem Pferd zu sitzen und Befehle zu geben, werde ich wohl noch schaffen. Und was deine Eltern betrifft – vor fünfzehn Jahren herrschten ganz andere Verhältnisse. Nur ein kleiner Teil der Inselreiche war besiegt, unsere Leute konnten nicht auf die Unterstützung von Verbündeten zurückgreifen. Ich habe die Hilfe der Laidonier, mir wird schon nichts passieren. Das Schlimmste, was mir droht, ist, dass mich einer der laidonischen Philosophen auf offener Straße in irgendwelche sinnlosen Diskussionen zu verwickeln versucht. Mach dir keine Sorgen um mich. Du musst hier an ganz andere Dinge denken.« Sein Onkel hielt kurz inne und verstärkte den Druck um seine Schulter. »Hör zu, mein Junge, ich wäre gern für dich da gewesen, wenn du deine ersten Schritte in die Politik machst, aber du siehst, ich kann nicht. Deswegen tu mir den Gefallen und pass gut auf dich auf.«

»Was soll mir hier denn zustoßen?« Kadevis konnte nicht fassen, dass sich Onkel Makis offenbar mehr um ihn sorgte als um sich selbst.

»Politik ist nicht immer so lustig wie die Geschichten, die wir vorhin erzählt haben.«

»Ich bin doch kein Kind mehr, Onkel. Ich komme schon zurecht. Und außerdem ist ja Malkar da, um mir zu helfen. Tante Nisra hat ihn sicher nicht umsonst dafür ausgesucht.«

Seine Tante, das Oberhaupt der Familie. Wenn sie jemanden für fähig hielt, musste er es auch sein. Dennoch, was auch immer geschehen würde, von ihr selbst war leider keine Hilfe zu erwarten, das wusste Kadevis. Fünfzehn Jahre lang hatte sie ihn spüren lassen, dass er nur ihr Adoptivsohn war, und daran war er inzwischen so gewöhnt, dass es ihn nicht einmal störte. Sosehr er die Weinberge auch vermisste, war er zumindest froh, dem Blick ihrer schwarzen Augen entkommen zu sein. Kein Habicht konnte schärfere Augen haben als Tante Nisra.

»Ja, das hoffe ich. Kadevis … ich werde dir Bescheid geben lassen, wohin du mir deine Briefe schicken kannst, sobald ich Laidon erreicht habe. Zögere nicht, mir alles zu schreiben, was sich hier ereignet.« Sein Onkel sah ihn nachdenklich an. In seinen Augen standen Wärme und eine seltsame Sorge, als er weitersprach: »Auch Ves und Nisra werden mich auf dem Laufenden halten. Und falls du doch in … Schwierigkeiten geraten solltest, Ves wird dir beistehen, da bin ich sicher. Geh dann zu ihm.«

Kadevis fand den Gedanken, seinen Cousin um Hilfe zu bitten, ziemlich abschreckend. Als zukünftiges Familienoberhaupt hatte Vesekir die Nase schon immer sehr hoch getragen, und auch bei diesem Besuch hatte er keine Gelegenheit ausgelassen, vor Kadevis zu prahlen. Trotzdem nickte er, überzeugt, nie in so große Schwierigkeiten geraten zu können.

»Gut. Da wäre noch etwas. Ich werde bestimmt mindestens bis zur Weinlese in Laidon sein, vermutlich länger, und daher muss sich jemand während meiner Abwesenheit um die Weinberge kümmern. Das ist auch ein Grund, weshalb ich in der Stadt bin. Nisra will ich das nicht überlassen, ich brauche jemanden, der wirklich mit Leidenschaft bei der Sache ist.«

»Ich könnte das tun!«, sagte Kadevis sofort.

»Ja, das weiß ich. Du wärst meine erste Wahl, aber dein Platz ist nun hier. Ich habe eine Liste mit Fachleuten zusammengestellt, die infrage kommen. Mit einigen haben wir schon zusammengearbeitet. Ich möchte deine Meinung hören …«

Später lag Kadevis noch lange mit offenen Augen in seinem schmalen Bett und starrte in die Dunkelheit. Von der Straße drangen immer wieder Hufgetrappel und das Geräusch von Stimmen herauf. Offenbar wurde es hier in der Stadt nie richtig still.

Normalerweise hatte er keine Schwierigkeiten, Schlaf zu finden, aber an diesem Tag wollte es ihm nicht gelingen. Das Zimmer roch fremdartig, und die Ereignisse und

Gespräche des Tages gingen ihm nach wie vor durch den Kopf. Wenn ihn doch nur Onkel Makis nicht verlassen würde! Zwei Jahre lang hatte er sich während seines Militärdienstes darauf gefreut, ihn wiederzusehen, und nun ging er gleich nach seiner Rückkehr fort. Warum hatte der Rat ausgerechnet seinen Onkel ausgewählt, um sich um irgendwelche Probleme in Laidon zu kümmern?

Kadevis überlegte, wer noch in der Stadt war, den er kannte. Vesekir natürlich. Und einige seiner Kameraden aus dem Feldlager würde er vermutlich bald wiedersehen, weil sie auch in die Politik gehen sollten und ebenfalls einen Mentor bekommen würden. Das war immerhin etwas.

Er hoffte von Herzen, dass er und Malkar Freunde werden würden. Bisher sah es zwar nicht danach aus, aber er wusste von seinem Onkel, dass viele Politiker noch Jahrzehnte nach ihrer Ausbildung eng mit ihren damaligen Mentoren befreundet waren. Wenn er sich anstrengte, konnte ihm das doch auch gelingen? Er hatte Onkel Makis fragen wollen, wie er sich Malkar gegenüber verhalten sollte, aber nun hatte er es versäumt, und eine weitere Gelegenheit würde er vorerst nicht erhalten. Jetzt musste er es wohl selbst herausfinden.

Schließlich schlief er doch ein, aber es schienen nur wenige Augenblicke vergangen zu sein, als ihn jemand an der Schulter rüttelte. Verschlafen blinzelte er in das Licht einer Öllampe.

»Kadevis, du musst etwas für mich erledigen.« Es war Malkar. »Zieh dich an und geh zum Stadtarchiv. Sag der Wache, dass ich dich schicke; sie weiß Bescheid, dass ich dein neuer Mentor bin. Ich benötige die Abschrift eines bestimmten Gesetzes, es kommt auf den genauen Wortlaut an.«

Kadevis hörte zwar die Worte, aber den Sinn verstand sein verschlafener Kopf nicht. Das Licht der Öllampe ließ seine Augen schmerzen. Zweifellos war es viel zu früh zum Aufstehen. Malkar, der die Lampe hielt, stand neben seinem Bett und wartete. Kadevis begriff, dass ihm keine Wahl blieb, er raffte sich auf und warf einen Blick aus dem Fenster. Draußen lag noch Dunkelheit über der Stadt, nur einige hellere Wolkenstränge über den Dächern im Osten verrieten, dass es bald dämmern würde. Er wollte, seine Augen würden aufhören, so weh zu tun.

»Beeil dich. Ich warte vor deinem Zimmer. Die Lampe lasse ich dir hier.«

Kadevis wusch sich – das Wasser aus der Waschschüssel schien sehr viel kälter zu sein als am vergangenen Abend – und griff nach seiner Tunika. Erst als er in den Gang stolperte, wo Malkar mit verschränkten Armen stand, sah er, dass sein Mentor noch immer dieselbe Kleidung trug wie am Tag zuvor. »Habt Ihr gar nicht geschlafen?«, fragte Kadevis und rieb sich die Augen.

»Da dein verehrter Onkel, Hüter Hesvar Makis, uns mit seiner Gegenwart zu beehren geruhte, musste ich wohl oder übel eine Nachtschicht einlegen. Meine Mandantin wird heute Mittag hier sein und ihre vollständige Verteidigung hören wollen. Deswegen brauche ich die Informationen so schnell wie möglich. Hier, ich habe dir notiert, was du für mich abschreiben musst. Arbeite sorgfältig! Jeder Buchstabe kann über den Ausgang des Prozesses entscheiden.«

Kadevis nahm den Bogen entgegen, den sein Mentor ihm reichte, rollte ihn und schob ihn in die Tasche mit Schreibzeug, die er zusammen mit seinem restlichen Gepäck erhalten hatte. Er hängte sich die Tasche um und murmelte, dass er sich darum kümmern und gleich zurück sein werde.

Auf der Straße schlug ihm kalter Morgenwind entgegen. Er fröstelte. Zum Glück hatte Malkar ihm den Weg zum Stadtarchiv sorgfältig beschrieben, sodass er gut vorankam, ohne jemanden fragen zu müssen. Aber alles, woran er denken konnte, war sein Bett und dass er noch nie aus dem Haus gegangen war, ohne vorher zumindest einen schönen heißen Gewürztee zu trinken. Erst als er schon zwei Straßen hinter sich gebracht hatte, stellte sich ihm die Frage, wie es Malkar gelungen war, trotz des vielen Weins die Nacht durchzuarbeiten. Wenn er selbst schon so müde war, wie erschöpft musste dann erst sein Mentor sein?

Gütige Geschicke, hoffentlich verlangt er nie von mir, dass ich dasselbe tue!

3

Als Kadevis das Stadtarchiv fast erreicht hatte, stellte er fest, dass ihm Malkars Papier aus der Tasche gefallen war. Er musste den halben Weg zurückgehen, ehe er den Bogen mitten auf der Straße wiederfand. Offenbar war ein Wagen darüber gefahren, aber die Schrift konnte man glücklicherweise noch lesen. Das fing ja gut an!

Das Stadtarchiv war ein massiver, gemauerter Block, dessen winzige Fenster an ein Gefängnis erinnerten. Eine steinerne Treppe führte zum Eingang hinauf, den die verwitterten Statuen zweier Löwen bewachten. Nachdem er Malkars und seinen eigenen Namen genannt hatte, winkte die schläfrige Wache Kadevis herein. Es dämmerte gerade, aber im Inneren war es noch so finster, dass er kaum seine eigenen Füße sah. Ein hagerer, weißbärtiger Mann, Kadevis hielt ihn für den Aufseher, zündete gerade erst die Kerzen an, die es Besuchern erlaubten, sich zu orientieren.

Im Archiv wurden staatliche Unterlagen aller Art aufbewahrt: Verträge, Beschlüsse, Chroniken, Bekanntmachungen und auch die Texte der Gesetze, die gerade galten oder früher einmal gültig gewesen waren. Seit der Ermordung des Inselreichs-Tyrannen vor bald vierhundertfünfzig Jahren war das Archiv auf eine beachtliche Größe angewachsen – mit zahllosen Räumen voller Regale, in denen sich die Schriftrollen stapelten. Kadevis irrte von einem Raum in den nächsten, ohne zu wissen, wo er mit seiner Suche beginnen sollte. Überall roch es gleichermaßen nach schimmligem Papier. Das graue Licht, das durch die Fensterschlitze fiel, zeichnete hier und da einen fahlen Lichtfleck auf die Regale, doch es reichte nicht aus, um die Titel der Schriftrollen zu entziffern. Die dunkelbraune Wandfarbe schien das wenige Morgenlicht zusätzlich zu schlucken.

»Was suchst du, Junge?«

Kadevis drehte sich hastig um. Er hatte den Aufseher nicht kommen hören.

»Ich soll einen Gesetzestext kopieren.« Bei seinem Versuch, Malkars Notizen zu entziffern, stieß Kadevis fast mit der Nase an den Zettel. »Adana Miras Verordnung betreffs Spenden während des Wahlkampfs.«

»Nun, da bist du hier richtig«, sagte der alte Mann, »es müsste sich in einem dieser Regale befinden. Brauchst du eine Lampe?«

»Ja, das wäre nett.«

»Hier, nimm. Aber sei vorsichtig, dass du nicht aus Versehen etwas in Brand steckst!«

Bald darauf buchstabierte sich Kadevis im schwachen Licht einer Öllampe durch die Kennungen, die von den Schriftrollen herabhingen. Obwohl es draußen allmählich Morgen werden musste, wurde es noch immer nicht heller. Langsam begriff er, dass die Gesetze nach den Namen derjenigen angeordnet waren, die sie eingebracht hatten. Ausgerechnet die Familie Selvid und Adana schien geradezu versessen darauf gewesen zu sein, den Staat mit Gesetzen zu versorgen. Und der Name Mira erfreute sich in dieser Familie ebenfalls größter Beliebtheit. Frustriert erkannte er, dass er ohne Hilfe Stunden brauchen würde, das richtige Gesetz aufzuspüren. Er machte sich auf die Suche nach dem Aufseher und fand ihn hinter einer Theke im Eingangsbereich des Archivs.

»Ich finde es nicht. Könnt Ihr es nicht für mich heraussuchen?«

Der Mann musterte ihn. »Du hast zu der Wache gesagt, dass Kelven Malkar dein Mentor ist, nicht wahr?«

»Ja, warum?«

»Dann kann ich dir nicht helfen. Dein Mentor erwartet, dass du die Aufgaben, die er dir stellt, selbständig löst.«

Kadevis unterdrückte ein Stöhnen, kehrte widerwillig zu den Gesetzen zurück und begann die Suche von Neuem. Er musste jede Rolle öffnen, auf der er den Namen Adana Mira fand, und sich durch die komplizierten Texte kämpfen. Viele Begriffe, die ihm begegneten, kannte er nicht, aber er war überzeugt, die richtige Rolle noch nicht gefunden zu haben. Nach einer Weile juckte seine Nase vom Geruch des alten Pergaments, und er sehnte sich nach Licht und Luft. Er beschloss, hinauszugehen und ein bisschen Atem zu schöpfen. Aber nicht zu lange – schließlich wartete Malkar auf die Informationen, die er ihm bringen sollte.

»Bin gleich zurück«, informierte er den Aufseher und stellte die Lampe auf die Theke.

Draußen stieg er die Steintreppe hinab. An ihrem Fuß befand sich ein offener Platz, umgeben von Geschäften. Kadevis lehnte sich an eine Hauswand, wo sich ein Fleck warmes Sonnenlicht sammelte, und sah zu, wie die Stadt erwachte. Dienerinnen hasteten mit ihren Einkäufen über die Straßen, und einige der besser gekleideten Bürger wirkten so übernächtigt, als kehrten sie erst von irgendwoher nach Hause zurück. Kadevis beobachtete einen jungen Mann, der sich, offensichtlich betrunken, kaum im Sattel halten konnte. Hoffentlich kannte sein Pferd den Weg! Die Menschen wirbelten an Kadevis vorbei, niemand beachtete ihn. Seine Gedanken wanderten zu Onkel Makis, und obwohl sich die Straßen immer mehr füllten, fühlte er sich, als wäre er ganz allein in der Stadt.

»He, Kadevis! Alter Schlawiner! Was machst du denn hier?«

Kadevis wandte den Kopf. Ein junger Mann in seinem Alter eilte über den Platz auf ihn zu, eine Schreibmappe unter den Arm geklemmt.

»Akama!« Kadevis schlug ihm auf die Schulter. Er hatte Akama während seines Militärdienstes im Feldlager kennengelernt; er war ein Abkömmling der Sippe Sikur. Akama war noch kleiner als er selbst, dünn und immer zu Scherzen aufgelegt. Mit seinen hellen Glubschaugen sah er ohnehin schon zum Lachen aus, und im Augenblick schien sein ganzes Gesicht nur aus Grinsen zu bestehen. Ohne ihre gemeinsamen Blödeleien wären das Exerzieren in der Hitze und die beständig schlechte Laune der Kommandantin schwer zu ertragen gewesen. »Dasselbe könnte ich dich fragen. Ich freu mich, dich zu sehen!«

»Ich bin in einer wichtigen politischen Mission hier. Quatsch, mein Mentor will bloß, dass ich ein Gesetz für ihn abschreibe.« Akama schnitt eine Grimasse. »Es ist heute viel zu schön zum Arbeiten, findest du nicht?«

»Du sollst ein Gesetz abschreiben?«, wiederholte Kadevis erstaunt. »Deswegen bin ich auch hier. Moment, dann haben sie dich also doch zu einem Mentor geschickt? Ich dachte, du wolltest eine Reise machen?«

»Meine Eltern konnten den Gedanken nicht ertragen, dass ich auch nur ein bisschen Spaß haben würde. Sie haben drauf bestanden, dass ich nirgends hinreise, sondern hier die Redekunst lerne. Meine Klappe steht ja ohnehin nie still, meinte mein Vater, dann könne ich auch gleich Kapital draus schlagen.« Akama warf die Arme in die Luft. »Was soll ich machen? Ich hoffe nur, es ist nicht so langweilig, wie es bisher klingt.«

Der Anblick von Akamas vertrautem Grinsen ließ Kadevis' schlechte Laune verschwinden. »Ich bin wirklich froh, dich zu treffen. Ich suche schon den ganzen Morgen da drin« – über die Schulter wies er auf die Eingangstür des Archivs – »nach diesem einen Gesetz, und das ist ungefähr so lustig, wie einen bestimmten Stachel an einem Stachelschwein zu suchen. Aber wenn wir zu zweit sind, können wir uns gegenseitig helfen.«

»Du kannst auf mich zählen. Welches Gesetz sollst du denn finden?«

»Eins über Spenden während des Wahlkampfs.«

»Das von Adana Mira eingebracht wurde? Vor fünf Jahren?«

Nun war Kadevis' Verwunderung komplett. »Ja, genau. Woher …?«

»Das suche ich auch.« Akama runzelte die Stirn, als sei ihm plötzlich ein unangenehmer Gedanke gekommen. »Kadevis, wer ist eigentlich dein Mentor?«

»Kelven Malkar.«

»Der Bluthund!« Kadevis konnte nicht sagen, ob Akamas Entsetzen echt oder gespielt war. »Gütige Geschicke, ausgerechnet!«

»Du kennst ihn?«

»Nicht direkt, ich habe nur viel von ihm gehört. Mein Mentor und er … Nun, sie sind Gegner.«

»Bei dem Prozess gegen Juma Kalima?« Kadevis konnte es nicht fassen. So ein Zufall! »Dann ist dein Mentor der Redner des Klägers?«

Akama nickte. Er war tatsächlich ein wenig blass geworden. »Bedeutet das, wir beide sind jetzt so was wie Feinde?«

Trotz des Stimmengewirrs auf der Straße schien es auf einmal still um sie zu werden.

»Ich weiß nicht«, erwiderte Kadevis schließlich. »Ich weiß nur, wir beide sollen dieselbe Arbeit erledigen, und es wird schneller gehen, wenn wir es gemeinsam machen.« Er ahnte, dass es Malkar nicht gefallen würde, wenn er mit dem Schützling seines Kontrahenten zusammenarbeitete. Aber Malkar brauchte schließlich nichts davon zu erfahren.

»Du hast recht.« Akama wirkte erleichtert. »Also dann, worauf warten wir?«

Jetzt, da sie sich gegenseitig mit Witzen bei Laune halten konnten, fiel Kadevis die Arbeit viel leichter. Sie teilten sich die Regale auf und sahen die Unterlagen, die in Frage kamen, systematisch durch; trotzdem dauerte es noch eine ganze Weile, bis sie unter allen Schriftrollen endlich die richtige hervorzogen. Im Schreibraum des Archivs fertigten sie ihre Kopien an und schoben anschließend die Rolle zurück an ihren Platz. Als sie wieder auf der Straße standen, leuchtete die Sonne schon eine Handlänge über den Häuserdächern, und die Luft roch süß nach Frühling. Kadevis gähnte. Obwohl ihn das Licht und die Wärme mit Behagen erfüllten, erinnerte sich sein Körper genau daran, dass er zu wenig geschlafen hatte.

»Mein Mentor hat mich heute früh ohne einen Tee aus dem Haus gejagt«, sagte er zu Akama. »Wie wär's, wenn wir uns irgendwo einen besorgen und uns noch ein bisschen unterhalten?« Eigentlich sollte er zusehen, dass er zu Malkar zurückkehrte, aber der Gedanke an Gewürztee und ein Gespräch mit einem Freund erschien ihm in diesem Augenblick viel verlockender.

Akama war sofort einverstanden. Wenig später lehnten sie an einer Hauswand und schlürften heißen, scharfen Gewürztee. Er schmeckte wunderbar, Kadevis hatte das Gefühl, von einer sanften Flamme im Mund wachgekitzelt zu werden.

»Wie ist denn der Bluthund so?«, fragte Akama neugierig. »Wenn man meinen Mentor hört, muss er ein richtiges Monster sein.«

»Das ist Unsinn.« Akamas Worte beunruhigten Kadevis, dennoch hatte er das Gefühl, Kelven Malkar in Schutz nehmen zu müssen. »Er ist ziemlich streng mit mir, aber ich glaube, er ist wirklich auf Zack. Von ihm kann ich bestimmt eine Menge lernen.« Er hielt einen Themenwechsel für angebracht. »Was ist überhaupt mit deinem Mentor, wie heißt er?«

Auf einmal wirkte Akama verlegen. »Wird dir nicht gefallen, das zu hören.«

»Mach es nicht so spannend! Also, wie heißt er?«

»Verim Velmarun.«

Den Namen hatte Kadevis schon einmal gehört, aber er musste in seinen Erinnerungen wühlen, ehe ihm einfiel, in welchem Zusammenhang. »Ist das nicht ein Freund von …?« Nach all den Jahren schien ihm der Name noch immer mit Unglück behaftet, und er brachte ihn nicht über die Lippen.

»Hm.« Akama starrte in seinen Tee. »Ein Freund von Sotan Talvar.«

Kadevis schwieg. Er wusste nie, was er sagen sollte, wenn Talvars Name fiel. Seine Tante hatte ihm eingeschärft, wieder und wieder, es sei der Name des Mannes, der seine Eltern ermordet und seine Familie beraubt hatte, des Mannes, an dem er früher oder später Rache üben musste. Die Gerichte, pflegte seine Tante zu sagen, hatten den erfolglosen Feldherrn Talvar zwar von allen Vorwürfen freigesprochen – wenn man von dem des militärischen Versagens absah –, doch das bedeutete nicht, dass er nicht trotzdem schuldig war. Und Verim Velmarun war es, der die Rede zu Talvars Verteidigung gehalten und seinen Freispruch erwirkt hatte. Damals hatte der Prozess viel Aufsehen erregt, und es gab wohl niemanden in der Stadt, der nicht davon wusste. Noch heute war Talvar das Oberhaupt seiner Familie, der Sotan und Lira, auch wenn diese Sippe inzwischen sehr geschrumpft war.

»Tut mir leid, Kadevis«, sagte Akama leise. »Ich vermute, das heißt, wir sind nun wirklich so etwas wie Feinde. Vielleicht gehe ich besser.«

Kadevis schüttelte den Kopf. »Es ist nicht deine Schuld, dass dich deine Familie zu Velmarun geschickt hat.«

»Aber deine Eltern?«

»Lass uns nicht davon sprechen. Erzähl mir lieber von Velmarun. Ist er auch so streng?«

Wenn Akamas Geschwätzigkeit einen Dämpfer erhalten hatte, dauerte das offenbar nicht sehr lange an. Augenblicklich sprudelte er los: »Eigentlich nicht. Nur wenn er mit seinen Terminen im Rückstand ist, wird er unausstehlich, so wie heute. Ehrlich gesagt, ich glaube, er hat ziemlich Respekt vor dem Bluthund.«

Kadevis trank seinen Becher leer. »Glaubt er, er kann gegen ihn nicht gewinnen?«

»Oh, das hättest du wohl gern! Nein, das denkt er ganz bestimmt nicht. Aber – versprich mir, dass du es dem Bluthund nicht verrätst – er ist nicht ganz auf der Höhe. Die letzten Tage hat er viel geschlafen, und ich habe gesehen, dass er Lindblatt kaut. Mir hat er nicht gesagt, was er hat, aber ich hoffe sehr, dass er bis zum Prozess wieder gesund ist.«

»Bis dahin dauert's ja noch ein paar Tage«, sagte Kadevis. Er hatte genickt, als Akama ihn gebeten hatte, seinem Mentor nichts zu erzählen, doch zweifellos würde Malkar sehr gern wissen wollen, dass sein Kontrahent krank war. Das zu verraten wäre eine gute Gelegenheit, in Malkars Ansehen zu steigen. Dennoch …

»Ich mache mich jetzt besser auf den Weg«, sagte Kadevis. »Es ist bald Mittag.«

Sie stellten fest, dass sie denselben Rückweg hatten, Velmaruns Haus lag auf halbem Weg zu Malkars. Also beschlossen sie, gemeinsam zu gehen. Es dauerte nicht lange, und sie alberten wieder so herum, wie sie es im Feldlager getan hatten. Für den Moment vergaß Kadevis den Prozess, Velmarun, die Worte seiner Tante und alles, was an der Vergangenheit hässlich sein mochte. Er genoss es einfach nur, mit einem Freund in der Frühlingssonne unterwegs zu sein.

Vor der Tür von Velmaruns Stadthaus verabschiedeten sie sich mit einer kameradschaftlichen Umarmung. Kadevis hoffte, Akama bald wieder zu begegnen – wenn es nur die neuen Umstände zuließen! Er machte sich auf den Weg zu Malkar, hatte aber noch nicht einmal das Ende der Straße erreicht, als jemand hinter ihm seinen Namen rief. Verwundert drehte er sich um. Es war Akama, der gerufen hatte und nun auf ihn zustürzte, wobei er sich einen Weg durch die Menschen auf der Straße bahnte. Ihn so rasch wiederzusehen hatte Kadevis nicht geglaubt. Dann sah er die schreckgeweiteten Augen seines Freundes, das Entsetzen in seinem Gesicht.

»Liebe Güte, was ist los?«

»Bitte hilf mir!«, stieß Akama hervor, als er ihn eingeholt hatte. »Mit meinem Mentor stimmt was nicht. Er liegt nur da, antwortet mir nicht und grunzt so komisch. Du musst einen Heiler holen! Die Dienerin ist wohl beim Einkaufen, den Leibwächter finde ich auch nirgends, und ich kann ihn nicht so lange allein lassen. Kadevis, bitte! Ich hab Angst, er stirbt!«

Kadevis fühlte sich so elend, dass er kaum Luft bekam, und als er gegen die Tür von Malkars Haus klopfte, musste er gegen die Tränen ankämpfen. Der Diener öffnete ihm. Hinter ihm in der Eingangshalle stand sein Mentor mit einer blonden Frau, offenbar verabschiedeten sich beide gerade voneinander. Und obwohl Kadevis in diesem Moment ganz andere Dinge im Kopf herumschwirrten, stutzte er unwillkürlich: Konnte es wirklich sein, dass sie Malkar eben in den Hintern gekniffen hatte? Oder hatte er sich das nur eingebildet?

Malkar hatte ihn bemerkt, aber sein Gesicht verriet keine Regung. »Erlaubt mir, Euch Tuvar Kadevis vorzustellen«, sagte er zu seinem Gast. »Ich kümmere mich um ihn im Auftrag der ehrwürdigen Alven Nisra. Kadevis, das ist meine Klientin Juma Kalima.«

»Freut mich«, brachte Kadevis heraus. Die Frau maß ihn mit einem nachdenklichen Blick, murmelte einen Gruß, und Malkar nahm ihn bei der Schulter und schob ihn zur Seite, damit sie das Haus verlassen konnte. Kadevis sah ihr so lange nach, wie sie sich mit raschen, eleganten Schritten entfernte, bis der Diener die Tür schloss.

Im nächsten Augenblick ging Malkar auf Kadevis los wie ein wirklicher Bluthund.

»Wo warst du? Ich habe dir gesagt, dass ich die Abschrift schnell brauche, und jetzt ist es schon nach Mittag!«

In einem so scharfen Tonfall und einer solchen Lautstärke hatte Kadevis noch nie jemand angefahren, nicht einmal seine Tante. Das war zu viel. Er versuchte sich an einer Antwort, brachte aber kein Wort heraus.

»Hast du die Abschrift, ja oder nein?«

Kadevis nickte stumm und zog den Bogen aus der Tasche, den ihm Malkar sofort aus der Hand riss. »Viel hatte nicht gefehlt, und Kalima hätte gemerkt, dass ich nur improvisiere. Ich werde nicht dulden, dass du meinen Erfolg bei diesem Prozess gefährdest! Kadevis, haben wir uns verstanden?«

Endlich fand Kadevis seine Stimme wieder. »Ich glaube, der Prozess wird … verschoben.«

»Was?« Aus zusammengekniffenen Augen musterte Malkar ihn. »Wie kommst du darauf?«

»Ich habe … äh, ich war bei … Euer Gegner, Verim Velmarun. Er ist …«

»Was hast du mit Velmarun zu schaffen?«

»Gar nichts, aber ich bin Akama begegnet, seinem Schüler. Wir haben uns beim Militärdienst kennengelernt … Ich musste einen Heiler holen …«

Mit einer Geste schnitt Malkar ihm das Wort ab. »Hol erst einmal Luft, ehe du noch deine eigene Zunge verschluckst. Komm mit, setzen wir uns. Und dann erzähl mir langsam und der Reihe nach, was passiert ist.«

Er führte ihn in den Salon. Kadevis musste sich erst sammeln, ehe er seine ganze Geschichte zusammenhängend berichten konnte, doch dieses Mal ließ ihn Malkar sprechen, ohne ihn zu unterbrechen. Nun ergab es keinen Sinn mehr, irgendetwas geheim zu halten, bald hätte Malkar ohnehin alles erfahren. »Der Heiler meint, Velmarun hat nicht mehr lange zu leben«, beendete Kadevis seine Erzählung schließlich. »Es war fürchterlich mitanzusehen, wie er dalag. Er wollte mit Akama reden, aber er konnte nicht.«

Nachdem ihm Malkar so aufmerksam zugehört hatte, fühlte sich Kadevis schon etwas besser. Es tat gut, mit jemandem zu sprechen, gleichgültig mit wem. Ein wenig unsicher wartete er auf die Reaktion seines Mentors – bisher hatte ihn Malkar wenigstens nicht noch einmal angefahren! Stattdessen saß er mit geschlossenen Augen da und massierte sich mit den Fingerspitzen beider Hände die Schläfen. »Ja, ich weiß, ich hätte gar nicht erst mit Akama reden sollen, sondern lieber gleich meine Arbeit erledigen müssen«, sagte Kadevis, »aber ich hatte mich einfach gefreut, ein bekanntes Gesicht zu sehen … und dann ist auf einmal eins nach dem anderen passiert.«

Malkar gab ein leises Geräusch von sich. Es klang wie ein Husten, doch inzwischen wusste Kadevis, dass sein Mentor lachte. »Die Geschicke haben dich zur rechten Zeit an den rechten Ort geschickt, Kadevis.« Malkar schlug die Augen auf, seine Schultern zuckten und sein Lachen wurde lauter. »O Velmarun, du bist so eine Enttäuschung! Ich dachte, du seist ein Kämpfer, aber von allen Tricks, die ich vor Gericht jemals erleben durfte, ist das der feigste von allen.«

»Ich glaube nicht, dass es ein Trick ist.« Malkars Lachen klang in Kadevis' Ohren alles andere als angenehm. »Es ging ihm sehr schlecht. Ich habe es ja selbst gesehen.«

»Sicher hast du das.« Malkars Blick schien durch ihn hindurchzugehen. »Nun, das sind äußerst interessante Neuigkeiten. Man sollte Kalima benachrichtigen.«

»Ich kann das tun«, bot Kadevis an, »wenn Ihr mir erklärt, wo sie wohnt.« Er wollte gern alles tun, um seinen Mentor wieder versöhnlich zu stimmen.

Doch Malkar schüttelte den Kopf. »Das erledige ich selbst, später. Eine Gelegenheit wie diese – Kadevis, wie viel Zeit ist vergangen, seitdem du Velmaruns Haus verlassen hast?«

»Nicht sehr viel.« Worauf wollte Malkar jetzt schon wieder hinaus? »Nicht einmal eine halbe Stunde, glaube ich.«

Noch einen Moment lang starrte Malkar abwesend vor sich hin, dann schlug er mit der flachen Hand auf die Lehne seines Sessels und stand im nächsten Augenblick abrupt auf. »Gehen wir.«

»Was? Wohin denn?«

Malkar stand bereits an der Tür. »Ich statte meinem geschätzten Kollegen einen Besuch ab, um mich nach seinem Zustand zu erkundigen, und mein Schützling begleitet mich.«

»Aber warum?«

»Das erkläre ich dir unterwegs.«

»Muss das sofort sein? Ich hab den ganzen Tag noch nichts gegessen.«

»Das kannst du später tun. Wenn erst einmal Velmaruns Angehörige und Freunde bei ihm eintreffen, haben wir die Gelegenheit versäumt.«

Malkar verließ das Haus und eilte mit so großen Schritten die Straße entlang, dass Kadevis rennen musste, um ihm folgen zu können. »Könnt Ihr wirklich nicht ohne mich gehen?«, fragte er atemlos. »Es war schon schlimm genug, das einmal zu sehen …«

»Sei nicht zimperlich. Du wirst in deinem Leben noch viele Menschen sterben sehen – das hoffe ich jedenfalls für dich, denn alles andere würde bedeuten, dass du selbst bald den Tod findest. Außerdem werde ich mich mit Velmarun befassen. Für dich habe ich eine andere Aufgabe.«

Kadevis hatte das Gefühl, in einen Strudel geraten zu sein, aus dem er aus eigener Kraft nicht wieder freikam. »Was denn?«

»Du hast die Kunstwerke in meinem Haus gesehen.

Gerichtsredner pflegen für ihre Dienste gut bezahlt zu werden, und das trifft auch auf Velmarun zu. Ich möchte, dass du dich umschaust, während ich mit meinem Kollegen spreche. Es trifft sich gut, dass sich dein Bekannter Akama gerade in Velmaruns Haus aufhält. Wenn dich jemand davon abhalten will, irgendwohin zu gehen, sag einfach, dein Freund würde dich dort erwarten oder etwas in der Art – dir wird schon etwas einfallen. Du wirst die Augen offen halten nach Kunstwerken aus den Inselreichen, Statuen, Gefäßen, Schmuckstücken, Möbeln. Mich interessieren diejenigen, die eine bestimmte Kennung tragen: CHRET. Du kannst die Schriftzeichen der Inseln doch lesen?«

»Ja, natürlich. Aber …«

»Es empfiehlt sich vielleicht, dass du Schränke und Kammern untersuchst, falls du auf den ersten Blick nichts finden solltest.«

»Und wenn mich Velmaruns Dienerin erwischt, wie ich in den Sachen ihres Herrn herumschnüffle? Oder sein Leibwächter?«

»Dann erfindest du eine Ausrede. Gütige Geschicke, du bist ein charmanter junger Mann, es wird dir doch gelingen, eine Dienerin an der Nase herumzuführen. Und wegen des Leibwächters mach dir keine Gedanken, den werde ich schon beschäftigen. Sobald du einen Gegenstand mit der Kennung CHRET findest, musst du dir alle Einzelheiten einprägen, sodass du ihn mir später genau beschreiben kannst. Nimm aber auf keinen Fall etwas mit. Das könnte zu sehr auffallen.«

»Sicher, aber … was wollt Ihr denn mit diesen Sachen aus den Inselreichen?«

»Ich bin ein Kunstliebhaber, Kadevis. Das weißt du doch.«

»Wollt Ihr die Sachen kaufen? Nach Velmaruns Tod?«

»Vielleicht.«

»Ich verstehe nicht, warum Ihr ihn dann nicht selbst fragen könnt. Oder bereits früher gefragt habt … warum das jetzt sein muss, wo er im Sterben liegt. Wenn Ihr diese Gegenstände wirklich haben wollt, könntet Ihr Euch doch sicher einig werden? Dass Ihr Gegner im Prozess seid, bedeutet doch nicht, dass Ihr wirklich Feinde sein müsst, oder?«

Unvermittelt blieb Malkar stehen. Stumm musterte er Kadevis, und auf seinem Gesicht lag ein seltsamer Ausdruck, den Kadevis nicht deuten konnte. War es Spott? Mitgefühl? Oder am Ende gar so etwas wie Anerkennung?

»Ihr wollt gar nichts kaufen, nicht wahr?«, sagte Kadevis. »Hat das Ganze vielleicht irgendetwas mit dem Prozess gegen diese Juma Kalima zu tun?«

»Es ist besser, wir unterbrechen das Gespräch jetzt«, erwiderte Malkar. »Dort vorne ist schon Velmaruns Haus. Ich hoffe, du hast dir deine Aufgabe genau gemerkt. Es liegt in deinem eigenen Interesse, sie möglichst gut zu erfüllen, mehr noch, als du jetzt vielleicht glaubst. Wenn du erfolgreich bist, wirst du erfahren, weshalb. Enttäusche mich nicht noch einmal.«

4

Kadevis wusste nicht, wie es Malkar schaffte, in Velmaruns Haus zu gelangen. Als er vor der Tür erschien, versuchte ihn die mutige Dienerin davon abzuhalten, einen Schritt über die Schwelle zu setzen – aber nur wenige Worte später stand er bereits im Innenhof und machte ein Kompliment über den eleganten Grundriss des Gebäudes, während ihn Velmaruns Leibwache zwei Schritte entfernt erbittert anstarrte, die Hand am Schwertgriff. Kadevis' Knie zitterten ein wenig. Auch wenn Malkar dem Leibwächter nicht die geringste Beachtung schenkte, ließ der gefährliche Glanz in den Augen des Mannes Kadevis daran zweifeln, ob er selbst verwegen genug war, den Auftrag seines Mentors auszuführen.

»Ich muss mit Verim Velmarun sprechen, ehe es zu spät ist«, forderte Malkar in einem Tonfall, der jeden Widerspruch ausschloss. »Führ mich zu ihm.«

Die letzten Worte waren an die Dienerin gerichtet. Kadevis sah, wie die grauhaarige Frau unglücklich nickte. »Also gut, aber …«

»Aber was?«

»Nichts. Hier entlang, Ratsherr. Er ist oben.«

Mit finsterer Miene heftete sich der Wächter an Malkars Fersen. Auf Kadevis achtete niemand, und so blieb er, während sich die anderen entfernten, im Innenhof stehen. Er fragte sich, wo Akama stecken mochte. Ihn hatte er nicht gesehen. Ob er noch bei Velmarun war? Gern hätte Kadevis ihn gesucht und ihn gefragt, wie er sich fühlte, aber dazu blieb ihm jetzt keine Zeit. Er musste nach den Kunstwerken suchen, wie Malkar ihm aufgetragen hatte, auch wenn er noch immer keine Ahnung hatte, worum es hier eigentlich ging.

Er wischte die feuchten Hände an seiner Tunika ab und blickte sich prüfend um. Das Haus war offenbar in traditioneller Weise erbaut, mit Zimmern, die sich um einen Innenhof gruppierten und von dort zugänglich waren, und einem luftigen zweiten Stockwerk auf Holzsäulen. Einen Keller hatte es vermutlich auch – hier konnte er eine Weile suchen, um etwas Bestimmtes zu finden. Auf gut Glück verließ er den Innenhof und schlüpfte durch die erste Tür in ein großzügiges Esszimmer. Sein Herz hämmerte. Wenn nur Velmaruns Wache blieb, wo sie gerade war, und sich darauf beschränkte, Malkar im Auge zu behalten!

Bald stellte Kadevis fest, dass Velmaruns Haus zwar geräumig war, sich seine Einrichtung mit Malkars aber nicht im Geringsten messen konnte. Die Möbel schienen Erbstücke zu sein, das nachgedunkelte Holz und die aufgemalten Blütenmuster, deren Farbe schon teilweise abblätterte, wiesen auf ihr hohes Alter hin. Die Wandteppiche zeigten einfache Motive, wie sie in Kessel üblich waren: Blättergirlanden und Vögel, die in einem stilisierten Baum saßen. Kadevis öffnete sogar einen Schrank in der Küche, um einen Blick auf Velmaruns Geschirr zu werfen. Es bestand aus rotbraunem Kessler Ton und war schlicht bemalt. Je länger sich Kadevis umblickte, desto sicherer war er sich, dass Malkar irrte – hier gab es keine Kunstwerke aus den Inselreichen, nicht die kleinste Vase. Die gesamte Einrichtung stammte aus dem Talkessel. Wie viele konservative Kessler hielt Velmarun offenbar nichts von der Mode, sich mit Kostbarkeiten aus fremden Ländern zu umgeben.

Wenn Velmarun als Gerichtsredner tatsächlich so gut entlohnt wurde, wie sein Mentor gesagt hatte, was tat er dann wohl mit dem ganzen Geld und den Geschenken? Man hätte fast glauben können, Velmarun wäre ein Selvid, ein Angehöriger derjenigen Großen Familie, die selbst die geringste Spur von Luxus verabscheute und erst recht alles, was aus einem Land jenseits des Tals stammte. Seine Tante hatte sich deshalb schon oft über die Selviden lustig gemacht.

Nein, dachte Kadevis plötzlich, *Velmarun ist kein Selvid, aber er arbeitet für sie!* Auf einmal standen ihm die Unterlagen über den laufenden Prozess, die er durchgearbeitet hatte, wieder vor Augen: Der Kläger stammte aus der Familie Selvid. *Und wenn er dieses Haus betritt, wird er seinen Redner für einen sparsamen, rechtschaffenen Mann halten, der seine Einstellung über Luxus teilt. Er wird ihm daher umso mehr vertrauen.*

Wenn es hier irgendwo Kunstgegenstände aus den Inselreichen gab, standen sie bestimmt nicht offen sichtbar herum. *Ich muss den Keller finden!*

Bisher gab es keinen Hinweis darauf, dass ihn jemand bemerkt hatte, und es schien auch noch niemand aus dem Zimmer des Kranken zurückgekehrt zu sein: Alles war ruhig geblieben, was Kadevis etwas mutiger machte. Er kehrte in den Innenhof zurück, um sich neu zu orientieren, und zuckte kurz zurück, denn jetzt sah er Akama. Bei seiner Ankunft war der wuchtige Schreibtisch im Innenhof, an dem Velmarun früher seine Gäste begrüßt haben musste, leer gewesen. Nun saß sein Freund mit hängenden Schultern dort, wie ein Häufchen Elend sah er aus. Für den Augenblick vergaß Kadevis alle Kunst aus den Inselreichen und trat zu ihm.

»He, Akama«, sagte er leise.

Akama hob den Kopf. »He«, erwiderte er mit matter Stimme. »Wieso hast du den Bluthund hergebracht? Mein Mentor wird ohnehin bald sterben. Muss er sich jetzt auch noch kurz vor seinem Tod von seinem Feind demütigen lassen?«

»Tut mir leid.« Kadevis schluckte. »Ich kann nichts dafür – es war Kelven Malkars Idee.«

»Was will er? Außer Ärger machen?«

»Er möchte nur sehen, wie es Velmarun geht.«

Als Akama ihn musterte, stellte Kadevis fest, dass sich irgendetwas in seinem Gesicht verändert hatte, seitdem er ihn vor nicht einmal einer Stunde zuletzt gesehen hatte. Dass Akamas Heiterkeit vom Vormittag verschwunden war, konnte in dieser Situation kaum überraschen. Aber da war noch etwas anderes, etwas, was Kadevis sagte, dass es keine gute Idee wäre, seinen Freund zum Trost zu umarmen.

»Das hätte der Bluthund niemals gewagt, wenn Sotan Talvar vor ihm hier gewesen wäre«, sagte Akama. In seiner Stimme lag eine Härte, die Kadevis noch nie an ihm wahrgenommen hatte.

»Talvar? Er kommt her?« Das änderte die Lage.

»Ja. Er ist Velmaruns engster Freund, ich habe nach ihm schicken lassen. Du solltest sehen, dass du möglichst schnell verschwindest, Kadevis.«

»Glaubst du, er …?«

Akama zuckte die Achseln. »Ich würde ihm an deiner Stelle einfach nur aus dem Weg gehen.«

Kadevis spürte ein flaues Gefühl im Magen bei dem Gedanken, dem Mann zu begegnen, der womöglich seine Eltern ermordet hatte, der aber auf jeden Fall ein Feind seiner

Familie war. Akama hatte recht, das konnte nur Ärger bedeuten. Doch was würde Malkar sagen, wenn er sich einfach verdrückte, ohne seinen Auftrag zu Ende zu führen? Er hatte ihn gewarnt, ihn nicht noch einmal zu enttäuschen. Bestimmt blieb noch etwas Zeit, bis Talvar auftauchte. Außerdem würde der ehemalige Kommandant vermutlich sofort seinen sterbenden Freund aufsuchen und keine Zeit damit verschwenden, sich um den unbedeutenden Schützling eines anderen Redners zu kümmern.

»Das werde ich. Danke für die Warnung. Aber bevor ich gehe, würde ich mich gerne noch kurz frisch machen …«

Akama beschrieb ihm den Weg, und Kadevis verließ ihn mit klopfendem Herzen. Er hatte Akama belogen, und es war ihm nicht einmal schwergefallen.

Sobald er außer Sichtweite war, nahm er seine Suche wieder auf. Diese Tür kannte er bereits, diesen Raum auch – aber was sich hinter einem unauffälligen, braunen Vorhang verbarg, hatte er noch nicht herausgefunden. Kadevis schob ihn beiseite und gelangte in einen Gang, wo durch wenige Fenster schummriges Halblicht auf den Fliesenboden fiel. Hier fand er, was er suchte, eine steinerne Treppe, die in den Keller hinabführte. Rasch blickte er sich um, ob niemand ihn beobachtet hatte, dann eilte er leise die Stufen hinab. Am Ende der Treppe befand sich eine Holztür. Kadevis lehnte sich dagegen – und unterdrückte mit Mühe einen Fluch, als er feststellte, dass sie abgeschlossen war. Was hatte er denn geglaubt?

Doch so schnell würde er nicht aufgeben. Vielleicht gab es von außen einen Weg in den Keller. Wenn er sich die Lage des Kellers auf dem Grundriss das Hauses einprägte …

»Ich werde mich jetzt verkrümeln«, rief Kadevis Akama

zu, als er ein weiteres Mal durch den Innenhof auf die Eingangstür zulief, doch sein Freund blickte nicht auf.

Von außen nahm er das Haus noch einmal genau in Augenschein. Die Vorderfront zeigte ihm nur Kellerfenster, die nicht breiter waren als seine Hand. An den Seiten gab es gar keine, und der Garten war von einer Mauer umschlossen. *Ein Garten mitten in der Innenstadt!* Dahinter führte eine Straße entlang, vollgestellt mit Kisten und Wagenrädern. Ein alter Mann rollte gerade im Schneckentempo ein mächtiges Rad über das Straßenpflaster. Er schien Kadevis nicht die geringste Beachtung zu schenken, als er auf einen Kistenstapel stieg, um sich einen Überblick zu verschaffen.

Velmaruns Stadtgarten bestand aus einer bunten Ansammlung wild wuchernder Sträucher, die meisten in Blüte. Dazwischen wuchsen Apfel- und Kirschbäume, die erst Knospen entwickelt hatten. Der gepflasterte Weg zwischen den Pflanzen war grün von Moos. Gefangen von der unvermuteten Schönheit, die sich ihm bot, stand Kadevis einen Moment lang bezaubert da, dann riss er sich los und wandte seine Aufmerksamkeit dem Haus zu. Tatsächlich, deutlich sah er Fensterschlitze, die den Boden berührten. Das mussten Kellerfenster sein.

»He, Junge, was soll das werden, wenn's fertig ist?«, fragte eine tiefe Stimme hinter ihm. Kadevis wandte den Kopf. Da stand der alte Mann und sah ihn missbilligend an, die Hände in die Hüften gestemmt. Sein Rad hatte er neben sich an eine Hauswand gelehnt.

»Die blühenden Bäume sind so hübsch«, antwortete Kadevis rasch und zwang sich zu einem unschuldigen Augenaufschlag. Der Mann warf ihm einen Blick zu, als zweifle er an seinem Verstand, wandte sich aber um und schlurfte zu seinem Rad zurück. Kadevis wartete, bis er sich entfernt hatte, dann zog er sich kurz entschlossen an der Mauer hoch, schwang die Beine darüber und sprang auf die andere Seite hinunter. Moos dämpfte den Aufprall. Zum ersten Mal hatte er das Gefühl, dass die militärischen Übungen, die er absolviert hatte, zu etwas gut waren: Wie die Kommandantin ihm beigebracht hatte, nutzte er die Deckung der Büsche, um sich ungesehen aufs Haus zuzubewegen.

Er hatte Glück. An einem der Kellerfenster, die hier deutlich breiter waren als auf der Vorderseite, befand sich eine hölzerne Laderutsche. Gewöhnlich wäre sie für einen erwachsenen Mann zu schmal gewesen, aber Kadevis war klein und schlank. Er beschloss, es auf einen Versuch ankommen zu lassen. Auf den Boden gepresst, schob er zuerst seine Beine durch den Schacht, dann zwängte er sich ganz hindurch. Kurz befürchtete er festzustecken, doch er biss die Zähne zusammen und beförderte sich mit einem Ruck auf die andere Seite. Einen Atemzug lang hing er in der Luft, im nächsten prallte er auf harten Boden, verlor das Gleichgewicht und landete unsanft auf dem Gesicht.

Der Schmerz ließ helle Funken vor seinen Augen zucken. Kadevis fluchte leise, als er sich aufrichtete und nach seiner Nase tastete. Warmes Blut blieb an seinen Fingern kleben, und von einem Moment auf den nächsten erkannte er, dass er womöglich eine große Dummheit begangen hatte: Auf Höhe seines Kopfes befand sich die Rutsche, durch die er hineingelangt war, doch wie sollte er dort wieder hinaufkommen?

Er holte tief Luft. Panik war jetzt das Letzte, was ihm nützen würde. Immerhin fiel durch den Schacht genügend Licht herein, dass er erkennen konnte, wo er sich befand. Es war ein Vorratskeller mit Säcken voller Mehl und Regalen voller Trockenfrüchte, eingelegter Bohnen und anderen

Lebensmitteln – er konnte sich glücklich schätzen, dass er bei seinem Einstieg nichts umgerissen hatte. Der Boden bestand aus festgetretener Erde, hart genug, um einem Eindringling die Knochen zu brechen. Zu seiner Erleichterung sah er in einer Ecke nun auch Holzkisten. Die konnte er aufeinanderstapeln, um später wieder aus dem Keller hinauszugelangen. Nur etwas, was auch nur im Entferntesten nach Kunst aussah, entdeckte er nicht.

Die Tür der Vorratskammer war nicht verschlossen, aber dahinter lag Dunkelheit. Hätte er doch eine Lampe mitgebracht! Schritt für Schritt tastete sich Kadevis die Wände entlang, er hatte keine Ahnung, wohin ihn der Gang führen würde. Seine Stiefel knirschten leise auf dem Boden, aber er hörte es selbst kaum, so laut pochte sein Herz.

Er wusste nicht, welche Entfernung er zurückgelegt hatte, als er an die erste von mehreren Türen stieß, hinter denen sich ebenfalls Vorratsräume befanden. Er musste sich jetzt an der Vorderfront des Gebäudes befinden, denn es fiel wieder mehr Licht von außen herein, sodass er die Einzelheiten leidlich unterscheiden konnte. Hinter einer der Türen entdeckte er einen Weinkeller, der eine beeindruckende Auswahl bot, doch noch immer waren keine Kunstwerke auszumachen, nichts, was nicht in einen gewöhnlichen Keller gehörte.

Nachdem er alle Räume durchkämmt, zahllose Kisten geöffnet und nur Lampenöl, Geschirr und ähnliche Alltagsgegenstände gefunden hatte, lehnte er sich an eine Wand und atmete tief durch. Wie lange mochte er nun schon hier unten sein? Auch wenn es ihm widerstrebte, musste er sich eingestehen, dass entweder Malkars Auftrag von vornherein unsinnig gewesen war oder dass er sich zu dumm anstellte, um ihn auszuführen. Er sollte zusehen, dass er wieder ans Tageslicht kam. Zögerte er zu lange, würde er am Ende nur Talvar über den Weg laufen, und die Geschicke mochten wissen, was dann passierte!

Zu allem Überfluss zitterten inzwischen seine Hände und Knie vor Hunger, und seine angeschlagene Nase pochte. *Kadevis, denk nach! Ist dir irgendetwas Ungewöhnliches aufgefallen?* Er sah sich noch einmal in dem Raum um, in dem er sich gerade befand. Hier lagerten fünf oder sechs Kisten mit Geschirr. Kadevis runzelte die Stirn. War es nicht sonderbar, dass Velmarun so viel davon besaß? Oben in seinem Schrank stapelten sich genügend Teller, um eine große Gesellschaft zu bewirten. Offenbar pflegte in diesem Haus viel Geschirr zu Bruch zu gehen. Oder gab es einen anderen Grund, warum Velmarun so viele Ersatzteile im Keller aufbewahrte? Zudem wies sein Geschirr oben keinerlei Besonderheiten auf – bei jedem Töpfer konnte man es erwerben, und er hätte jederzeit seine Dienerin schicken können, um einzelne Stücke nachzukaufen.

Kadevis beschloss, sich Velmaruns Ersatzgeschirr noch einmal genauer anzusehen. Er trat zu der Kiste, die ihm an nächsten stand, klappte sie auf und zog einen großen, runden Teller hervor. Unter einem der beiden Fensterspalte drehte er ihn in den Händen. Der Teller war dünnwandig und leicht und bestand aus demselben roten Ton wie die anderen, die er oben im Haus gesehen hatte. Nichts Besonderes, obwohl der Töpfer, der ihn angefertigt hatte, sein Handwerk offensichtlich verstand, darauf deutete die elegante Form hin. Laut der Kennung, die mit schwarzer Farbe auf seine Unterseite gepinselt war, stammte das Stück aus einer Kessler Werkstatt.

Enttäuscht wollte Kadevis aufgeben, als plötzlich der Lärm anschwoll, der schon die gesamte Zeit über gedämpft von der Straße zu ihm hinuntergedrungen war. Nun konnte er einzelne Stimmen unterscheiden: Es war Akama, der dort draußen voller Zorn schrie, dass sich seine Stimme fast überschlug, Malkar erwiderte etwas in schneidendem Tonfall. Andere Stimmen fielen ein, nicht weniger wütend als Akamas. Es klang furchteinflößend, so, als wollten alle jeden Moment mit den Fäusten übereinander herfallen. Kadevis wusste nicht, was vor sich ging, aber er hielt es für besser, das möglichst schnell herauszufinden. Vielleicht brauchte sein Mentor Hilfe.

Seine Hände waren vor Schreck feucht geworden, und als er den Teller zurück in die Kiste legen wollte, glitt er ihm aus den Fingern und zersprang auf dem Boden mit einem leisen, fast melodischen Knall. Noch nie hatte Kadevis gehört, dass Geschirr mit einem solchen Geräusch zu Bruch ging, und obwohl er im Augenblick eigentlich andere Sorgen hatte, beugte er sich hinab, um eine der Scherben aufzuheben.

Sie war so groß wie seine Handfläche und leicht gewölbt. Die Ränder hatten scharfe Kanten, und irgendetwas an ihnen erschien ihm sonderbar. Dann wusste er es auf einmal: Selbst im schwachen Licht ließ sich ausmachen, dass die Bruchstelle einen helleren Farbton aufwies als die rötlichen Außenseiten des Tellers. Diese gelbliche Farbe – das war kein Kessler Ton! Außerdem sah Kadevis nun, dass das Rot an einer Stelle der Innenseite abgeplatzt war. Darunter befand sich eine dunkle, fast schwarze Glasur. Von der Kunst der Inselreiche verstand Kadevis nichts, und er wusste nicht, ob schwarzes Geschirr dort üblich war. Aber er verstand genügend, um zu erkennen, dass Velmarun einen Grund haben musste, um die wirkliche Farbe seines Ersatzgeschirrs zu verstecken.

Zuerst wollte er die Scherbe in die Innentasche seines Umhangs stecken, um sie Malkar zu zeigen, doch dann erinnerte er sich an die Warnung seines Mentors, auf keinen Fall etwas mitzunehmen. Rasch sammelte er die Bruchstücke des Tellers zusammen und versenkte sie tief in der Kiste. Hier würde sie hoffentlich niemand so schnell entdecken. Anschließend eilte er durch die dunklen Gänge zurück zu dem Raum mit der Rutsche, stapelte ein paar der Kisten aufeinander und zwängte sich durch den engen Schacht nach oben. Sein Umhang zerriss, doch ihm blieb keine Zeit, darauf zu achten, denn die Geräusche vor dem Haus verwandelten sich in das Schaben von Metall auf Metall – der Laut, mit dem Klingen gezogen wurden. Kadevis rannte los. Ein Apfelbaum half ihm, den Rückweg über die Mauer schnell zu bewältigen.

Gerade noch rechtzeitig bog er um die Ecke auf die Hauptstraße, um zu sehen, dass eine Gruppe von Schlägern Malkar eingekreist hatte und ihre Schwerter auf ihn richtete. Die farbigen Schärpen, die sie über ihren Lederpanzern trugen, wiesen sie als Leibwache einer Großen Familie aus. Doch Malkar beachtete sie nicht einmal. Sein Blick war auf eine Sänfte gerichtet, die vor dem Eingang zu Velmaruns Haus abgestellt worden war, und seine Augen flammten. »Ihr müsst Euren Kötern schon befehlen zuzuschnappen«, sagte er laut, »um mich daran zu hindern, hinzugehen, wo ich will.«

Zahllose Schaulustige hatten sich bereits versammelt, und mit jedem Moment wurden es mehr. Als Kadevis Akama entdeckte, der etwas abseits stand und alles mit verstörter Miene beobachtete, ging er zu ihm und fragte: »Was ist denn hier los?«

Doch Akama schüttelte nur den Kopf und erwiderte

nichts. Kadevis schluckte. Die Bewaffneten mit ihren großen, bandagierten Fäusten sahen angsteinflößend aus und machten nicht den Eindruck, als würden sie zögern, Malkar totzuschlagen, wenn sie den Befehl erhielten. Konnte er irgendetwas tun, um seinem Mentor zu helfen, ohne selbst in die Reichweite ihrer Schwerter zu geraten?

Kadevis nahm all seinen Mut zusammen und trat vor. »Bitte lasst meinen Mentor gehen«, sagte er. »Ich bin sicher, das ist ein Missverständnis.«

Nun richteten sich alle Blicke auf ihn, und er kam sich reichlich töricht vor, wie er dastand, mit zerrissener Kleidung und blutiger Nase.

»Wir wollen ihn ja gehen lassen, Junge«, sagte ein knochiger, stoppelbärtiger Mann, vermutlich der Anführer der Leibwache, »doch er weigert sich, von hier zu verschwinden.«

»Wie soll er denn verschwinden, wenn ihr ihn eingekreist habt?«, hörte sich Kadevis selbst sagen.

Die Umstehenden antworteten mit gedämpften Gelächter, und die Miene des Mannes verfinsterte sich. »Du fühlst dich wohl sehr schlau. Vielleicht willst du ihm ein bisschen Gesellschaft leisten?«

Kadevis fing einen warnenden Blick von Malkar auf, doch es war zu spät: Der Anführer der Leibwache machte einige rasche Schritte – er bewegte sich wesentlich schneller, als er sprach –, und seine Klinge richtete sich auf ihn. Langsam wich Kadevis zurück, in den Kreis hinein, bis er gegen Malkars Schulter stieß.

»Du siehst nicht wie ein Ratsherr aus, Kleiner. Ist es auch verboten, *dir* die Fresse zu polieren?«

Hilfesuchend sah Kadevis seinen Mentor an, doch Malkar presste nur missbilligend die Lippen aufeinander.

Gütige Geschicke, in was für einen Schlamassel bin ich geraten – und ich habe noch immer keine Ahnung, worum es eigentlich geht!

»Genug!«

Die Stimme war nur leise, aber die Autorität, die darin lag, ließ die Menschenmenge verstummen, auch die Schläger wandten sich zu der Sänfte um. Ein Mann war herausgestiegen, ganz in Schwarz gekleidet, nur sein Ratsherrengürtel leuchtete rot. Hochgewachsen wie er war, überragte er die meisten der Umstehenden. Das Gesicht hatte er mit einem schwarzen Tuch verhüllt, und ein Umhang floss um seinen hageren Körper. Er stützte sich auf den Arm einer jungen Frau.

Sotan Talvar. Kadevis erkannte ihn, ohne ihn jemals zuvor gesehen zu haben – ganz Kessel wusste, dass Talvar wegen einer Entstellung sein Gesicht zu verbergen pflegte. Plötzlich erschien Kadevis alles ringsum so unwirklich wie in einem der Träume, in denen er auf einmal begriff, dass er nur träumte: die Straße, die Menschen, die Bewaffneten, sogar die zögernde Wärme der Frühlingssonne. Sein Leben lang hatte er sich davor gefürchtet, dem Mann zu begegnen, dem man nachsagte, seine Eltern ermordet zu haben. Als Monster hatte er ihn sich vorgestellt, voller Narben, mit grausamen Augen und fleischigen Händen. Und nun stand ein abgemagerter Mann mit Schleier und in Trauerkleidung vor ihm?

Kadevis blinzelte. Die Wirklichkeit kehrte zurück, und unwillkürlich richtete sich seine Aufmerksamkeit auf die junge Frau an Talvars Seite. Noch nie hatte er so glatte, schimmernde schwarze Haare gesehen, ein so süßes Gesicht oder eine solche Hautfarbe. Ihre Haut war wie die Erde im Sommer, wenn die Sonne ihr goldenes Licht darauf warf. Er fragte sich unwillkürlich, wie alt sie sein mochte. Sie bemerkte offenbar, dass er sie anstarrte, denn sie hob den Kopf und erwiderte seinen Blick einen Moment lang. Dann schlug sie die Augen nieder. Doch Kadevis glaubte, kurz zuvor ein Aufblitzen darin gesehen zu haben.

Sotan Talvar löste sich von ihrem Arm und trat auf Kadevis zu. Augenblicklich wichen die Männer seiner Leibwache zur Seite, sodass er ungehindert in den Kreis treten konnte.

»Tuvar«, sagte er. Ein sonderbarer Tonfall lag in seiner Stimme, den Kadevis nicht zu deuten vermochte.

Malkar trat neben ihn. »Lasst meinen Schützling aus dem Spiel. Das ist eine Sache zwischen Euch und mir.«

Talvar achtete nicht auf ihn. Durch den Schleier war sein Gesicht unsichtbar, doch Kadevis hatte das Gefühl, dass er ihn unverwandt anstarrte und dass ihn dieser Blick lähmte. »Bist du … Tuvar Kadevis?« Der Mann schien nach jedem Wort suchen zu müssen. Seine Stimme klang angenehm, sanft, beinahe samtig. Er hob einen hageren Arm und streckte ihn nach Kadevis' Gesicht aus, als wolle er ihn berühren. Aber er tat es nicht, sondern hielt kurz vorher inne.

»Ja, das ist Kadevis.« Malkars Stimme schnitt durch die Stille. »Was ist, Sotan Talvar? Jetzt habt Ihr die Gelegenheit, einen weiteren Tuvaren niederzumachen, der Euch im Weg steht. Worauf wartet Ihr?«

Talvars ausgestreckte Hand sank herab, und der verschleierte Kopf wandte sich Malkar zu. Kadevis' Magen zog sich zusammen. Jetzt war Malkar gewiss zu weit gegangen, und der Mann würde seiner Wache den Befehl geben, sie anzugreifen. Doch das geschah nicht. Stattdessen befahl er seinen Leuten mit ruhiger Stimme: »Weg mit den Schwertern. Lasst diese Herren gehen.«

Malkar legte die Hand aufs Herz und verneigte sich vor Talvar, und während sich Kadevis noch fragte, ob es eine dankbare Geste oder nur Spott war, hatte ihn sein Mentor bereits am Arm gefasst und zog ihn mit sich.

Einen Atemzug später waren sie der Umzingelung der Leibwache entkommen, schoben sich durch die Menschenmenge und ließen Talvars Sänfte hinter sich. Auch wenn Malkar den Eindruck erweckte, sich gemessen zu bewegen, legte er ein beachtliches Tempo vor. Er ging erst langsamer, als sie um eine Ecke gebogen waren.

»Gütige Geschicke«, keuchte Kadevis, »die hätten uns fast umgebracht!«

Unter seinen Sommersprossen wirkte auch Malkar ein wenig fahler als sonst, aber er sagte ruhig: »Unwahrscheinlich, wenn so viele Zeugen anwesend sind.«

»Was ist überhaupt passiert? Warum hatten sie Euch eingekreist?«

»Oh, ich hatte mich geweigert, Velmaruns Haus zu verlassen. Ein einzelner Mann und ein Schwert sind ein ziemlich mickriges Aufgebot, wenn man einen Ratsherrn vertreiben will. Aber bei Sotan Talvars Eintreffen hat dein Freund Akama dessen Leibwache zu Hilfe gerufen. Wie du siehst, haben mich diese ehrenwerten Leute vor die Tür gesetzt.«

»Ihr habt Euch geweigert, das Haus zu verlassen? Aber wieso?«

»Deinetwegen natürlich, Kadevis. Ich wusste nicht, wo du warst, und wollte nicht riskieren, dich zurückzulassen. Am Ende hättest du in Velmaruns Haus festgesessen wie eine Maus im Eimer.« Er zuckte die Achseln. »Also habe ich dir Zeit verschafft.«

Kadevis war überwältigt zu hören, dass sich sein Mentor

seinetwegen in so große Gefahr begeben hatte. »Hattet Ihr gar keine Angst, dass die Wache Euch etwas antut?«

Lässig zupfte Malkar an seinem Ratsherrengürtel. »Ich bin ebenso wie Sotan Talvar Mitglied des Rates. Und dieses Zeichen schützt mich. Mir wäre nichts zugestoßen, und wenn es eine Stunde so weitergegangen wäre. Was dich allerdings betrifft: Dein Versuch, mir zu helfen, ehrt dich, aber in Zukunft solltest du deinen und meinen Status besser bedenken, bevor du so etwas tust. Ich werde nicht immer vor Ort sein, um dir aus der Klemme helfen zu können.«

Kadevis spürte, wie ihm das Blut ins Gesicht schoss. »Es sah aus, als wärt Ihr wirklich in Gefahr.«

»Das war ich und bin ich noch immer«, erwiderte Malkar ernst, »wenn auch nicht so, wie du denken magst. Das ist die andere Seite dieses hübschen roten Gürtels.«

»Wie geht es Velmarun?«

»Ich glaube nicht, dass er die Nacht übersteht. Aber nun zu dir. Wie fühlst du dich?«

»Ich habe mich sehr erschrocken, als Sotan Talvar auf einmal vor mir stand«, gab Kadevis zu. »Ich wusste zwar, dass er kommen würde, aber das …«

»Es musste früher oder später passieren«, unterbrach ihn Malkar, »und es hätte schlimmer ablaufen können. Aber ich sehe, du bist verletzt.«

»Es ist bloß meine Nase. Ich hab sie mir gestoßen. Meister Malkar, ich war in Velmaruns Keller. Da unten …«

Malkar legte ihm eine Hand auf den Arm. »Darüber sprechen wir, wenn wir es uns bequem gemacht haben. Du solltest dich waschen und umziehen, und dann gehen wir essen.«

5

»Kadevis, das ist Lidda, eine gute Freundin. Lidda, Tuvar Kadevis ist mein Schützling. Ich möchte, dass du ihn ebenso freundlich und großzügig behandelst wie mich.«

Die dralle Frau vor ihnen hatte ihr Haar zu einer üppigen Frisur aus geflochtenen Zöpfen aufgetürmt, nur eine einzelne Haarsträhne hing ihr neckisch in die Stirn. Ihre Augenlider waren bläulich, die Lippen rot bemalt. Aber am schwersten fiel es Kadevis, den Blick von ihrem Ausschnitt abzuwenden. Man sah zwar nur, wo ihre Brüste anfingen, doch das war mehr, als die üblichen Frauenkleider erkennen ließen, zumal ihr Gewand recht eng saß. Kadevis benötigte nicht viel Fantasie. Er ahnte, an was für einem Ort er sich befand, und Malkars Wahl überraschte ihn.

Lidda reichte ihm ihre weiche Hand. »Es ist mir eine Ehre, Euch bei mir willkommen zu heißen, edler Tuvar. Ich hoffe, Ihr werdet Eure Freude an unserer Gastfreundschaft haben.«

»Danke«, erwiderte Kadevis nicht sehr geistreich. Für den Moment hatte er vergessen, dass er hungrig war.

»Wir benötigen einen Tisch, Lidda. Wie üblich«, sagte Malkar. »Was kannst du uns heute sonst noch empfehlen?«

»Vorgestern habe ich eine frische Lieferung Nebelkraut erhalten«, berichtete die Frau, »auch einige gute Gewürze hat mir der Händler gebracht. Der Lammbraten ist heute besonders gut. Und als Wein ...«

»Wir nehmen den Lammbraten. Mit dem Nebelkraut

und dem Wein wartest du besser, bis ich weiß, ob es etwas zu feiern gibt.«

Nachdem sich Lidda liebenswürdig bereit erklärt hatte, Malkar und Kadevis an ihren Platz zu bringen, folgten sie ihr eine Treppe hinab in ein Haldbunkel, aus dem Musik, Lachen und das Gemurmel vieler Stimmen aufstiegen. Der Raum sah aus wie andere Kellertavernen, die Kadevis bereits besucht hatte, nur geräumiger und irgendwie exotischer. Neben dem Geruch nach Essen und Tee lag auch ein fremdartiger, süßer Duft in der Luft, und als Kadevis den Kopf hob, sah er weiße Nebelschwaden die Decke entlangkriechen.

Viele Tische befanden sich in Nischen an den Seiten und waren von Vorhängen halb verdeckt. Junge Frauen trugen Tabletts mit Tellern, dampfenden Tassen und Pfeifen umher, alle waren ähnlich gekleidet wie Lidda, manche sogar noch offenherziger. Erst auf den zweiten Blick fiel Kadevis auf, dass sich auch junge Männer unter ihnen befanden. Lidda entzündete die Kerzen auf dem Tisch am hintersten Ende des Raumes, wobei sie sich weit vorbeugte, und eilte dann fort.

Nachdem Malkar Platz genommen hatte, ließ sich auch Kadevis auf einem der gepolsterten Stühle nieder. »Ich weiß nicht, ob es Tante Nisra und Onkel Makis gefallen würde, dass ich hier bin«, sagte er.

Malkar zog die Brauen hoch. »Möchtest du lieber woanders hingehen?«

»Nein, nicht unbedingt. Mir gefällt es.«

»Das dachte ich mir. Nun, mir gefällt es auch. Lidda ist sehr zuverlässig, wenn es um Geheimnisse geht, und ihr Nebelkraut gehört zum besten, das ich kenne.«

»Sie ist auch … äh … wirklich eine schöne Frau.«

»Schöne Frauen gibt es in dieser Stadt mehr, als dir lieb

ist. Aber zunächst haben wir dringendere Themen zu behandeln. Du bist also in Velmaruns Keller eingestiegen?«

Noch einmal ignorierte Kadevis das laute Knurren seines Magens und berichtete von seinem Fund im Keller. »Hervorragend«, sagte Malkar, als er geendet hatte, »das war ausgezeichnete Arbeit, Kadevis. Ich bin überzeugt, die Kennung, von der ich gesprochen habe, wird zum Vorschein kommen, wenn man Velmaruns Ersatzgeschirr einmal gründlich abwäscht.«

Kadevis wurde warm ums Herz. Dieses Lob war aufrichtig gemeint, das spürte er. »Diese Kennung, CHRET, was bedeutet sie eigentlich?«

»Chretax von Kyma besaß eine der berühmtesten Kunstwerkstätten in den gesamten Inselreichen. Beim Kampf um Kyma vor fünfzehn Jahren wurde er erschlagen – über der Töpferscheibe, wie es heißt. Seine Werkstatt wurde bis auf das letzte Schüsselchen geplündert, aber bis heute sind die Kostbarkeiten, die seine Kennung tragen, nicht wieder aufgetaucht. Es geht nicht nur um Töpferwaren, sondern auch um Skulpturen und Schmuckstücke. Gerade Chretax' große Statuen sind berühmt für ihre Lebendigkeit und von unschätzbarem Wert.«

»Meine Eltern waren zu dieser Zeit in Kyma«, sagte Kadevis nachdenklich. »Dort haben sie im Krieg angeblich eine Menge Beute gemacht. Aber sie sind gestorben, bevor sie irgendetwas davon nach Kessel bringen konnten.« Auf einmal war es, als würde jemand eine Lampe in seinem Kopf entzünden, von einem Augenblick auf den nächsten begriff er die Zusammenhänge. »Jetzt verstehe ich! Sotan Talvar, er hat nach dem Tod meiner Mutter das Kommando übernommen. Ihr glaubt, dass er diese Teller gestohlen und seinem Freund gegeben hat, Velmarun.«

»Wen kümmert schon, wer den Raub begangen hat, Kadevis. Ich weiß nur, dass Talvar Beuteunterschlagung vorgeworfen wurde, das Gericht hat ihn jedoch freigesprochen dank des brillanten Plädoyers seines Verteidigers Velmarun. Es ist anzunehmen, dass er seiner Dankbarkeit gegenüber Velmarun nicht nur durch Worte Ausdruck verliehen hat. Die Schätze einer ganzen Werkstatt können sich ja nicht einfach in Luft auflösen. Ich habe schon lange auf eine günstige Gelegenheit gewartet, Velmaruns Haus zu betreten. Aber ohne deine Hilfe wäre ich in dieser Sache immer noch nicht weitergekommen.«

Malkar hielt inne, denn Lidda brachte den Lammbraten, auf den sich Kadevis sofort stürzte. Noch etwas länger, und er wäre verhungert! Er hatte es so eilig, dass er sich an dem heißen Fleisch fast den Mund verbrannte. Zwischen zwei Bissen fragte er: »Sind diese Teller wirklich so viel wert?«

»Genug, zumal der Künstler keine weiteren mehr produzieren wird.«

»Und ich habe einen zerbrochen! Aber wem gehört dieses Geschirr denn nun wirklich?«

Malkar schnitt langsam ein Stück von seinem Braten ab und schob es in den Mund. »Das, Kadevis, ist die erste Frage, auf die wir eine zweckdienliche Antwort finden müssen.«

»Meine Tante hat mir erzählt, dass Talvar seine ganze offizielle Kriegsbeute an den Staat übergeben musste, um sein Versagen als Feldherr wiedergutzumachen. Also gehört dem Staat wahrscheinlich auch der ganze Rest.«

»Das«, sagte Malkar nachdenklich, »ist auf keinen Fall die Antwort, nach der wir suchen.«

Kadevis versuchte, sich seine Verwirrung nicht allzu deutlich anmerken zu lassen. »Worum geht es überhaupt?«

»Um viel Geld«, erwiderte Malkar, »das verloren wäre, wenn es an den Staat fiele. Es sollte denjenigen gehören, die einen Anspruch darauf und einen Nutzen davon haben.«

»Aber was habt Ihr denn vor? Wenn Ihr den Prozess gegen Talvar wieder aufrollen wollt – das wollt Ihr doch, oder? –, braucht Ihr ja erst einmal einen Beweis gegen ihn. Und wie wollt Ihr nachweisen, dass dieses Geschirr in Velmaruns Keller ist? Ihr könnt es ja schlecht stehlen lassen, sonst steht Ihr selbst als Dieb da.«

»Das ist die zweite Frage, Kadevis. Aber ich habe bereits die eine oder andere Idee.«

»Bitte erzählt mir davon!«

»Du wirst es früh genug erfahren. Zunächst einmal heißt es abwarten, was geschieht. Und ich darf die naheliegenden Dinge nicht aus den Augen verlieren – zum Beispiel, wer Juma Kalimas neuer Ankläger wird.«

Während sie weiteraßen, kehrten Kadevis' Gedanken immer wieder zu Sotan Talvar zurück. »Talvar war damals doch doppelt angeklagt«, sagte er mit vollem Mund, »einmal wegen Beuteunterschlagung und dann, weil er meine Eltern ermordet haben soll. Die erste Anklage war wohl berechtigt, wie es jetzt aussieht. Glaubt Ihr, Talvar hat ... er hat auch wirklich mit dem Tod meiner Eltern zu tun?«

Malkar sah ihn an. »Was glaubst du, Kadevis?«

Er zuckte die Achseln. »Meine Tante hält ihn für schuldig. Aber woher soll ich wissen, was vor fünfzehn Jahren auf Kyma passiert ist? Inzwischen kann ich mich kaum noch an meine Eltern erinnern. Ich habe lange nicht mehr über diese Dinge nachgedacht.«

Mit einem Hauch von Belustigung sagte Malkar: »Das hört sich an, als wärst du nicht sehr erpicht darauf, Talvars Schuld nachzuweisen.«

Kadevis senkte den Blick. »Davon werden meine Eltern ja auch nicht wieder lebendig.«

»Ich möchte dich auf etwas hinweisen, Kadevis.« Ein seltsamer Unterton in Malkars Stimme ließ ihn aufhorchen. »Wie die Dinge liegen, sind deine Eltern bei einem Hinterhalt der Inselleute ums Leben gekommen. Obwohl Sotan Talvar bei der Eroberung von Kyma unter Schande versagt hat, ist er am Leben geblieben. Deine Eltern hingegen stehen als noch größere Narren da als er. Und auch wenn alles lange her ist und niemanden mehr zu interessieren scheint, ist das eine trügerische Ruhe. Der Tag wird kommen, da stehst du, Kadevis, im Rat von Kessel und willst die anderen Rotgürtel von etwas überzeugen, was im Interesse des Staates liegt, im Interesse deiner Familie oder nur in deinem eigenen Interesse. Und wenn du deine Argumente genannt hast, wird jemand aufstehen – ein Mann wie ich, vielleicht wäre ich es sogar – und die grausamen Pfeile seiner Worte auf dich abschießen. Er wird sagen, dass deine Rede nichtig ist, weil du der Sohn von Dummköpfen und Feiglingen bist, die sich nicht einmal gegen Inselleute wehren konnten. Er wird sagen, dass deine Mutter davonrannte und mit einem Speer im Rücken starb und dass sich dein Vater hinter seinem Schild zusammenrollte und sich vor Angst in die Hosen machte. Dann wird dich der Rat auslachen, und keine Stimme wird deine Position unterstützen.«

Kadevis starrte ihn an. Malkars Worte hatten ein tiefes Unbehagen in ihm ausgelöst. »Das ist nicht wahr«, murmelte er. »Ich meine, meine Eltern sind nicht so gestorben. Bestimmt nicht.«

»Das wirst du dann auch behaupten«, erwiderte Malkar. »Glaubst du wirklich, das wird irgendjemanden kümmern?«

»Aber Ihr würdet so etwas Schreckliches doch nicht

wirklich zu mir sagen – im Rat, wenn alle zuhören? Ihr seid mein Mentor!«

Malkar machte eine wegwerfende Geste. »Du hast bald die Gelegenheit, zu beweisen, dass deine Eltern nicht im Kampf versagt haben, sondern von ihrem Untergebenen Talvar ermordet wurden. Ich empfehle dir, sie zu nutzen.«

Kadevis wusste nicht, was er antworten sollte. Der Appetit war ihm vergangen, und schweigend stocherte er in den Resten seines Lammbratens.

»Kadevis.« Malkar klang sanft. »Ich habe das nicht gesagt, um dich zu quälen. Ich weiß, wie es im Rat zugeht, und, wie du sagst, ich bin dein Mentor. Ich trage die Verantwortung für dich. Und ich muss dein zukünftiges Wohl im Auge haben.«

»Ihr wisst so viele Dinge«, murmelte Kadevis. »Aber ich habe überhaupt keine Ahnung, was ich tun soll und wie.«

»Dafür hast du meine Hilfe.« Eine Frau in einem halb durchscheinenden Gewand eilte an ihrem Tisch vorbei. Malkar winkte ihr. »Tiva, wir trinken Wein. Mein Begleiter hier wählt die Sorte. Und ich wünsche, dass du uns zwei Pfeifen und das beste Nebelkraut des Hauses bringst.«

Kadevis wusste gar nicht, ob ihm im Moment danach zumute war, Wein zu trinken, aber Malkars Stimme gestattete keinen Widerspruch. Also bestellte er bei dem Mädchen einen trockenen roten Hesvarenwein für sie beide, er passte wenigstens zum Lammbraten. Die Hesvarensippe, aus der auch Onkel Makis stammte, war für ihren Wein fast so berühmt wie die Tuvaren.

Wenig später stand eine Karaffe mit leuchtend rotem Wein vor ihnen, und Kadevis trank in kleinen Schlucken davon. »Wisst Ihr, eins ist seltsam«, sagte er zu Malkar, »mein Leben lang habe ich mich vor Sotan Talvar gefürchtet. Aber jetzt, wo ich ihn gesehen habe, kam er mir gar nicht so gefährlich vor. Dieses Tuch vor seinem Gesicht war natürlich ein bisschen gruselig, aber seine Stimme klang so … ich weiß auch nicht. Ich frage mich, wieso er sich so sonderbar benommen hat. Glaubt Ihr, er war vielleicht auch überrascht, mich zu sehen?«

»Möglicherweise.« Malkar nahm einen tiefen Zug aus seinem Weinbecher. »An sich tust du gut daran, dich vor dem Mann zu fürchten. Er sollte Interesse daran haben, auch dich aus dem Weg zu räumen, ehe du auf den Gedanken kommst, Rache für den Tod deiner Eltern zu üben. Andererseits ist sein Ruf ohnehin schon belastet, das verleiht uns einige interessante Möglichkeiten. Aber wir brauchen Geduld. Jedenfalls denke ich nicht, dass du dich im Augenblick in unmittelbarer Gefahr befindest.«

Die Pfeifen wurden gebracht, geschwungene Meerschaumpfeifen, in deren Köpfe Ornamente und Blüten geschnitzt waren. Die junge Frau namens Tiva zündete sie an. Von Nebelkraut hatte Kadevis bisher nur gehört – laut Onkel Makis vernebelte der weißblaue Rauch die Sinne, daher trug es wohl seinen Namen. Vorsichtig sog er an seiner Pfeife, aber nichts geschah. Nur eine warme, feuchte Süße legte sich auf seine Zunge.

»Du musst kräftiger ziehen«, wies ihn Malkar an.

Kadevis versuchte es, und dieses Mal hatte er den Mund und die Lunge voller Rauch. Er brannte in seinem Hals und kribbelte in seinem Körper. Irgendwie gelang es ihm, nicht zu husten, sondern einfach wieder auszuatmen. Der Rauch kräuselte sich in trägen Kringeln und Schleifen empor, dichter als der Nebel, der im Herbst an den Bergen emporkroch, aber von derselben Farbe. Er schmeckte nach Honig und exotischen Gewürzen und hinterließ ein Gefühl in Kadevis'

Kopf, als wäre der Stuhl, auf dem er saß, nicht ganz fest. Er hielt es für sicherer, nach der Tischplatte zu greifen.

»Gut, nicht?«, fragte Malkar.

Kadevis nickte, und sein Mentor lachte. »Keine Gefahr, Kadevis. Man raucht nur eine Pfeife davon oder zwei.«

Was würde sein Onkel dazu sagen? Aber Kadevis drängte den Gedanken beiseite. Onkel Makis befand sich bereits auf dem Weg nach Laidon, und die Pfeife schmeckte ihm sehr gut – ganz anders als aller Wein, aber gut. Das schwebende Gefühl, das der Rauch in seinem Kopf hinterließ, war auch nicht so übel, wenn man sich erst einmal daran gewöhnt hatte. Er ahmte Malkar nach, der den Rauch zur Decke emporblies. Bald bewegten sich seine Gedanken nur noch schleppend, aber es gab einen Punkt, an den sie unweigerlich zurückkehrten. »Diese junge Frau, die Talvar begleitet hat, die schwarzhaarige«, begann Kadevis, »war das seine Ehefrau?«

»Geschicke, nein! Es war seine Tochter, Lira Lerina.«

»Sie war so hübsch. Aber wie eine Kesslerin sah sie nicht aus.«

»Lerina ist ein uneheliches Kind. Ihr Vater hat sie in die Familie aufgenommen. Ihre Mutter stammte aus den Inselreichen; Heilerin soll sie gewesen sein.«

Lerina. Der Name klang genauso lieblich, wie es das Gesicht der jungen Frau war. »Wie alt mag sie sein, was meint Ihr?«

»Sie dürfte gerade fünfzehn geworden sein. Meines Wissens wurde sie kurz vor dem Prozess gegen ihren Vater geboren.«

Kadevis seufzte. »Ein Jammer, dass sie ausgerechnet Talvars Tochter ist! Ich würde sie schrecklich gern näher kennenlernen.«

»Das würde ich dir nicht empfehlen. Ihr Vater hütet sie schlimmer als jeder Wachhund. Ich bin überzeugt, der Mann, der es wagt, sie auf die falsche Art anzusehen, hätte nichts zu lachen.«

»Warum müssen solche Sachen immer so schwierig sein?«

»Dir würde es sicher nicht schwerfallen, mit Liddas Mädchen ins Gespräch zu kommen – für den Anfang. Wenn dir die Inselschönheiten gefallen, frag doch einmal nach Charis.«

Auch wenn Kadevis fand, dass keines der Mädchen in der Taverne so bezaubernd aussah wie Lerina, hatte er bei einigen nichts dagegen, mit ihnen »ins Gespräch zu kommen«, wie Malkar sagte. In der Nähe des Feldlagers hatte er bereits solche Mädchen kennengelernt. Damals war er mit seinen Kameraden zusammen gewesen, sie hatten den billigen Wein der Inseln in sich hineingeschüttet und sich gegenseitig mit ihren Sprüchen angefeuert. So hatte er die eine oder andere Erfahrung sammeln können. Trotzdem war alles nicht so einfach, jetzt, da er mit Malkar hier saß.

»Was meint Ihr?«, erkundigte er sich. »Soll ich?«

Sein Mentor lachte. »Wenn du mich das fragen musst, beschränkst du dich heute vielleicht besser auf die Pfeife. Wir werden sicher wiederkommen.«

»Seid Ihr denn oft hier?«

»Oft genug. Meistens geschäftlich. So, Kadevis, ich würde empfehlen, mit dem Aufbruch zumindest noch zu warten, bis Nadjiba auftritt. Sie tanzen zu sehen wird deine Gedanken von Talvars Tochter ablenken.«

Die Frau hatte mit silberner Farbe verschlungene Schriftzeichen auf ihre rotgoldene Haut gemalt, die bei ihren Drehungen unvermittelt im Lampenlicht aufschimmerten. Wie ein Umhang schwang und wogte ihr schwarzes Haar. Mit ihren Hüften machte sie Bewegungen, die Kadevis niemals auf einer Bühne erwartet hätte. Ihm wurde heiß. Erst als ihn Malkar dezent anstieß, wurde ihm bewusst, dass sein Mund schon seit einer Weile offen stand.

»Das ist vhaskalanische Magie, nicht wahr?« Malkar grinste.

Kadevis nickte nur. »Wie war noch ihr Name?«

»Nadjiba.«

»Ist sie aus Vhaskalar? Spricht sie überhaupt unsere Sprache?«

»Nicht sehr gut. Aber für den richtigen Preis ist sie sicher trotzdem bereit, sich mit dir zu unterhalten. Und natürlich für dich allein zu tanzen.«

Offensichtlich war Nadjiba der Liebling des gesamten Etablissements. Als sie von der Bühne herabkam und zwischen den Tischen hindurchtanzte, steckten die Männer Münzen in ihr knappes Oberteil – und nutzten die Gelegenheit, sie an den unterschiedlichsten Stellen anzufassen. Ganz wie Malkar gesagt hatte, dachte Kadevis nun nicht mehr an Talvars Tochter, seine Gedanken kreisten allein um Nadjiba. Er musste unbedingt hierher zurückkommen und sie wieder tanzen sehen, am besten, wenn es nicht so voll war. Flüchtig dachte er an Tiana, das Dienstmädchen seiner Tante, und seine Begegnungen im Feldlager. Lange konnte er die Nächte wirklich nicht mehr allein verbringen wie ein alter Witwer! Nadjibas Tanz hatte ihn mit fast schmerzhafter Deutlichkeit daran erinnert.

Erst spät in der Nacht brachen sie zu Malkars Haus auf, und bis dahin hatte sein Mentor noch einige Pfeifen Nebelkraut geraucht und eine Menge Honigkekse gegessen, die Lidda gebracht hatte. Andere Männer und Frauen, Ratsmitglieder, wie es schien, hatten sich zu ihnen gesetzt und über Dinge geredet, an die sich Kadevis nicht mehr genau erinnerte. Es wunderte ihn, wie viel Malkar verdrücken konnte, schlank, wie er war, und vor allem, wie viel von dem Nebelkraut er vertrug. Ihm selbst war in der Nachtluft schwindelig und übel, und seine Schläfen pochten. Neben Malkar taumelte er die Straße entlang, die sich unter seinen Füßen zu winden schien wie eine Schlange. Sein Kopf befand sich irgendwo in Höhe der Dächer, während seine Füße dahinstolperten, wie sie wollten.

»War ein toller Abend«, sagte er undeutlich und meinte es auch so. So viel Spaß hatte er nicht mehr gehabt seit – eigentlich wusste er nicht, ob er überhaupt Spaß gehabt hatte, aber die Welt, die ihm Malkar gezeigt hatte, überwältigte ihn. Alles darin roch aufregend nach Gewürzen und exotischem Duftöl, alles glitzerte und schimmerte wie die silbernen Muster auf Nadjibas Körper. Und er hatte geglaubt, der Sommer auf dem Weingut seiner Tante wäre das Schönste, was es gab! Im Moment sehnte er sich zwar nur nach kaltem Wasser auf der Haut, aber er würde zurückkommen, auf jeden Fall würde er zurückkommen.

»Freut mich, dass es dir gefallen hat.« Malkars Stimme klang nur leicht verwaschen. Das Nebelkraut hatte ihn zugänglicher gemacht, sodass sein Lachen inzwischen fast freundlich klang. Sie hatten das Haus erreicht, der Diener öffnete ihnen die Tür. »Nun versuch zu schlafen, morgen wartet wieder viel Arbeit auf uns. Träum etwas Schönes – das sollte dir wohl nicht schwerfallen.«

Kadevis hatte in der Tat ziemlich bewegte Träume, zumindest dann, wenn er sich nicht gerade über der Waschschüssel übergab.

6

Kadevis, steh auf. Es wird höchste Zeit.«
Kadevis konnte sich nicht erinnern, dass ihm schon einmal so übel gewesen war oder er solche Kopfschmerzen gehabt hatte. Schweigend legte er den Arm über die Augen, um das grausame Licht auszusperren und seinem Mentor zu verstehen zu geben, dass er sich nicht aus seinem Bett rühren würde.

»Antworte mir wenigstens!«

Kadevis empfand es als eine herbe Zumutung, dass sein Mentor von ihm allen Ernstes die Anstrengung verlangte, die Lippen voneinander zu nehmen. Heldenhaft rang er sich dazu durch.

»Ich bin krank«, murmelte er. »Wahrscheinlich sterbe ich.«

»Du bist nicht krank, du bist nur kein Nebelkraut gewöhnt. Auf mit dir! Du fühlst dich besser, wenn du dich bewegt und etwas gegessen hast. Das Frühstück wartet auf dich.«

Essen war das Letzte, was Kadevis jetzt wollte, aber er begriff, dass Malkar nicht aufhören würde, bis er aufstand. Schicksalsergeben brachte er hervor: »Bin gleich unten.«

»So ist es richtig! Ich erwarte dich.«

Sobald Malkar verschunden war, quälte sich Kadevis aus dem Bett, wusch sich, schlüpfte in Hose und Tunika und tappte die Treppe hinunter. Jetzt, wo er erst einmal auf den Beinen war, ließen die schneidenden Schmerzen in seinem

Hinterkopf tatsächlich mehr und mehr nach. Doch erst als er vor seinem Teller saß, kam er dazu, sich zu wundern, dass bereits so helles Licht durch die Fenster hereinfiel. Dieses Mal hatte ihn Malkar länger schlafen lassen.

Am gestrigen Morgen hatte er ihn noch für einen Unmenschen gehalten. Seitdem schien viel Zeit vergangen zu sein. Die Köchin hatte frisches Brot, Kräuterquark, Eier und Honig serviert. Dazu gab es Gewürztee. Lange kaute Kadevis an einem Honigbrot herum. Auch das schien wirklich ein bisschen gegen seine Übelkeit zu helfen. Malkar saß ihm gegenüber wie beim letzten Mal, auch er griff nicht gerade mit gutem Appetit zu. Als Kadevis ihn musterte, fiel ihm auf, dass er ziemlich blass war. In bester Verfassung hatte er den letzten Abend wohl ebenfalls nicht überstanden. Das überraschte Kadevis, hatte er doch bislang geglaubt, Malkar könne nichts etwas anhaben.

Er lenkte seine schwerfälligen Gedanken auf die Ereignisse des Vortags. Eine Frage, die er über dem Nebelkraut und Nadjibas Tanz beinahe vergessen hatte, beschäftigte ihn nun.

»Meint Ihr, Verim Velmarun ist noch am Leben?«

Malkar blickte auf. »Ich konnte seine Dienerin gestern überzeugen, mir zu ihrem eigenen Nutzen eine Nachricht zukommen zu lassen, sobald sich etwas Neues ergibt. Heute früh habe ich den Zettel gefunden, den sie unter der Tür durchgeschoben hat.«

»Dann ist Velmarun tot?«

»Ja. Er war ein unterhaltsamer Gegner. Ich werde unsere Duelle vor Gericht in Erinnerung behalten.«

Schweigend widmete sich Kadevis seinem Honigbrot. Musste Akama zu seinen Eltern zurückkehren, jetzt, da sein Mentor so überraschend verstorben war?

»Mit deiner Unterstützung werde ich nun an zwei Projekten zugleich arbeiten, Kadevis«, sagte Malkar über den Rand seiner Teetasse hinweg. »Erstens steht immer noch der Prozess gegen Juma Kalima aus. Darum kümmere ich mich. Die Anklage wird einen neuen Redner finden, und ich werde mich über seine Stärken und Schwächen informieren. Zweitens werden wir gemeinsam alle Informationen zusammentragen, die wir über den Prozess gegen Sotan Talvar vor fünfzehn Jahren finden können. Alle Details über sein Leben und das deiner Eltern, Kadevis, könnten dabei von Bedeutung sein.«

»Da bin ich Euch wohl keine große Hilfe. Über meine Eltern weiß ich nicht viel. Ich war ja damals noch sehr jung; ich erinnere mich nicht mal richtig, wie sie aussahen. Gelebt habe ich ohnehin immer bei meiner Tante, weil meine Eltern meistens auf Feldzügen waren.«

»Deine Tante ist die Schwester deiner Mutter. Hast du sie denn nie über deine Eltern ausgefragt?«

»Doch. Aber sie hat meist nur gesagt, dass meine Mutter … zu dumm war, um ein Kommando zu führen. Ich glaube, sie mochte sie nicht besonders. Ach, ich weiß auch nicht.«

Malkar musterte ihn. »Du hattest es nicht leicht.«

In seiner heutigen Verfassung war Kadevis selbst geneigt, sich für sein bisheriges Leben zu bemitleiden, und so erfüllten ihn Malkars Worte mit einem vagen Gefühl von Dankbarkeit.

»Ich würde vielleicht mehr aus deiner Tante herausbekommen«, sagte Malkar und strich sich nachdenklich übers Kinn, »aber ich möchte nicht riskieren, mit ihr über diese Angelegenheit zu sprechen, noch nicht. Das betrifft übrigens auch dich.« Nun war seine Stimme wieder gewohnt scharf: »Kein Wort zu ihr über Sotan Talvar, Verim Velmarun oder die Kriegsbeute aus Kyma, hast du mich verstanden?«

»Sicher.« Kadevis glaubte nicht, dass es ihm schwerfallen würde, mit seiner Tante über etwas *nicht* zu reden.

»Und genauso wenig solltest du über diese Angelegenheiten ein Wort an deinen Onkel verlieren, auch nicht in einem Brief. Zum richtigen Zeitpunkt werden wir beide in Kenntnis setzen. Zunächst sind Informationen über Talvar am wichtigsten. Für deine Familie arbeitete bei dem Prozess damals Lansa Lahana, meine Großmutter mütterlicherseits. Daher befinden sich ihre Aufzeichnungen glücklicherweise noch in Familienbesitz. Du wirst sie mir bringen. Und finde heraus, was mit deinem Freund geschehen ist – wie hieß er gleich?«

»Meint Ihr Sikur Akama?«

»Ja, genau.«

»Er ist vielleicht wieder bei seinen Eltern. Warum wollt Ihr das wissen?«

»Ich behalte gern alle Faktoren im Auge, und die Dienerin konnte mir darüber leider keine Auskunft geben.«

»Und was soll ich machen? Soll ich Akamas Familie besuchen? Ich kenne sie überhaupt nicht!«

»Das überlasse ich dir. Du hast dich ja auch gestern nicht dumm angestellt. Ach ja, wenn du mit dem Jungen redest, solltest du nicht zu viel über dich selbst sprechen. Und wenn du es tust, erwähne nur unwichtige Dinge.«

»Glaubt Ihr wirklich, ich kann ihm nicht trauen? Ich habe zwei Jahre lang mit ihm in einem Zelt geschlafen.«

Malkar zuckte die Achseln. »Man kann nie wissen.«

Bei der Adresse, die sein Mentor ihm genannt hatte, lernte

Kadevis Malkars Mutter kennen. Trotz ihres Alters war sie noch immer eine beeindruckend schöne Frau, seltsamerweise hatte sie aber weder rote Haare noch Sommersprossen. Sie wirkte nicht allzu begeistert, ihn zu sehen. Wortkarg führte sie ihn durch das Haus, das, was die Einrichtung betraf, mit Malkars luxuriösem Stadthaus nicht im Geringsten mithalten konnte. Mit der knappen Aufforderung, sofort zu ihr zu kommen, wenn er die Unterlagen gefunden hatte, ließ sie ihn schließlich in dem Raum zurück, wo die Großmutter ihre Gerichtsakten aufbewahrt hatte.

Neugierig sah Kadevis sich um. Die Vorhänge am Fenster waren fast ganz zugezogen, in den Lichtstrahlen, die zwischen ihnen hereinfielen, tanzte Staub. Mehr Staub bildete weiche Polster auf den Regalen und flockte von den Pergamentstapeln und Schriftrollen, die sich darin häuften. Auf einem Arbeitstisch stand noch ein Becher mit angespitzten Schreibrohren, die Spitzen dunkel verfärbt von Tinte. Die Topfpflanze daneben war zu einer zerbrechlichen schwarzen Ranke verdorrt. An beiden Seiten des Tisches türmten sich Aktenstapel, und auf der Arbeitsfläche entdeckte Kadevis sogar ein aufgeklapptes Schreibtäfelchen samt Griffel. Das Wachs war längst hart geworden, die Worte, die darauf gestanden haben mochten, waren nicht mehr lesbar. Alles erweckte den Eindruck, als hätte die Frau, die hier gearbeitet hatte, das Zimmer eines Tages verlassen und wäre überraschend nie zurückgekehrt – und auch sonst seit Jahren niemand, bis auf ihn. War Malkars Großmutter unmittelbar nach dem Prozess gegen Talvar plötzlich gestorben? Sein Mentor hatte nichts davon erwähnt. Unwillkürlich schauderte Kadevis. Bildete er es sich ein, oder war es wirklich still wie in einer Gruft? Er holte tief Atem und lauschte auf die vertrauten Geräusche, die aus den anderen Räumen bis hierher drangen: das Klappern von Töpfen, Stimmen, Schritte. Alles gedämpft durch den schweren Stoff vor der Tür. Kurz entschlossen riss er die Vorhänge am Fenster auf. Licht und Vogelgesang halfen, die bedrückende Atmosphäre zu vertreiben.

Ihn erwartete eine nervtötende Puzzlearbeit. Auf Schnipseln billigsten Pergaments hatte Lansa Lahana in winziger Schrift ihre Notizen erstellt, und Kadevis verbrachte Stunden damit, die Schriftstücke über den Prozess gegen Talvar herauszusuchen und in der Mappe zu sammeln, die ihm Malkar mitgegeben hatte. Einige der Notizen dazu fand er sogar direkt auf dem Schreibtisch. War der Prozess gegen Sotan Talvar der letzte gewesen, an dem Malkars Großmutter gearbeitet hatte? Es fiel ihm schwer, sich zu konzentrieren. Der Staub brachte ihn zum Husten, und immer wieder schweiften seine Gedanken ab – zu Talvars Tochter Lerina, aber häufiger zu Nadjiba, der tanzenden Schönheit vom vergangenen Abend. Noch war ihm von dem Nebelkraut leicht übel, und sein Kopf schmerzte, aber nicht so sehr, dass er ihr nicht an diesem Abend am liebsten wieder zugesehen hätte. Ob er sich auch ohne Malkar traute, Liddas Etablissement zu betreten?

Endlich konnte er in dem Wust von Unterlagen nichts mehr finden, was mit dem alten Prozess zusammenzuhängen schien. Was für eine Wohltat, den Staub und den düsteren Ort hinter sich zu lassen! Er verabschiedete sich wie besprochen von Malkars Mutter, die ihm aus ihrem Zimmer nur einen Gruß zubrummte, und trat auf die Straße. Die Sonne sank bereits wieder.

Neben der Haustür lehnte Akama mit dem Rücken an der Wand. Als er Kadevis sah, stieß er sich ab und kam auf ihn zu.

»Hallo«, sagte er verlegen.

Ihn an diesem Ort zu treffen war das Letzte, womit Kadevis gerechnet hatte. »Was tust du denn hier?«

»Ich habe eine Nachricht für dich. Von meinem Mentor.«

»Velmarun?« Jetzt verstand Kadevis die Welt nicht mehr. »Ich dachte …«

»Von Sotan Talvar.« Akama starrte Kadevis so fest in die Augen, dass er den Eindruck bekam, es koste ihn alle Mühe, den Blick nicht abzuwenden.

»*Talvar* ist dein neuer Mentor?«

»Velmarun war sein bester Freund. Talvar hat mir gesagt, dass er es für seine Aufgabe hält, nach Velmaruns Tod diese Pflicht an seiner Stelle zu übernehmen. Er ist zwar kein so guter Redner wie Velmarun, aber ich kann trotzdem viel von ihm lernen.« Etwas leiser fügte Akama hinzu: »Ich bin ja froh, dass überhaupt jemand so rasch dazu bereit war, mich aufzunehmen. Sonst hätte ich wieder bei meinen Eltern unterschlüpfen müssen – und ich hab wirklich die Nase voll von ihnen.«

Kadevis wusste nicht, was er antworten sollte. Gestern noch waren sie zwei Kameraden aus dem Feldlager gewesen, die einander wiedergetroffen hatten. Aber heute fühlte es sich ganz anders an. Er musste an Malkars Worte beim Frühstück denken.

»Was ist das für eine Nachricht?«, fragte er schließlich.

»Ein Brief. Hier.« Aus dem Ärmel zog Akama eine bronzene Briefkapsel und reichte sie Kadevis. Sein Blick blieb an der prall gefüllten Schreibmappe hängen, aber er fragte nicht danach.

Unschlüssig wog Kadevis die Kapsel in der Hand. »Dann wusste Talvar wohl, wo du mich findest.« Er konnte nicht behaupten, dass ihm das gefiel.

Akama zuckte die Achseln. Schweigend gingen sie die Straße hinunter, Seite an Seite wie am vergangenen Tag, nur schien es jetzt keine Gesprächsthemen mehr zwischen ihnen zu geben. Obwohl Kadevis schrecklich neugierig war, was in dem Brief stand, wollte er die versiegelte Kapsel nicht öffnen, solange Akama ihm dabei über die Schulter schauen und mitlesen konnte.

»Bist du in Talvars Haus untergebracht?«, fragte er schließlich.

Akama wirkte erleichtert, dass er etwas gesagt hatte. »Sozusagen, er will mich auf seinem Anwesen auf dem Land einquartieren, wenn er dorthin zurückkehrt. Bisher wohne ich noch bei Velmarun ... Seine Leiche ist im Innenhof aufgebahrt. Kein großer Spaß, ständig dran vorbeizugehen, sag ich dir. Heute Abend soll sie endlich verbrannt werden. Ich bin froh, wenn ich da wegkomme.«

»Kann ich mir denken.« Kadevis zögerte. »Hast du dich mit Talvars Tochter unterhalten? Wie ist sie?«

»Mit seinem Sohn habe ich eine Weile geredet. Er ist auch in der Stadt, weißt du. Sotan Takis ist nett. Er will mich nächste Woche mit zum Kegeln nehmen. Aber Lerina ... Ihr Vater will nicht, dass ich mit ihr spreche. Das hat er mir ganz deutlich gesagt, und ich glaube, daran halte ich mich besser. Schade eigentlich, sie ist ziemlich hübsch.«

Also hatte Malkar recht mit dem, was er über Talvar und seine Tochter gesagt hat. »Ja, sie hat recht nett ausgesehen.« Gern hätte Kadevis gefragt, ob Akama Talvar schon ohne Schleier gesehen hatte, doch er war nicht sicher, ob er das wirklich wissen wollte. An einer Straßenkreuzung blieb er stehen. »Leider muss ich gehen. Mein Mentor wartet schon auf mich.«

»Der Bluthund«, sagte Akama mit düsterer Miene. »Ach

ja, Kadevis, eins hätte ich fast vergessen. Sotan Talvar hofft auf eine Antwort von dir, am besten gleich morgen. Gegen Mittag bin ich in der Rosenhecke, das ist das kleine Lokal in der Löwengasse, direkt beim Staatsarchiv. Du kannst mich dort treffen und mir deine Antwort mitgeben.«

Sobald Kadevis Malkars Haus erreicht hatte, rannte er die Treppe hinauf in sein Zimmer, warf die Mappe auf das Bett und zerbrach die Wachsversiegelung der Briefkapsel. Er konnte Malkar die Unterlagen später geben, zuerst musste er wissen, was Talvar ihm geschrieben hatte. Seine Finger waren feucht, als er das gerollte Pergament herauszog und las:

Sotan Talvar grüßt Tuvar Kadevis.
Mein junger Freund, auch wenn unsere gestrige Begegnung nicht allzu glücklich verlaufen sein mag, halte ich eine klärende Unterredung für unumgänglich. Ich weiß, dass du in dem Glauben aufgewachsen bist, dass ich die Schuld am Tod deiner Eltern trage, und vermutlich hast du gelernt, mich zu hassen. Dennoch möchte ich dich bitten, mir zu vertrauen: Ich will dir nichts Böses. Bitte triff mich morgen zu Sonnenuntergang in den Stadtgärten am Lindentor. Ich werde unbewaffnet und ohne meine Leibwache erscheinen, das versichere ich dir beim Namen meiner Familie. Um eines muss ich dich jedoch unbedingt bitten: Erzähl deinem Mentor Kelven Malkar nichts von dieser Nachricht. Mein Schützling Sikur Akama wird mir deine Antwort überbringen.

Leb wohl!

Kadevis las den Brief drei Mal, ehe er ihn sinken ließ, und noch immer wusste er nicht, was er davon halten sollte. Wollte ihn Talvar in eine Falle locken? Oder meinte er es ehrlich, suchte er das Gespräch mit ihm? Doch wozu? Und warum sollte Malkar nichts von diesem Brief erfahren?

Er klemmte sich die Schreibmappe mit den Aufzeichnungen von Malkars Großmutter unter den Arm, dann griff er kurz entschlossen auch nach Talvars Nachricht. Er wollte, dass Malkar sie las. Sein Mentor war ein kluger Mann. Er würde wissen, was zu tun war, ob Kadevis auf Talvars Angebot eingehen konnte – vielleicht ahnte er sogar, was hinter diesem sonderbaren Gesprächsangebot steckte. Am liebsten hätte er Onkel Makis um Hilfe gebeten. Aber sein Onkel war nicht hier.

Malkar befand sich in seinem Arbeitszimmer, und da er Kadevis verboten hatte, es zu betreten, klopfte er an den Türrahmen und wartete auf die Aufforderung zum Eintreten. Sie kam nicht. Schließlich schlug er den Vorhang zurück und räusperte sich. Malkar saß an einem hölzernen Schreibtisch, dessen Arbeitsfläche mit grünen Keramikplatten gedeckt war. Wachstafeln, Pergamentbögen und sogar seltene Papyrusblätter bildeten Stapel zu beiden Seiten des Tischs; Schreibrohre, Griffel und Federn ragten aus tönernen Bechern wie Stangengemüse. Trotz der Menge an Schreibmaterial wirkte der Tisch aufgeräumt. In einem der Becher steckte sogar der Frühlingszweig einer Wildkirsche mit ihren weißen, sternförmigen Blüten. Plötzlich musste Kadevis an den Schreibtisch von Malkars Großmutter denken, auf dem alles ganz ähnlich angeordnet gewesen war, ganz als hätte er von ihr gelernt, Ordnung zu halten.

Malkar ritzte mit einem Griffel in ein Wachstäfelchen. »Ja?«, fragte er, ohne aufzublicken.

Kadevis trat zu ihm und reichte ihm die Mappe. So beschäftigt, wie Malkar wirkte, konnte er es wohl vergessen, ihn über seine Großmutter auszufragen. »Ich habe Euch die Aufzeichnungen gebracht. Es war gar nicht so einfach, alle Schnipsel zu finden, aber ich glaube, ich habe es geschafft.«

Sein Mentor öffnete die Mappe und überflog schweigend die ersten der eng beschriebenen Papierschnipsel. »Gute Arbeit«, sagte er schließlich, wobei sein Blick noch immer auf den Unterlagen ruhte. »Damit lässt sich eine Menge anfangen. Ich glaube, ich benötige deine Hilfe heute nicht mehr. Du kannst aber schon einmal damit beginnen, dich selbst gründlicher in den Fall einzuarbeiten. Früher oder später wirst du dieses Wissen benötigen.«

Kadevis konnte die Neuigkeiten nicht länger zurückhalten. »Talvar hat mir einen Brief schicken lassen«, sagte er, »durch Akama.«

Zum ersten Mal, seit er den Raum betreten hatte, sah Malkar ihn an. »Interessant. Dann ist Sotan Talvar also der neue Mentor deines Freundes geworden?«

»Ja. Akama hat es mir gesagt. Ich weiß allerdings nicht … ob wir wirklich noch Freunde sind.«

»Ich dachte mir, dass so etwas passieren könnte. Dass Talvar Kontakt mit dir sucht, war allerdings nicht unbedingt abzusehen. Was schreibt er?«

»Er will, dass ich mich mit ihm treffe. Hier, seht selbst.«

Malkar las den Brief. Kurz zuckte ein Lächeln um seine Mundwinkel, während seine Augen über die Zeilen wanderten, doch dann wurde er ernst. »Ich hoffe, dir ist bewusst, dass Sotan Talvars Vorgehen außergewöhnlich ist. Er sucht ein friedliches Gespräch mit dir, obwohl du ein Feind seiner Familie bist.«

»Meint Ihr, es ist eine Falle?«

»Eine Falle am Lindentor in den Stadtgärten? Es mag nicht der beliebteste Teil des Parks sein, aber gerade zu dieser Jahreszeit treffen sich Liebespaare an allen Toren der Gärten. Ich glaube nicht, dass Talvar seine Meuchelmörder im Gebüsch versteckt. Es scheint, er möchte tatsächlich mit dir sprechen.«

»Aber warum? Wenn er mir etwas über meine Eltern zu sagen hat, hätte er das doch schon längst tun können. Und mit ihm selbst habe ich nichts zu schaffen.«

Langsam legte Malkar den Griffel, den er noch immer in der Hand hielt, auf der Tischplatte ab. »Doch, das hast du. Du erinnerst dich sicher an meine Ausführungen von gestern Abend. Oder hat das Nebelkraut dein Gedächtnis beeinträchtigt?«

»Nein. Ihr sagtet, ich muss beweisen, dass meine Eltern keine Versager sind und dass Talvar ihr Mörder ist, weil sonst irgendwann der ganze Kessler Rat über mich lachen wird.«

»So ungefähr. Wir benötigen alle Informationen über Talvar, die wir bekommen können. Und deswegen wirst du auch zu diesem Treffen gehen und mit ihm sprechen. Dann weißt du auch, warum er dich zu dieser sonderbaren Unterredung bittet.«

Kadevis schluckte. Sotan Talvar, der Unhold seiner Kindertage, hatte sich bei ihrer ersten Begegnung als weniger furchteinflößend als erwartet entpuppt. Trotzdem ließ ihn die Vorstellung frösteln, den verhüllten Mann ganz allein zu treffen und sich mit ihm zu unterhalten. »Könnt Ihr nicht mitkommen?«

Malkar lachte auf. »Du hast wohl nicht gründlich genug gelesen. Ich bin gewiss nicht erwünscht.«

»Und wenn er doch mit seiner Leibwache kommt? Oder mit einem Dolch im Stiefel? Woher kann ich wissen, dass er mir wirklich nichts antut? Ihr habt selbst gesagt, ich soll seine Schuld am Tod meiner Eltern nachweisen. Meint Ihr, ihm ist nicht bewusst, dass ich das tun muss? Er will, dass ich ihm vertraue, aber wie soll das möglich sein? Wir sind doch nach wie vor Feinde.«

»Du lernst schnell, Kadevis. Wie gesagt glaube ich jedoch nicht, dass Talvar an einem öffentlichen Ort das Risiko eines Anschlags eingehen wird. Wenn es dir lieber ist, werde ich mich aber mit Nilia in Verbindung setzen. Auf sie ist Verlass, das habe ich jedenfalls von vertrauenswürdigen Leuten gehört, auch wenn ich selbst noch nicht mit ihr zusammengearbeitet habe.«

»Wer ist Nilia?«

»Eine frühere Soldatin. Sie verdingt sich jetzt als Leibwächterin.«

Zögernd nickte Kadevis. Malkar nahm seine Verantwortung offenbar ernst, aber lieber wäre es ihm gewesen, keine Leibwächterin zu brauchen. »Warum, denkt ihr, will Talvar nicht, dass ich Euch von diesem Brief erzähle?«

»Er will sicherlich vermeiden, dass du dich mit mir absprichst, was auf dem Treffen gesagt werden darf und was nicht.«

»Und was wäre das?«

Ein wölfisches Lächeln breitete sich auf Malkars Gesicht aus. »Darüber sollten wir uns nun unterhalten.«

7

Im kühlen Abendwind wippten die Zweige der Obstbäume. Ihre Blüten schlossen sich allmählich, doch der süße Duft wehte noch über die Wege. Die Linden, nach denen dieses Tor der Stadtgärten seinen Namen trug, hatten so früh im Jahr noch keine Blätter, nur Knospen. Rotorange Abendwolken überzogen den Himmel.

Kadevis hatte schon mehrere Paare beobachtet, die die Dämmerung nutzten, um sich zu treffen, und sich nach einem hastigen Begrüßungskuss rasch gemeinsam entfernten, Arm in Arm. Je länger Kadevis wartete und die Küsse der Pärchen mit ansehen musste, desto mehr begann sein Körper zu kribbeln. Was hätte er nicht alles gegeben, um an diesem Abend auch eine solche fabelhafte Verabredung zu haben!

Und nun stand neben ihm anstelle eines hübschen Mädchens eine Frau mit Händen wie Spaten, einem tonnenförmigen Körper und einem runden Gesicht, dem das halbe rechte Ohr fehlte. Wenigstens hatte Nilia inzwischen aufgehört zu reden. Den ganzen Weg zu den Stadtgärten hatte sie mit großer Ausdauer über Waffen gesprochen: Kessler Waffen, Waffen der Inselleute und vhaskalanische Waffen, deren Klingen man zu einem Halbkreis biegen konnte und die scharf genug sein sollten, ein herabfallendes Haar zu zertrennen. Ihr selbst baumelte allerdings nur ein schlichtes Kurzschwert aus Bronze vom Gürtel. Dennoch, betonte sie, würde sie mit ihrer einfachen Waffe jedem den Bauch aufschlitzen, der es wagte, sich Kadevis mehr als drei Schritte zu nähern.

»Ich will keinen Ärger haben«, hatte Kadevis geantwortet. »Immerhin ist Talvar das Oberhaupt der Familie Sotan und Lira – mit seinen Verwandten bin ich wenigstens noch nicht verfeindet. Also, bitte, haltet Euch etwas zurück.«

Wieso war von Talvar noch nichts zu sehen? Hatte ihm der Mann die Nachricht am Ende nur geschickt, um ihn zu veralbern? Auch wenn Malkar überzeugt war, dass ihm wirklich an einem Treffen gelegen war, aus welchen Gründen auch immer. In diesem Augenblick sah er, wie vor dem Tor eine Sänfte abgesetzt wurde. Unwillkürlich sträubten sich ihm die Haare, als eine verhüllte Gestalt ausstieg. Mit leicht unsicheren Schritten, wie er es bereits zuvor gesehen hatte, bewegte sich Talvar auf ihn zu, während Diener die Sänfte forttrugen. Er schien tatsächlich allein und unbewaffnet zu sein. Kadevis spürte, dass er die Fäuste geballt hatte, er öffnete und schloss die Hände und atmete tief durch. Neben ihm spannte sich seine Leibwächterin an, und ihre Hand wanderte in die Richtung ihres Schwertknaufs. Doch seine Warnung zeigte Wirkung: Sie verhielt sich ruhig.

Talvar blieb vor ihm stehen. Nun sah Kadevis, dass er immer noch Trauerkleidung trug, im Gegensatz zu ihrer letzten Begegnung bröckelte nun von dem schwarzen Stoff angetrocknete Erde. Der Brauch wollte, dass man sich beim Tod eines Angehörigen oder engen Vertrauten als Zeichen der Trauer die Kleidung mit Asche und Schlamm besudelte. Ob Talvar der Tod seines Freundes Velmarun sehr mitnahm?

»Ich bin sehr froh, dass du gekommen bist, Kadevis«, sagte er mit seiner sanften Stimme.

Kadevis starrte auf den Schleier. Dass er Talvars Gesicht nicht sehen konnte, machte ihn nervös. »Was wollt Ihr von mir?«

»Ich möchte mich nur mit dir unterhalten. Das hätte ich schon vor Jahren tun sollen, aber … Nun, ich erwarte nicht, dass du Verständnis dafür hast.«

Kadevis schwieg.

Mit einer Handbewegung wies Talvar auf Nilia, die ihn düster musterte. »Ich sehe, dass du es für nötig gehalten hast, dich abzusichern. Meine Bitte um Vertrauen mag ein wenig dreist gewesen sein. Umso dankbarer bin ich, dass du jetzt hier bist. Setzen wir uns doch.«

Kadevis nahm seinen Mut zusammen. »Bevor wir reden, habe auch ich eine Bitte.«

»Was kann ich für dich tun?«

»Ich möchte Euer Gesicht sehen, wenn Ihr mit mir sprecht.«

Für einen Moment hing Stille zwischen ihnen. Dann seufzte Talvar. »Ich habe befürchtet, dass du mich darum bitten würdest. Also gut, wenn es dir so wichtig ist – nimm es als Zeichen meiner Offenheit dir gegenüber. Aber es wird kein angenehmer Anblick sein.« Er wandte den Kopf zu Nilia um, die jedes Wort aufmerksam verfolgte, und zögerte. Kadevis bedeutete der Frau mit einer Geste, zurückzutreten.

Talvar wickelte den Schleier ab. Erschrocken hielt Kadevis den Atem an. Talvar hatte dunkle Haare, braun oder schwarz, im Dämmerlicht ließ sich das nicht genau ausmachen. An den Schläfen wurden sie bereits grau. Irgendwann mochte er einmal ein gut aussehender Mann gewesen sein, doch jetzt war sein Gesicht so verformt, als hätte ihm eine steinerne Faust die Knochen zerschmettert und die linke

Wange nach innen gedrückt. Auch Nase und Kiefer standen schief, und überall bedeckten unregelmäßig gezackte, verfärbte Narben die Haut.

Kadevis biss die Zähne zusammen und zwang sich, Talvar in die Augen zu sehen – große, dunkle Augen, die ihn bekümmert musterten.

»Ich muss dir wie ein Monster vorkommen. Und dabei hatte ich noch Glück, dass eine hervorragende Heilerin mein Leben gerettet hat. Du siehst, ich verhülle mein Gesicht nicht grundlos.«

Endlich holte Kadevis tief Luft. »Habt Ihr Schmerzen?«, hörte er sich selbst fragen.

»Ja, aber ich habe gelernt, damit zu leben. Jetzt, im Frühling, geht es mir gewöhnlich besser.«

Ob Talvar der Mörder seiner Eltern war oder nicht, Kadevis saß plötzlich ein Kloß im Hals. Wie furchtbar musste es sein, so entstellt leben zu müssen und ständige Schmerzen zu leiden! Welche Frau würde Talvar noch ansehen? Und mit diesem Tuch vor dem Gesicht spürte er nicht einmal den Wind im Haar oder die Sonne auf der Haut. Nun war auch noch sein engster Freund gestorben. Nein, so ein Schicksal konnte Kadevis nicht einmal einem Feind wünschen.

Sie setzten sich auf eine steinerne Bank in der Nähe des Tores, die halb von den dichten Zweigen eines Busches verdeckt war. Allmählich wurde es dunkel, die rotorangen Wolken am Himmel zerfaserten mehr und mehr. Nilia bezog hinter der Bank Aufstellung.

»Du musst fünf oder sechs Jahre alt gewesen sein, als ich das letzte Mal längere Zeit an dich gedacht habe«, sagte Talvar. »Und in meinen Gedanken bist du immer der kleine Junge geblieben, der du damals warst. Als ich dich vorgestern als jungen Mann gesehen habe, habe ich begriffen, was für einen großen Fehler ich begangen habe. Erkannt habe ich dich sofort. Du siehst deiner Mutter Alven Kamaren sehr ähnlich. Es war eine Ehre für mich, ihr damals als Feldstratege zu dienen.«

»Einen großen Fehler?«, wiederholte Kadevis.

»Ja. Ich hätte dich längst aufsuchen müssen, um alle Unklarheiten über diese … tragische Geschichte aus der Welt zu räumen. Ein Mann verdient es, über das Schicksal seiner Eltern Bescheid zu wissen.«

So, wie Talvar die Worte wählte, gab es keinen Zweifel, dass er ihm schmeicheln wollte, trotzdem fand Kadevis, dass er aufrichtig klang. Doch alles, was er antworten konnte, würde seine Verwirrung verraten, und Malkar hatte ihn ermahnt, lieber zu schweigen, sobald er sich unsicher fühlte.

Talvar seufzte. »Ich verstehe, dass du mir nicht vertraust. Du hältst mich für den Mörder deiner Eltern, obwohl mich das Gericht damals freigesprochen hat. Wie könnte ich es dir übelnehmen. Du musstest ohne deinen Vater und deine Mutter aufwachsen – keinem Kind sollte das widerfahren. Du musst mich hassen.«

»Ich hatte ein gutes Leben«, brach Kadevis sein Schweigen. Wollte Talvar hören, dass er ihn nicht hasste, oder warum sagte er das?

»Sicher hattest du das. Kadevis, ich möchte, dass du eines weißt: Deine Eltern waren fähige Krieger. Die Geschicke haben gelost und ihren Tod bestimmt. Wenn ich gekonnt hätte, ich hätte ihnen in die Urne gegriffen und mein eigenes Leben an ihrer Stelle gegeben. Vor allem deine Mutter habe ich immer bewundert. Sie war mutig im Kampf, gerecht zu den Soldaten und dachte an nichts anderes als an das Wohl des Staates Kessel. Und sie war eine außergewöhnlich schöne Frau. Du hast ihre Augen und ihren Mund und natürlich« – Talvar lächelte leicht – »die Nase.«

Kadevis verzog das Gesicht. Schon wieder ging es um seine Nase!

»Die Locken«, fuhr Talvar fort, »scheinst du eher von deinem Vater zu haben.«

Während er sprach, geschah etwas Seltsames mit Kadevis. Er hatte geglaubt, sich nicht mehr an die Gesichter seiner Eltern zu erinnern, aber auf einmal leuchteten sie vor ihm auf, ganz deutlich. Seine Mutter war wirklich schön gewesen, auch wenn er damals noch zu klein war, um zu verstehen, was an einer Frau schön war. Sein Vater, ein Hesvar wie sein Onkel, hatte eine krause, braune Mähne gehabt und lauter Lachfalten. Auf seinen Schultern war er mit ihm durch den Innenhof getrabt, hatte gespielt, dass er das Pferd war, das seinen Feldherrn in eine erfolgreiche Schlacht trug.

Kadevis wollte, er hätte sich nicht daran erinnert. Von einem Moment auf den anderen fühlte er sich schrecklich einsam, obwohl er wusste, dass er es nicht war. Wenn Talvar nicht gewesen wäre, könnten seine Eltern noch immer leben. Oder nicht?

»Die Kymaner waren zum großen Teil Handwerker, Bildhauer, Maler und Poeten«, fuhr Talvar fort. »Daher glaubten wir, dass sie kein Schwert führen könnten. Als wir unseren Irrtum einsehen mussten, hatten wir schon schwere Verluste erlitten. Diese Künstler verteidigten ihr kahles Inselchen mit allen Kräften, und dann trafen auch noch ihre Verbündeten von den Nachbarinseln ein. Deine Eltern zogen gegen die Hauptstadt. Ich hatte die Führung über einen anderen Teil der Truppen übernommen, leitete sie durch die Berge und wollte die Verbündeten der Kymaner aufhalten. Niemand von uns hatte vorausgesehen, dass deren Schiffe an einer so steilen Felswand anlegen würden! Wie die Eidechsen müssen diese Inselleute den Fels hinaufgeklettert sein. Sie haben deine Eltern von hinten angegriffen. Ich konnte ihnen nicht helfen. Es war aussichtslos. Ich kam nur noch rechtzeitig, um zu sehen, wie sie niedergemacht wurden. Dann musste ich um mein eigenes Überleben kämpfen.« Talvars schlanke Finger tasteten über seine eingedrückte Wange. »Noch heute stehe ich manchmal im Traum dort … Kadevis, ich war der Stratege deiner Mutter, und wenn jemand hätte ahnen müssen, dass die kymanischen Verbündeten einen solchen Anlegeort für ihre Schiffe wählen würden, dann ich. Ich hatte die Küste zuvor überprüft, und bis heute weiß ich nicht, wie ihnen das gelungen ist. Es mag mein Fehler gewesen sein, aber jeder andere hätte an meiner Stelle diesen Fehler auch begangen. Vielleicht trage ich Schuld am Tod deiner Eltern, so überhaupt jemand Schuld daran tragen kann, aber ich bin nicht ihr Mörder.«

Er klang so traurig. Kadevis musterte ihn, aber es fiel ihm schwer, Talvars Gesichtsausdruck zu deuten. Seine Augen lagen im Schatten. »Ich verstehe nicht, was Ihr von mir wollt«, sagte er. »Soll ich Euch vergeben?«

»Ich möchte nur, dass du eines weißt: Ich bin nicht dein Feind.«

Kadevis versuchte, seine Gedanken zu ordnen. »Wenn es so war, wie Ihr gesagt habt, Eure Geschichte über den Kampf in Kyma, weshalb habt Ihr dann damals vor Gericht nicht dasselbe erzählt? Nun glaubt jeder, dass meine Eltern Dummköpfe und Feiglinge waren, die einen einfachen Hinterhalt der Inselleute nicht erkennen konnten.«

Talvar schwieg.

Was würde Malkar jetzt sagen? »Ihr habt Euren eigenen

Ruf gerettet, damit Euch niemand die Schuld an der Niederlage gibt.« Der kühne Klang seiner eigenen Stimme erstaunte Kadevis. »Es war Euch egal, was die Leute danach über meine Eltern denken.«

»Sie waren tot. Was hätte ihnen ihr guter Ruf nach dem Tod genützt?«

»Ihnen nichts. Aber ich bin nicht gern der Sohn von Dummköpfen und Feiglingen.«

Talvar schwieg erneut.

»Ihr habt mich hierherbestellt«, fuhr Kadevis fort, »um Euer Gewissen zu erleichtern oder was auch immer, aber was habe ich davon? Wenn Euch daran liegt, dass ich die Wahrheit kenne, wärt Ihr dann auch bereit, Eure Geschichte dem Rat zu erzählen?«

»Ich hatte dich gebeten, den Bluthund nicht über dieses Treffen zu informieren«, sagte Talvar in verändertem Ton, »du hast es aber dennoch getan, nicht wahr?«

»Nein. Ich bin nur nicht blöd, ebenso wenig wie meine Eltern.«

»Man darf dem Bluthund nicht trauen. Er hat stets nur seinen eigenen Vorteil im Kopf. Als ich sah, dass er dein Mentor ist, war ich bestürzt. Er wird dich für seine Zwecke benutzen ohne die geringsten Gewissensbisse, und du … du bist noch sehr jung, Kadevis. Du hast schon Schweres durchgemacht und solltest nicht erleben müssen, dass dein Vertrauen enttäuscht wird.«

Offenbar besaß Talvar einen ausgeprägten Sinn für Dramatik. *Ich glaube eher, Ihr seid derjenige, dem man nicht trauen darf, Talvar.* Kadevis sprach es nicht laut aus. Stattdessen sagte er: »Ich kann mich nicht über meinen Mentor beschweren.«

»Ich würde dich unter meine Fittiche nehmen, so wie

Akama – er hat mir gesagt, dass ihr euch kennt. Ich bin ebenfalls Mitglied des Rates und lege Wert darauf, mich nach Kräften um meine Schützlinge zu kümmern. Du musst einsam sein, und zumindest wärst du dann wieder mit einem Freund zusammen. Ich würde dir gern helfen.«

»Um wiedergutzumachen, was mit meinen Eltern passiert ist?«

»Vielleicht.«

Kadevis musste sich eingestehen, dass das Angebot seine guten Seiten hatte. Er und Akama würden wieder jeden Tag miteinander witzeln können, sie müssten keine Gegner sein. Und, noch besser: Er wäre in der Nähe von Talvars Tochter Lerina, würde sie vielleicht sogar sprechen können.

Trotzdem war es undenkbar.

»Danke. Ich verzichte.« Er stand auf, und sofort trat die Leibwächterin an seine Seite. »Ich muss jetzt gehen. Es ist schon spät.«

Tatsächlich war die Sonne ganz untergegangen, und ein dunkelblauer Abendhimmel wölbte sich über den Stadtgärten. »Kadevis«, sagte Talvar, als er sich bereits abgewandt hatte, »bitte bleib noch einen Moment.«

Kadevis drehte sich um. »Was ist denn?«

Auch Talvar hatte sich erhoben. Er stand sehr nah vor ihm, und ein sonderbarer Ausdruck lag auf seinem Gesicht, als er Kadevis musterte. Er wirkte so sanft, fast als habe er ihn gern und sei enttäuscht, dass sein Angebot ausgeschlagen worden war.

»Vergiss zumindest mein Friedensangebot nicht. Ich möchte nicht, dass wir Feinde sind. Die Versöhnung mit dir würde mir viel bedeuten. Wir können uns wieder unterhalten und finden dann vielleicht eine Lösung, mit der wir beide zufrieden sind.«

»Ich werd's mir überlegen.«

Als er davonstolperte, die Leibwächterin dicht hinter sich, stellte Kadevis fest, dass seine Knie zitterten. Dennoch wurde er nicht langsamer. Er hatte es eilig, Abstand zwischen sich und Talvar zu bringen. Das Herz klopfte ihm heftig, und die Gedanken flogen wild in seinem Kopf umher. Konnte er glauben, was der Mann ihm erzählt hatte? Hatte er gelogen oder meinte er seine Worte am Ende aufrichtig? Bedauerte er den Tod von Kadevis' Eltern, wollte er ihn jetzt unterstützen?

Nachdem er Talvar so viele Jahre lang als Monstrum betrachtet hatte, fiel es Kadevis schwer, jenes Bild mit dem melancholischen Mann in Einklang zu bringen, der eben mit ihm gesprochen hatte. Und obwohl ihm Talvar gegen seinen Willen leidtat, war er zufrieden mit sich. *Ich habe mich gar nicht schlecht geschlagen. Malkar wird stolz auf mich sein.*

Erst als er die Stadtgärten verlassen hatte, fiel Kadevis auf, dass Talvar während der ganzen Unterredung kein einziges Wort über die Kriegsbeute aus Kyma verloren hatte.

»Wenn Ihr mich fragt«, sagte die rauhe Stimme der Leibwächterin, »seine Lügengeschichten stinken meilenweit gegen den Wind!«

Kadevis runzelte die Stirn. »Ich frage aber nicht.«

Er konnte kaum erwarten, Malkar über das Gespräch zu unterrichten. Sie saßen im Salon des Stadthauses, während sich vor den Fenstern bereits tiefe Dunkelheit ausbreitete. Mit regloser Miene hörte sich Malkar alles an, nur als Kadevis zu der Stelle kam, an der Talvar ihm angeboten hatte, sein Mentor zu werden, lachte er kurz auf.

»Ich weiß nicht, was ich von alldem halten soll«, sagte Kadevis. »Hoffentlich habe ich mich nicht dumm angestellt!«

»Nein, das hast du nicht. Du bist talentiert für solcherart Gespräche, scheint mir.«

Es erleichterte Kadevis ein wenig, das zu hören. »Was will Talvar denn nun von mir? Glaubt Ihr, er will sich wirklich um mich kümmern? Er war irgendwie traurig. Ich glaube nicht, dass ich mir das eingebildet habe.«

»Talvar ist Vater zweier Kinder«, sagte Malkar nachdenklich, »und es heißt, dass es den Blick auf alles verändert, wenn man Kinder hat. Dennoch kommt es mir verdächtig vor, dass er dich, den armen Waisenjungen, auf einmal so sehr bedauert. Nein, ich bin sicher, es steckt Taktik dahinter. In Vhaskalar sagt man, wer den Feind umarmt, hindert ihn daran, seine Waffe zu ziehen.«

»Er will mich auf seine Seite bringen?«

»Er weiß, dass du ihm die Schuld am Tod deiner Eltern zuweisen musst, sofern du jemals politisch Fuß fassen willst, und das sucht er zu verhindern. Wenn du ihm verpflichtet bist, kannst du unmöglich gegen ihn vorgehen. Ich muss schon sagen, das ist originell, beinahe dreist. Bemerkenswert.«

Im Nachhinein erschien es auch Kadevis vollkommen logisch. Wie hatte er nur auf Talvars melancholische Miene hereinfallen können? Dennoch, da war etwas in der Stimme des Mannes gewesen … Er drängte die Erinnerung beiseite. Talvars Verhalten empörte ihn.

»Dann werde ich ihm schreiben, dass er sein dämliches Friedensangebot vergessen kann!«

Malkar lächelte. »Aber nein. Du wirst es selbstverständlich annehmen. Natürlich erst in einigen Tagen, wenn

Talvar seine Hoffnung darauf schon fast aufgegeben hat. Eine kleine Feier wäre eine gute Gelegenheit, um diese neue Beziehung zu knüpfen, was meinst du?«

Kadevis starrte ihn an.

»Du kannst den Mund jetzt schließen, Kadevis«, sagte Malkar, »es ist mein Ernst.«

»Aber wie könnt Ihr so etwas sagen!«

»Verstehst du denn nicht? Du bist jung und unerfahren, Talvar unterschätzt dich. Er wird versuchen, dich zu kaufen, zu korrumpieren, zu kontrollieren. Du wirst bereitwillig darauf eingehen. Sobald Talvar glaubt, dass du keine Bedrohung mehr für ihn bist, wird er unvorsichtig werden. Und dann hast du die Gelegenheit, Beweise dafür zu finden, was damals wirklich in Kyma geschehen ist.«

Kadevis fühlte, wie er in sich zusammensank. Er hatte seinen Mut sammeln müssen, um Talvar zu treffen, mit ihm zu sprechen. Und nun sollte er das wieder tun? Und wieder? Bis er ihn zuletzt in eine Falle gelockt hatte wie ein Attentäter?

»Ich weiß nicht, ob ich das kann«, murmelte er kleinlaut. »Können wir nicht einfach so weitermachen wie bisher?«

Malkar beugte sich vor und musterte ihn aufmerksam aus seinen hellen Augen. Wieder hatte Kadevis das Gefühl, dass sein Mentor auf den Grund seiner Seele blicken konnte. »Wovor fürchtest du dich, Kadevis?«

Er zuckte mit den Achseln. »Ich fürchte mich gar nicht. Ich habe nur noch nie jemanden so hintergangen.«

Zu seiner Überraschung streckte Malkar den Arm aus und griff nach Kadevis' Hand. Warm schlossen sich seine Finger darum. »Ich weiß, dass ich viel von dir verlange«, sagte er sanft. »Aber ich weiß auch, dass du es schaffen kannst. Du bist ein scharfsinniger, starker junger Mann. Ich habe dich bei mir aufgenommen, damit du lernst, und ich nehme meine Verantwortung ernst. Was du nicht leisten kannst, würde ich nicht vorschlagen.«

Es tat gut. Der Händedruck, die Worte – für einen kurzen Moment musste Kadevis daran denken, was Talvar über Malkar gesagt hatte, dass er skrupellos war und ihn für seine eigenen Zwecke benutzen würde. Malkar war Gerichtsredner. Was, wenn er nur eine aussichtsreiche Möglichkeit suchte, einen neuen Prozess gegen Talvar anzustrengen, um sein Ansehen in Kessel zu vergrößern? Doch das konnte Kadevis nicht glauben. So freundlich hatte das letzte Mal Onkel Makis zu ihm gesprochen.

»Ich habe ja nicht einmal ein persönliches Interesse daran, dass dieser Gerichtsfall wieder aufgerollt werden kann«, fuhr Malkar fort, als hätte er seine Gedanken erraten. »Es geht hier um dich und deine Zukunft. Aber ich werde dir helfen, so gut ich kann, das bin ich meiner Verantwortung dir gegenüber schuldig. Und ich mag dich. Ich möchte, dass du bekommst, was dir zusteht.«

»Danke.« Kadevis saß auf einmal ein Kloß im Hals. Aus irgendeinem Grund hätte er Malkar jetzt gern umarmt, doch das wagte er nicht. »Also gut. Machen wir es, wie Ihr sagt. Ihr werdet mir doch helfen? Mir alles sagen, was ich tun soll, wie ich es tun soll?«

»Natürlich.«

»Was … äh … habt Ihr vorhin gesagt? Das mit der Feier?«

»Ich werde eine Feier veranstalten und auch Talvar einladen. Dabei könnt ihr beide euch näher kennenlernen, und es wird sich eine Möglichkeit ergeben, noch einmal über sein Angebot zu sprechen.«

Zu jeder anderen Gelegenheit hätte die Aussicht auf eine Feier Kadevis mit Begeisterung erfüllt, aber jetzt verspürte er nur ein unangenehmes Ziehen im Magen. »Wird er denn überhaupt kommen? Er traut Euch nicht.«

»Er wird kommen. Gerade deshalb. Und deinetwegen.«

8

Malkars Versuche, an das Geschirr in Velmaruns Keller zu gelangen, blieben erfolglos. Unter dem Vorwand, das Anwesen kaufen zu wollen, war es Malkar zwar nach mehreren Tagen gelungen, einen Besichtigungstermin zu vereinbaren. Doch da sah das gesamte Haus, wie er Kadevis erzählte, schon nicht mehr anders aus als die Werkstatt des armen Chretax von Kyma nach dem Besuch der Kessler Truppen. Die Erben mussten gleich kurz nach dem Tod des Redners sein Stadthaus geplündert haben. Wohin das kymanische Geschirr verschwunden war, ließ sich unmöglich feststellen, auch wenn Malkar vermutete, dass Sotan Talvar einen Teil davon selbst wieder mitgenommen hatte. Diese Spur hatten sie vorerst verloren.

Kadevis hatte sich inzwischen an sein neues Leben in der Stadt gewöhnt. Fast jeden Tag aß er gemeinsam mit Malkar, anschließend fragte dieser ihn ab, unermüdlich. Oft gingen sie am Abend aus dem Haus und besuchten Lidda. Während sich Malkar mit Leuten unterhielt, die er dort traf, hörte Kadevis den Gesprächen nur mit halbem Ohr zu: Nadjiba, die Tänzerin, fesselte seine Aufmerksamkeit zu sehr. Manchmal saßen Kadevis und Malkar abends zusammen im Salon auf dem Sofa und unterhielten sich. Malkar hatte bereits viele Orte in den Inselreichen besucht und war sogar in den Westen bis in die Nähe der Wüstenstadt Vhaskalar gelangt; Vhaskalar, der Inbegriff von allem, was teuer und exotisch war. Er kannte unglaubliche Geschichten. Kadevis fragte sich, wie es nur möglich war, dass jemand so viel gesehen hatte und so viel wusste. Inzwischen war er froh, dass Malkar sein Mentor geworden war. Malkar mochte kein Mann herzlicher Gesten sein, und an seinen Humor hatte sich Kadevis noch immer nicht gewöhnt, aber bei ihm fühlte er sich sicher. Nicht, dass er Schutz gebraucht hätte, immerhin war er alt genug, um auf sich selbst aufzupassen – aber falls er in Schwierigkeiten geraten sollte, würde sein Mentor ihm helfen, das wusste er. Vor Velmaruns Haus hatte er es ja bereits bewiesen. Onkel Makis hatte sich umsonst Sorgen gemacht.

Einmal hatte Kadevis versucht, einen Brief an seinen Onkel zu schreiben. Doch da ihm Malkar verboten hatte, ein Wort über die Sache mit Talvar zu verlieren, und es sonst nicht viel zu berichten gab, brach er schon nach wenigen Zeilen wieder ab. Eigentlich war alles, was er sich wünschte, ein Brief von seinem Onkel. Je länger er fort war, desto mehr wollte Kadevis wissen, ob er wohlauf war.

Inzwischen zeigte sich der Frühling von seiner schönsten Seite: Warm schien die Sonne vom blauen Himmel, und überall regneten Blütenblätter auf die Straßen. In den letzten Wochen hatte Kadevis hart gearbeitet. Er wusste so gut wie alles über die Gerichtsfälle, die Malkar während der vergangenen Jahre verhandelt und gewonnen hatte, und mehr und mehr begann er das komplizierte Netzwerk aus Traditionen, Eheschließungen, Schulden und Abhängigkeiten zu verstehen, das die Großen Familien Kessels zusammenhielt. Auch er selbst, das begriff er allmählich, war in dieses Netz hineingeboren worden und hing darin, ohne dass er auch nur das Geringste dafür getan hätte. Er war ein Tuvar, seine Sippe gehörte zu den reichsten des Tals, es gab viele, die von ihr abhängig waren. Dadurch gewann er Einfluss, und diesen Einfluss konnte er ausnutzen. Wenn er

Malkar darüber sprechen hörte, klang es einfach. Aber Kadevis ahnte, dass er noch lange brauchen würde, bis er all die komplizierten Zusammenhänge wirklich verstand. Fast ein bisschen wehmütig dachte er an die Zeit zurück, als seine Welt noch so einfach gewesen war, dass sie nur aus Weinbergen, Erde und Sonne bestanden hatte. All diese schwierigen Dinge waren schon immer da gewesen – er hatte sie nur nicht gesehen. Malkar lobte ihn nun häufig, sagte, dass er mit seinem Lernfortschritt zufrieden war. Was konnte er mehr erwarten?

Im Vergleich zu seiner eigenen Familie war Talvars Sippe eher klein, und nachdem ihr Oberhaupt Sotan Talvar seine militärische Karriere beendet und der Politik den Rücken gekehrt hatte, schwand ihr Einfluss mehr und mehr. Anders als bei Kadevis würden keine Scharen von näheren und entfernteren Verwandten herbeiströmen, um zu helfen, wenn es Schwierigkeiten gab. Daher war Talvar besonders auf seine Beziehungen zu anderen Sippen angewiesen. Bisher hatte er sich im Knüpfen von Kontakten nicht allzu glücklich angestellt mit seinem verhüllten Gesicht und zurückgezogen, wie er lebte. Vielleicht, sagte Malkar, bemühe er sich auch deswegen um Kadevis – er versuche möglicherweise, zugleich Feindschaften beizulegen und neue Beziehungen aufzubauen, ehe es endgültig zu spät dazu sei. Ein Bündnis mit der Familie Alven und Tuvar könne der Familie Sotan und Lira nur von Vorteil sein.

Was auch immer Talvar im Sinn haben mochte, er hatte Malkars Einladung zur Feier angenommen. Er würde kommen, und Kadevis würde erneut mit ihm sprechen müssen. Das lag ihm im Magen, seitdem er Talvars Zusage gelesen hatte. Immerhin konnte er darauf hoffen, dass Talvar vielleicht auch seine Tochter mitbringen würde.

An diesem Abend sollte es endlich so weit sein. Schon den ganzen Tag über stand ein Lieferant nach dem anderen vor dem Eingang. Malkar saß wie üblich in seinem Arbeitszimmer und schrieb – er schien immer irgendetwas zu finden, was geschrieben werden musste – und gab Kadevis von seinem Schreibtisch aus Anweisungen, wohin was gebracht werden sollte, was wie zubereitet werden sollte und bis wann. Kadevis konnte nicht mitansehen, wie die Köchin und der alte Diener Siadan die Kisten, Körbe und Flaschen mit Lebensmitteln und Wein allein schleppten, er musste einfach selbst anpacken. Gegen Mittag war er deswegen bereits so erledigt, dass er nur noch ins Bett wollte. Wie sollte er die Nacht überstehen? Malkars Feiern, das hatte er bei den Unterhaltungen in Liddas Etablissement aufgeschnappt, dauerten immer mindestens bis zum nächsten Morgen.

Als Letzter traf ein Mann mit einem Pferdewagen ein, der Fässer mit Soldatenkrebsen lieferte. Als besondere Delikatesse waren sie in Meerwasser von der Küste bis nach Kessel gebracht worden. Über Onkel Makis hatte Kadevis erfahren, dass es so etwas geben solle, aber er hatte noch nie selbst einen Soldatenkrebs gesehen oder gar gegessen. Neugierig öffnete er eines der Fässer, nachdem sie in die Küche geschafft worden waren. Darin saßen gepanzerte Tiere, rosafarben mit braunen Sprenkeln und so lang wie sein Unterarm, langsam spielten die Fühler. Das konnte man essen? Die Köchin sagte, die Tiere würden lebend mitsamt ihrem Panzer in kochendes Wasser geworfen und so lange gesotten, bis sie sich feuerrot färbten. Allein der Gedanke reichte aus, dass sich Kadevis der Magen zusammenzog. Obwohl die Köchin behauptete, niemand habe jemals einen Soldatenkrebs schreien hören und den Panzer könne man nach dem Kochen leicht entfernen, nahm er sich vor, diese Delikatesse nicht anzurühren, auch wenn die rote Farbe noch so hübsch und das Fleisch noch so köstlich sein mochte.

Malkar hatte auch Kadevis' Tante von der geplanten Feier berichtet. Gegen ihre Gewohnheit hatte sie sich als sehr großzügig erwiesen und mehrere Kisten Wein bereitgestellt – und das sogar umsonst! Normalerweise verschenkte seine Tante nie etwas. Sie musste Malkar wirklich schätzen. Kadevis wählte die geeigneten Becher für jeden Wein und stellte sicher, dass die einzelnen Sorten vor dem Fest kühl oder warm standen, wie sie es benötigten. Obwohl Malkar weitere Arbeitskräfte bestellt hatte, die beim Aufbau des Buffets und später auch während und nach dem Fest helfen sollten, schien die Arbeit kein Ende zu nehmen. Doch schließlich glänzte und duftete das Haus, Girlanden aus Blüten schmückten die Türrahmen, und im Salon türmten sich die Speisen auf den Tischen. In seiner besten Tunika, der roten mit der goldbestickten Zierborte, hing Kadevis vollkommen erschöpft auf dem Sofa und wünschte sich nur, dass seine Füße zu schmerzen aufhörten.

Kurz bevor sich die Gäste einfinden sollten, erschien Malkar in der Tür. Die schlichte, langärmlige Tunika in Gelb- und Grüntönen verlieh ihm eine dezente Eleganz. »Das sieht ja hervorragend aus!«, sagte er nach einem Blick aufs Buffet. »Ohne deine Hilfe, Kadevis, wären wir niemals so schnell fertig geworden. Im Übrigen: Wenn Sotan Talvar eintrifft, möchte ich, dass all seine Wünsche erfüllt werden, ebenso die seiner Familie, falls er sie mitbringt. Du bist dafür verantwortlich. Und jetzt auf mit dir, wir sollten die Gäste begrüßen.«

Kadevis raffte sich auf. Er hatte sich Duftöl in die Haare

gestrichen, weil auch Malkar das zu tun pflegte, und war jedes Mal irritiert, wenn ihm der Geruch des Öls in die Nase stieg, eine Mischung aus süßen Blüten und bitterem Holzduft. »Ist schon jemand da?«

»Dein Freund Akama. Er kündigt Sotan Talvar an. Offenbar möchte Talvar keinen Augenblick versäumen. Du erinnerst dich noch an alles, was ich dir gesagt habe?«

»Sicher.« Kadevis' Herz begann wieder schneller zu pochen. »Ich tue so, als wäre ich genauso an der Versöhnung interessiert wie Talvar. Und ich nehme alles an, was er mir anbietet.«

»Aber nicht, ohne dich vorher angemessen zu zieren. Du bist ein törichter, anständiger junger Tuvar.« Malkar lachte und zeigte seine weißen Zähne; diesmal fand Kadevis es beruhigend, in sein Lachen miteinzustimmen. »Und vergiss nicht, dich auch mit den anderen Gästen zu unterhalten. Heute kommen Personen, die du vermutlich nicht zum letzten Mal siehst.«

Akama, der in der Eingangshalle gewartet hatte, bedankte sich mindestens viermal für die Einladung und versicherte ebenso oft, dass sein Mentor Talvar in einer Stunde kommen werde. In Malkars Gegenwart war er offenbar so nervös, dass er nicht wusste, was er sonst sagen sollte. Malkar tat, als würde er es überhaupt nicht bemerken, führte ihn in den Salon und wies ihm einen Platz zu – ein gutes Stück entfernt vom Buffet. Akama befand sich ja wie Kadevis selbst noch in der Ausbildung, die besseren Plätze waren wichtigeren Gästen vorbehalten.

»Ich kann nicht glauben, dass ich hier bin.« Akama rutschte auf seinem Hocker herum.

»Wie meinst du das?« Kadevis lehnte sich neben ihm an die Wand.

Statt einer Antwort fragte Akama: »Wie geht es dir? Ich hab mir Sorgen gemacht.«

»Um mich? Warum denn?«

Akama wies nur mit einer Kopfbewegung auf die Tür, durch die Malkar verschwunden war, und Kadevis spürte einen Anflug von Ärger.

»Um's noch mal deutlich zu sagen, mir geht's bestens! Ich weiß überhaupt nicht, was alle haben. Malkar ist in Ordnung.«

»Du kennst ihn doch gar nicht wirklich.«

»Natürlich kenne ich ihn. Er ist mein Mentor. Ich lebe seit Wochen in seinem Haus.«

Akama schwieg.

»Du kennst ihn wohl besser als ich. Wenn ich dich dran erinnern darf: Dein offenbar ach so tadelloser Mentor Talvar war sogar des Mordes angeklagt.«

»Lass uns nicht streiten, Kadevis«, erwiderte Akama schnell. »Ich freue mich, dich zu sehen. Du … du bist doch so ein Weinexperte, oder? Welcher Wein von all denen hier ist gut?«

Kadevis kam nicht dazu, einen Wein zu empfehlen. Malkar war mit einer größeren Gruppe von Leuten zurückgekehrt und winkte ihn zu sich, damit er einem Gast nach dem anderen die Hand schüttelte. Allen stellte er ihn als seinen neuen Schützling vor. Bald schwirrte Kadevis der Kopf von den vielen Namen und Gesichtern, und er war überzeugt, dass er die Anwesenden zwar vielleicht wiedererkennen, aber auf keinen Fall noch wissen würde, wie sie hießen. Manche hatte er bereits in Liddas Etablissement gesehen, aber nicht alle. Vesekir kam, und das auch noch in Begleitung einer ausgesprochen schönen Frau, die die Blüten eines halben Kirschbaums im Haar trug. Rasch hatte sich Vesekir mit ihr in eine Ecke des Salons zurückgezogen, und Kadevis verspürte nicht die geringste Lust, sich mit seinem Cousin zu unterhalten. Ein Glück, dass zumindest seine Tante die Einladung ausgeschlagen hatte!

Dass er selbst keine Begleitung hatte, nagte an Kadevis. Er blickte sich um. Auf dieser Feier schienen die jungen Frauen eindeutig in der Unterzahl zu sein, aber er entdeckte doch einige, die in die engere Wahl fielen. Eine setzte er ganz oben auf seine persönliche Liste. Sie hatte hübsche, rotbraune Locken, die sie so hochgesteckt trug, dass sich ihr einige Strähnen vorwitzig über Hals und Schultern ringelten, und in ihrem gelben Kleid erinnerte sie ihn an ein Herbstblatt. Kadevis beschloss, die restliche Zeit bis zu Talvars Ankunft sinnvoll zu nutzen. Er füllte Wein in einen Becher und trug ihn zu ihr.

»Unter all den Frauen hier leuchtet Ihr wie ein Herbstblatt«, sagte er zu ihr und versuchte sich an einem charmanten Lächeln.

Sie runzelte die Stirn. »Ein Herbstblatt? Oh, es ist das Kleid, nicht wahr? Ich hasse diese Farbe, aber meine Mutter wollte, dass ich sie trage.«

»Äh … Ihr seht wunderbar darin aus. Wie wär's mit etwas Wein? Der Weißwein meiner Familie ist auch gelb … ich meine, golden wie … die Sonne.«

Sie musterte ihn. Ihre Augen waren hellbraun mit Goldsprenkeln. »Ihr seid Tuvar Kadevis, nicht wahr?«

»In Person.«

»Ich bin Kimasa Hedra. Nett, Euch zu treffen.« Sie reichte ihm die Hand und nahm den Wein entgegen. »Von Wein verstehe ich ja überhaupt nichts, aber er riecht gut.« Gespannt sah er zu, wie sie einen Schluck nahm. »Er schmeckt auch ganz gut.«

Diesem Urteil nach verstand sie wirklich nichts von Wein, sonst hätte sie mehr Begeisterung gezeigt, aber das störte ihn nicht. »Freut mich, dass ich Euren Geschmack getroffen habe.«

Es schien, als hätte er sich nach dem ungünstigen Anfang vom Glatteis aufs feste Land gerettet. Und nun lächelte sie sogar. Es war ein gutes Lächeln, das ein angenehmes Kribbeln irgendwo in ihm auslöste. Vielleicht würde es doch nicht so schwierig werden, die Nacht hindurch wachzubleiben.

In diesem Moment tippte ihm jemand auf die Schulter. Er wandte den Kopf. Hinter ihm stand Akama. »Mein Mentor ist gekommen, Kadevis. Du willst ihn doch bestimmt begrüßen.«

Das musste ja sein, ausgerechnet jetzt! »Bewegt Euch nicht«, sagte er zu der jungen Frau, »ich bin gleich zurück. Die Pflicht ruft.«

Der letzte Satz, fand er, klang recht beeindruckend. »Ist gut«, erwiderte sie. »Ich werde mich nicht von der Stelle rühren.«

Kadevis warf ihr noch einmal einen Blick zu und legte, wie er hoffte, all seinen Charme und das Versprechen auf einen unvergesslichen Abend hinein. Sollte Talvar tatsächlich seine Tochter mitgebracht haben, würde ihm schon etwas einfallen, wie er dieses Dilemma löste. Hastig folgte er Akama, der sich einen Weg durch die Menge bahnte, möglichst ohne jemanden anzustoßen. Inzwischen hatte sich eine beachtliche Anzahl von Gästen in Malkars Haus angesammelt, es mussten mindestens fünfzig sein. Auf dem Weg zur Eingangshalle fragte sich Kadevis plötzlich, wie viel Akama eigentlich von dem wusste, worüber Talvar mit ihm gesprochen hatte.

Sotan Talvar stand in der Nähe des Eingangs, wie üblich

hatte er das Gesicht mit einem Tuch verhüllt, seine Trauerkleidung hatte er abgelegt. Trotz der vielen Gäste war um ihn ein freier Platz von mehreren Schritten. Abgesehen von Malkar stand nur ein hochgewachsener, breitschultriger junger Mann neben ihm, das musste wohl sein Sohn sein. *Wie schade, er hat seine Tochter zu Hause gelassen!* Doch nach allem, was Kadevis gehört hatte, konnte das nicht überraschen.

Vielleicht lag es an der Menschenmenge, am Stimmengewirr und Lachen, aber dieses Mal wirkte Talvar viel weniger furchteinflößend. Kadevis fiel auf, dass einige der Umstehenden verstohlen auf den verhüllten Mann wiesen und miteinander flüsterten. Ohne sie zu beachten, ging er auf ihn zu. »Ich freue mich, dass Ihr gekommen seid«, sagte er und hielt ihm die Hand hin. Zu seinem eigenen Erstaunen kostete ihn das kaum noch Überwindung.

Talvar erwiderte den Händedruck, seine Finger griffen nur schwach zu, seine Augen waren unter dem Schleier unsichtbar. »*Ich* freue mich über die Einladung.« Das Tuch dämpfte seine sanfte Stimme zusätzlich. »Kadevis, dies ist Sotan Takis, mein Sohn.«

»Sehr erfreut.« Kadevis schüttelte auch ihm die Hand.

»Ich habe für Euch einen ruhigen Ort ausgesucht«, beendete Malkar die Begrüßung. »Mir ist bewusst, dass ihr Menschenansammlungen lieber meidet. Ihr könnt im Maskenzimmer speisen. Kadevis, würdest du unseren Gast dorthin bringen?«

»Natürlich.«

»Wenn du nichts dagegen hast, Vater, werde ich mich unter die Leute mischen«, sagte Takis. Sein Vater gestattete es ihm mit einer knappen Geste.

»Bitte gebt mir Bescheid, wenn Ihr etwas braucht.« Auch

Malkar verschwand nach diesen Worten wieder zwischen den Gästen.

Kadevis führte Talvar ins Maskenzimmer, wohin sich bisher noch niemand verirrt hatte. Dieser kleine, kühle Raum trug seinen Namen aufgrund seines ungewöhnlichen Wandschmucks: Theatermasken aus den Inselreichen, urtümliche, maskenartige Helme aus Terkalim und sonderbare Masken mit Federn, die angeblich aus Ländern jenseits des Sandlands stammten. Kadevis hatte sie immer ein wenig gruselig gefunden, diese Masken ohne Gesichter dahinter, und als sein Blick auf Talvars verhülltes Gesicht fiel, fragte er sich, ob sich Malkar nicht einen seiner seltsamen Scherze erlaubt hatte, ausgerechnet dieses Zimmer zu wählen.

»Ich hole Euch etwas zu essen und zu trinken«, sagte er, nachdem sich Talvar auf der gepolsterten Sitzbank niedergelassen hatte. »Was mögt Ihr?« Er musste unbedingt noch einmal zum Buffet und dem Herbstblatt-Mädchen sagen, dass es länger dauern würde, bis er wieder Zeit für sie hatte.

»Ich bin nicht hungrig, aber du bist es sicher. Ich werde hier auf dich warten.«

Kadevis eilte davon. Einerseits war er froh, dass er das Gespräch mit Talvar nun so schnell wie möglich hinter sich bringen konnte, andererseits hätte er sich jetzt viel lieber mit der jungen Frau unterhalten. Doch als er dorthin zurückkehrte, wo er sie vorhin angesprochen hatte, war sie nirgends mehr zu sehen. So viel zu ihrer Versicherung, sie werde sich nicht von der Stelle rühren! Als er sich umblickte, entdeckte er sie schließlich – auf einem Sofa in einer Ecke des Raumes. Er wollte auf sie zusteuern, doch in diesem Moment brachte ihr Akama den Schwanz eines gekochten Soldatenkrebses auf einem Teller und setzte sich dann dicht neben sie. Er beugte sich zu ihr und flüsterte etwas in ihr Ohr, und sie lachte darüber so sehr, dass sie den Wein, den sie im Mund hatte, über den Teller prustete.

Mahlzeit, dachte Kadevis und unterdrückte den Stich von Eifersucht. *Wer so mit dem Wein meiner Familie umgeht, auf den kann ich verzichten!*

Kurz entschlossen wandte er sich dem Buffet zu, suchte Käschäppchen und andere Kleinigkeiten für Talvar zusammen und bemühte sich, nicht zu viel auf seinen eigenen Teller zu häufen. Irgendwie gelang ihm das Kunststück, beide Teller und dazu noch einen Weinkrug zurück zu Talvar zu balancieren.

»Danke, Kadevis«, erwiderte Talvar, als er den Teller vor ihm abstellte, »aber ich habe dir gesagt, dass ich nicht hungrig bin.«

Bestimmt wollte er nicht essen, weil er dazu das Tuch abnehmen musste. »Ich habe Euer Gesicht doch schon gesehen«, sagte Kadevis leise.

»Ja. Aber wenn jemand hereinkommt … Nein, greif du nur zu. Ich esse später.«

Das ließ sich Kadevis nicht zweimal sagen. Malkar hatte wirklich ausgewählte Köstlichkeiten aus dem Kessler Tal und der gesamten Umgebung zusammengetragen, und er wusste kaum, was er zuerst probieren sollte. Gebratene Schnecken hatte er immer besonders gern gemocht, also begann er damit.

»Du hast mir mit dieser Einladung einen Gefallen getan, ohne dass du es weißt, nehme ich an«, sagte Talvar. »Ich war seit … damals nicht mehr auf einer Feier, und ich glaube nicht, dass ich mich ansonsten noch einmal dazu aufgerafft hätte. Meine Kinder versuchen seit Jahren, mich zu überreden, das Haus häufiger zu verlassen. Sie haben wohl recht.

Es ist schön, einmal andere Gesichter zu sehen. Selbst, wenn eines davon das des Bluthunds ist.«

Deswegen haben die Leute also geflüstert, dachte Kadevis. *Sie haben ihn lange nicht mehr auf einem Fest gesehen.* Er schluckte seine Schnecke hinunter. »Mein Mentor fühlt sich durch Eure Anwesenheit geehrt.«

»Kadevis, lassen wir doch diese Floskeln. Wir beide wissen, dass dein Mentor niemanden ohne Hintergedanken einlädt. Aber ich bin nicht gekommen, um über ihn zu sprechen. Ich habe dir etwas mitgebracht.«

Aus den Falten seines weiten Überwurfs zog er einen schmalen Gegenstand, der in ein Tuch gewickelt war, und reichte ihn Kadevis. Durch den Stoff hindurch spürte Kadevis die Kälte des Metalls. Er wusste nicht, weshalb, doch ihn schauderte plötzlich, und er ahnte, was er in der Hand hielt. Er täuschte sich nicht; nachdem er das Tuch entfernt hatte, wurde ein Dolch samt Scheide sichtbar. Sowohl die Scheide als auch der Griff der Waffe waren mit Lederstreifen umwickelt, in die fremdartige, filigrane Muster geprägt waren. Wie gegen seinen Willen zog seine Hand den Dolch heraus. Er hielt den Atem an: Die Klinge bestand aus ölig schimmerndem, dunklem Metall, und als er sie vorsichtig drehte, glänzten darauf dieselben Muster wie auf der Scheide. Was für eine geschickte Hand musste nötig gewesen sein, um sie in die Klinge zu ätzen! Er ahnte, dass diese Waffe ihr Gewicht in Gold wert sein musste. Lag da etwa ein Stück der verschwundenen Kriegsbeute aus Kyma in seiner Hand?

»Gefällt es dir?«, fragte Talvar nicht ohne Selbstgefälligkeit. »Männer in deinem Alter lieben schöne Waffen, das weiß ich von Takis. Aber sei vorsichtig, dass du dich nicht schneidest. Der Dolch war seit einer Generation im Besitz meiner Familie, aber er ist noch so scharf wie am Tag, an dem er geschmiedet wurde. Versuch es.«

Kadevis erinnerte sich an die Geschichte der Leibwächterin über Waffen, die ein herabfallendes Haar zertrennen konnten. An einer Strähne testete er die Klinge – und unterdrückte nur mit Mühe einen Aufschrei der Überraschung, als ein schwarzes Haarbüschel herabsegelte, ohne dass er den geringsten Druck ausgeübt hätte. Und diese Waffe hatte Talvar unbemerkt in Malkars Haus gebracht! Wenn er geplant hätte, ihn zu ermorden, anstatt ihn zu bestechen, wäre er nun tot.

Talvar lachte leise. »Siehst du.«

Kadevis schluckte. »Er ist wirklich wunderschön. Aber ein so kostbares Geschenk kann ich unmöglich annehmen.« Er schob den Dolch in die Scheide zurück und hielt ihn Talvar hin.

Der machte eine abwehrende Geste. »Wie ich gesagt habe, er ist für dich. Ich bestehe darauf. Nimm ihn als Beweis meiner freundlichen Absichten. Zwischen uns steht so viel, und ich weiß, dass kein Geschenk ausreichen wird, um uns zu Freunden zu machen. Aber vielleicht kann es ein Anfang sein.«

»Ihr seid sehr großzügig, nur … Es geht wirklich nicht.«

»Hat der Bluthund dir verboten, Geschenke von mir anzunehmen?«

»Nun …«

»Nimm den Dolch und erzähl ihm nichts davon. Du willst ihn doch, ich sehe es in deinen Augen. Und eine handliche Waffe, die man bei sich tragen kann, ist immer nützlich. Vor allem in einer Situation wie deiner.«

»Wie meint Ihr das?«

Doch Talvar antwortete darauf nicht, stattdessen sagte

er: »Du musst nicht befürchten, dass ich für mein Geschenk irgendwelche Gegenleistungen von dir erwarte. Ich möchte einfach nur, dass du Freude daran hast.«

»Also schön. Ich will Euch auch nicht kränken ... Vielen Dank.« Kadevis fand, dass er sich nun ausreichend geziert hatte, und das Geschenk beeindruckte ihn tatsächlich. Zwar hatte er sich nie so viel aus Waffen gemacht wie seine gleichaltrigen Freunde, aber auch er konnte sich der Schönheit des Dolchs nicht entziehen. Dennoch blieb ein unbehagliches Gefühl in ihm zurück, als er die Waffe vor sich auf den Tisch legte. Sie glänzte wie ein Ölfleck.

»Gut«, sagte Talvar. Er klang zufrieden. »Wie ist es dir seit unserem letzten Treffen ergangen?«

»Oh, ich kann nicht klagen.«

»Hast du über meinen Vorschlag nachgedacht?«

»Ja. Aber Ihr versteht sicher, meine Familie hat Kelven Malkar als meinen Mentor ausgewählt. Meiner Tante würde es nicht gefallen, wenn ich mich ihrem direkten Wunsch widersetze. Und Ihr ...«

»Und ich gelte für deine Familie immer noch als der Mörder deiner Eltern.«

Kadevis schwieg.

»Ich verstehe das. Aber trotz allem hoffe ich, dass vielleicht du eines Tages bei deiner Tante ein gutes Wort für mich einlegen wirst. Ich möchte dir einen neuen Vorschlag machen: Wir sollten einander näher kennenlernen. Heute bin ich hier eingeladen, dafür möchte ich mich bedanken, indem ich dich zu mir einlade, in mein Landhaus. Du bist auf dem Gut deiner Tante aufgewachsen. Bestimmt wirst du dich freuen, wieder einmal aus der Stadt herauszukommen und die Felder zu sehen.«

»Oh, das wäre schön!« Die Worte waren Kadevis herausgerutscht, ehe er sie zurückhalten konnte. »Aber es geht nicht«, fügte er rasch hinzu. »Mein Mentor würde es mir nicht erlauben.«

Obwohl er Talvars Gesicht nicht sehen konnte, bemerkte er die Anspannung des Mannes. »Also gut. Der Bluthund soll dich begleiten, wenn er es wünscht.«

»Ich frage Malkar nach der Feier. Er ist nun zu beschäftigt.«

»Nein.« Auf einmal lag Schärfe in Talvars Stimme. »Frag ihn bitte jetzt. Und richte ihm aus, dass ich, das Familienoberhaupt der Sippe Sotan und Lira, eine sofortige Antwort von ihm erwarte.«

9

Er fand Malkar inmitten einer Menschentraube am Buffet. Wenn er bedachte, wie kurz angebunden sein Mentor üblicherweise war, fand Kadevis es seltsam, ihn mit einem Becher in der Hand so gelöst plaudern zu sehen. Es fiel ihm offenbar nicht schwer, all diese Menschen allein zu unterhalten. Vor allem die Frauen schienen an seinen Lippen zu hängen. Kadevis drängte sich zwischen ihnen hindurch.

»Entschuldigt bitte, ich soll Euch etwas von Sotan Talvar ausrichten.«

Malkar beendete den Witz, den er gerade erzählte, wartete aber nicht auf das Lachen seines Publikums, sondern wandte sich Kadevis zu. »Worum geht es?«

»Vielleicht lieber nicht hier …?«

»Ich habe vor meinen Freunden nichts zu verbergen.«

»Na schön.« Kadevis senkte die Stimme. Auch wenn sein Mentor ihn dazu aufgefordert hatte, offen zu sprechen, vor all diesen Leuten tat er das ungern. »Talvar hat uns zu sich auf seinen Landsitz eingeladen – Euch und mich. Er möchte wissen, ob Ihr die Einladung annehmt.«

Ein Raunen der Verwunderung lief durch die Umstehenden. Einen Lidschlag lang verriet auch Malkars Gesicht Erstaunen, dann lachte er. »Dieses Fest muss eine heilsame Wirkung auf die Seele haben. Kaum hat Sotan Talvar mein Haus betreten, gibt er sein zurückgezogenes Leben auf und lädt uns ein. Das muss der Tuvarenwein sein.« Malkar hob seinen Becher. »Trinken wir auf die Weinberge der Tuvaren, auf Sotan Talvar und das Ende seiner Einsamkeit.«

Man trank ihm zu, und Kadevis fragte: »Das bedeutet, Ihr nehmt an, ja?«

»Aber natürlich.«

Die Antwort löste ein erneutes Raunen aus. Jetzt würden all diese Menschen glauben, dass sein Mentor und er tatsächlich planten, sich mit Talvar zu versöhnen, dachte Kadevis. Was, wenn sie herausfanden, was sie wirklich vorhatten? Was würde man dann von ihnen denken? Während die Umstehenden ihre Becher leerten, flüsterte Malkar ihm zu: »Wie hast du die Schleiereule denn dazu gebracht?«

»Ich habe gar nichts gemacht. Talvar hat es von sich aus vorgeschlagen.«

Malkar klopfte ihm auf die Schulter, doch er hatte seine Aufmerksamkeit schon wieder der Frau neben sich zugewandt, einer schlanken, eleganten Dame mit hellem Haar und leuchtend grauen Augen, die Kadevis von irgendwoher bekannt vorkam. Nun lächelte sie ihm zu und sagte: »Es muss schwierig für Euch sein, die Einladung eines Familienfeindes anzunehmen.«

Kadevis wollte den Mund zu einer Antwort öffnen, aber Malkar kam ihm zuvor: »Kadevis will das Vergangene endlich ruhen lassen. Kadevis, du erinnerst dich gewiss an meine Klientin Juma Kalima. Sie ist die Tochter von Hesvar Silaran.«

Den Namen von Hesvar Silaran konnte Kadevis zuordnen: Er war das Oberhaupt der Sippe Hesvar und Juma, der Familie von Onkel Makis. Seine Tante hatte ihm prophezeit, er könne in der Stadt an keiner gesellschaftlichen Veranstaltung teilnehmen, ohne einem Verwandten oder Freund der Familie zu begegnen. Offensichtlich hatte sie recht gehabt, wie immer. Diese Juma Kalima würde vermutlich so wichtig werden, dass er sich ihren Namen besser merkte.

»Du hast ein großes Herz, Kadevis«, sagte Juma Kalima freundlich.

Hätte sie das doch nicht gesagt! Hastig verabschiedete er sich und kehrte zu Talvar zurück, der schon ungeduldig auf ihn zu warten schien. »Wie lautet die Antwort des Bluthunds?«, fragte er, sobald Kadevis eingetreten war.

Kadevis holte tief Luft. »Wir werden Euch gern besuchen.«

»Gut.« Die Erleichterung in Talvars Stimme war kaum zu überhören. »Zumindest über deinen Besuch wird sich meine Familie sicher ebenso freuen wie ich. Ich erwarte dich dann nächste Woche. Einzelheiten lasse ich dir über Akama mitteilen.«

Meine Familie, hatte Talvar gesagt. Das bedeutete, dass dieses Mal seine Tochter auch dabei sein würde. So gab es an dieser unglückseligen Einladung zumindest etwas, worauf sich Kadevis freuen konnte. Aber es war vielleicht klüger, dachte er, jetzt nicht über Lerina zu sprechen, damit er die Sache nicht verdarb, ehe sie überhaupt anfangen konnte. Wenn Talvar ahnte, was Kadevis an einem Ausflug auf Talvars Landgut am meisten reizte, würde er es sich mit der Einladung vielleicht noch einmal überlegen. Und so sagte er stattdessen: »Ich bin schon gespannt. Es heißt, Ihr habt viele Olivenbäume.«

»Meine Familie hat wohl die meisten Olivenbäume im Tal. Du interessierst dich für den Landbau?«

Darüber hatte Kadevis noch nie bewusst nachgedacht. »Ich glaube schon.«

»Komm, setz dich ein wenig zu mir. Ich erzähle dir von

unseren Olivenbäumen. Oder scheust du dich, neben einem entstellten Mann zu sitzen?«

»Sagt doch so etwas nicht.« Kadevis wechselte den Platz. Nun saß er tatsächlich ganz dicht bei Talvar, nah genug, um seinen leicht bitteren Geruch wahrzunehmen. Trotz oder vielleicht auch wegen des Schleiers sah er in der Erinnerung das vernarbte Gesicht des Mannes vor sich. Aber nicht die Narben waren das Problem, sondern Talvars Stimme. *Er klingt so aufrichtig und so traurig.* »So schlimm sieht es ja auch nicht aus. Vielleicht solltet Ihr ... vielleicht solltet Ihr dieses Tuch einfach nicht tragen. Wenn sich die anderen erst einmal daran gewöhnt haben ... Ich meine, es gibt genügend Leute, die wie Ihr Narben vom Krieg im Gesicht haben, und sie zeigen sie überall, sie sind sogar stolz drauf.«

»Ist das dein Ernst?« Plötzlich hatte sich Talvars Tonfall verändert, doch Kadevis vermochte ihn nicht zu deuten.

»Ich wollte nicht unverschämt sein. Ihr seid ein Familienoberhaupt und ich nur ...«

»Du bist so ein guter Junge.« Talvars Stimme bebte, das war nun nicht mehr zu überhören. »So ein freundlicher junger Mann.« Unvermittelt legte er den Arm um Kadevis. »Willst du wissen, was meine Frau zu mir sagte? Sie sagte, dieser Anblick sei niemandem zuzumuten, und auch in ihrer Gegenwart solle ich dieses Tuch nie ablegen. Die Einzigen, in deren Gegenwart ich mein Gesicht zeigen kann, sind Takis und natürlich meine kleine Lerina. Ich sah bereits ... so aus, als sie geboren wurde.«

Talvar strich ihm sanft über die Schulter. Kadevis wusste nicht so recht, was er davon halten sollte. »Was ist mit Velmarun?«, fragte er. »Wart Ihr nicht Freunde? Ihm hat es doch sicherlich nichts ausgemacht?«

»Die besten Freunde. Er fehlt mir sehr. Aber ins Gesicht

gesehen hat er mir immer nur mit Widerwillen, und ich konnte es ihm nicht verdenken. Aber du … ich weiß nicht, wann jemand das letzte Mal etwas so Liebenswürdiges zu mir gesagt hat. Du ahnst nicht, wie viel mir das bedeutet.«

Noch immer strich er ihm über die Schulter, und Kadevis musste sich zusammennehmen, um nicht von ihm wegzurücken. Er hatte nur etwas ausgesprochen, was ihm gerade durch den Kopf ging, doch Talvar hatte er damit fast zu Tränen gerührt. So ging das nicht!

Wenn er Malkars Auftrag ausführen wollte, musste er auf seine Worte achten, er durfte Talvar nicht derart nahekommen. Das Herz tat ihm weh von Mitgefühl mit dem einsamen Mann, das war das Letzte, was er jetzt gebrauchen konnte.

Talvar schien seine Unruhe zu spüren, denn er zog seine Hand fort und seufzte. »Vergib mir. Du musst mich für einen sentimentalen alten Narren halten.«

»Nicht doch«, antwortete Kadevis beschämt.

»Als ich so jung war wie du, sah ich auch gut aus. Ich nahm es einfach so hin. Vielleicht ist dieses Tuch wenigstens dazu gut, dich daran zu erinnern, wie glücklich du dich schätzen kannst.«

In diesem Moment klopfte es an den Türrahmen, und Kadevis nutzte die Gelegenheit, um aufzuspringen. »Ja?«

Takis, Talvars Sohn, schlug den Vorhang beiseite. »Sie haben mir gesagt, dass ich dich hier finden kann, Vater. Der Bluthund« – wie gegen seinen Willen breitete sich ein Grinsen auf Takis' Gesicht aus – »hat eine vhaskalanische Tänzerin bestellt, die Attraktion des Abends. Der hat vielleicht Ideen! Gleich will sie tanzen, und ich dachte, du solltest sie dir ansehen, wo du schon einmal hier bist.«

Talvar schüttelte leicht den Kopf. »Wenn ich mich nach

dieser Art von Unterhaltung sehnen würde, hätte ich schon lange selbst eine Tänzerin zu mir gerufen. Oder willst du sie etwa sehen, Kadevis?«

Nadjiba? Das war wirklich eine Überraschung. *Geschicke, und wie ich sie sehen will!* »Na ja, vielleicht könnt Ihr mir später von den Olivenbäumen erzählen«, sagte er vorsichtig.

Für Nadjibas Auftritt waren die Tische beiseitegerückt worden, und wie es schien, hatten sich außer Talvar ausnahmslos alle Gäste in einem Kreis versammelt, um sie zu sehen. Während Kadevis, der sich ganz nach vorne gedrängt hatte, Nadjiba bisher nur in einem halb durchscheinenden Rock und mit einer Brustbinde tanzen gesehen hatte, trug sie diesmal ein langes Wickelgewand, das sie fast vollständig verhüllte und nur Kopf, Hände und Füße freiließ. Das dunkle Haar, das ihr sonst offen über den Rücken fiel und bei ihren Drehungen herumschwang, hatte sie hochgesteckt. Eine andere Frau spielte Flöte, ein Mann trommelte einen langsamen, eindringlichen Takt, und Nadjiba drehte sich zu der Musik auf der freien Fläche und ließ ihr Gewand fliegen. Sonderbarerweise war sie nicht weniger schön oder aufregend, wenn man nicht alles von ihr sah, fand Kadevis.

Kaum war er zu dieser Einsicht gelangt, löste sich Nadjibas Gewand plötzlich mitten im Tanz in zwei Tücher aus schimmerndem Stoff auf. In jeder Hand hielt sie eines und wurde zu einem Wirbel aus Farben. Anders als bei Lidda reagierten die Anwesenden nur mit einem leisen Raunen. Die Tücher flogen in die Menge, eines segelte über Kadevis' Kopf hinweg. Er duckte sich und roch den süßen, würzigen Duft, der in dem Stoff festhing. Nun glänzte Nadjibas rotgoldene Haut im Lampenlicht wieder von fremdartigen

Zeichen und Ornamenten, so wie er es kannte. Mehr Stoff als üblich trug sie aber noch immer, und während ihre Bewegungen bisher zuverlässig dafür gesorgt hatten, dass Kadevis rote Ohren bekam, tanzte sie diesmal mit zurückhaltender Anmut. Um ja nichts zu versäumen, wandte er die Augen keinen Moment von ihr ab. So elegant hatte er Nadjiba noch nie gesehen, fast unnahbar wirkte sie – niemand wäre nun auf den Gedanken gekommen, sie anzufassen oder ihr Geld zuzustecken.

Woran mochte es nur liegen, dass sie heute so anders tanzte als sonst? Kadevis hätte ihr ewig zuschauen können. Doch schließlich verklang die Trommel, die Flöte hauchte ihre letzten Töne, und Nadjiba verharrte mit ausgebreiteten Armen in der Mitte des Kreises. Zuerst herrschte Stille, dann war es, als ob sich ein Bann löste. Der Beifall schwoll an, bis der Raum davon dröhnte. Malkar trat auf Nadjiba zu und überreichte ihr einen Strauß Frühlingsblumen, und sie küsste ihn auf die Wange. Die Umstehenden seufzten und lachten leise, nur Kadevis verzog unwillkürlich das Gesicht. Er hätte Nadjiba die Blumen allzu gern selbst überreicht, wenn es dafür einen Kuss gab.

»He!«, flüsterte ihm jemand zu. Er wandte den Kopf und sah Akama, der runde Augen machte. »Eins muss man dem Bluthund lassen, er hat Geschmack. Woher kommt sie?«

Kadevis freute sich, dass Akama so beeindruckt war, und dachte nicht daran, die Quellen seines Mentors zu verraten. »Das ist sein Geheimnis.«

»Dafür hat er bestimmt einiges hinblättern müssen«, mischte sich Takis ein, der zu ihnen getreten war. »Oder macht sie das freiwillig für ihn? Sie scheinen sich ja zu kennen. Solche Tänzerinnen arbeiten normalerweise an Orten, wo rechtschaffene Männer nichts verloren haben.«

»Ihr seid nur neidisch, dass sie Euch nicht geküsst hat«, sagte Kadevis. Er grinste, bis ihm auffiel, wie muskulös Takis war. Die kurzärmlige Tunika enthüllte beeindruckende Arme, und er hatte große, grobe Hände mit Schorf auf den Knöcheln. Takis war eindeutig jemand, mit dem er nicht in eine Prügelei geraten wollte, es sei denn, sie standen auf derselben Seite. Besser, er achtete darauf, was er sagte.

Doch Takis grunzte nur und lachte. »Na, sie ist schon niedlich.« Er klopfte Kadevis auf die Schulter – tatsächlich hatte er einen kräftigen Hieb am Leib. »Nichts für ungut. Du scheinst dich ja gut mit meinem Vater unterhalten zu haben, Kadevis. Worüber habt ihr gesprochen?«

»Ich bin auf Euren Landsitz eingeladen worden.«

»Wirklich?« Takis' Erstaunen wirkte echt. »Vater hat außer Velmarun seit Jahren niemanden mehr eingeladen. Das ist eine verrückte Geschichte. Aber ich bin froh, dass offenbar bereit sind, den alten Streit zwischen unseren Familien zu vergessen. Du hast die Einladung doch angenommen? Oh, das ist gut. Hör mal, du kannst übrigens ruhig du zu mir sagen, wenn du magst. Ich bin Takis, aber das weißt du ja schon.« Er quetschte Kadevis' Hand, dass er zusammenzuckte.

»Kadevis. Aber das weißt du auch schon.«

»Akama hat mir erzählt, dass ihr euch aus dem Feldlager kennt.« Takis hatte dunkle Augen wie sein Vater, sein Lächeln strahlte Gutmütigkeit aus.

»Stimmt. Und nun sieht es aus, als würden wir uns noch häufiger treffen.« Kadevis sah verlegen zur Seite. Er wünschte sich, er hätte Takis' Freundlichkeit aufrichtig erwidern können.

»Wenn du in Talvars Haus bist, solltest du aufpassen,

dass du dich gut benimmst«, bemerkte Akama im Scherz. »Takis ist einer der besten Faustkämpfer der Stadt.«

»Keine Ahnung, wieso mich das nicht überrascht.« Kadevis rang sich ein Grinsen ab. Sollte Malkars Plan auffliegen, wusste Kadevis schon, mit wessen Faust er als Erstes Bekanntschaft machen würde.

»Ich wär's, wenn Vater mir erlauben würde, an den großen Wettbewerben teilzunehmen«, sagte Takis mit einem Anflug von Verdruss. »Wie auch immer, wohin ist diese Tänzerin verschwunden? Ich würde sie gern nach ihrem Namen fragen.«

»Sie heißt Nadjiba.«

»Ach, das weißt du? So so. Also, wo steckt sie?«

Wenn man bedachte, was Takis eben noch über Frauen wie Nadjiba gesagt hatte, war er offenbar kein Vertreter einer konsequenten Einstellung. Allein der Gedanke, dass sich ein so imposanter Mann wie Takis mit der Tänzerin unterhielt, missfiel Kadevis. Doch Malkar hatte ihn unmissverständlich angewiesen, alle Wünsche Talvars und seiner Familie zu erfüllen. »Wahrscheinlich zieht sie sich in den Kammern der Bediensteten um. Ich bringe dich hin.«

Nach Nadjibas Auftritt begann Malkars Feier erst richtig. Kadevis kannte die derben Feste auf dem Land, er hatte Feiern unter Soldaten erlebt, aber dies war etwas anderes. Gleichgültig, wie viel Wein und Essen die Diener auch brachten, der Appetit der Gäste sorgte dafür, dass wieder und wieder Nachschub beschafft werden musste. Über den Tellern und Bechern flogen Worte wie Geschosse. Diskussionen wurden lachend geführt, zugleich aber mit einer kalten Schärfe, die Kadevis verriet, dass nicht die Freude an der Geselligkeit die Menschen hierhergeführt hatte. Keine

Spur von Gemütlichkeit oder Entspannung, stattdessen Unruhe überall. Sogar in den Küssen der Paare, auf die Kadevis hier und dort einen Blick erhaschen konnte, schien etwas Aggressives zu liegen. Er erinnerte sich an die Warnung seines Onkels und wollte, Onkel Makis wäre etwas konkreter gewesen. Was genau ging hier eigentlich vor?

Nach einer Weile verschwammen Kadevis' Eindrücke zu einem Nebel aus verwirrenden Einzelheiten. Etwa wie er und Akama ohne Erfolg auf die junge Frau im gelben Kleid einredeten und ihr zu erklären versuchten, dass Nadjiba keine tanzende Hure, sondern eine Künstlerin war und dass man sich nicht schämen musste, ihr zuzusehen. Ihre Bemühungen endeten damit, dass Akama einen halben Becher Wein ins Gesicht geschüttet bekam, und als Kadevis sagte, es sei schade um den guten Wein, griff Akama nach dem Becher und übergoß ihn mit dem Rest. Malkar, der es zufällig beobachtet hatte, wies ihn auf der Stelle an, sich umzuziehen. Später fand sich Kadevis inmitten der Großen Familien Kessels wieder, Malkar an seiner Seite. Er war umgeben von funkelnden Augen, spitzen Nasen, spöttischen Lippen und Händen, an denen Ringe glitzerten, von schimmerndem Stoff und Parfümduft. Wie ein Kalb, das zum Verkauf stand, musterten sie ihn, und ihre Fragen prasselten auf ihn ein. Er musste mehr Wein getrunken haben, als ihm bewusst war, denn allzu oft versagte ihm entweder sein Kopf oder seine Zunge den Dienst.

Für welches politische Amt er sich interessierte, wollten sie von ihm wissen, ob er später plane, selbst einen Feldzug in die Inselreiche zu führen und die Arbeit seiner Eltern fortzusetzen, und hundert andere Dinge, über die er in seinem ganzen Leben noch nicht nachgedacht hatte. Zum Glück half ihm Malkar weiter, wenn ihm keine geistreiche

Antwort einfiel. Schließlich stimmten sie darin überein, dass Kadevis bei der nächsten Ratssitzung eine »Ehrenwache« sein sollte – was auch immer sie damit meinten. Nur ein weißhaariger Mann beschwerte sich, Kadevis sei zu unerfahren, um mit einer solchen Ehre bedacht zu werden. Malkar führte ein Wortgefecht mit ihm, doch trotz der spürbaren Anspannung zwischen den beiden schien es Kadevis, als würden sie eher eine Art Theaterstück spielen, dessen Ausgang bereits sicher war. Letzten Endes stimmte auch der alte Mann zu. Mit allen musste Kadevis anstoßen und einen Happen essen. Schließlich hätte er sich am liebsten übergeben. In all dem Trubel bewunderte er Malkar: Sein Mentor aß und trank und plauderte mit jedem Anwesenden, als wäre es der Erste, mit dem er an diesem Abend sprach. Er musste einen Willen und einen Magen aus Stahl haben.

Talvar hatte Kadevis nach dem Auftritt der Tänzerin im Maskenzimmer nicht mehr angetroffen, ebenso wenig hatte er seinen Sohn gesehen, und sie blieben auch weiterhin verschwunden. Auch Nadjiba war fort. Als Kadevis nach ihr fragte, erwiderte Malkar, es sei ihre Sache, was sie nach ihrem Tanz tue. Kadevis war enttäuscht: Die Gelegenheit wäre so günstig gewesen, sie zu fragen, ob sie nicht auch irgendwann einmal für ihn allein tanzen könne!

Erst in den frühen Morgenstunden begann sich Malkars Haus merklich zu leeren. Kadevis spähte aus einem Fenster hinaus, ob sich die Morgendämmerung bereits hinter der nächsten Häuserfront zeigte, doch noch herrschte überall Schwärze. Sein Kopf dröhnte, sein Magen rebellierte, aber als er Malkar suchte, um ihn um Erlaubnis zu bitten, das Fest zu verlassen, fand er ihn nicht. Nur einige Unverwüstliche plünderten die letzten Reste des Buffets. Also gab er sich selbst die Erlaubnis zu gehen, entkleidete sich und kroch ins Bett. Was war nur mit ihm los? Er hatte schon häufiger Nächte durchgemacht, mit Freunden, auf Feiern oder in der Gesellschaft einer Frau, aber kein Erlebnis hatte ihn bisher so todmüde hinterlassen wie Malkars Fest.

Dennoch konnte er nicht einschlafen. Namen und Gesichter schwirrten durch seinen Kopf, wieder und wieder erlebte er dieselben Szenen des Abends: Kimasa Hedra in ihrem gelben Kleid, Nadjibas wundervoller Tanz, Sotan Takis, der ihm lachend auf die Schulter schlug, Talvar, wie er ihm den Dolch zuschob … Nur ganz langsam gab ihn der Strudel der unmittelbaren Erinnerungen frei.

Inzwischen wusste er auch, wo sich sein Mentor aufhielt, nämlich in seinen Privaträumen neben Kadevis' Zimmer. Und er war nicht allein. Die Wand und die Vorhänge dämpften die Geräusche zwar, aber nicht ausreichend. Kadevis war zu müde, um sich in dieser Nacht noch über irgendetwas zu wundern. Malkar war zwar nie verlegen um einen verächtlichen Spruch über Frauen, aber hatte er deswegen tatsächlich geglaubt, sein Mentor führe ein Leben in Enthaltsamkeit? Unwillkürlich fragte er sich, welche der Frauen Malkar ausgewählt hatte. Eine der jungen? Oder etwa eine aus den Großen Familien? Diese Frauen hatten schon durch die Art, wie sie Kadevis gemustert hatten, jeden Gedanken daran zerstört, mehr mit ihnen zu tauschen als Worte. Doch er erinnerte sich, dass einige von ihnen Malkar ganz anders angesehen hatten …

Sein Cousin hatte bestimmt ebenfalls eine gute Nacht, dachte Kadevis missmutig, als ihm durch den Kopf schoss, wie sich Vesekir und seine Begleiterin in ihrer schattigen Ecke geküsst hatten. Wenn er sich selbst etwas schlauer angestellt hätte, hätte er jetzt auch Gesellschaft – von Kimasa

Hedra zum Beispiel. Er überlegte, wie er sie mit Komplimenten überhäuft hätte, das liebliche Rotbraun ihrer Haare gelobt, ihr die Kämme aus dem Haar gezogen, und letzten Endes hätte er zu ihr gesagt, wenn sie die Farbe ihres Kleides nicht leiden könne, solle sie sich doch für ein Weilchen davon trennen ... Aber was nützte es, jetzt darüber nachzudenken? Er wäre ohnehin zu erledigt gewesen, noch irgendetwas zu tun, und wenn Nadjiba selbst ihren schönsten Tanz für ihn allein aufgeführt hätte.

An Malkar, dachte er, *muss alles aus Stahl sein.*

Da ihn niemand geweckt hatte und er sich ausruhen konnte, so lange er wollte, ging es Kadevis nach dem Aufstehen besser als erwartet. Er zog die Vorhänge zurück, blinzelte im Licht und ließ sich einige Momente lang von der Sonne wärmen. Als er sich auf den Weg in die Küche machte, hoffte er, dass die Köchin schon wach war, um ihm einen Gewürztee zu kochen. Er brauchte unbedingt etwas, um den widerlichen Geschmack aus dem Mund zu bekommen.

Er trat gerade aus seinem Zimmer, als vor ihm eine Frau aus Malkars Tür schlüpfte: Juma Kalima, das angehende Familienoberhaupt der Hesvaren. Trotz ihrer zerzausten Haare erkannte er sie sofort wieder. Sein erster Impuls war, zurück in sein Zimmer zu huschen, damit sie ihn nicht entdeckte, aber es war zu spät. Sie hatte ihn bereits gesehen und warf ihm einen unheilvollen Blick zu. Dann wandte sie sich ohne ein weiteres Wort ab und verschwand die Treppe hinab.

Kadevis wartete, bis er die Eingangstür schlagen hörte und er sich sicher sein konnte, dass sie das Haus verlassen hatte. Erst dann wagte er sich selbst ins Erdgeschoss hinunter. Nach dem Blick der Frau klopfte sein Herz ängstlich. Auch wenn kein Wort gefallen war, die Drohung in ihren

Augen hatte er wohl verstanden. Verschwommen erinnerte er sich, wie Juma Kalima am letzten Abend von ihrem Ehemann gesprochen hatte, von ihrer kleinen Tochter …

Das Haus stank nach einer Mischung aller Duftöle des Tals, nach verbrauchter Luft und anderen, namenlosen Dingen, und der Salon sah aus, als hätte darin eine Schlacht stattgefunden. Tapfer mühte sich der alte Diener Siadan, der Unordnung Herr zu werden. Kadevis hatte erwartet, Malkar im Speisezimmer anzutreffen, wo er jeden Morgen einen Stapel Akten zu studieren pflegte, einen Becher Tee vor sich, während Kadevis noch ums Wachwerden kämpfte. Doch heute war der Tisch verwaist. Kadevis musste selbst in die Küche gehen und um Tee bitten. Hungrig war er nach dieser langen Nacht nicht.

»Wo steckt denn Malkar?«, fragte er und nahm einen Schluck aus dem dampfenden Becher, den ihm die Köchin gereicht hatte.

Sie sah ihn müde an. Wie sie dastand, mit Augenringen und geschwollenen Beinen, schien sie nicht viel Schlaf bekommen zu haben. »Den Herrn werdet Ihr heute nicht sehen. Nach einer Feier bleibt er den ganzen Tag in seinem Zimmer. Ich koche ihm später etwas Pfefferminztee, das ist das Einzige, was er an solchen Tagen zu sich nimmt.«

Auch sein Mentor war offenbar nicht völlig immun gegen die Nachwirkungen einer Feier. Kadevis wusste nicht, ob er darüber enttäuscht war oder ob es ihn beruhigte. »Soll ich ihm den Tee bringen?«

»Ich würde mich lieber von ihm fernhalten. Die letzten Male hatte er eine grauenhafte Laune, und das ist heute bestimmt nicht anders.«

»Liebe Güte, wieso das denn? Dazu hätte er nun wirklich keinen Grund! Ich an seiner Stelle …«

Langsam wandte die Köchin den Blick von den Möhren ab, die sie schälte, und richtete ihn auf Kadevis. »Hört mal, ich will's gar nicht wissen. Und Ihr haltet auch besser den Mund.«

»Ich meine ja nur … dass die Feier gestern ein voller Erfolg war. Was ist, gebt Ihr mir den Tee? Ich komme mit Malkar schon zurecht.«

»Also schön, wenn Ihr meint. Aber ich habe Euch gewarnt!«

Den dampfenden Tee in der einen Hand, klopfte Kadevis an den Türrahmen. Nach den Worten der Köchin hatte er schon geahnt, dass keine Antwort kommen würde, und so räusperte er sich vernehmlich und schlug den Vorhang zurück. Inzwischen war es später Nachmittag. Von den verhängten Fenstern fielen wenige, lange Lichtfäden in den Raum, hell genug, dass er sehen konnte, wohin er trat. Auch hier roch es nach verbrauchter Luft und Duftöl – und nach Erbrochenem.

»Meister Malkar?«

Malkar lag in seinem Bett, ein Tuch über den Augen. »Stell den Tee hin und verschwinde!«, knurrte er. »Ich habe dir verboten, mein Schlafzimmer zu betreten!«

»Ich wollte sehen, wie es Euch geht. Ist alles in Ordnung?«

»Hau ab, sag ich.«

Malkar klang wirklich sehr übel gelaunt, und Kadevis hielt es für besser, zu tun, was er verlangt hatte. Er setzte den Becher auf dem Tischchen neben dem großen Bett ab und sah zu, dass er zur Tür kam. »Dann erholt Euch gut«, murmelte er. Doch als er gerade die Hand nach dem Vorhang ausstreckte, hörte er, wie sich Malkar bewegte. Wahrscheinlich wollte er nach dem Tee greifen – aber dann begann er so zu würgen und zu husten, dass sich Kadevis sofort umdrehte und zu ihm eilte. Er griff nach dem Eimer, der neben dem Bett bereitgestanden hatte, und stützte Malkar, während er sich übergab. Sein Mentor leistete keinen Widerstand. Es röchelte ganz fürchterlich, als müsse er jeden Augenblick ersticken, und Kadevis fuhr der Schreck in die Glieder. So erging es niemandem, der einfach nur zu viel Wein getrunken hatte. Mit Wein kannte er sich gut genug aus, um das beurteilen zu können.

»Ich hole einen Heiler!«, sagte er.

»Nein.« Malkars Gesicht war ein fahler Fleck im Halbdunkel des Zimmers. »Es geht schon. Es ist nur …«

»Seid Ihr krank?«

»Nein. Ich … vergiss es.« Zum ersten Mal, seit Kadevis ihn kennengelernt hatte, schwankte Malkars Stimme. »Geh ins Speisezimmer. Ich komme gleich nach.«

»Wie? Aber was wollt Ihr denn …«

»Es wartet viel Arbeit auf mich, auf uns beide.«

»Arbeit? Ihr müsst Euch ausruhen!«

Malkar lachte sein bellendes Lachen. »Ich glaube, das letzte Mal, dass jemand so etwas zu mir gesagt hat, war's meine Großmutter. Sie ist schon lange tot. Und jetzt geh!«

Als Malkar ins Speisezimmer herunterkam, fühlte sich Kadevis noch immer ganz zittrig. So wie eben hatte er seinen Mentor noch nie erlebt, er hätte es nicht für möglich gehalten, dass irgendetwas Malkars Überlegenheit derartig erschüttern konnte. Auch jetzt, da sich Malkar einen Stuhl heranzog und sich langsam darauf niederließ, sah er nicht viel besser aus als in seinem Schlafzimmer, auch wenn er sich gewaschen und umgezogen hatte und den Geruch von bittersüßem Duftöl verbreitete. Er war grau im Gesicht, die durchdringenden Augen waren trüb, und jede Bewegung schien ihm schwerzufallen. Schweigend nippte er an seinem Pfefferminztee, den er mit nach unten gebracht hatte. Er war offensichtlich krank, auch wenn er es bestritt.

Der Gedanke, Malkar könne so wie Akamas Mentor Velmarun sterben, erfüllte Kadevis mit großer Unruhe. Auf Malkars Stärke musste er sich verlassen bei allem, was ihm noch bevorstand. Jetzt, wo Onkel Makis weg war, hatte er doch niemanden sonst in dieser Stadt. Aber da war noch etwas anderes, ein Gefühl, als lauere irgendwo in unmittelbarer Nähe etwas Schreckliches, etwas, was Malkar in die Knie gezwungen hatte und auch ihn selbst jederzeit treffen konnte. Dieses Gefühl saß tief in seinem Magen und nagte an ihm. Vielleicht war es die ganze Zeit über schon da gewesen, er hatte es nur bei all der Aufregung der letzten Zeit nicht bemerken wollen.

»Seid Ihr sicher, dass Ihr keinen Heiler braucht?«, fragte er.

»Das habe ich doch schon gesagt, Kadevis. Erzähl mir lieber von deiner Unterredung mit Talvar, die du gestern Abend hattest.«

»Ich kann nicht so tun, als ob nichts wäre! Etwas stimmt nicht, das merke ich doch. Etwas ist mit Euch … mit allem.«

Malkar hob den Kopf und sah ihn an, und plötzlich lag wieder die alte Schärfe in seiner Stimme. »Wie meinst du das?«

»Ach, ich weiß nicht.« Unter Malkars prüfendem Blick kam sich Kadevis plötzlich sehr dumm vor. »Ich habe einfach nur ein sehr seltsames Gefühl.«

Nach einem Augenblick des Schweigens fragte Malkar:

»Was kann ich tun, um deine Befürchtungen zu zerstreuen? Es ist nämlich alles gut.«

Nun klang er wieder fast normal. Kadevis holte tief Luft. Vielleicht sollte er lieber auf seinen Verstand hören, anstatt sich von Ahnungen verrückt machen zu lassen. »Ihr habt mir einen ziemlichen Schrecken eingejagt«, gestand er.

Erneut musterte Malkar ihn, und für einen Moment zeigte sein Gesicht einen sonderbaren, fast sanften Ausdruck. »Das wollte ich nicht. Nun denk nicht mehr darüber nach. Ich habe nur nicht viel Schlaf bekommen, das ist alles. Und du auch nicht, wie mir scheint. Hast du dich denn wenigstens gut amüsiert?«

Tatsächlich bewirkten Malkars Worte, dass sich Kadevis besser fühlte. »So ein Fest habe ich noch nie erlebt! Und ich habe noch niemanden getroffen, der so feiern kann wie Ihr! Und dann diese Frau, Juma Kalima …«

Malkar hob die Hand und schnitt ihm mit einer Geste das Wort ab, aber er grinste schwach. »Nichts davon. Du willst mir doch sicher zeigen, was Talvar dir gestern gegeben hat.«

»Woher wisst Ihr, dass er …«

»Das war leicht vorherzusehen.«

Milder Spott lag in Malkars Stimme, das beruhigte Kadevis. Vielleicht war es wirklich besser, zum Alltag überzugehen und zu vergessen, wie elend er seinen Mentor erlebt hatte. Er sprang auf und holte den Dolch aus seinem Zimmer, wo er ihn unter das Bett geschoben hatte.

»Hier, das hat mir Talvar geschenkt. Gehört es zur Kriegsbeute aus Kyma?«

Malkar zog den Dolch aus der Scheide, erhob sich etwas mühsam, trat ans Fenster und drehte die Klinge im Licht prüfend hin und her. »Nein, das ist vhaskalanisch. Siehst du diese Ätzungen? Die Inselleute benutzen geometrische Muster, aber diese hier enthalten Schnörkel und Blumen. Auch das dunkle Metall ist typisch für Vhaskalar. Wahrscheinlich ist es ein Seelenfänger, die Waffe eines Attentäters.«

»Ein Seelenfänger?«

»Als ich im Sandland war, habe ich einmal einen in der Hand gehalten. Siehst du, wie dünn und schmal die Klinge ist? So dringt sie leicht zwischen die Rippen des Opfers. Ah, hier unter dem Blumenmuster verbergen sich Schriftzeichen. Hast du sie bemerkt?«

Kadevis schüttelte den Kopf. »Was steht da?«

»Ich beherrsche die Schrift der Sandländer nicht, aber vermutlich ist es ein Zauber, damit der Dolch sein Ziel nicht verfehlt. In Vhaskalar hat man mir erzählt, Waffen wie diese werden gleich nach ihrer Anfertigung in Menschenblut getränkt, damit sie immer danach dürsten. Ein schönes Stück.« Er schob den Dolch zurück und ließ ihn vor Kadevis auf den Tisch gleiten. »Auch wenn ich kein Experte für Waffen bin, würde ich sagen, mindestens fünftausend. Sotan Talvar lässt sich deine ›Freundschaft‹ eine Menge kosten.«

Nach Malkars Ausführungen gefiel Kadevis Talvars Geschenk deutlich weniger. Er beschloss, den Dolch im hintersten Winkel seiner Schreibtischschublade verschwinden zu lassen, wo er ihn nicht mehr sehen musste und möglichst nicht mehr an ihn zu denken brauchte. »Warum schenkt er mir ausgerechnet die Waffe eines Attentäters?«

»Ich vermute, er weiß nicht, worum es sich handelt«, sagte Malkar. »Der Dolch befindet sich vielleicht schon lange im Besitz seiner Familie. Solche exotischen Waffen waren immer begehrte Sammlerstücke.«

Kadevis seufzte. »Müssen wir das tun?«

»Was tun?«

»Talvar hintergehen. So tun, als ob wir seine Freunde wären, und ihn hinter seinem Rücken ausspionieren.«

»Kadevis, du weißt, dass wir es tun müssen, und auch, warum.«

»Ja, aber …«

»Was ist passiert?«

»Er war sehr freundlich, als er mir diesen Dolch geschenkt hat. Ich glaube, er meint es wirklich ernst.«

Malkar presste die Lippen aufeinander. »Du hast ein großes Herz«, sagte er, ganz wie Juma Kalima am Abend zuvor. »Pass darauf auf, oder es wird dein Untergang sein. Talvar wird diese Skrupel nicht haben.«

Kadevis starrte in seinen Tee. Er konnte dem Blick seines Mentors nicht standhalten. »Dann müssen wir ihn also wirklich besuchen.« *Zumindest werde ich dann seine Tochter wiedertreffen*, fügte er in Gedanken stumm hinzu.

Trotz allem hoffte er, Malkar würde seine Meinung ändern, wenn er Talvar besser kennenlernte – er würde einsehen, dass es der Mann aufrichtig mit ihm meinte, dass die Vergangenheit für niemanden von ihnen mehr etwas bedeutete. Doch ein Teil von ihm ahnte, dass das nie geschehen würde.

10

Für seine Gäste hatte Talvar den Tisch nicht wie üblich im Innenhof, sondern auf der Terrasse gedeckt, mit Blick auf den Garten. Voller knorriger Bäume, Rosenhecken und wuchernder Sträucher, zog sich die Anlage den gesamten Abhang vom Landhaus bis ins Tal hinunter, und der schmale Weg, der hinabführte, war bereits halb zugewuchert. Unten glänzte der weiße Marmor eines Brunnens im Sonnenlicht, doch statt Wasser entdeckte Kadevis von hier oben nur dicke Moospolster am Boden des Beckens. Der verwahrloste Zustand des Gartens machte ihn ein wenig betroffen, dennoch hatte er der Schönheit des Ortes nicht viel anhaben können. Die Rosen dufteten, die Blätter wisperten im Wind, und das Gras glänzte im satten Licht der Sonne. Alles roch nach Sommer. Es war beinahe wie früher, wie zu Hause. Kadevis mochte gar nicht darüber nachdenken, dass sie am Abend wieder in die Stadt zurückkehren würden.

Ihm stand genügend Zeit zur Verfügung, sich umzusehen, denn Malkar hatte sich des Hausherrn angenommen und unterhielt sich mit ihm, seit sie seine Schwelle übertreten hatten. Nun saß er neben ihm am Tisch und sprach über die Pflege von Olivenbäumen, als hätte er selbst in seinem ganzen Leben nichts anderes getan. Talvar trug dieses Mal keinen Schleier, sondern hatte nur die Kapuze seines Umhangs tief ins Gesicht gezogen. Auch wenn man die eingedrückte Wange nicht sah, waren seine Narben noch deutlich genug zu erkennen. An Talvars Seite war seine Frau, die Midara hieß und dem Gespräch schweigend folgte, zunächst mit unverhohlenem Misstrauen, dann jedoch liebenswürdiger, je mehr seiner trockenen Witze Malkar einwarf. Talvars Sohn Takis verhielt sich sehr ruhig – vielleicht war er angewiesen worden, nicht allzu freimütig zu plaudern, so wie auf der Feier. Akama huschte alle paar Augenblicke ins Haus, um irgendeinen Auftrag seines Herrn auszuführen, offenbar ging es dabei um das Essen, das gleich aufgetragen werden sollte.

Insgesamt waren er und Malkar sehr gastfreundlich empfangen worden, daran bestand kein Zweifel. Trotzdem konnte sich Kadevis nicht recht entspannen. Er wusste, früher oder später musste er anfangen, in dem imposanten alten Landhaus nach der verlorenen Kriegsbeute zu suchen. Seine Grübeleien wurden augenblicklich unterbrochen, als eine Gestalt im weißen, ärmellosen Kleid um die Hausecke stürmte.

»Vater!« Das Mädchen lief zu Talvar. »Warum hast du nicht Bescheid gegeben, dass die Gäste schon da sind?«

Es war Lerina. Seit Wochen hatte Kadevis gehofft, sie wiederzusehen, und nun stand sie auf einmal da. Sie sah anders aus, als er sie in Erinnerung hatte, irgendwie lebendiger, wilder. Offenbar war sie oft mit nackten Schultern draußen unterwegs, denn die Sonne hatte ihre Oberarme verbrannt, sodass sich die Haut leicht abpellte. Ihr Haar musste zuletzt vor vielen Stunden mit einem Kamm in Berührung gekommen sein. Es hing ihr zerzaust über die Schultern, sogar ein Blatt hatte sich darin verfangen. Nur ihre Augen waren genau so, wie Kadevis sie in Erinnerung hatte: große, schwarze Augen, aus denen sie nun ihren Vater herausfordernd anfunkelte.

Kadevis wusste, Tante Nisra hätte niemals geduldet, dass er vor Gästen so mit ihr sprach wie Lerina jetzt mit ihrem Vater. Einem Familienoberhaupt musste man immer mit dem höchsten Respekt begegnen. Doch Talvar, der wie alle anderen aufgestanden war, lächelte nur und entgegnete: »Weil du wieder einmal nirgendwo aufzutreiben warst. Nun sag dem Ratsherrn guten Tag, Kind. Ratsherr Malkar, das ist meine Tochter Lira Lerina.« Und an Malkar gewandt fügte er hinzu: »Ich gebe mir die größte Mühe, ihr gutes Benehmen beizubringen, aber wir leben hier sehr zurückgezogen. Ihr blieb wenig Gelegenheit, anzuwenden, was sie gelernt hat.«

Lerina reichte Malkar die Hand. »Ich habe Euch doch schon einmal gesehen? Vor Velmaruns Haus, oder?«

Malkar wirkte amüsiert. »So ist es. Ihr habt ein ausgezeichnetes Gedächtnis, junge Frau. Dann erinnert Ihr Euch auch sicher noch an die Nase meines Begleiters. Darf ich vorstellen: Das ist Tuvar Kadevis, mein Schützling.«

»Oh, ja.« Sie trat auf Kadevis zu, und ihre Miene wurde ernst. »Ihr wart voller Blut.«

»Ich hatte mich gestoßen. Nicht so schlimm.« Kaum hatte er die Worte ausgesprochen, hätte Kadevis sich ohrfeigen können. Das sollte also das Erste sein, das er zu Lerina gesagt hatte?

»Dann ist es ja gut.« Auch ihm reichte sie die Hand. Jetzt, da sie ihm direkt gegenüberstand, sah er, wie jung sie noch war. Fünfzehn, hatte Malkar gesagt. Aber sie hatte kluge Augen. Kadevis sah den Sonnenbrand auf ihrer Nase, die Löcher in ihren Ohrläppchen – Ohrringe trug sie nicht – und die kleinen Grübchen in ihren Mundwinkeln, als sie lächelte. Sie lächelte ihn an! Er musste sich zwingen, ihre Hand wieder loszulassen.

»Aber wie du wieder herumläufst!« Wenn Talvar mit seiner Tochter sprach, klang seine Stimme noch sanfter als üblich. »Geh ins Haus und leg dir etwas um die Schultern, meine Blume. Und beeil dich, das Essen wird gleich aufgetragen.«

»Meinetwegen ist das nicht nötig«, warf Malkar wie beiläufig ein. »Eure Tochter bietet auch in ihrer unkonventionellen Kleidung einen reizenden Anblick.«

Augenblicklich schien die Luft abzukühlen. Kadevis konnte sehen, wie sich Talvar versteifte. »Lerina«, sagte er, plötzlich tonlos, »du hast mich gehört. Die Haare solltest du dir auch binden. Geh!«

Sie wirbelte davon. Unbehagliches Schweigen hing über dem Tisch, und es hielt auch noch an, als Talvars Diener das Essen brachten. Inwischen hatte sich auch Akama zu ihnen an den Tisch gesetzt. Obwohl Kadevis zuvor noch der Magen geknurrt hatte, hatte er nun keine Augen mehr für den Braten, das frische Brot, den Salat oder die Soßen. Immer wieder zog es seinen Blick zur Hintertür des Hauses, durch die Lerina verschwunden war. Wie konnte Malkar etwas so Frivoles sagen – er hatte ihn doch selbst gewarnt, dass Talvar seine Tochter am liebsten von allen Männern fernhalten würde. Hoffentlich hatte sein Mentor Lerina nicht gekränkt. Kadevis wünschte sich, dass sie zurückkam und mit ihnen aß und er sie noch ein wenig ansehen konnte.

Nach dem ersten Gang begann Malkar mit einer kurzen Rede zum Dank für die Einladung. Mittendrin kehrte Lerina zurück. Ihr Pferdeschwanz wippte von einer Seite auf die andere, während sie lief, und der Schal, den sie sich um die Schultern geschlungen hatte, wehte hinter ihr.

»Bin ich zu spät?«, fragte sie atemlos.

»Nur für den Anfang meiner kleinen Ansprache«, erwiderte Malkar.

Talvar winkte sie heran. »Setz dich neben mich, Kind.« Die Kälte in seiner Stimme war nicht zu überhören, als er hinzufügte: »Ich muss Euch nochmals um Entschuldigung für das Verhalten meiner Tochter bitten, Ratsherr.«

»Ich denke, wir alle möchten sowieso lieber essen, als noch länger dem Klang meiner Stimme zu lauschen, nicht wahr?«, scherzte Malkar.

Darüber lachte zumindest Takis, und die Rede war beendet. Allmählich vermutete Kadevis, dass hinter Malkars Spitzen Absicht lag, doch er verstand den Sinn nicht. Waren sie nicht hierhergekommen, um so zu tun, als wollten sie sich mit Talvar anfreunden? So würde wohl kaum etwas daraus werden. Aber er hatte keine Lust, sich jetzt darüber Gedanken zu machen. Lerina saß ihm schräg gegenüber. Sie knabberte Brot mit Kräutersoße und rettete ab und zu das eine Ende ihres Schals davor, auf den Teller hinabzugleiten. Dann aß sie Salat, gebratene Schnecken, Käse. Die ganze Zeit über sprach sie kaum ein Wort, schien aber aufmerksam der Unterhaltung zwischen Talvar und Malkar zu folgen, die inzwischen wieder schleppend in Gang gekommen war. Ihre Augen hingen an ihrem Vater, nur manchmal wanderte ihr Blick über die Gäste. Dann sah Kadevis rasch auf seinen Teller hinunter, wo das Bratenstück allmählich kalt wurde. Er hatte keine Ahnung, was an Lerinas Art zu essen eigentlich so faszinierend war, aber er konnte die Augen einfach nicht von ihr abwenden.

Als der Nachtisch gebracht wurde, begann er allmählich nervös zu werden. Er sollte die Gelegenheit nutzen und Lerina ansprechen, solange sie mit ihm am Tisch saß. Nach dem Essen würde ihr Vater sie bestimmt fortschicken, und wann würde er sie dann wiedersehen? Er überlegte, wie er am besten eine Unterhaltung anfangen könnte. Doch alles, was ihm durch den Kopf schoss, war entweder geistlos oder unverschämt. Und da Talvar neben ihr saß, konnte er diese Art von Gespräch ohnehin nicht führen. Er war hier, um das Vertrauen des verhüllten Mannes zu gewinnen. Es wäre nicht gerade zweckdienlich, ihn zu verärgern, indem er vor seinen Augen mit seiner Tochter schäkerte.

Ganz abgesehen davon – vielleicht gefiel er Lerina gar nicht so gut wie sie ihm. Als in dem Gespräch plötzlich sein Name fiel, zuckte er zusammen. Hatte er etwas Wichtiges überhört?

»Ja, tatsächlich«, sagte Malkar gerade, »sogar der alte Tanvir Gestar hat zugestimmt, Kadevis die Ehrenwache durchführen zu lassen.«

»Ich hatte auch diese Ehre, als ich noch fast ein Junge war«, antwortete Talvar. »Mir taten noch Tage später die Beine weh. Daher habe ich Akama und auch Takis diesem zweifelhaften Vergnügen bisher noch nicht ausgesetzt. Mein Sohn interessiert sich ohnehin mehr für den Faustkampf als für Politik.«

»Du weißt genau, Vater, dass das nicht stimmt! Ich würde die Gelegenheit *sofort* wahrnehmen!« Takis klang verärgert.

»Eure Familie hat im Rat schon seit einer Weile nicht mehr viel Präsenz gezeigt, wenn die Bemerkung gestattet ist«, sagte Malkar. »Ich persönlich durfte die Zeit der großen Sotan und Lira überhaupt nicht erleben.«

Alle am Tisch starrten nun Talvar an. Er saß steif da, eine Hand so fest um seinen Trinkbecher geschlossen, dass die Knöchel weiß hervortraten. Dennoch klang seine Stimme sanft, als er erwiderte: »Für die lächerlichen Machtspielchen im Rat habe ich keine Zeit mehr. Ich muss mich hier um meine Familie kümmern.«

»Und um die Olivenbäume«, ergänzte Malkar. »Sie benötigen Pflege, damit sie gutes Öl liefern, nicht wahr? Was bedeuten dagegen schon Wahlen, Gesetze, Feldzüge und der ganze Schnickschnack? Warum verschwenden nur all die anderen Ratsmitglieder damit ihre Zeit?«

»Der Ratsherr hat recht, Vater«, platzte Takis heraus. »Unsere Familie könnte ...«

»Schweig!«, fuhr ihn Talvar an. »Du wirst vor unseren Gästen den Mund halten!«

»Nun, ich bin sicher, Ihr habt Eure Gründe für diese Entscheidung, Sotan Talvar. Hängt sie etwa damit zusammen, dass im Rat ein verhülltes Gesicht nicht gern gesehen wird? Oder habt Ihr am Ende vor den anderen Ratsmitgliedern noch mehr zu verbergen als Euer Gesicht?«

Talvar sprang auf und stellte seinen Becher dabei so heftig ab, dass er umfiel. Wein floss über das Tischtuch und färbte es rot. »Wir sollten diese Unterhaltung beenden, Ratsherr Malkar, ehe ich mich genötigt sehe, Euch vor die Tür zu setzen. Ihr seid ein unverschämter Mann, aber Ihr seid noch immer mein Gast. Ich will das Gastrecht nicht auf diese Weise verletzen, auch wenn Ihr alles daransetzt, mich dazu zu bringen.« Er zitterte sichtbar am ganzen Körper.

Die heftige Reaktion des Hausherrn schien Malkar überhaupt nicht zu beeindrucken. »Vergebt, ich konnte ja nicht ahnen, dass Ihr auf einen kleinen Scherz so empfindlich reagieren würdet. Mein Humor ist manchmal ein wenig gewöhnungsbedürftig – fragt Kadevis.«

Kadevis wäre in diesem Moment am liebsten zu einem Brotkrümel auf seinem Teller zusammengeschrumpft. Er wünschte sich nichts anderes, als dass Malkar endlich den Mund hielt.

Plötzlich sprang Lerina, die ihren Vater bisher nur aufmerksam gemustert hatte, auf und legte Talvar eine Hand auf den Arm. »Vater!« Als ihre Augen weit vor Angst wurden, zog sich Kadevis' Magen zusammen. Einen Augenblick später wusste er auch, warum Lerina so erschrocken war: Talvar hob die Hand an die Stirn und sackte zusammen, wo er stand. Obwohl Lerina ihn aufzufangen versuchte, musste sie all ihre Kräfte aufbieten, damit er sich nicht irgendwo den Kopf anschlug. Im Nu standen alle an ihrer Seite und halfen: Takis, seine Frau, Akama und sogar Malkar. Auch Kadevis drängte sich dazu, ohne irgendetwas ausrichten zu können. Schließlich gelang es Takis, der offenbar Kraft hatte wie ein Bär, seinen Vater beiseitezutragen und auf den Rasen neben dem Tisch zu betten. Seine Frau schob ihm eins der Sitzkissen unter den Nacken. Talvar rührte sich nicht, aber wenigstens entnahm Kadevis der Reaktion seiner Verwandten, dass er nicht tot sein konnte.

Feindselig starrte Lerina Malkar an. »Das ist Eure Schuld! Warum musstet Ihr das sagen?« Sie duckte sich, als wolle sie jeden Moment auf ihn losgehen.

Takis fasste sie bei der Schulter. »Ganz ruhig, Schwesterchen.«

»Es ist seine Kopfverletzung.« Talvars Ehefrau klang nicht allzu besorgt. »Ihr konntet nicht wissen, Ratsherr, dass er nicht die geringste Aufregung verträgt.«

»Ich wusste es tatsächlich nicht.« Malkar ging neben Talvar in die Hocke. »Das sind allerdings keine guten Voraussetzungen für eine Rückkehr in die Politik. Ohne Aufregung will es ja den meisten unserer ehrbaren Ratsmitglieder nicht einmal gelingen, ihren Sitzplatz zu finden.«

»Er kommt doch wieder zu sich?« Kadevis hörte seine eigene Stimme zittern.

»Ja, es dauert nur ein Weilchen.« Takis strich sich durch die Haare und seufzte.

»Takis, Akama«, sagte Midara und wandte sich an die beiden jungen Männer, »warum bringt Ihr ihn nicht ins Haus. Ich zeige solange dem Ratsherrn unseren Garten. Der Appetit auf die Nachspeise ist uns wohl allen vergangen.«

Dass man sie nicht sofort vor die Tür setzte, lag vermutlich nur an Talvars letzten Worten, er wolle das Gastrecht nicht verletzen. Kadevis hatte das dringende Bedürfnis, den schlechten Eindruck wettzumachen, den Malkar hinterlassen hatte, und daher bot er an, zu helfen.

Takis zögerte einen Moment, dann nickte er. »Gut. Du kannst Wasser vom Brunnen holen. Vater wird durstig sein, wenn er aufwacht.«

»Warum soll er das tun?« Lerina schrie fast. »Ich mache das!«

»Du gehst auf dein Zimmer, junge Dame«, fuhr Midara sie an, »und da bleibst du, bis unsere Gäste fort sind. Hast du das verstanden?«

Es tat Kadevis weh, Lerina so zu sehen: Sie war ganz blass vor Wut, ihre Lippen zitterten, und sie öffnete und schloss hilflos die Hände. Am meisten traf es ihn, dass Tränen in ihren Augen standen. *Wenn ich nur gewusst hätte, dass Malkar so etwas sagen würde, ich hätte alles versucht, um ihn daran zu hindern!*

Sobald Lerina ins Haus gelaufen war, trugen Takis und Akama Talvar fort. Kadevis nahm einen der Becher vom Tisch und machte sich auf zum Brunnen im Innenhof des Hauses. Den Weg hatte Takis ihm beschrieben. Er hatte einen Blick seines Mentors aufgefangen und wusste, er sollte diese Art von Gelegenheit nutzen, um sich in Talvars Haus umzusehen und Ausschau nach den verlorenen Beutestücken aus Kyma zu halten. Als er jedoch durch das dunkle, kühle Haus schritt, spürte er, wie Zorn gegen Malkar in ihm erwachte. Lerina hätte beinahe geweint, was interessierten ihn da jetzt irgendwelche bemalten Schüsseln? Auf dem gemauerten Rand des Brunnens im Innenhof ließ er sich nieder, um durchzuatmen. Alle Gedanken in seinem Kopf schienen unentwirrbar verknäuelt zu sein. Erst nach einer Weile hatte er sich genügend beruhigt, um Wasser zu schöpfen und in die Eingangshalle des Hauses zu gehen, wo ihn Akama und Takis bereits erwarteten.

»Er ist wach«, sagte Takis. »Es geht ihm besser. Das war ein Schreck, was? Dein Mentor hat aber auch eine Zunge wie eine Distel.«

»Ich habe das Wasser«, murmelte Kadevis. »Ich … ich weiß, es gehört sich nicht, wenn ich mich für meinen Mentor entschuldige, aber es tut mir leid. Passiert so etwas öfter?«

»Hin und wieder. Wir lassen Vater gewöhnlich in Ruhe, damit er sich nicht so aufregt. Er will dich übrigens sehen.«

»Mich?«

Takis zuckte die Achseln. »Das hat er gesagt. Aber ich würde vorschlagen, du gibst ihm nur das Wasser und bleibst nicht lange bei ihm. Er muss schlafen.«

Kadevis hätte ihn gerne noch gefragt, wo Lerina war und wie es ihr ging, doch das wagte er nicht. Also schlüpfte er durch einen dicken Vorhang aus gemustertem Stoff in den Raum hinein, zu dem Takis ihn gebracht hatte. Dahinter verbarg sich ein dämmriges Zimmer, in dem es zwar kühl, aber auch ein wenig stickig war. Mit seinen Wänden in Erdtönen, den schlichten Wandbildern und den dunklen Vorhängen vor dem Fenster erinnerte es ihn an das Haus, in dem er aufgewachsen war. Talvar lag in dem einzigen Möbel, einem Bett aus geflochtener Weide, in eine leichte Decke gehüllt. Noch immer trug er seine Kapuze, doch Kadevis sah, wie er ihm den Kopf zuwandte.

»Ich bringe Euch etwas Wasser«, sagte Kadevis und trat näher.

»Hilfst du mir hoch?«, bat Talvar mit matter Stimme. »Ich bin zu schwach.«

»Ja, natürlich.«

Talvars Körper fühlte sich durch den Stoff seiner Tunika knochig an. Kadevis stützte ihn, damit er sich aufrichten und trinken konnte. Als Talvar sich dabei an ihn lehnte, stieg ihm ein Geruch nach bitteren Kräutern in die Nase. Es war ihm unangenehm, dem Mann so nahe zu sein, dennoch hielt Kadevis ihm den Becher an die Lippen und wartete, bis Talvar langsam trank.

»Danke«, sagte Talvar schließlich, »das hat gut getan.« Noch immer löste er seinen Griff um Kadevis' Schulter nicht, also blieb Kadevis keine andere Wahl, als sich neben ihm auf dem Bett niederzulassen. Natürlich hätte er Talvars Arm einfach abstreifen können, doch nachdem Malkar dafür gesorgt hatte, dass der Mann überhaupt erst zusammengebrochen war, konnte er das wohl kaum tun.

»Wie fühlt Ihr Euch?«, fragte er.

»Es geht schon.«

»Mein Mentor hat es bestimmt nicht so gemeint.«

»Das ist wahr, vermute ich«, murmelte Talvar matt. »Es ging dem Bluthund wohl nicht darum, mich zu beleidigen. Er wollte sehen, wie viel Aufregung dieser schwache Körper verträgt. Ich hätte mich nicht von ihm provozieren lassen dürfen.«

Kadevis schwieg. Auf diesen Gedanken war er noch nicht gekommen. Schließlich räusperte er sich; er musste endlich herausfinden, was Talvar von ihm wollte. Immerhin stand das Angebot, sein Mentor zu werden, noch immer im Raum.

»Warum wolltet Ihr mich sehen?«

»Um dich ohne den Bluthund zu sprechen.«

Er konnte Talvars Atem an seiner Wange spüren. Wenn dieser Moment nur schnell vorbeiging und er wieder hinauskam, weg von Talvar, zurück ans Licht und an die Frühlingsluft! »Ich bin ja da.«

»Gefällt dir mein Landhaus?«

»Sehr.« Das war nicht einmal gelogen.

»Ich wollte dir die Olivenbäume zeigen, die du so gern sehen wolltest. Es tut mir leid, dass ich das heute nicht mehr kann. Auch wenn der Bluthund eben seinem Namen alle Ehre gemacht hat, du bist hier weiterhin willkommen. Versprich mir, dass du wiederkommst.«

Kadevis presste die Lippen aufeinander. Da lehnte Talvar an ihm, offenbar mehr tot als lebendig, es war offensichtlich, dass er Schmerzen hatte und sehr erschöpft war. Und da kümmerte ihn nichts mehr, als ihm irgendwelche Olivenbäume zu zeigen? Er brauchte Malkar nicht, um zu begreifen, dass daran etwas nicht stimmte. Oder hatte ihn sein Mentor so gründlich Misstrauen gelehrt, dass er Freundlichkeit und gute Absichten nicht mehr erkennen konnte, selbst wenn man ihn mit der Nase darauf stieß?

»Also gut«, sagte er zögernd. »Ich werde sehen, was ich tun kann. Aber Takis meinte, Ihr solltet schlafen.«

»Das werde ich. Kadevis, als du auf der Feier gesagt hast, dass mein Gesicht für dich nicht so schlimm aussieht, war das ernst gemeint?«

»Ich … äh, ja, sicher war es das.«

»Du ekelst dich nicht vor mir?«

Geschicke! In der Enge des Zimmers blieb Kadevis plötzlich die Luft weg. »Natürlich nicht.«

»Wenn ich diese Kapuze abnehmen würde, würdest du dann auch nicht weglaufen?«

Kadevis zwang sich zu einem Lächeln. »Ich könnte ohnehin nicht weglaufen, solange Ihr mich so umklammert.«

Augenblicklich löste sich Talvars Griff um seine Schulter. »Ist es besser so?«

»Ja.«

Talvars dürre Hand strich ihm über den Rücken. »Es ist wohl klüger, wenn ich mich jetzt ausruhe. Gib auf dich acht, Kadevis. Wenn du es kannst, versuch dem Bluthund auszuweichen. Hör nicht auf das, was er zu dir sagt. Akama wird Kontakt zu dir aufnehmen, wenn du wieder in Kessel bist. Ich erwarte deine Rückkehr.«

Wenig später stand Kadevis im Innenhof, verwirrt. Wenn Talvar eine Frau gewesen wäre, hätte er fast glauben können … Er schüttelte den Kopf. Nein, das war ein alberner Gedanke. Talvar ging es offensichtlich schlecht, da durfte es ihn nicht überraschen, dass er jemanden suchte, um sich an ihm festzuhalten.

Da Akama und Takis nirgends zu sehen waren, ging er zurück zum Brunnnen, kurbelte einen Eimer Wasser herauf, wusch sich Hände und Gesicht und trank. Erst nachdem er eine Menge kühles Wasser getrunken hatte, fühlte er sich wieder besser. Und endlich wurden auch seine Gedanken klar. Sollte er wirklich wiederkommen, würde er den Auftrag seines Mentors bestimmt ausführen können, denn unter diesem Dach schien sich niemand Sorgen zu machen, dass er unbeaufsichtigt herumschnüffelte und nach verlorener Kriegsbeute suchen könnte. Und ungestörte Zeit würde er benötigen, da es ein großes Anwesen war, das sicher unzählige Verstecke bot.

Doch für heute hatte er genug – von Talvar *und* von Malkar. Wo war sein Mentor überhaupt? Vermutlich führte ihn Talvars Frau noch immer durch den Garten, und den würde er ja wohl wiederfinden. Er machte sich auf den Weg.

»Ihr da, Tuvar Kadevis! Bleibt stehen!«

Hell und befehlend klang die Stimme zwischen den Hecken, und Kadevis hielt auf der Stelle inne. Er wandte den Kopf und sah mit Überraschung, dass es Lerina war, die gerufen hatte. Mit finsterer Miene kam sie auf ihn zu, die Stirn gerunzelt. »Ich muss mit Euch sprechen.«

Dass er der Schützling eines Ratsherrn war und sie nur ein Mädchen, das ihm gar nichts zu sagen hatte, schien sie nicht im Geringsten zu kümmern. Auch die Aufforderung von Talvars Frau, in ihrem Zimmer zu bleiben, hatte sie offensichtlich ignoriert.

»Was kann ich für Euch tun?« Kadevis' Kehle fühlte sich eng an, aber irgendwie brachte er die Worte trotzdem heraus.

»Ich will wissen, was hier los ist. Warum behandelt der Bluthund meinen Vater so? Was hat ihm Vater denn getan?«

Was sollte er ihr antworten? »Ich weiß es nicht.«

»Er ist ein fürchterlicher Mensch!«

Kadevis wollte erwidern, dass Malkar gar nicht so übel war, wenn man ihn erst einmal näher kannte, aber unter Lerinas Blick wurden die Worte in seinem Kopf zu einem Knoten und fanden nicht den Weg auf seine Zunge. Diese Augen! Sie war zornig, und sicher auf ihn ebenso wie auf

Malkar. Was konnte er nur tun, damit sie wieder lächelte? »Soll ich einmal mit meinem Mentor sprechen?«

»Wenn Ihr ihm sagt, dass er verschwinden und Vater für den Rest seines Lebens in Ruhe lassen soll, auf der Stelle!«, antwortete sie hochmütig.

Es war ihr ernst, das sah er ihr an. »Lerina, er ist immerhin mein Mentor. Ich kann ihm nicht sagen, was er zu tun oder zu lassen hat.«

»Dann mache ich es.«

»Oh, das ist keine gute Idee.«

»Warum nicht? *Ich* habe keine Angst vor dem Bluthund.«

Kadevis stellte sich vor, wie sie auf Malkar losging und ihn zur Rede stellte – mutig wie eine Heldin aus den Epen. Zweifellos würde der nur über sie lachen. Er konnte es förmlich hören, dieses bellende Lachen, und allein der Gedanke daran erfüllte ihn mit Hilflosigkeit. »Überlasst es bitte mir, Lerina. Ich sorge schon dafür, dass er Euren Vater nicht noch einmal beleidigt.«

Das schienen die richtigen Worte gewesen zu sein. »Vielen Dank«, sagte sie leise. »Ich weiß selbst, dass ich einen Ratsherrn nicht zurechtweisen darf, aber es geht Vater ohnehin nicht gut, seit Verim Velmarun gestorben ist. Da kann ich doch nicht zulassen … Danke jedenfalls. Ich weiß auch, dass all das nicht Eure Schuld ist. Ich habe Euer Gesicht gesehen, nachdem Vater zusammengebrochen ist. Ihr wolltet nicht, dass das passiert.«

Ein schwaches Lächeln, kaum sichtbar, huschte um ihre Mundwinkel. Es war für ihn, begriff er, sie war also nicht böse auf ihn. *Den Geschicken sei es gedankt!* Doch was nun? Er stand vor ihr, sie vor ihm, sie waren allein, alles war so, wie er es sich gewünscht hatte. Er musste die Gelegenheit irgendwie nutzen.

Wie konnte er ein Gespräch mit ihr beginnen? Er hätte gern etwas über ihre schönen Haare gesagt, wie sie selbst hier unter den Bäumen, ohne direktes Sonnenlicht, bläulich glänzten. Es war seltsam, auf Malkars Feier hatte er nicht gezögert, auf das Mädchen im gelben Kleid zuzugehen und ihr ein Kompliment zu machen, aber jetzt bekam er den Mund nicht auf. Lerina war doch nicht das erste Mädchen, dem er begegnete! Tiana und den Frauen aus dem Feldlager war er viel nähergekommen, und ihnen gegenüber hatten ihm nie die Worte gefehlt.

»Wieso habt Ihr mich vorhin eigentlich die ganze Zeit über so angestarrt?«, fragte Lerina plötzlich.

»Was?«

»Ihr macht es schon wieder. Mich anstarren. Warum?«

Kadevis' Mund öffnete sich, und ohne sein Zutun kamen die Worte heraus: »Weil Ihr so hübsch seid.«

Das war's, dachte er noch im selben Moment. *Man hätte mir rechtzeitig die Zunge abschneiden und in einer Bannkiste tief unter der Erde versenken sollen!*

Er wartete auf eine Ohrfeige von Lerina, ein ungläubiges Lachen, irgendetwas, aber sie sah ihn nur an – nachdenklich, ein wenig erstaunt. Unvermittelt fiel ihm ein, dass sie, so abgeschieden, wie sie hier mit ihrem Vater lebte, vielleicht noch nie ein Kompliment bekommen hatte.

»Wirklich?«, fragte sie.

Da er seine Worte schlecht wieder zurücknehmen konnte, nickte er. Gütige Geschicke, hätte er nicht etwas Geistreiches sagen können? Ungefähr *alles* wäre geistreicher gewesen.

»Davon dürft Ihr Vater nichts sagen«, antwortete Lerina ernst.

»Hatte ich … äh, nicht vor.«

»Ich muss jetzt gehen.« Sie wirbelte herum, dass ihr schwarzer Pferdeschwanz durch die Luft flog, und lief an ihm vorbei den Weg hinab. Doch nach wenigen Schritten blieb sie wieder stehen und blickte sich über die Schulter um. »Kadevis?«

»Ja?« Er fürchtete, Lerina könne das laute Klopfen seines Herzens hören, so aufgeregt war er plötzlich.

»Was findet Ihr an mir hübsch?«

»Oh! Alles … einfach alles, denke ich.«

11

Je weiter Kadevis in Talvars weitläufigen Garten vordrang, desto stärker wucherte alles um ihn herum. Schon seit einiger Zeit reichte ihm das Gras auf den Wegen bis über die Knöchel. Die Bäume warfen breite Schatten. Dennoch wuchsen auch hier noch Rosen zu beiden Seiten des Weges. Ihre dornigen Ranken griffen nach Kadevis' Hose, als er vorbeiging. Die hölzernen Gitter, an denen sie sich einmal emporgerankt hatten, waren morsch und vor lauter Moos kaum noch zu erkennen. Bis auf den Vogelgesang herrschte Stille, keine Stimmen waren zu hören.

»Meister Malkar?«

Endlich, Kadevis wollte gerade aufgeben und zum Haus zurückkehren, da sah er Malkars Tunika durch das Dämmerlicht des Waldes leuchten. Sein Mentor stand neben dem Stamm eines mächtigen Baumes und strich gedankenverloren über das weiche Moos, das den Stamm bedeckte. Als er Kadevis bemerkte, wandte er sich zu ihm um.

»Ich hätte eher mit dir gerechnet«, sagte er.

»Ich wurde aufgehalten. Wo ist Talvars Frau?«

»Sie wurde im Haus gebraucht und hat mich unter zahlreichen Entschuldigungen allein gelassen. So hatte ich Gelegenheit, mich hier umzusehen. Man kann viel über einen Menschen lernen, wenn man seinen Garten betrachtet. Wie steht es um Talvar?«

»Er wird wieder, denke ich. Ich habe ihm Wasser gebracht.«

Wie sein Mentor vor ihm stand, im grünen Schatten der Bäume, mit seiner roten Haarmähne und dem durchdringenden Blick, sah Kadevis ihn auf einmal durch Lerinas Augen: ein arroganter, selbstgefälliger Fremder, der grundlos auf ihren Vater losgegangen war. Aber dieser Eindruck hielt nur einen kurzen Moment lang an. Malkar war sein Mentor, es stand ihm nicht zu, über sein Verhalten zu urteilen, auch wenn es ihm nicht gefiel.

Es gefiel ihm tatsächlich nicht.

»Gut. Wir sollten ins Haus zurückgehen. Es ist wahrscheinlich Zeit, von hier zu verschwinden. Ich nehme an, Talvar hat dich gebeten, ihn später noch einmal zu besuchen, aber nicht erwähnt, dass meine Anwesenheit ebenfalls erwünscht ist?«

»Ja, genau. Woher …?«

»Das war kaum schwer zu erraten. So, Kadevis. Wenn wir zurückgehen, möchte ich dich bitten, auf das Gras zu achten.«

»Auf das Gras? Wenn Ihr meint.«

Wie Kadevis bereits zuvor bemerkt hatte, war das Gras auf dem Weg und den Wiesen seit einer Weile nicht mehr gemäht worden. An einigen Stellen wuchsen die Halme kniehoch, manche hatten noch ihre hellgrüne Frühlingsfarbe, andere hatten sich bereits in ein sommerliches Tiefgrün verfärbt. Dazwischen breiteten sich große Moospolster aus. In seiner Abgeschiedenheit hatte der verwahrloste Garten fast etwas Unwirkliches, schön, aber auch befremdlich. Und dabei hätte Talvar doch nur ein paar Arbeitskräfte einstellen müssen, die alles in Ordnung hielten.

Als sie durch den Abschnitt mit den Rosenhecken kamen, flog Kadevis plötzlich etwas gegen die Schulter, etwas Kleines, Leichtes. Er griff danach, aber das stachlige kleine

Ding haftete an seiner Tunika. Mit einem Rück riss er es los. Es war eine Klette. Während er sie noch ansah, flog schon die zweite gegen seinen Kopf und blieb in seinen Haaren hängen.

»Was ist los?«, fragte Malkar, der vor ihm ging und sich umgewandt hatte.

»Nichts.« Nur aus den Augenwinkeln hatte Kadevis den Schatten gesehen, der jetzt hinter den Hecken verschwunden war. Der fliegende Pferdeschwanz, das konnte nur Lerina gewesen sein. Er pflückte sich die Klette aus dem Haar, betrachtete sie, musste lächeln und konnte dann nicht mehr aufhören.

»Dafür grinst du reichlich albern«, stellte Malkar fest.

Kadevis hatte große Lust, auch ein paar Kletten zu pflücken, Lerina damit zu beschießen und durch den Garten zu jagen, so wie er als Kind mit Vesekir »Schlacht gegen die Inselleute« gespielt hatte. Auf einmal fühlte er sich überhaupt nicht mehr zu erwachsen dafür. Leider war das in Malkars Anwesenheit unmöglich. Er drückte die Kletten leicht zwischen den Fingern zusammen und schob sie in seine Tasche als Erinnerung an diesen sonderbaren Tag.

Im Haus wurden sie von Talvars Frau und seinem Sohn Takis verabschiedet. Akama begleitete sie zu Pferd noch bis an die Grenze des Anwesens. Obwohl er tapfer versuchte, mit Kadevis zu plaudern, verhaspelte er sich in Malkars Anwesenheit wieder und wieder. Als er sich von ihnen trennte, wirkte er erleichtert.

Auch Kadevis und Malkar waren zu Pferd gekommen. Eigentlich hätte es Kadevis nicht überraschen sollen, dass sein Mentor bei all den Dingen, die er besaß, die prächtigsten Reitpferde hervorzauberte, sobald sie welche benötigten. Eine edle, rotbraune Stute hatte er Kadevis gegeben,

»damit du nicht mehr darauf angewiesen bist, dir ein Pferd auf der Straße einzufangen«, hatte er gesagt. Es war eine Freude gewesen, auf dem Rücken der Stute am frühen Morgen durch die Hügel und Felder zu reiten. Und nun wusste Kadevis immerhin von einer Sache, in der er besser war als sein Mentor: Im Sattel machte Malkar keine so elegante Figur wie auf seinen eigenen Füßen.

Einen umgestürzten Baum auf dem Weg hatte er eben umritten, anstatt seinen Grauen darübersetzen zu lassen, und zuvor hatten sie schon einen Umweg gemacht, als Malkar lieber eine Brücke suchen wollte, anstatt an einer Furt mit steilen Ufern »seine Kleidung zu beschmutzen«. Der Weg zurück nach Kessel war weit, und trotz des langen Sommertages würden sie so vermutlich erst nach Einbruch der Dunkelheit eintreffen.

Als sie in einen breiten Waldweg einbogen, ließ Kadevis seine Stute laufen. In Gedanken sah er Lerina vor sich, wie sie an ihrem Schal herumspielte, wie sie mit zornigen Augen vor ihm stand, und er versuchte sich vorzustellen, wie sie ausgesehen haben mochte, als sie die Kletten warf.

Malkars Stimme riss ihn aus diesen angenehmen Tagträumen. »Und, Kadevis, hast du auf das Gras geachtet?«

»Welches Gras?«

»In Talvars Garten natürlich.«

Jetzt fiel es ihm wieder ein. »Ja, wie Ihr gesagt habt.«

»Und?«

»Es ist nicht sehr gut gemäht. Talvar scheint es egal zu sein, wie seine Gäste darüber denken.«

»Ja, das stimmt. Und das trifft nicht nur auf das Gras zu. Hast du die Rosen gesehen? Sie würden viel besser gedeihen, wenn sie mehr gepflegt würden. Und ist dir sonst etwas aufgefallen?«

»Eigentlich nicht.«

»Hast du nicht bemerkt, dass das Gras an einigen Stellen frisch war, als sei es erst vor ein paar Wochen gesät worden?«

Nachdenklich furchte Kadevis die Stirn. Es fiel ihm schwer, den Gedanken an Lerina beiseitezuschieben. »Ich glaube schon. An einigen Stellen war es heller, nicht wahr?«

»Hast du dir diese Stellen näher angesehen?«

»Nein.«

»Sie waren rechteckig, rund oder oval, meist etwa zwei Schritt breit. Was sagt dir das?«

Manchmal konnte einem Malkars rätselhafte Art wirklich auf den Geist gehen. Kadevis wollte, sein Mentor würde endlich zum Punkt kommen. »Ich weiß nicht. Was sagt es Euch?«

»Du musst lernen, genauer hinzuschauen, Kadevis. Nun, mir sagt es, dass an diesen Stellen noch vor einigen Wochen kein Gras wuchs. Stattdessen stand dort etwas, was rechteckig, rund oder oval und etwa zwei Schritt breit war und dabei schwer genug, dass sich kein Rasen darunter ansiedeln konnte. Was könnte das wohl gewesen sein, was denkst du?«

»Felsblöcke«, sagte Kadevis halb im Spaß. »Felsblöcke, die irgendein verrückter Künstler in Form gebracht hat.« Noch während er es aussprach, durchzuckte ihn die Erkenntnis. »Gütige Geschicke, natürlich, die Sockel von Statuen!«

»Richtig.« Malkar lächelte. »Hätten wir Talvar früher einen Besuch abgestattet und das, ohne ihn auf unser Eintreffen vorzubereiten, hätten wir dort zweifellos die Statuen selbst vorgefunden. Und nun sag mir noch, welchen Grund könnte unser empfindsamer, zurückgezogen lebender Ratsherr haben, Statuen aus seinem Garten zu entfernen, so gründlich, dass er sogar frisches Gras gesät hat, um die Spuren ihrer Sockel verschwinden zu lassen?«

»Ihr glaubt, diese Statuen gehören zur Kriegsbeute aus Kyma.«

»Und ob ich das glaube. Ich kann nur hoffen, er hat sie besser gepflegt als beispielsweise seinen Brunnen. Wenn sie sich in so erbärmlichem Zustand befinden wie der Garten, haben sie viel von ihrem früheren Wert eingebüßt.«

»Talvar war also doch nicht ganz ehrlich.« Kadevis wusste nicht, warum er eine Spur von Enttäuschung empfand.

»Was erwartest du von einem Mann, der in der Öffentlichkeit sein Gesicht nicht zeigt?«

»Vielleicht ist es dumm, aber er wirkte immer so ehrlich. Zumindest mir gegenüber.«

Malkar starrte in den blauen Abendhimmel, wo er Dinge zu sehen schien, die seinen Gedanken auf die Sprünge halfen. »Sotan Talvar geht es sehr schlecht, das ist offensichtlich. Und damit meine ich nicht das Körperliche. Sicher, er hat diese Kopfverletzungen, und ich denke nicht, dass der Zusammenbruch gespielt war. Aber da ist eine verborgene Wunde in ihm. Er hat sich ganz auf dieses Landhaus zurückgezogen, er lässt seinen Besitz verwildern und denkt nicht daran, jemals wieder an einer Ratssitzung teilzunehmen. Und das, obwohl er vor seiner Karriere als Feldherr mehrere Ämter innehatte. Seine Tochter hält er von Männern, seinen Sohn von der Politik fern. Sogar das Stadthaus, das er früher besaß, hat er verkauft. Dein Freund Akama ist mit einem solchen Mentor nur zu bedauern, so wird er den Weg in den Rat niemals finden. Talvar hat nicht nur sich selbst, sondern auch seine Familie und seine Verbündeten von allem abgeschnitten, was für diese Stadt wichtig ist. Warum?«

»Wahrscheinlich hat er Angst, dass sein Diebstahl ans Licht kommt«, vermutete Kadevis.

Malkar schüttelte den Kopf. »Möglicherweise hat er davor Angst, aber ich glaube nicht, dass das der Grund ist. Alle Rotgürtel nehmen, was ihnen nicht gehört: Geld, Wählerstimmen oder eben kymanische Statuen und Geschirr. Es ist ein Teil des Spiels. Und nur weil jemand dabei erwischt wird, wie er die Regeln etwas zu sehr zu seinen eigenen Gunsten gebogen hat, bedeutet das noch lange nicht, dass sich die anderen davon abschrecken lassen, ihr Spiel weiter zu spielen. Selbst wenn das Gericht Talvar damals schuldig gesprochen hätte – die Strafe wäre sehr gnädig ausgefallen. Denn unter all den Rotgürteln, die an dem Prozess beteiligt waren, gab es wohl niemanden, der nicht befürchten musste, irgendwann selbst an Talvars Stelle zu sein.«

Schweigend ritt Kadevis neben seinem Mentor her. Er wusste nicht, was er von Malkars Worten halten sollte. Konnte es wahr sein, dass der ganze Kessler Rat voller Diebe und Betrüger war? Jedoch war er inzwischen überzeugt, dass zumindest Talvars Absichten ihm gegenüber nicht so aufrichtig waren, wie es die sanfte, melancholische Stimme des verhüllten Mannes glauben ließ.

»Was, meint Ihr denn nun, ist mit Talvar?«, fragte er schließlich.

»Ich bin nicht sicher. Du musst es herausfinden.«

»Warum habt Ihr all diese Dinge zu ihm gesagt? Das über seine Tochter und über sein Gesicht? Ich dachte, Ihr wolltet Euch mit ihm anfreunden.«

»Nein, nein, ich nicht. Das ist deine Aufgabe. Ich wollte nur überprüfen, ob die Gerüchte über ihn eine Grundlage haben – und ich würde sagen, Talvars Reaktion hat meine

Erwartungen übertroffen. Wenn du dich jemals gegen ihn zur Wehr setzen musst, Kadevis, weißt du jetzt, wie du deinen Gegner empfindlich treffen kannst.«

Auch wenn er nicht widersprach, bereiteten die Worte Kadevis Unbehagen. Würde er mit Talvar genauso umgehen, wie es sein Mentor getan hatte, wäre Lerina zornig auf *ihn*, und es gab nichts, was sich Kadevis weniger wünschte. Zum Glück hatte er noch nicht erzählt, dass er sich mit Talvars Tochter unterhalten hatte. Malkar musste nicht alles wissen.

»Als ich ihm das Wasser gebracht habe, hat sich Talvar irgendwie sonderbar benommen«, wechselte er das Thema.

»Tatsächlich? Was hat er getan?«

Vielleicht war sein Ablenkungsmanöver doch nicht so klug gewesen. Als Malkar ihn nun fragend ansah, fand es Kadevis plötzlich unangenehm, darüber zu sprechen. »Ach, eigentlich nichts Besonderes. Vergesst es einfach. Es ging ihm nicht gut, das war wahrscheinlich alles.«

Malkar musterte ihn weiter prüfend. »Nun, wie du meinst.«

Eines wusste Kadevis, er wollte nicht noch einmal mit Talvar in einem abgedunkelten Zimmer festsitzen, während sich der Mann an ihm festhielt. Was ihn auf das Landgut zurückzog, war Lerina. Sie wollte er auf jeden Fall wiedersehen, er konnte es kaum erwarten, dass sie ihn wieder anlächelte.

»Wir sollten uns beeilen«, sagte er, »es wird bald regnen.«

Malkar spähte in den Himmel. »Ich sehe keine Wolken.«

»Ich kann den Regen riechen«, sagte Kadevis, erstaunt, dass sein Mentor es nicht ebenfalls konnte. »Und der Wind wird schon stärker.«

Sie hatten kaum den Wald hinter sich gelassen, als mit

der Abenddämmerung auch die Wolken kamen. Innerhalb kurzer Zeit war der ganze Himmel bedeckt, und sie konnten kaum noch den Weg erkennen. »In die Stadt schaffen wir es nicht mehr«, stellte Malkar fest, »hast du einen Vorschlag?«

Kadevis sah sich um. »Wir sollten uns irgendwo unterstellen. Seht Ihr dieses Wäldchen da vorne? Der dunkle Fleck am Hang.«

»So weit bin ich auch schon gekommen. Ich dachte, als offensichtlicher Fachmann für Regen hättest du vielleicht eine originellere Idee, wie man es vermeidet, nass zu werden.«

Kadevis musste grinsen. »Wir haben noch Glück, dass es kein Gewitter ist.«

Es erstaunte ihn, wie sehr sich die Welt plötzlich verändert hatte. Aus dem freundlichen Sonnentag war ein blaugrauer, finsterer Sturmabend geworden, Windböen fauchten über die Hänge und ließen Staub und kleine Äste durch die Luft wirbeln. Sie trieben die Pferde an, die durch den Wetterumschwung ebenfalls unruhig waren. Kadevis hatte keine Schwierigkeiten, seine Stute zu zügeln – er hatte reiten können, bevor er gelernt hatte zu lesen –, aber er bemerkte sogar im Zwielicht, wie sich Malkar mit seinem Pferd abmühte. Sein Grauer tänzelte, schlug mit dem Schweif und schien nicht geneigt, sich von Malkar irgendwohin lenken zu lassen.

»Wir sollten absteigen«, rief Kadevis ihm zu. »Die Tiere sind zu nervös, aber wenn wir sie führen, schaffen wir das letzte Stück zum Wald noch vor Beginn des Unwetters.«

Doch bevor Malkar antworten konnte, fuhr eine Windbö den Hang hinab, schüttelte einen nahen Busch, und der Graue bäumte sich erschrocken auf. Malkar bewies, dass er tatsächlich kein guter Reiter war, indem er wenig elegant auf dem harten Boden landete.

Kadevis sprang vom Rücken seiner Stute, schlang sich die Zügel um das Handgelenk und fing Malkars Pferd ein, ehe es sich davonmachen konnte. Erst dann kehrte er zu seinem Mentor zurück. Er konnte nicht anders, als zu lachen. »Ich hätte nicht damit gerechnet, dass Ihr meinen Vorschlag so schnell befolgt, Meister Malkar!«

Im gleichen Moment sah er, dass etwas nicht stimmte. Malkar hatte sich zwar halb aufgerichtet, aber er wirkte benommen.

»Ihr seid doch nicht etwa verletzt?«

Malkar sog zischend Luft ein und sagte: »Mein Fuß …«

Man musste schon viel Pech haben, um sich bei einem so harmlosen Sturz zu verletzen, fand Kadevis. »Ich helfe Euch, aber erstmal binde ich die Pferde an, damit sie nicht weglaufen. Wartet einen Moment, ich bin gleich wieder da.«

Sobald er die Zügel um den starken Ast einer nahen Buche geschlungen hatte und zu seinem Mentor zurückgeeilt war, fielen die ersten Tropfen. Er legte sich Malkars Arm um die Schultern und musste alle Kraft aufbieten, um ihn aufzurichten und zu stützen. Sein Mentor war ein schlanker Mann, aber durch seine Verletzung lehnte er sich sehr stark auf Kadevis. Gemeinsam stolperten sie den Hang hinauf auf das Wäldchen zu. Malkar humpelte und hatte offenbar Schmerzen, obwohl er sich Mühe gab, es nicht zu zeigen. Kadevis hörte, wie er den Atem anhielt und ihn stoßweise wieder entweichen ließ. Er begann sich Sorgen zu machen.

Endlich tauchten sie unter das Blätterdach. Fast im selben Moment begann der Regen herabzuprasseln und rauschte über ihnen in den Bäumen. Kadevis fröstelte unwillkürlich, auch wenn sie hier vor der Nässe weitgehend sicher waren. Er wählte eine stattliche Eiche, die mit ihrer Krone besonders guten Schutz bot. »Hier, genauso gut wie ein Reisezelt«, versuchte er zu scherzen.

»Hilf mir, mich hinzusetzen«, ächzte sein Mentor. »Ich kann nicht stehen.«

Wenn er bereit war, seine Kleidung auf dem feuchten Boden zu beschmutzen, konnte es ihm wirklich nicht gut gehen. Erst als Malkar auf einer Wurzel saß, den Rücken gegen den Stamm der Eiche gelehnt, hörte Kadevis ihn aufatmen.

»Soll ich mir Euren Fuß anschauen?«, bot er an.

»Gern, wenn du im Dunkeln sehen kannst wie eine Fledermaus.«

Malkar hatte recht mit seinem Zweifel. Mit jedem Augenblick schien es finsterer zu werden, schon konnte Kadevis Malkars Gesichtsausdruck nur noch dann vage erkennen, wenn sein Mentor, so wie jetzt, in einem grimmigen Lächeln die Zähne zeigte.

»Ich sollte Euch zumindest den Stiefel ausziehen. Wenn Ihr Euch den Knöchel verstaucht habt, muss man ihn kühlen.« So viel wusste Kadevis von seinen früheren Abenteuern rund um das Landhaus seiner Tante.

»Nur zu. Kaltes Wasser ist jedenfalls ausreichend vorhanden.«

Die Lederstiefel saßen eng. Kadevis musste kräftig daran zerren, bis er den Stiefel schließlich mit einem Ruck von Malkars Fuß bekam. Malkar ächzte und grub die Finger in die weiche Erde, offenbar bemüht, nicht zu schreien.

Kurz zögerte Kadevis, dann entschied er sich, seinen Umhang als Verband zu benutzen. *Schade um den schönen*

Stoff! Mit einem Dolch, den Malkar im Gürtel mit sich führte, säbelte er das untere Ende ab und war erleichtert, dass er sich bei der Dunkelheit nicht in die Finger schnitt. Er trat ein wenig von der Eiche weg, tränkte den Stoffstreifen mit der schlammigen, kühlen Erde und wickelte ihn so gut es ging um Malkars Fuß.

»Wie fühlt Ihr Euch?«, fragte er. »Tut es sehr weh?«

»Ich fürchte, hier sitze ich erst einmal fest.« Malkars Stimme klang gepresst. »Du solltest in die Stadt zurückreiten, sobald der Regen aufgehört hat. Du bist ein guter Reiter, und das Pferd wird den Weg sicher auch nachts finden. Morgen kannst du jemanden herschicken, der mich abholt.«

»Ich soll Euch hier allein lassen? Kommt gar nicht in Frage!«

»Was soll mir denn hier schon zustoßen? So nah bei der Stadt gibt es keine Wölfe. Und falls doch, was willst du tun? Sie abwehren, indem du mit den Armen ruderst?«

Kadevis fiel plötzlich ein, dass Malkar schon einmal versucht hatte, ihn loszuwerden, als es ihm schlecht ging, am Morgen nach seiner Feier. »Wenn es nicht mehr regnet, reiten wir zusammen zurück«, sagte er.

Aber er musste selbst bald einsehen, dass sein Optimismus fehl am Platz war. Als er nach den Pferden sehen wollte, stieß er sich in der Dunkelheit mehrmals den Kopf an Ästen, und seine Stiefel glitten im Schlamm aus. Malkar zu den Pferden bringen zu wollen, war hoffnungslos. Sie mussten auf jeden Fall warten, bis es dämmerte, um zu sehen, wohin sie traten. Er hoffte nur, dass es den Pferden an ihrem Platz gut ging.

»Du bist ja immer noch hier«, sagte Malkar mürrisch, als er zurückkehrte.

Kadevis rieb sich eine frische Schramme am Unterarm, die ein Ast hinterlassen hatte. »Ich bleibe bei Euch. Was glaubt Ihr denn? Dass ich mich gemütlich ins Bett lege, während Ihr allein im Wald sitzen müsst?«

Malkar erwiderte nichts, und so nahm Kadevis neben seinem Mentor Platz und lehnte den Rücken ebenfalls gegen die rauhe Eichenrinde. Seine Kleidung war ruiniert, aber das kümmerte ihn in diesem Moment nicht. Als ihm ein Windstoß ins Gesicht fuhr, zog er fröstelnd den Umhang enger um die Schultern. Noch waren die Sommernächte nicht so warm, dass man sie ohne zu frieren im Freien verbringen konnte.

Über ihm in den Blättern erzeugte der niederprasselnde Regen ein melodisches Rauschen. Trotz der Kühle und obwohl er wusste, dass das Wasser sie früher oder später erreichen würde, löste das Geräusch angenehme Erinnerungen in ihm aus.

»Ich kenne nichts, was so riecht wie der Wald bei Regen«, sagte Malkar plötzlich.

»Ich auch nicht«, erwiderte Kadevis ohne nachzudenken. Seine Gedanken waren eben in eine ähnliche Richtung gewandert. »Es ist, als würde man plötzlich all das Leben riechen, das in der Erde steckt.«

»Du bist ja ein Poet, Kadevis.« Lag Spott in der Stimme seines Mentors – oder so etwas wie Anerkennung?

Kadevis zog die Knie an, umschlang sie mit den Armen und bettete den Kopf darauf. Das Rauschen des Regens hatte etwas Einschläferndes. »Ich habe als Kind manchmal im Wald übernachtet«, sagte er.

»Ich auch.«

Kadevis hob den Kopf. »Wirklich?«

Malkar klang abwesend. »Meine Großmutter besaß ein

Landgut bei der Schwarzwasser-Schlucht, ganz nah bei den Wäldern. Dort war ich häufig im Hochsommer.«

»Gehört das Land nicht den Selviden?«

»Ja, inzwischen schon.«

Vergeblich versuchte sich Kadevis auszumalen, wie sein Mentor als kleiner Junge mit einer Decke und einem Strohkissen in den Wald zog, um sich in irgendeiner Kuhle einen Schlafplatz zu suchen. Es wollte ihm nicht gelingen, sich Malkar als Kind vorzustellen.

»Wart Ihr allein?«, fragte er.

»Wie bitte?«

»Als Ihr im Wald übernachtet habt. Allein macht es doch keinen Spaß. Ich war meistens mit Vesekir zusammen, manchmal auch mit ein paar Jungen von den umliegenden Höfen. Ab und zu waren sogar Mädchen mit dabei. Wir haben jede Menge unreife Äpfel gegessen und uns so lange gruselige Geschichten erzählt, bis niemand mehr schlafen konnte.« Obwohl es viele Jahre her war, schien die Erinnerung daran noch immer lebendig. »Natürlich haben wir damals die trockenen Nächte ausgesucht. Wie war es bei Euch?«

»Das überlasse ich deiner Fantasie.«

Malkar zog sein verletztes Bein an und suchte eine andere Position, ehe er es vorsichtig wieder ausstreckte. An seinem gepressten Atem hörte Kadevis, dass er noch immer Schmerzen hatte, aber offenbar war es ihm gelungen, Malkars Gedanken für ein paar Augenblicke auf etwas anderes zu richten. Jetzt, in Regen, Schmutz und Dunkelheit, schien es ihm, als wäre die Mauer zwischen seinem Mentor und ihm nicht so hoch wie sonst.

»Ich erzähle Euch immer nur von mir«, sagte Kadevis, »aber ich weiß noch kaum etwas darüber, wie Ihr aufgewachsen seid.«

»Darüber gibt es nichts Besonderes zu erzählen.«

»Ihr habt schon ein paar Mal von Eurer Großmutter gesprochen. Habt Ihr Euch gut mit ihr verstanden?«

»Kadevis, versuchst du mich auszuhorchen?«

»Oh, nein! Wirklich nicht. Ich wollte Euch bloß ein bisschen ablenken.«

Schweigen antwortete ihm, dann hörte er Malkar leise lachen. »Also schön. Denk nicht, ich wüsste das nicht zu schätzen. Aber über solche persönlichen Dinge spreche ich nicht, auch nicht mit dir.«

»Ich habe doch nur nach Eurer Großmutter gefragt.«

»Und ich habe nur gesagt, dass ich darüber nicht spreche.« Nach einer kurzen Pause fuhr Malkar fort: »Aber hör zu, Kadevis. Es ist viel zu nass und kalt zum Schlafen, und wir sollten wirklich zusehen, dass wir uns irgendwie die Zeit vertreiben. Spielen wir ein Spiel: Ich schildere dir etwas, und du musst erraten, was zuvor passiert ist. Du darfst mir nur Fragen stellen, die mit Ja oder Nein beantwortet werden können, einverstanden?«

12

Die Nacht zog sich. Der Regen hielt lange an, und nach einigen Stunden tröpfelte es von den Blättern der Eiche auch auf ihre Köpfe hinab. Der Boden weichte auf. Überall im Unterholz um sie plätscherte, rieselte und knackte es. Kadevis hatte die Kapuze des Umhangs über den Kopf gezogen und schmiegte sich an den Stamm der Eiche. Seine Nase und seine Finger froren, doch ansonsten hatte er sich an die Kälte gewöhnt. In der Schwärze der Nacht konnte er kaum irgendetwas erkennen, nur selten sah er durch die Zweige der Bäume und die Wolken einen einzelnen trüben Stern am Himmel aufglimmen.

Er war sehr müde, die Augen taten ihm weh. Von Zeit zu Zeit nahm er seine Kraft zusammen und stellte eine weitere Frage in Malkars Rätselspiel, und die erschöpfte Stimme seines Mentors antwortete ihm. Malkar kannte wirklich knifflige Rätsel, aber irgendwann hatte Kadevis keine Kraft mehr zum Nachdenken. Der Kopf sank ihm auf die Brust, und er schlief ein – ob nur für einige Augenblicke oder länger, wusste er nicht.

Er schrak auf, als ihn etwas an der Schulter berührte.

»He, Kadevis«, sagte Malkars Stimme, »was ist schwarz und färbt sich plötzlich rötlich?«

Kadevis sah die Antwort, sobald er die Augen öffnete: Die Morgendämmerung zog auf. Im nächsten Moment stand er auf den Beinen. Feucht klebten Tunika und Umhang an seinem Körper, und er rieb sich die Arme, um warm zu werden. Schon ließen sich Hell und Dunkel unterscheiden, und mit jedem Moment wurden die Formen um ihn herum deutlicher.

Malkar bot einen erbärmlichen Anblick: bleich, mit Ringen unter den Augen, das Haar klebte ihm im Gesicht, dunkel vom Regen. Doch als Kadevis ihn ansah, verzog er den Mund zu etwas, was ein Grinsen sein mochte. »Du musst früher tatsächlich häufig im Wald übernachtet haben, so tief, wie du geschlafen hast.«

»Gleich müsste es hell genug sein, um den Weg wieder zu erkennen.« Kadevis streckte ihm die Hand hin. »Soll ich Euch aufhelfen?«

»Zieh mir zuerst den Stiefel wieder an.«

Aber das war aussichtslos, wie Kadevis gleich darauf feststellen musste. Malkars Fuß war so dick angeschwollen, dass er nicht wieder in den Stiefel passte, egal, wie er sich bemühte. Nach ein paar vergeblichen Versuchen bedeutete ihm Malkar aufzuhören und presste zwischen den Zähnen hervor: »Lass es gut sein. Ich werde wohl in die Stadt reiten müssen wie ein barfüßiger, verdreckter Waldgeist. Jetzt gib mir deine Hand!«

Wieder brauchte Kadevis seine ganze Kraft, um seinen Mentor auf die Füße zu ziehen. Malkars Hände waren kälter als seine eigenen, und Kadevis fühlte, dass er zitterte. Es musste ihm schlechter gehen. Immerhin gelang es ihnen, zu den Pferden zurückzufinden. Kadevis half seinem Mentor in den Sattel. Es war eine lange und mühevolle Prozedur, und als er endlich auf dem Pferderücken saß, sah Malkar aus, als wolle er jeden Moment ohnmächtig werden. Er klammerte sich in die Mähne des Grauen und murmelte: »Lass uns schnell aufbrechen. Je früher wir die Stadt erreichen, desto weniger Menschen werden mich so sehen.«

Aber als sie endlich durch das Stadttor ritten, waren mehrere Stunden vergangen, und die Sonne stand schon hoch am Himmel. Einige Gedanken hatten für den Moment sogar die Erinnerung an Lerinas Gesicht aus Kadevis' Kopf verdrängt: etwas Warmes essen, ein heißes Bad nehmen und, noch wichtiger, einen Heiler für Malkar holen, um den er sich inzwischen ernsthafte Sorgen machte. Das letzte Wegstück über hatte sein Mentor überhaupt nicht mehr gesprochen. Er hatte sich nur kurz vor dem Stadttor die Kapuze seines schlammigen Umhangs tief ins Gesicht gezogen und tat seitdem so, als würde er keinen der Menschen sehen, die ihnen auf der Straße begegneten.

Siadan, Malkars Diener, kam auf Kadevis' Klopfen aus dem Haus gestürzt, so schnell es seine alten Beine zuließen, und riss erschrocken die Augen auf, als er sie sah. Mit seiner Hilfe verfrachtete Kadevis Malkar ins Haus, und gleich darauf lief er schon wieder die Straße hinunter, auf dem Weg zum Haus des Heilers. Er hatte sich gerade einmal genug Zeit genommen, um seine Hose und den zerschnittenen Umhang zu wechseln.

Denselben Heiler hatte er damals auch für Verim Velmarun geholt, er wohnte am nächsten. Glücklicherweise sah Malkar nicht aus, als müsse er sterben!

Der Heiler blieb eine Weile bei Malkar, und Kadevis nutzte die Gelegenheit, um sich zu waschen, vollständig umzuziehen und sich drei Teller schönen, heißen Eintopf von der Köchin vorsetzen zu lassen. Während er den Eintopf löffelte, bestand sie darauf, dass er ihr alles erzählte, was vorgefallen war. Obwohl er die Wahrheit ein wenig zu Malkars Gunsten verbog, sah er am Zucken ihrer Lippen, dass sie am liebsten über die Ungeschicklichkeit ihres Herrn in Gelächter ausgebrochen wäre.

Nach dem Essen wäre er gern ins Bett gekrochen, um dort den Rest des Tages zu verbringen, aber Siadan kam in die Küche und richtete ihm aus, Malkar wolle ihn sehen. Inzwischen sah sein Mentor viel besser aus, gewaschen und gekämmt lehnte er auf dem Sofa im Salon, eine Decke über den Beinen und den verletzten Fuß auf mehrere Kissen gebettet. Blass war er immer noch, und er blinzelte müde, als Kadevis zu ihm trat.

»Was hat der Heiler gesagt?«

Malkar winkte ab. »Er will in ein paar Tagen wiederkommen, wenn die Schwellung zurückgegangen ist. Bis dahin soll ich den Fuß hochlegen und kühlen. Das Geld hätte ich mir sparen können – so viel verstehst sogar du von Heilkunst. Ich hätte einen von den laidonischen Heilern kaufen sollen, die auf dem letzten Kriegszug gefangen genommen worden sind, als ich die Gelegenheit dazu hatte. Die verstehen wenigstens ihr Handwerk.«

»Kann ich irgendetwas für Euch tun? Soll ich Lindblatt besorgen?«

»Das kann Siadan machen. Aber ich habe tatsächlich einen Auftrag für dich. In meinem Arbeitszimmer findest du einige Unterlagen, die meine Klientin Juma Kalima bald erhalten sollte. Es ist eine dunkelbraune Ledermappe. Da ich sie ihr nun leider nicht selbst bringen kann, werde ich dir den Weg beschreiben. Außerdem ist es an der Zeit, dass Kalima einen Gefallen einlöst, den sie mir noch schuldet. Du wirst jemanden brauchen, der sich während deiner Ehrenwache für dich verbürgt, und der Rang deines Cousins wird dazu nicht genügen. Ich selbst werde wohl eine Weile auf das Vergnügen verzichten müssen, den Ratssitzungen beizuwohnen.«

An die Ehrenwache hatte Kadevis überhaupt nicht mehr

gedacht, und er wusste nicht, ob ihn die Aussicht begeisterte, bis zum Einbruch der Dunkelheit vor dem Ratssitz herumzustehen und den Diskussionen der Großen Namen zuzuhören. Was, wenn er nicht verstand, worüber sie sprachen? Er hatte den Verdacht, es könne der langweiligste Nachmittag seines Lebens werden. Aber er sagte nur: »Ich verstehe.«

Malkar nickte. »Auch wenn die nächste Ratssitzung erst in zwei Wochen stattfindet, solltest du Kalima möglichst noch heute aufsuchen, um alle Formalitäten zu klären. Willst du gleich aufbrechen oder dich erst etwas hinlegen? Nach der langen Nacht musst du müde sein, auch wenn du definitiv mehr geschlafen hast als ich.«

»Nein, es geht mir gut.« Kadevis zögerte. »Ich habe Euer letztes Rätsel noch immer nicht gelöst.«

Malkars Mundwinkel verzogen sich kaum sichtbar. »Dann denk weiter darüber nach.«

»Werde ich. Dann … äh … lasse ich Euch mal allein. Gute Besserung, Meister Malkar.«

Kadevis hatte sich bereits zum Gehen gewandt, als sein Mentor leise sagte: »Warte einen Moment.«

»Ja?«

Kadevis kehrte zum Sofa zurück. Zum ersten Mal hatte er den Eindruck, dass Malkar mit den Worten kämpfte, als er sagte: »Dass du im Wald bei mir geblieben bist, die ganze Nacht über. Dass du versucht hast, mich abzulenken … all das, obwohl ich dich aufgefordert hatte, in die Stadt zurückzukehren. Ich möchte dir dafür danken.«

Kadevis schüttelte den Kopf. »Aber wieso denn? Das war doch selbstverständlich. Jeder an meiner Stelle hätte das so gemacht.«

Malkar musterte ihn. In seinen sonst so durchdringenden Augen lag ein fremder Ausdruck. War er etwa traurig? Oder zeichneten sich einfach die Erschöpfung und die Schmerzen auf seinem Gesicht ab? »Wie du meinst«, sagte er schließlich. »Dann sollte ich meinen Dank wohl zurücknehmen?«

»Oh, ist schon gut.« Einen Moment lang fühlte sich Kadevis unbehaglich, ohne recht zu wissen, weshalb, aber dann lächelte er und die Anspannung fiel von ihm ab. »Ich hab's gern getan. Aber wenn wir das nächste Mal im Wald übernachten, sollten wir uns eine trockene Nacht aussuchen.«

»Und unreife Äpfel essen und gruselige Geschichten erzählen.« Auch Malkar lächelte jetzt.

Als Kadevis die Treppe hinaufstieg, um die Ledermappe zu holen, von der sein Mentor gesprochen hatte, war er von einer sonderbaren Leichtigkeit erfüllt. Malkar würde sich von seiner Verletzung erholen, davon war er überzeugt. Und was noch wichtiger war, diese Nacht hatte etwas zwischen ihnen verändert. Er war nicht länger der törichte Schüler und Malkar der überlegene, unnahbare Mentor, der ihn nach Belieben herumscheuchen und herunterputzen würde. Während er getan hatte, was er für richtig hielt, hatte Kadevis sich gar keine Gedanken gemacht, was es mit sich bringen mochte, aber Malkar war ihm dankbar. Er spürte, sein Verhältnis zu Malkar war nicht mehr dasselbe.

Es fiel schwer, weiterhin so zu jemandem aufzublicken, mit dem er eine Nacht lang in Schlamm und Regen unter einem Baum gesessen hatte. Noch immer bewunderte er Malkar, nicht zuletzt für seine Selbstbeherrschung trotz seiner Schmerzen während dieser Nacht, doch er hatte keine Angst mehr vor ihm. Ja, Angst – erst jetzt wurde ihm bewusst, dass er sich während der letzten Wochen jeden

Tag gefürchtet hatte. Es tat gut, dass die Angst fort war. Kadevis war, als würde die Sommersonne jetzt in jeden Teil seiner Seele scheinen. Er lief die Treppe hinab, Malkars Mappe unter den Arm geklemmt, und musste sich zusammennehmen, um nicht zu hüpfen und zu pfeifen.

Der Tag der Ehrenwache war gekommen, und Juma Kalima hatte sich bereit erklärt, sich für Kadevis zu verbürgen. Am Morgen, als er sie mit Malkars Unterlagen in ihrem Haus aufgesucht hatte, hatte sie ihn gefragt, ob er wisse, was gut für ihn sei. Im ersten Moment hatte er nicht begriffen, was sie meinte, doch dann war es ihm klar geworden: Es ging um den Morgen nach Malkars Feier, als er gesehen hatte, wie sie aus dem Zimmer seines Mentors gekommen war. Ja, hatte er geantwortet. Seitdem hatten sie kein Wort über Malkar verloren, und so sah Kadevis jetzt unbehaglich zu, wie sich Kalima von ihrem Ehemann und ihrer kleinen Tochter verabschiedete.

Er hatte geglaubt, bereits das meiste über die Ratssitzungen zu wissen, denn schließlich gehörten sein Onkel und seine Tante dem Rat an. Als er nun die erste Sitzung selbst miterlebte, war er überwältigt von der Anzahl der bedeutenden Namen, die sich versammelt hatten, verwirrt von den vielfältigen Themen der Tagesordnung und benommen von der verbrauchten Luft im Ratsgebäude. »Ein Ratsherr braucht einen gut gepolsterten Hintern und das Gemüt eines Ackergauls«, pflegte Onkel Makis zu sagen. Zu allem Überfluss verlangte die Tradition von Kadevis, die Sitzung stehend zu verbringen, während die regulären Ratsmitglieder saßen. Solange er selbst nicht dem Rat angehörte, durfte er sich glücklich schätzen, den endlosen Reden und Diskussionen zuhören zu dürfen, im Halbdunkel des Eingangsbereichs. Nach einer Weile schmerzten seine Beine unerträglich.

In den Pausen kam Juma Kalima zu ihm, verlangte von ihm, dass er ihr die Namen derjenigen wiederholte, die gesprochen hatten, und den Inhalt ihrer Reden zusammenfasste, damit sie überprüfen konnte, dass er alles verstanden hatte. Mit Augen hart wie Kieselsteine hörte sie ihm zu und unterbrach ihn alle paar Augenblicke, um ihn zu korrigieren. Die ganze Zeit über musste Kadevis daran denken, dass sie Malkars Geliebte war. Oder sollte man vielleicht besser sagen, er war *ihr* Geliebter? Immerhin hatte Kalima im Rat den höheren Rang inne. Sicher war sie schön, sehr sogar, und sie duftete nach dem teuersten Rosenöl, aber dennoch – wie kam jemand auf den Gedanken, sich so einer Frau freiwillig auf mehr als fünf Schritte zu nähern?

Zum Glück leistete ihm Akama während des langen Nachmittags Gesellschaft. Es war auch der Tag seiner Ehrenwache. Zur großen Verwunderung des Rats war diesmal Talvar erschienen, um seinen Sitzplatz einzunehmen. Hatte er sich etwa zu Herzen genommen, was Malkar auf seinem Landgut über ihn gesagt hatte? Kadevis sah verstohlen zu ihm hinüber. Talvar, wie immer hinter seinem schwarzen Schleier verborgen, saß ein wenig abgesondert von den anderen Ratsmitgliedern und folgte den Diskussionen schweigend. Akama sagte, dass Talvar seinetwegen die Strapazen der Sitzung auf sich nahm, damit er, sein Schützling, der Tradition gemäß seine Ehrenwache halten konnte. Kadevis, der miterlebt hatte, wie Malkar die Angelegenheit auf seiner Feier mit mehreren Ratsmitgliedern abgeklärt hatte, bevor er selbst heute hier stehen durfte, war sich sicher, dass Talvar das für Akama nicht getan hatte. Blieben deshalb die Sitzbänke rings um ihn so auffallend leer? Und niemand beachtete Akama, nicht einmal die Mitglieder seiner eigenen Familie. Kadevis war der Einzige, der mit ihm sprach. *Malkar hat recht, dachte er, ein Mentor wie Talvar wird Akama bei seinem Weg in die Politik keine große Hilfe sein.*

Die Sitzung endete erst, als die Abendsonne die Dächer der Häuser berührte. Talvar gehörte zu den Ersten, die den Ratssitz verließen. Die gebeugte Körperhaltung verriet seine Erschöpfung. Während er sich sofort entfernte, ohne noch mit jemandem zu plaudern, blieben die meisten anderen noch in Grüppchen stehen, als hätten sie die ganze Zeit über noch nicht genug geredet. Als Talvar auf sie zukam, wollte Akama ihn stützen, doch seine Aufmerksamkeit galt allein Kadevis.

»Kadevis, ich freue mich, dich zu sehen.« Talvar fasste ihn bei der Schulter. Durch den Stoff seiner Tunika spürte Kadevis den sanften, leicht feuchten Griff. Warum musste ihn der Mann nur ständig anfassen?

»Freut mich auch.« Kadevis widerstand der Versuchung, einen Schritt zurückzutreten. »Wie fühlt Ihr Euch? Es geht Euch sicher besser, wenn Ihr heute hergekommen seid«, schloss er etwas lahm.

»Ja, danke«, sagte Talvar nur. »Um ehrlich zu sein, ich hatte gehofft, dich zu treffen, damit ich dich persönlich sprechen kann. Ist dein Mentor nicht hier?«

Davon hatte Talvar also noch nichts erfahren? »Er hat einen schlimmen Fuß und konnte nicht kommen. Ich bin mit Juma Kalima hier, sie hat sich für mich verbürgt.«

Talvar ließ seine Schulter los. Kadevis sah, wie er sich mit einem kurzen Blick überzeugte, dass Kalima ihnen keine Aufmerksamkeit schenkte. Sie stand noch im Halbdunkel des Ratssitzes und unterhielt sich mit mehreren Männern. Obwohl sie die kleinste und schlankste Person der Gruppe war, schienen ihr alle in respektvollem Schweigen zuzuhören.

»Kadevis«, begann Talvar von neuem, »ich möchte dich einladen, mich nächste Woche zu besuchen. Passt es dir am Wassertag? Du kannst ein oder zwei Nächte bleiben, wenn du möchtest und dein Mentor einverstanden ist.«

»Das ist ja zur Sonnenwende! Ich weiß nicht …«

»Oh, das tut mir leid. Wie dumm von mir, natürlich hast du dich schon mit deinen Freunden verabredet, um zu feiern.«

»Um ehrlich zu sein, darüber habe ich noch gar nicht nachgedacht.« Jetzt, da er es aussprach, kam es Kadevis selbst sonderbar vor. Wie hatte er früher, als er noch bei seiner Tante gewohnt hatte, immer auf dieses Fest gewartet! Und nun hatte er es beinahe vergessen bei all der Arbeit, mit der Malkar ihn eindeckte.

»Dann hast du also Zeit?«

»Ich bin nicht sicher. Ich müsste meinen Mentor fragen …« Während des Sonnenwendfestes in der Stadt zu bleiben war ein ungewohnter Gedanke. Wie feierte man hier, in diesen vornehmen Häusern, in all der feinen Kleidung? Auf dem Landgut seiner Tante hatte es große Feuer gegeben, Tänze, Theaterstücke, die jedes Jahr aufgeführt wurden, um die Blut- und Wintergeister zu bannen, und deren traditionelle Kampfeinlagen früher oder später jedes Mal in Raufereien ausarteten. Dazu floss Wein, eine besondere Sorte, die für das Fest mit Blütenblättern und Honig versetzt wurde. Kadevis konnte sich nicht vorstellen, dass es irgendetwas davon geben würde, wenn er die Mittsommernacht mit Malkar verbrachte. Und seine Familie würde er vermutlich ohnehin nicht sehen, weil Onkel Makis in Laidon war und Vesekir in der Stadt wie er selbst. Der Gedanke stimmte ihn ein bisschen traurig.

»Auf meinem Landsitz wird nicht häufig gefeiert«, fuhr Talvar fort, »aber das Mittsommerfest halten wir in Ehren, allein schon wegen der Arbeiter. Takis würde sich auch über deinen Besuch freuen, genauso wie Akama – nicht wahr, Akama? – und Lerina. Und ich selbst natürlich auch. Du weißt, dass wir nur selten Gäste haben.«

Lerina würde sich freuen! Wahrscheinlich sagte ihr Vater das nur so, trotzdem brauchte Kadevis nicht mehr zu hören. Auf einmal war er überzeugt, er werde den Besuch schon irgendwie einrichten können.

Der Heiler hatte zu Malkar gesagt, er solle mindestens vier Wochen lang liegen oder zumindest ruhig sitzen und seinen Fuß nicht bewegen. Wahrscheinlich habe er sich nichts gebrochen, aber so sicher könne man auch nicht sein, die Zeit müsse es zeigen. An diese Anweisungen hatte sich Malkar einige Tage lang gehalten; anschließend hatte er damit begonnen, durchs Haus zu hinken, auf einen Stock gestützt, und Kadevis, seinen Diener und die Köchin mit Aufträgen aller Art hier- und dorthin zu jagen. Es war, als hätte sich eine schwarze Sturmwolke über seinem Kopf zusammengezogen, die ihn bei jedem Schritt begleitete. Aber seine gereizte Stimmung imponierte Kadevis nicht besonders. Auch er selbst hätte sich an Malkars Stelle schlecht gefühlt: nur humpeln zu können und drinnen herumzusitzen, während draußen vor den Fenstern Sommer war! Bereitwillig tat er alles, was sein Mentor von ihm verlangte.

Zwar verließ Malkar das Haus nicht, empfing aber häufig Besuche und ließ sich über das, was in der Stadt vor sich ging, auf dem Laufenden halten. Er arbeitete wieder an dem Prozess seiner Klientin Juma Kalima. Die Anklage hatte nach Velmaruns Tod einen neuen Redner gefunden, und Malkar hatte gesagt, sein Fuß werde ihn nicht davon abhalten, vor Gericht aufzutreten und den Gegner in die Schranken zu weisen. Oft brannte die Öllampe in seinem Arbeitszimmer noch, wenn Kadevis zu Bett ging.

Nach der Ratssitzung hörte sich Malkar mit großem Interesse Kadevis' Bericht an und überhäufte ihn mit Fragen, die er nur mit Mühe beantworten konnte. Er wusste kaum noch, wie die lange Debatte über die Befestigung der Straße Richtung Schlucht ausgegangen war, und empfand eine leichte Beunruhigung bei dem Gedanken, dass man irgendwann vielleicht auch von ihm selbst zu solchen Themen eine Meinung erwarten würde.

»Hast du dich mit Juma Kalima verstanden?«, fragte Malkar. Sie saßen nebeneinander auf dem vhaskalanischen Sofa, und Kadevis hätte seine schmerzenden Füße am liebsten hochgelegt.

»Sie war ziemlich streng mit mir.«

»Das will ich hoffen. So ist es üblich bei der Ehrenwache. Nun, es ist gut, dass du sie näher kennengelernt hast. Sie wird früher oder später Kanzlerin werden, da gibt es keinen Zweifel, und den Nutzen solcher Bekanntschaften kannst du gar nicht hoch genug einschätzen.«

Jetzt, da in seinem Kopf die Gedanken an Lerina wirbelten, fragte sich Kadevis erneut, was Malkar eigentlich mit dieser Kalima verband. Mochte er sie, liebte er sie vielleicht und musste es geheim bleiben, weil Kalima verheiratet war? Oder war es nur das, wonach es sich in diesem Augenblick anhörte: eine nützliche Verbindung? So oder so, zum ersten Mal kam Kadevis der Gedanke, dass sein Mentor vielleicht einsam war. Das große Haus, so viele Bekannte, jede Menge Arbeit. Aber wer war gekommen, um sich nach Malkars Zustand zu erkundigen, nachdem er sich verletzt hatte? Sicher, viele hatten an die Tür geklopft, aber sie brachten ihm Gerichtsakten oder Informationen, und sie blieben nicht lange. Selbst seine Mutter hatte sich kein einziges Mal blicken lassen.

»Wie geht es eigentlich Eurem Fuß?«, fragte Kadevis.

Malkar runzelte die Stirn. »Wo bist du bloß mit deinen Gedanken, Grünschnabel? Ich versuche gerade, dir etwas Wichtiges über Politik beizubringen.«

»Oh, tut mir leid. Möchtet Ihr einen Tee?«

»Meinetwegen hol mir einen Tee, wenn du dich dann besser fühlst, und lass uns anschließend weiterreden.«

Er hat nur mich, dachte Kadevis, während er wenig später zusah, wie Malkar an seiner dampfenden Tasse nippte. *Ich kann ihn beim Mittsommerfest nicht allein lassen, er würde ja nicht einmal den Weg bis zu Liddas Absteige schaffen, um da mit ein paar Leuten zu feiern.*

»Übrigens bin ich nach der Ehrenwache Talvar begegnet. Er hat mich auf seinen Landsitz eingeladen, um bei ihm das Mittsommerfest zu feiern. Aber ich werde nicht hingehen.«

Malkar blickte auf. »Weshalb nicht?«

Was er gerade gedacht hatte, konnte Kadevis ihm schlecht sagen. »Ach, wisst Ihr, ich war während Mittsommer bisher immer auf dem Land. Ich möchte dieses Mal in der Stadt bleiben.«

»Das ist der dümmste Grund, den ich jemals gehört habe. Hast du darüber nachgedacht, was für eine Gelegenheit sich dir bietet? Das Mittsommerfest wird nicht nur Talvar selbst, sondern auch seinen gesamten Haushalt ablenken.

So ungestört wirst du vermutlich zu keinem anderen Zeitpunkt in seinem Haus herumstöbern können.«

»Und was ist mit Euch?«

»Wie meinst du das?«

»Ich … ach, vergesst es.«

»Gut. Dann wirst du ihm rasch ausrichten lassen, dass du die Einladung annimmst.« Malkar setzte die Teetasse ab, und sein durchdringender Blick tastete Kadevis ab, vom Haar bis zu den Stiefeln. »Du scheinst ja immer noch zu zögern. Ich muss dir eine Frage stellen.«

»Worum geht's?«

»Du hast mir gesagt, Talvar habe sich dir gegenüber sonderbar verhalten. Was genau hat er getan? Hat er dich vielleicht angefasst?«

Wieso sprach Malkar nun davon? »Ja, auf Eurer Feier zum ersten Mal, und vorhin schon wieder … Augenblick mal, was wollt Ihr damit sagen?«

Malkars Miene war undurchschauber. »Talvar und sein Handlanger, Verim Velmarun, sind gemeinsam aufgewachsen und waren immer unzertrennlich – im Rat, vor Gericht und im Bett. Jeder in der Stadt wusste das. Nach Velmaruns Tod muss die alte Schleiereule recht einsam sein. Seine Ehefrau kann ihm bestimmt nicht geben, was ihm fehlt. Nun, wenn es das ist, dann kann ich verstehen, dass du zögerst, seine Einladung anzunehmen.«

Kadevis schnappte nach Luft. »Also *ich* wusste nichts von ihm und Velmarun! Soll das heißen …? Nein, das glaube ich nicht! Das war bestimmt nicht der Grund, warum er … Liebe Güte, meint Ihr wirklich, dass er mich deswegen eingeladen hat?«

»Das ist nur eine Vermutung. Aber Talvars Vorlieben könnten einen Vorteil für uns bedeuten, meinst du nicht?«

Sehr zu Kadevis' Missfallen konnte das Talvars Verhalten ihm gegenüber tatsächlich erklären. Und es beantwortete eine der Fragen, die sich Kadevis seit seiner ersten Begegnung mit Talvar gestellt hatte: warum er bei Velmaruns Tod so rasch vor Ort gewesen war. Wahrscheinlich hatte er sich vor oder nach einem Treffen mit seinem Liebhaber in der Nähe aufgehalten. »Ich sehe darin ganz sicher keinen Vorteil!«

Malkar verrührte sorgfältig die Gewürze in seinem Tee und sagte wie beiläufig: »Weißt du, Kadevis, der Unterschied eines solchen Vorgehens zur Politik ist eigentlich minimal. Beim ersten Mal ekelt es uns an, etwas zu tun, was wir eigentlich gar nicht wollen. Aber man beißt die Zähne zusammen und erträgt es. Beim zweiten Mal fällt es bereits leichter, und beim dritten Mal ist es schon beinahe so etwas wie eine Gewohnheit geworden.«

Kadevis starrte ihn an. »Ich kann nicht glauben, dass Ihr das gerade wirklich gesagt habt!«

Sein Mentor erwiderte den Blick nur schweigend.

»Ihr könnt nicht ernsthaft meinen, dass ich mit Talvar …«

»Wenn meine Vermutung stimmt, wüsste ich nichts, was dir einen größeren Vorteil verschaffen könnte. Wenige Bindungen sind so stark wie diese; und wenige Menschen haben einen so eigenständigen Verstand, dass sie sich nicht von Zuneigung zu denjenigen manipulieren lassen, zu denen sie eine körperliche Beziehung pflegen. Außerdem ist kaum eine Gelegenheit so günstig, um etwas Nützliches über andere Menschen zu erfahren, wie wenn sie die meisten Arten von Hüllen abgelegt haben, mit denen sie sich sonst umgeben.«

Kadevis sprang auf. Er konnte nicht länger neben Malkar

sitzen bleiben. Natürlich, er wusste, dass es Männer gab, deren Beziehung untereinander über Freundschaft hinausging, auch Frauen, obwohl man im Tal selten darüber sprach. Wenn Talvar zu diesen Männern gehörte, war es seine Sache, aber er selbst – nein, allein der Gedanke!

Wieso nur ließ sich die kleine Stimme in ihm, die Malkars Argumentation zustimmte, nicht zum Schweigen bringen? Wenn Talvar eine Frau gewesen wäre, hätte er vielleicht, aber nur vielleicht …

»Nein! Ich kann das nicht tun«, sagte er. Sein Herz hämmerte. »Nicht mit einem Mann.«

Eine Spur von Ärger lag in Malkars Stimme, als er antwortete: »Du kannst, wenn du dich zusammennimmst und diese kindischen Vorstellungen fallen lässt. Was wird schon von dir erwartet? Talvar wird selbst wissen, was zu tun ist.«

»Ich kann das nicht tun«, wiederholte Kadevis. »Ich wüsste überhaupt nicht, wie.«

Malkar griff nach seinem Stock und stemmte sich hoch. Ehe Kadevis auch nur auf den Gedanken kam, vor ihm zurückzuweichen, hatte er ihn mit der freien Hand beim Hinterkopf gefasst und zog ihn an sich. Sein Mentor küsste ihn, wie er bisher nur von einer Frau mit eindeutigen Absichten geküsst worden war, und Kadevis war so überrumpelt, dass er sich nicht einmal losreißen konnte. Als sich Malkar schließlich von ihm löste, fühlte er sich wie mit einem Eimer Eiswasser überschüttet.

»Siehst du?«, sagte Malkar. »Es ist Übungssache. Alles andere ebenfalls.«

Kadevis wusste nicht, was er antworten sollte. Ohne ein Wort drehte er sich um und rannte in die Küche, um sich den Mund auszuspülen.

13

Um gut auszusehen und gut zu riechen, badete Kadevis, anschließend wusch er sich die Haare und strich großzügig Duftöl hinein. Er hatte es wohl übertrieben, denn hinterher sah er eher schlimmer aus als vorher. Fluchend wusch er sie erneut und schwang sich mit nassem Haar aufs Pferd, um Talvars Landgut rechtzeitig zu erreichen. Im Galopp brachte er das erste Stück des Weges hinter sich, aber dann zügelte er die Stute. Das Tier durfte nicht zu müde werden, immerhin lag eine weite Strecke vor ihm.

Am frühen Morgen hatte es geregnet, doch bereits jetzt hatte die Sonne die meisten Pfützen auf den Wegen aufgesogen. Auch Kadevis' Haare trockneten rasch. Ein besseres Wetter für eine Mittsommerfeier konnte man sich kaum denken: Die Sonne brannte vom wolkenlosen Himmel, das Gras duftete, und die Grillen zirpten. Kadevis freute sich darauf, Lerina wiederzusehen, Akama, Takis. Nur der Gedanke an Talvar erfüllte ihn mit Unbehagen. Besser ging er dem Mann aus dem Weg, so gut er konnte.

Und dann musste er versuchen, irgendwie die geraubten Statuen zu finden. Bei dem Gedanken seufzte er unwillkürlich. Wenn es ihm gelang, die Beutestücke aus Kyma tatsächlich aufzutreiben, musste er sich auch wieder mit der Frage auseinandersetzen, ob Talvar seine Eltern getötet hatte. Lieber wäre es ihm gewesen, nicht weiter in der Vergangenheit herumzubohren. Wie die Dinge jetzt standen, waren sie schwierig genug. Malkar behauptete nach wie vor, es liege in Kadevis' eigenem Interesse, herauszufinden, was damals auf Kyma geschehen war. Aber stimmte das wirklich? War es nicht vielmehr Malkar, der plante, Talvar wieder vor Gericht zu bringen, sobald Beweise für seine Schuld gefunden waren? Malkar war Gerichtsredner, er musste Prozesse gewinnen, möglichst aufsehenerregende Prozesse. Kadevis war sich immer sicherer, dass das Finden dieser Beweisstücke für Malkar mindestens ebenso wichtig war wie für ihn. Es gefiel ihm nicht.

Überhaupt, diese Sache mit seinem Mentor war verrückt! Er hatte Angst vor ihm gehabt, hatte ihn bewundert, sich über ihn geärgert, hatte von Herzen gehofft, sich mit ihm anfreunden zu können, sogar geglaubt, dass das wirklich geschehen war, nachdem sie zusammen diese Nacht im Wald hinter sich gebracht hatten. Aber jetzt? Wie hatte Malkar nur diese Dinge zu ihm sagen können, wie hatte er … sich so verhalten können? Die Erinnerung an diesen unseligen Kuss, erst recht an Malkars prüfenden und zugleich ausdruckslosen Blick, als er ihn wieder freigegeben hatte, ließ Kadevis noch immer, Tage später, schaudern.

Er verstand Malkar nicht, das wusste er jetzt, er hatte ihn nie verstanden, sich das höchstens eingebildet. Sein Mentor lebte in einer fremden Welt. Er verlangte allen Ernstes, dass sein Schützling mit einem Mann schlief, um sich einen Vorteil zu verschaffen. Malkar hatte das getan, daran zweifelte Kadevis keinen Moment, wahrscheinlich mehrfach, und vermutlich hatte er sich dabei nicht besser gefühlt als Kadevis bei dem bloßen Gedanken. Hatte er mit Kalima auch nur aus Berechnung geschlafen? Geschicke, wie war das möglich? Wie konnte ein Mensch das tun, für einen bloßen Vorteil? War dieser Vorteil denn so viel wert und das, was man selbst fühlte, so wenig?

Von einem Moment auf den anderen hatte er aufgehört, Malkar zu bewundern. Er wünschte sich nicht einmal mehr, sein Freund zu werden. Wie gut, dass er heute das Stadthaus seines Mentors verlassen konnte, dass er unter dem freien Himmel ritt. Am liebsten wäre er gar nicht wieder zurückgekehrt. Aber noch war er von ihm abhängig, und schließlich hatte er die letzte Zeit in Malkars Haus auch hinter sich gebracht.

Und wenn er sich selbst gegenüber ehrlich war – die Frage, ob Talvar am Tod seiner Eltern Schuld trug, ließ ihn jenseits aller Spielchen von Malkar nicht gleichgültig. War er der Sohn einer inkompetenten Feldherrin oder einer, die von ihrem Vertrauten verraten worden war? Er wusste nicht, welche Antwort ihm weniger gefallen würde, aber zugleich spürte er, dass er die Augen vor einer Wahrheit, die ihn unmittelbar betraf, nicht verschließen konnte. So unangenehm es ihm auch war, er würde tun, was sein Mentor verlangte und nach dieser verwünschten Kriegsbeute suchen, um Gewissheit über Talvar zu haben.

Am frühen Nachmittag erreichte er Talvars Landsitz. Girlanden aus Laub, von denen bunte Bänder wehten, schmückten das Eingangstor, und während das Anwesen bei seinem letzten Besuch beinahe verlassen gewirkt hatte, liefen nun zahllose Menschen in der einfachen Kleidung von Arbeitern und Dienern vor dem Haus umher, schleppten Töpfe, die sie in Decken gewickelt hatten, Brennholz und Kisten. Es waren zwar viel weniger, als Kadevis es von seiner Tante gewöhnt war, aber er spürte gleich, dass hier dieselbe Art freudiger Aufregung herrschte, die er von den Festen zu Hause kannte.

Ein Mann nahm ihm das Pferd ab und sagte zu ihm, der Hausherr erwarte ihn drinnen, aber Kadevis war nicht danach, gleich zu Talvar zu gehen. Stattdessen blieb er vor dem Haus stehen und blickte sich um. Immer, wenn er aufs Land kam, fühlte sich sein Herz leicht und schwer zugleich an, und er wusste nicht, ob er das Gefühl loswerden oder behalten wollte. Bei seiner Tante war das Feuer auf dem Mittsommerfest immer auf einem Feld angezündet worden, das zu jener Zeit brachlag, in einem Ring aus Steinen, die es daran hindern sollten, sich auf das trockene Gras im Umkreis auszubreiten. Kadevis ging um Talvars Haus herum, und als ihn niemand beachtete, begann er die nähere Umgebung abzusuchen, hielt Ausschau nach einem Holzhaufen. Da das Anwesen auf einer Anhöhe lag, konnte er die umliegende Gegend gut sehen. Sein Blick wanderte über kleine, verwilderte Obstwiesen, große Weiden, auf denen nur zwei oder drei Pferde grasten, und blieb an einer Anbaufläche mit den Olivenbäumen hängen, von denen Talvar gesprochen hatte. Obwohl Kadevis kein Fachmann für Oliven war, bemerkte er, dass das silberne Laub der Bäume weniger dicht wuchs, als es sollte, und an einigen Stellen einen seltsamen, gelblichen Glanz aufwies.

Ihm fiel das Gespräch wieder ein, das er mit Malkar geführt hatte, als sie von Talvars Landgut weggeritten waren: Hier stimmte etwas nicht, selbst mit den Olivenbäumen, daran konnte es keinen Zweifel geben.

Kadevis wandte sich von dem traurigen Anblick ab und zwängte sich durch eine Hecke, um eine Abkürzung zurück zum Haus zu nehmen. Er kam auf einer verwilderten Wiese irgendwo auf der Waldseite des Gebäudes aus. Vor sich im hohen Gras hörte er ein Rascheln, und im nächsten Moment sprang unter lautem Gebell ein gefleckter Hund daraus empor. Unwillkürlich wich Kadevis zurück – er glaubte, das Tier wolle ihn anfallen –, aber dann umkreiste ihn der Hund nur, wobei er weiterbellte und ihn halb neugierig, halb misstrauisch beobachtete. Es war ein junger Hund, der ihm nur bis zu den Knien reichte, noch etwas ungeschickt auf seinen breiten Pfoten.

»He, guter Junge!« Kadevis ging ein wenig in die Knie und streckte dem Hund seine Hand hin, damit er an ihm schnuppern konnte. Geduckt näherte sich das Tier.

Dem Hund schien eine Nase voll seines Geruchs zu genügen, um sich zu überzeugen, dass er keinen gefährlichen Eindringling vor sich hatte, denn im nächsten Moment schnellte er herum und fegte durch das Gras davon, wie er gekommen war.

»Philosoph, kommst du her! Wer ist da? Takis, bist du das?«

Kadevis erkannte die Stimme augenblicklich. Kurz war er versucht, wieder zurück durch die Hecke zu verschwinden, aber nachdem ihn der Hund bereits gestellt hatte, kam das wohl nicht mehr in Frage. Also verließ er die Deckung der Hecke und schlenderte mit aller Selbstverständlichkeit, die er aufbieten konnte, auf die Wiese hinaus.

»Hallo, Lerina.«

Sie hatte auf einer Bank hinter einem Gebüsch gesessen. Als er sie ansprach, sprang sie auf und starrte ihn an.

»Kadevis? Ich wusste gar nicht, dass du schon … Was schleichst du dich denn von hinten heran und erschreckst meinen Hund?«

»Na hör mal, mir hat der Hund wohl den größeren Schreck eingejagt! Er heißt Philosoph? Das ist ein interessanter Name. Meine Tante hat unseren Hund immer nur Biest genannt.« Kadevis hatte Mühe, sich selbst zuzuhören, während irgendwelche Worte aus seinem Mund sprudelten. Lerina trug die Haare offen, über den Schultern wurde ihr

Gewand nur von zwei Spangen zusammengehalten. In einer Hand hielt sie einen unförmigen, fleckigen Beutel. Und sie hatte nackte Füße, Erde an den Zehen. Ganz offensichtlich war sie nicht auf Besuch vorbereitet, doch sie schien sich für ihr Aussehen vor ihm nicht zu schämen, und Kadevis glaubte kaum, dass sie ihm mit hochgestecktem Haar und einem vornehmen Gewand besser gefallen hätte. Sie sah aus wie der Sommer selbst.

Der junge Hund umkreiste jetzt seine Herrin, ab und zu wagte er auch, sich Kadevis zu nähern. Als er ihn einmal mit der Nase ans Knie stieß, nutzte Kadevis die Gelegenheit, ihn bei den Ohren zu fassen und ihm kräftig den Kopf zu streicheln. Der Hund japste und rollte sich auf den Rücken, lachend ging Kadevis in die Hocke und kraulte ihm den Bauch. Lerina beobachtete alles schweigend. »Warum bist du nicht durch die Vordertür ins Haus gegangen?«, fragte sie schließlich. Bei ihrer letzten Begegnung hatte sie ihn noch mit »Ihr« angesprochen, aber Kadevis hatte nichts gegen den Wechsel der Anrede einzuwenden, im Gegenteil.

»Wär' ich ja gleich. Ich wollte mich nur ein bisschen umschauen.« Kadevis merkte selbst, dass er klang, als wolle er sich verteidigen.

»Was wolltest du denn sehen?«

»Den Holzhaufen fürs Mittsommerfeuer.«

»Ach so.« Sie zögerte kurz, ehe sie sagte: »Den kann ich dir zeigen, wenn du willst. Ist ganz in der Nähe.«

»Oh, sehr gern.«

Als er lächelte, wich sie seinem Blick aus. »Dann komm mit. Aber vorher will ich den Kauz ins Haus bringen. Und du solltest Vater guten Tag sagen, darüber würde er sich bestimmt freuen.«

»Welchen Kauz denn?«

Statt einer Erklärung öffnete Lerina den Beutel und ließ ihn einen Blick hineinwerfen: Darin steckte der weißbraune Körper einer Eule mit halb ausgebreiteten Flügeln, die starren Krallen nach oben ausgestreckt. »Takis hat mir gesagt, dass ich ihn im Wald finden könnte. Er hat ihn bei einem Ausritt entdeckt.«

Es war ungefähr das Letzte, womit Kadevis gerechnet hatte. »Liebe Güte, was willst du mit dem toten Vogel?«

»Ich hole die Knochen heraus.«

»Du holst ... die Knochen heraus?«

Sie sah ihn an, als wäre er schwer von Begriff. »Ich will eben wissen, wie es kommt, dass so ein Vogel fliegen kann, verstehst du? Vater sagt, es kommt daher, dass seine Knochen anders sind als die von Menschen. Ich will sehen, ob das stimmt.«

»Ah«, antwortete Kadevis nicht sehr intelligent.

»Ich bin Wissenschaftlerin«, sagte Lerina ernst. »Los, Philosoph, komm!«

Die Tradition verlangte, dass der Herr oder die Herrin des Hauses während des Mittsommerfestes einen Laubkranz trug. Talvar hatte seinen über die Kapuze geschoben, halb wirkte er würdevoll damit, halb lächerlich, wie er Kadevis in seiner leicht gebeugten Haltung im Innenhof entgegenkam. Lerina lief auf ihren Vater zu, umarmte ihn und küsste ihn auf die Wange. Kadevis dagegen kostete es bereits Überwindung, Talvar die Hand zu reichen.

»Schön, dass du es geschafft hast zu kommen, Kadevis«, sagte Talvar. Immerhin hatte sich Kadevis daran gewöhnt, ihn sprechen zu hören, ohne sein Gesicht zu sehen. »Das ist ein großer Tag für unsere Familien, nicht wahr? Deine und meine Sippe beweisen, dass eine alte Feindschaft nicht ewig bestehen muss – mit dem Regen wird sie unter die Erde gespült. Du bist heute der Ehrengast meines Hauses. Sag nur Bescheid, wenn du dir etwas wünschst, niemand unter diesem Dach soll dir etwas abschlagen.«

Offenbar hatte er sich seine Worte sorgfältig zurechtgelegt. Ein Blick auf Lerina hätte jetzt sicher alles ruiniert, daher widerstand Kadevis der Versuchung und antwortete: »Vielen Dank, ich fühle mich geehrt. Aber im Moment bin ich wunschlos glücklich. Kann ich irgendwas tun, um bei den Vorbereitungen für die Feier zu helfen?«

»Das kommt nicht in Frage. Du bist sicher müde von dem Ritt hierher und durstig. Ich habe im Ruhezimmer eine kleine Erfrischung vorbereiten lassen. Wenn du mir folgen möchtest?«

O nein, das gerade nicht! »Das ist sehr freundlich, aber ich bin überhaupt nicht müde.«

»Sicher, ich vergaß, die Kraft der Jugend.«

»Eure Tochter … äh … hat mir angeboten, mir den Platz für das Feuer heute Nacht zu zeigen. Das würde ich gern sehen.«

»Hast du das, mein Liebling?«, fragte Talvar, an Lerina gewandt. Kadevis wusste nicht, ob er es sich nicht vielleicht einbildete, doch er hätte schwören können, dass die Stimme des verhüllten Mannes kühler klang, als er nun zu ihm sagte: »Lerina meint es sicher gut, aber sie hat keine Zeit, jetzt noch einmal auf die Felder zu laufen, sie muss sich für das Fest umziehen. Mach mir doch die Freude, Lerina, und trag das braune Kleid, das ich für dich ausgesucht habe. Du siehst reizend darin aus. Ich erwarte dich dann nachher zum Essen.«

»In dem braunen Kleid sehe ich aus, als hätte ich mir einen Mehlsack über den Kopf gezogen«, protestierte Lerina.

»Du weißt, meine Blume, ich habe es dir gerade für diese Gelegenheit anfertigen lassen. Du machst deinem Vater eine große Freude, wenn du es heute für mich trägst, ja? Nun beeil dich, damit du rechtzeitig fertig wirst.«

Lerina warf ihm einen finsteren Blick zu, aber als Talvar nicht reagierte, schien sie einzusehen, dass Widerstand zwecklos war. »Wenn's sein muss«, sagte sie und lief los. Ihr gefleckter Hund sprang ihr hinterher. *Tante Nisra hätte Tiere im Haus niemals erlaubt*, dachte Kadevis unwillkürlich. Als Lerina im Haus verschwunden war, blieb ihm keine Wahl mehr, als sich dem Problem zu stellen – er war mit Talvar allein.

»Töchter sind der Quell größter Freude und Sorge für ihre Väter«, sagte Talvar. »Und Lerina ist ein besonderer Wildfang. Sie hat mich schon oft an die Grenzen meiner Gutmütigkeit getrieben. Aber ich könnte es nie ertragen, wenn ihr auch nur das Geringste zustoßen würde. Du kannst das jetzt sicher nicht verstehen, Kadevis, aber wenn du selbst Kinder hast, wirst du sehen … Was ziehst du denn für ein Gesicht? Das kann schneller passieren, als du denkst. Du wirst bald in die Politik gehen, und ehe du dich versiehst, bist du umringt von Eltern, die eine gute Verbindung für ihre Töchter und ein nützliches Bündnis für ihre Familie suchen. Und dann wird es nicht darum gehen, was du dir wünschst. Wie, glaubst du, bin ich zu Midara gekommen?«

Jetzt klang er beinahe wie Malkar. »Oh«, sagte Kadevis. Eine geistreichere Antwort fiel ihm nicht ein.

»Ja, die Politik verändert unser Leben, und nicht immer so, wie es uns gefällt. Aber was rede ich. Heute ist Mittsommer, und wir wollen fröhlich sein. Wenn du nicht durstig bist, will ich dich herumführen. Dazu bin ich bei unserer letzten Begegnung ja leider nicht gekommen. Willst du nicht deinen Umhang ablegen?«

»Später, danke.« Kadevis blickte sich um. »Wo sind Eure Leibwächter?«

»Bei ihren Familien. Hier benötige ich sie nicht. Ich lasse ihnen nur Bescheid geben, wenn ich in die Stadt reise, aber an sich verabscheue ich das Aufsehen, das ich in ihrer Begleitung errege.«

Talvar, die Liebenswürdigkeit selbst, zeigte Kadevis das ganze Haus und führte ihn sogar bis zu den Olivenbäumen, die er von der Anhöhe aus gesehen hatte. Dabei plauderte er mit ihm über seine Familie, die Landwirtschaft und viele andere Dinge. Er geriet rasch außer Atem, und häufig mussten sie stehen bleiben und warten, bis er sich wieder erholt hatte und weitergehen konnte. Dabei verstand er sich darauf, das Gespräch so angenehm zu führen, dass sich Kadevis mehr und mehr zu entspannen begann. Vielleicht hatte sich Malkar getäuscht, und Talvar war einfach nur freundlich zu ihm, ohne weitere Absichten. Eventuell lag ihm wirklich vor allem daran, ihre Familien miteinander auszusöhnen – sicher nicht zuletzt, um seinen Diebstahl zu vertuschen, aber mochte der Friede diesen Preis vielleicht nicht sogar wert sein? Je länger Talvar mit ihm sprach, desto weniger dachte Kadevis daran, dass er die Augen offenhalten wollte, um ein mögliches Versteck für die geraubten Statuen zu entdecken. Stattdessen freute er sich darauf, Lerina beim Essen wiederzusehen, und er freute sich auf das Fest mit seinen alten Theaterspielen und dem großen Feuer.

»Was ist mit diesen Bäumen?«, fragte Kadevis, als sie einige Schritte in den Olivenhain hineingewandert waren. Die Bäume mussten sehr alt sein, prächtige, knorrige Exemplare, manche stützten sich mit ihren niedrigsten Ästen am Boden ab. Jetzt, aus der Nähe, wirkten sie gesund, und er musste schon genau hinsehen, um zu erkennen, dass einige Blätter aufgerollt waren.

»Was meinst du, Kadevis?«

»Es ist mir aus der Ferne schon aufgefallen. Da ist ein merkwürdiger Glanz auf den Blättern, gelblich. Sind sie krank?«

»Nein. Es hat wohl zu wenig geregnet in letzter Zeit.«

Kadevis trat zu einem der Bäume, und nun konnte er deutlich erkennen, dass die zusammengerollten Blätter von einem feinen goldenen Gespinst eingehüllt waren. Sein Magen zog sich zusammen, denn diesen Anblick kannte er, auch wenn viele Jahre vergangen waren, seitdem er so etwas zum letzten Mal gesehen hatte.

»Es sind Schädlinge drauf«, sagte er. »Baummotten. Seht Ihr dieses Blatt? So verpuppen sie sich.« Auf einmal waren die Gedanken an das Mittsommerfest aus seinem Kopf getilgt. Dies war eine sehr ernste Sache. »Ihr müsst diesen Hain abbrennen, Talvar! Die Motten befallen einen Baum und fressen ihn so kahl, dass er stirbt – oder zumindest keine Früchte mehr trägt. Und sie werden alle Bäume in der ganzen Umgebung befallen, wenn Ihr nicht schnell etwas unternehmt.«

Talvar wirkte nicht so schockiert, wie er es Kadevis' Meinung nach sein sollte. »Du stammst aus einer Familie von Weinbauern. Was verstehst du von diesen Dingen?«

»Oh, das vergesse ich nie. Ich war sieben Jahre alt, als ein Nachbar seine Olivenhaine wegen der Baummotten niederbrennen musste. Mein Onkel hat ihm geholfen, das Feuer zu kontrollieren, und ich bin hingelaufen, um zuzusehen.« Noch deutlich erinnerte sich Kadevis an seinen

Schrecken, als er beobachtet hatte, wie sich die Flammen in das Holz fraßen und unter Brüllen und Fauchen die Bäume verschlangen, die, wie Onkel Makis sagte, dreimal so alt waren wie er selbst. Schweigend stand Talvar da, und Kadevis verstand. »Ihr wisst es schon. Natürlich. Aber warum unternehmt Ihr nichts?«

»Es ist unser ältester Hain und stammt noch aus der Zeit des Tyrannenmords. Für meine Familie hat er eine besondere Bedeutung, weil von hier alle Jungpflanzen für die umliegenden Haine kamen. Es ziemt sich nicht, Feuer daran zu legen. Den Bäumen Schaden zuzufügen würde nur Unglück bringen.« Er schwieg und senkte den Kopf. Es hatte fast etwas Unwirkliches, wie Talvars hagere Gestalt in der dunklen Kleidung, mit der Kapuze und dem welkenden Laubkranz zwischen seinen kranken, goldschimmernden Bäumen einen langen Schatten auf das Sommergras warf. Er schien aus einer anderen, schwärzeren Wirklichkeit zu stammen, und auch seine traurige Stimme klang beinahe wie die eines Geistes. »Der Befall ist nicht allzu schlimm, und dieser Hain liegt ein gutes Stück von den anderen entfernt. Manchmal sterben die Motten im Winter. Mach dir keine Sorgen um Dinge, die dich nicht betreffen, Kadevis. Sei einfach mein Gast.«

Er hat nicht damit gerechnet, dass ich die Baumkrankheit erkenne, dachte Kadevis. *Aber warum ist er so gleichgültig?* Wenn Schädlinge die Weinberge seiner Familie befallen hätten, hätte Kadevis alles getan, um die Krankheit einzudämmen, und er wusste, Tante Nisra, Onkel Makis, Vesekir und er selbst, sie hätten trotz der sonstigen Streitereien zusammengearbeitet und sich keine Ruhe gegönnt, bis die Gefahr gebannt gewesen wäre. Das hatte nichts damit zu tun, dass sie die Weinberge liebten – das taten sie natürlich –, seine

Familie war auch auf den Verdienst durch den Verkauf des Weins angewiesen.

Talvar lachte leise, oder hörte es sich nur so an? »Mach doch nicht so ein trauriges Gesicht. Lass uns zum Haus zurückkehren. Das Essen müsste inzwischen angerichtet sein.«

Lerina hatte nicht übertrieben. Das Kleid, das sie auf Wunsch ihres Vaters anziehen sollte, erinnerte wirklich an einen Mehlsack, aber auch wenn sie einen echten Mehlsack getragen hätte, hätte Kadevis sie noch immer bezaubernd gefunden. Sie hatte ihr Haar zu einem Knoten gebunden und eine gelbe Blume hineingesteckt. Es sah wunderbar aus, und obwohl Kadevis' Gedanken anfangs noch manchmal zu Talvars kranken Olivenbäumen wanderten, war er bald ganz darauf konzentriert, Lerina über den Rand seines Bechers hinweg ein Lächeln zuzuwerfen, wenn ihr Vater gerade abgelenkt war.

Wenn er es sähe, würde es ihm gewiss nicht gefallen, so viel hatte Kadevis nach ihrer ersten Begegnung an diesem Tag begriffen.

Zuerst schlug Lerina in offensichtlicher Verwirrung die Augen nieder. Aber nach einer Weile sah sie nicht mehr sofort weg, und ein winziges Lächeln zitterte auch um ihre Mundwinkel. Sie wurde sogar ein bisschen rot. Einmal, als sie nach dem Brotkorb griff, warf sie ihren Becher um, weil sie sich gerade nach Kadevis umgeblickt hatte. In ihm kribbelte es. Es war, wie vom Heuboden ins weiche Heu hinunterzuspringen, wie er es oft als Kind getan hatte. Er hätte die ganze Nacht so weitermachen können. Leider wurde nach einer Weile Lerinas Bruder Takis auf sie aufmerksam, und sein grimmiger Blick mahnte ihn zur Vorsicht. Sicherheitshalber ging Kadevis dazu über, mit seinem alten Freund Akama zu plaudern, der neben ihm saß, und Lerina nur noch flüchtig aus dem Augenwinkel zu betrachten – vorerst.

Die Tradition verlangte, dass am Mittsommerabend die Herren des Landguts zusammen mit den Dienern und Arbeitern aßen. Alle schöpften Suppe und nahmen Fleisch aus denselben großen Schüsseln. Sie aßen mit den Händen, denn Besteck kannten nur die wohlhabendsten Menschen im Tal. Talvar hatte lange Tischreihen in seinem verwilderten Garten aufstellen lassen, Lachen und Lärm füllten den blauen Abend. Dennoch war es kein Vergleich zu dem Trubel, der zu Mittsommer auf dem Landgut von Kadevis' Tante geherrscht hatte – zu Hunderten waren sie dann zusammengekommen, um zu feiern! Talvar beschäftigte erstaunlich wenige Arbeiter.

Nach dem Essen zogen sie mit den Bechern und Weinkrügen aufs Feld hinaus. Nun erkannte Kadevis, warum er den Ort für das Feuer vorher nicht gefunden hatte: Der Holzstapel war in einer Mulde westlich vom Haus aufgeschichtet, halb verdeckt von Hecken. Lerina hatte recht gehabt, es war wirklich ganz in der Nähe. Unmittelbar davor hatten Talvars Arbeiter schon die Bühne aufgebaut, ein zusammengezimmertes Brettergestell. Es war üblich, die alten Stücke aufzuführen, während die Sonne unterging. Nun hing sie bereits als roter Ball am Himmel.

Als sich die Menschen rings um die Bühne versammelten, hatten sich Talvar, Lerina und Takis entfernt. Diese Prozedur kannte Kadevis: Von der Familie des Hausherrn wurde erwartet, dass sie die entscheidenden Rollen übernahm. Gemeinsam mit Akama und den anderen setzte er sich ins Gras, es wurde noch einmal Wein eingeschenkt – Talvars Wein war recht stark mit Wasser verdünnt –, und Kadevis stützte gespannt den Kopf in die Hände. Pünktlich zum Sonnenuntergang trat der Unermesslich Reiche in seinem langen, von Erde gefärbten Gewand, seinem knorrigen Stab in Form eines verdorrten Baums und seinem Kranz aus Blutbeerenlaub auf die Bühne. Kadevis spürte unwillkürlich denselben alten Schauer, den er schon als Kind empfunden hatte, auch wenn er genau wusste, dass er nur verkleidete Menschen sah, die die alten Geschichten nachspielten. Zu Hause hatte Onkel Makis meist den Unermesslich Reichen gegeben, hier tat es ein großer, breitschultriger und bärtiger Mann, den Kadevis vorhin kurz beim Essen gesehen hatte, vielleicht war es ein Verwalter oder dergleichen.

Auf jedem Landgut wurden die Stücke etwas anders gespielt, hieß es, und Kadevis sah nun, dass es stimmte. Bei seiner Tante hätte er jedes Wort mitsprechen können, hier klang der Text anders. Doch der Verlauf der Handlung war gleich: Der Unermesslich Reiche sah die Blütenfrau – Lerina, jetzt in eine Stola mit aufgestickten Blumen gehüllt –, verliebte sich auf der Stelle in sie, packte sie und zerrte sie in sein Königreich unter der Erde, um sie zu seiner Frau zu machen. Der Geliebte der Blütenfrau, der Wanderer, den Takis spielte, suchte sie überall auf der Welt, fand sie schließlich, kämpfte gegen den Unermesslich Reichen; das war auch die Stelle, an der aus dem alten Stück meist eine Prügelei wurde. Wenn sich Takis bislang nicht gerade als begnadeter Schauspieler erwiesen hatte – er beherrschte seinen Text mehr schlecht als recht –, kämpfen konnte er, das war eindeutig. Mit den Arbeitern zusammen feuerte ihn Kadevis unter Gelächter an. Letzen Endes konnte aber kein Sterblicher wie Wanderer einen so mächtigen Geist besiegen, der alt war wie die Welt selbst. Wolkenvater, einer der Schöpfer, musste als Richter zwischen den Streitenden vermitteln und entschied, dass Blütenfrau die Hälfte ihrer Zeit unter freiem Himmel und die andere Hälfte unter der Erde leben sollte.

Talvar spielte Wolkenvater, denn das war die traditionelle Rolle des Hausherrn. Er hatte sich dafür nur einen blauen Umhang übergeworfen, den halb verwelkten Kranz trug er noch immer. Kadevis erinnerte sich deutlich, wie lustlos Tante Nisra immer ihren Text aufgesagt hatte, wenn sie diese Rolle übernahm, aber Talvar sprach die alten Worte nicht ohne Gefühl. Es gehörte zur Tradition, dass der Unermesslich Reiche gegen das Urteil wütete und tobte, aber zuletzt erklärte er sich doch einverstanden. Er segnete die Oberfläche der Erde für die Zeit, in der er sich von seiner Frau trennen musste. Seitdem trugen die Bäume nicht nur Blüten, sondern auch Früchte. Wie üblich schwiegen die Zuschauer an dieser Stelle ergriffen, Kadevis hatte aber ein anderer Abschnitt des Spiels mehr berührt: die Szene, in der der Wanderer seine verlorene Liebste wiederfand. Ohne Licht und Luft war sie im unterirdischen Reich vertrocknet wie ein dürrer Wurzelstock. Er jedoch trug sie hinauf, damit sie die Sonne sehen konnte, und sie wurde wieder zu der Blütenfrau, die sie zuvor gewesen war. Lerina machte das großartig, und als sie ihren schwarzen Überwurf von sich schleuderte, lachte und ihren Bruder umarmte, wollte Kadevis von Herzen, er hätte die Rolle des Wanderers an diesem Abend selbst übernehmen können.

Nach dem Spiel wurden vor allem die Kinder zur Bühne gescheucht, um dem Unermesslich Reichen Wein und Honigplätzchen anzubieten – sie konnten dem Frieden noch nicht recht trauen, nachdem sie eben die Wut des mächtigen Geistes miterlebt hatten, und ihre Eltern pflegten ihnen zuzuflüstern, es sei besser, alles zu tun, um ihn bei Laune zu halten. Ängstlich streckten sie ihm die Becher entgegen, und der Mann trank gutmütig einen Schluck aus jedem. Anders als Onkel Makis, den Kadevis in dieser Rolle zu sehen gewohnt war, hatte dieser Erdgeist eine tiefe, dröhnende Stimme und wirkte in seiner Verkleidung tatsächlich recht furchteinflößend. Einem plötzlichen Impuls folgend, trat auch Kadevis vor und hielt dem Mann seinen Becher mit Wein hin. »Segne unsere Felder, guter Geist«, murmelte er die alte Formel, »und segne auch die Olivenhaine von Sotan Talvars Familie.«

Unter seinen buschigen Brauen warf ihm der Unermesslich Reiche einen prüfenden Blick zu, dann griff er wortlos nach Kadevis' Becher und trank daraus.

14

Kadevis starrte in die Flammen. Sie leckten hoch empor, verschlangen knisternd das trockene Holz. Er spürte die Hitze auf Wangen und Stirn, atmete den Geruch nach Harz ein. Über dem Feld hüllte sich der Abendhimmel schon in das Tiefblau der anbrechenden Nacht, die ersten Sterne leuchteten auf. Vom Feuer waren die Gesichter aller Umstehenden in Rot getaucht, und die Gespräche und das Gelächter der Menschen mischten sich mit dem Knacken der brennenden Scheite zu einem beständigen Brausen.

In seine träumerischen Erinnerungen floss ein wenig Wehmut. Die letzten beiden Jahre hatte er Mittsommer am Rand der Inselreiche feiern müssen, zusammen mit den anderen jungen Männern aus Kessel, die ihren Militärdienst zu leisten hatten. Damals hatte er daran gedacht, wie es sein würde, wenn er wieder zu Hause wäre, er hatte sich danach gesehnt, und nun stand er vor einem fremden Feuer. Alles war anders. Und irgendwie ahnte er, dass es nie wieder so sein würde wie früher, selbst dann nicht, wenn er jetzt wieder mit seiner Tante, mit Vesekir und Onkel Makis zusammen wäre. Wie er Onkel Makis vermisste! Er hatte noch immer keinen Brief von ihm erhalten und hoffte, dass es ihm gut ging.

»Träumst du?«

Akama stieß ihn gegen die Schulter. Überrascht drehte sich Kadevis zu ihm um, er hatte ihn nicht bemerkt.

»Scheint so.«

»Hier, trink mit mir.« Akama hatte ihm einen frischen Becher Wein gebracht, die Mittsommer-Sorte, in der Blütenblätter trieben.

Kadevis hatte längst aufgehört zu zählen, wie viele Becher er schon geleert hatte, er wusste, dass er viel vertrug, und darauf verließ er sich. »He, danke.«

Sie stießen an, und Kadevis fragte: »Vermisst du deine Familie?«

»Was? Wie kommst du denn darauf?« Vor Lachen hätte Akama fast seinen Wein wieder ausgespuckt. »Ich bin heilfroh, dass ich hier sein kann! Bei meiner Mutter würde es nur wieder heißen: ›Trink nicht so viel, Akama! Was stehst du hier im Weg, mach dich mal lieber nützlich! Trag das hierher, bring das dahin!‹ Nein, danke, das muss ich nicht haben. Warte mal – sag jetzt nicht, dass *du* lieber bei deinen Alten wärst! Liebe Güte, Kadevis, Windeln trägst du aber nicht mehr, oder?« Akama klopfte ihm freundlich auf den Rücken. »Und dabei soll deine Tante doch noch schlimmer sein als meine Mutter.«

»Da hast du auch wieder recht.« Kadevis schwieg einen Moment und fragte dann nachdenklich: »Hast du bei Talvar schon viel gelernt?«

»Musst du ausgerechnet jetzt von der Arbeit reden? Wenn du damit meinst, ob ich mich jetzt im Staatsarchiv zurechtfinde, ja, tue ich. Ich würde inzwischen jedes Gesetz mit verbundenen Augen aufspüren. Talvar gibt mir jede Woche Aufgaben, die ich dort abarbeiten soll, meist Kopien irgendwelcher Texte. Meine Abschriften kontrolliert er.«

Also vernachlässigt Talvar seinen Schützling doch nicht komplett, dachte Kadevis. *Was genau er ihm wohl beibringt?*

Plötzlich wandte Akama den Kopf und rief über die Schulter: »He, Takis!«

Talvars Sohn bahnte sich durch die Menge der Arbeiter einen Weg auf sie zu. Er hatte sein Wanderer-Kostüm abgelegt, aber auch ohne die ledernen Schulterpolster bot er einen imposanten Anblick, groß und breitschultrig, wie er war. Ein Mann wie Takis brauchte sich bestimmt keine Gedanken zu machen, ob er den Frauen gefiel. Schlagartig musste Kadevis wieder daran denken, wie Lerina ihren Bruder während des Theaterstücks umarmt hatte – wäre es nicht so absurd gewesen, hätte er direkt eifersüchtig sein können.

»Na, Glubschauge? Na, Kadevis? Bechert ihr schon ohne mich?« Ohne weitere Umstände nahm Takis Akama den Becher aus der Hand und trank einen tiefen Schluck, ohne sich um dessen Protest zu kümmern.

»Du hast den Wanderer gut gespielt«, sagte Kadevis höflich.

Takis schüttelte den Kopf und gab Akama seinen Becher zurück. »Blödsinn, ich war furchtbar. Ich hätte meinen Text besser lernen sollen. Aber Vater war nicht schlecht, fandet ihr nicht auch? Ich weiß gar nicht, warum er sich all die Jahre so dagegen gesträubt hat.«

»Wogegen?«, fragte Kadevis.

»Na, gegen das Stück. Und vor allem dagegen, Wolkenvater zu sein. Jahrelang mussten wir einen anderen für die Rolle finden, wenn wir's denn überhaupt spielen durften. Aber dieses Jahr wollte er es plötzlich von sich aus.« Takis senkte die Stimme. »Vater ist etwas eigen, weißt du, Kadevis. Es ist manchmal nicht ganz leicht zu begreifen, was in seinem Kopf vorgeht. Aber ich bin ja schon froh, wenn's ihm besser geht … Manchmal steht er tagelang nicht auf.

Oder er schleicht durchs Haus wie ein Untoter, und niemand bringt ein vernünftiges Wort aus ihm heraus.«

»Ist er so krank?«

Takis zuckte die Achseln. »Ich hoffe nicht. Seit er dich getroffen hat, Kadevis, ist er irgendwie anders. Als Velmarun starb, habe ich mir wirklich Sorgen um ihn gemacht. Aber jetzt …« Der junge Mann verstummte und rieb sich nachdenklich mit seiner Rechten den Nacken. »Na, lass uns über was anderes reden.«

Kadevis wusste nicht, was er von Takis' Worten halten sollte. Er dachte an Talvars traurige Stimme, an die kranken Olivenbäume. Insgeheim beschloss er, mit Takis über all das zu sprechen, aber nicht hier, auf dem Fest, sondern zu einer anderen Gelegenheit, unter vier Augen.

»Worüber möchtest du denn reden?«

»Meine Schwester.«

Jetzt hätte Kadevis seinen Wein vor Überraschung fast wieder ausgespuckt, und auch Akama neben ihm blickte auf.

»Du passt besser auf, wie du sie anschaust, Geiernase.«

»Äh«, erwiderte Kadevis nur. Sein Herz klopfte plötzlich heftig.

»Akama«, sagte Takis, »könntest du mal verschwinden? Kadevis und ich haben was zu klären.«

»Sicher«, murmelte Akama. »Aber Kadevis ist mein Freund, denk also nicht …«

»Ich tu ihm schon nicht weh. Jedenfalls nicht, wenn er vernünftig ist. Nun geh schon, das hier dauert nicht lang.«

Akama nickte, wenn auch mit skeptischer Miene, und einen Moment später war er fort.

Als Takis ihn ohne Vorwarnung näher an das Feuer heranschob, fühlten sich Kadevis' Knie plötzlich verdächtig weich an. Takis' Hand hatte sich mit unnachgiebigem Griff um seine Schulter geschlossen. Kadevis spürte, dass er ihm in jeder Form einer körperlichen Auseinandersetzung unterlegen wäre. Zugleich stieg Ärger in ihm hoch: Takis hatte kein Recht dazu, so mit ihm umzugehen.

Die Flammen zischten und knisterten so laut, dass man den anderen nur dann verstehen konnte, wenn er direkt vor einem stand. »Lerina gefällt dir, was?«, fragte Takis. »Jetzt hab wenigstens den Schneid und gib es zu. Sie hat mir schließlich selbst erzählt, was du zu ihr gesagt hast. Nein, keine Sorge, ich hab Vater nichts verraten.«

»Es stimmt, ich mag deine Schwester. Ja.«

»Du dachtest wohl, ich merke nicht, wie du sie beim Abendessen angegafft hast.«

»Hör mal, wenn du mir drohen willst, mich zu verprügeln, wenn ich Lerina anfasse, oder wenn du mir vorsorglich eine reinhauen willst, warum bringst du's nicht hinter dich?«

»Geduld«, erwiderte Takis gelassen, »der Teil kommt gleich. Aber erst mal sollst du wissen, dass Lerina seit deinem letzten Besuch ziemlich viel über dich geredet hat.«

»Wie?«

»Ja, du hast mich schon richtig verstanden. Ich denke, dass sie sich gern ein bisschen länger mit dir unterhalten würde. Un-ter-hal-ten, klar? Nichts weiter. Vater will, dass ich heute Abend auf sie aufpasse. Er vertraut mir. Kann ich dir auch vertrauen?«

Kadevis meinte, nicht recht gehört zu haben. »Dann … äh, willst du mich gar nicht verprügeln?«

»Eigentlich nicht. Zumindest, wenn du mir keinen Grund dafür gibst. Aber es schadet nicht, wenn Akama das nicht weiß.«

»Warum tust du das?«

»Ich mag meine Schwester auch. Ich möchte, dass sie sich freut. Vater lässt sie ja kaum aus dem Haus, und wir haben so gut wie nie Gäste. Und, Kadevis, was zwischen unseren Familien passiert ist, das ist schlimm. Sehr schlimm. Eigentlich müssten wir Feinde sein. Aber ich glaube trotzdem, dass du in Ordnung bist. Ich denke, ich kann dir meine kleine Schwester für eine Weile überlassen. Gibst du mir dein Wort, dass du sie anständig behandelst?«

Das durfte ja wohl nicht wahr sein! Heute mussten die Geschicke ihren Glückssegen über ihn ausgegossen haben. »Natürlich, ich verspreche es«, sprudelte Kadevis hervor.

»Gut. Aber wenn du dich nicht dran hältst, garantiere ich dir eins: Ich werde dir deine Nase so plattschlagen, dass dich kein Mensch mehr als Tuvar erkennt. Verstanden?«

Es war ihm ernst, das begriff Kadevis. »Ja, Takis!«

»Und natürlich kein Wort zu meinem Vater. Ansonsten kriege ich den Ärger, den du verdienst, und dann …« Um anzudeuten, was er meinte, ließ ihn Takis los und fuhr sich mit dem Zeigefinger über die Kehle. Kadevis fragte sich, ob er sich selbst oder ihn meinte.

»Ich wäre ja schön blöd. Wo ist dein Vater jetzt eigentlich?«

»Er ist schon schlafen gegangen, der Tag war anstrengend für ihn. Ich soll dir aber von ihm ausrichten, er hofft, dass du morgen noch einmal mit uns isst.«

»Immer doch.« Kadevis wollte nicht länger Gedanken an Talvar verschwenden, und im Moment hätte er alles versprochen. »Wie kann ich dir dafür danken?«

»Ganz einfach: Gib mir keinen Grund, dir die Nase einzuschlagen. Und später könntest du mal mit Akama und mir zum Kegeln gehen – zu dritt ist es bestimmt lustiger.«

Der schwarze Himmel war voller Sterne. Lerina sah Gestalten in ihnen – Heroen, Ungeheuer und ganz normale Gegenstände wie einen Schemel oder einen Bogen. Sie behauptete, so und nicht anders sei es in den Schriften der Sterndeuter überliefert, und zeigte hierhin und dorthin in die Masse der winzigen, fernen Sprenkel. Kadevis erkannte die Gestalten nicht, von denen sie sprach, er sah nur Sterne, aber ihr zuliebe tat er, als ob.

Sie wanderten über die Hänge rund um Talvars Landgut, und obwohl Takis Lerina eine Öllampe zugesteckt hatte, zündete sie die Lampe nicht an. In dieser Sommernacht leuchtete der Mond hell genug, um das Nötigste zu erkennen, und in der Ferne glomm noch der rötliche Schein des Feuers. Freilich war nicht genau auszumachen, wohin sie traten, und so blieben sie manchmal an einem Strauch hängen und mussten sich gegenseitig von den stachligen Zweigen befreien.

Bislang war niemand auf sie aufmerksam geworden, dennoch beunruhigte Kadevis die Vorstellung, einer von den Arbeitern, die noch am Feuer feierten, könnte nach all dem Wein ins Gebüsch verschwinden und sie zufällig bemerken. Er war erleichtert, dass sie sich nach und nach immer weiter vom Haus entfernten. Lerina lief geräuschlos neben ihm durchs Gras, jetzt wieder mit nackten Füßen. Das braune Kleid hatte sie ausgezogen und trug dafür ein anderes, schulterfreies Gewand, dessen heller Stoff in der Nacht schwach glänzte. Manchmal streifte ihn der Saum des Kleides oder ihre Hand, dann bildete er sich ein, ihren Duft zu riechen: süß wie Blüten und Honig. Aber vielleicht spielte ihm seine Nase auch nur einen Streich. Gerade jetzt im Sommer standen die Wiesen voller Kräuter, die sich gegenseitig mit ihrem Duft zu überbieten suchten.

Er hatte befürchtet, sie könnten verlegen werden und nicht wissen, worüber sie sich unterhalten sollten. Aber nachdem Lerina erst einmal angefangen hatte, über Sterne zu sprechen, verlor sie ihre Zurückhaltung rasch; bald löcherte sie Kadevis mit Fragen, alles wollte sie über ihn wissen. Und er erzählte, als hinge sein Leben davon ab. Er hatte überhaupt nicht gewusst, dass er so viele Geschichten kannte: wie er mit seiner Familie früher Mittsommer gefeiert hatte, wie sein Mentor auf dem Rückweg nach ihrem letzten Besuch bei Talvar verunglückt war, wie er selbst vor drei Jahren beim Erntefest das Ackergaul-Wettrennen gewonnen hatte, während sein Cousin Vesekir mit Fieber im Bett liegen musste.

»Du warst doch in den Inselreichen, oder?«, fragte Lerina.

»Ja, aber nur an der Grenze. Während meines Militärdiensts.«

»Hast du gegen die Inselleute gekämpft?«

»Nein, eigentlich nicht. Sie haben nicht angegriffen. Es war immer sehr ruhig.«

»Das ist gut.« Lerina klang zufrieden. »Meine Mutter war von den Inseln, weißt du das?«

Kadevis erinnerte sich, dass Malkar das erwähnt hatte – wie lange schien das jetzt her zu sein! »Ja, ich habe davon gehört.«

»Glaub den Leuten nicht, was sie reden. Ich weiß, sie sagen böse Dinge über meinen Vater, Takis hat es mir erzählt. Aber Mutter und er, sie haben sich geliebt, auch wenn sie seine Gefangene war. Er hat sie freigelassen, weil sie es sich gewünscht hat. Da kannst du sehen, dass sie sich geliebt haben. Sie ist in die Inselreiche zurückgekehrt, nach Kyma oder nach Laidon. Wahrscheinlich nach Laidon. Dort leben die meisten Wissenschaftler, und schließlich ist meine Mutter auch Wissenschaftlerin; sie ist Ärztin. Vater hat mir oft erzählt, wie sie ihm das Leben gerettet hat, als er auf Kyma verletzt wurde.«

»Fehlt sie dir sehr?«

»Nein«, erwiderte Lerina mit Bestimmtheit. »Ich war ja noch ganz klein, als sie fortgegangen ist, und kann mich überhaupt nicht an sie erinnern. Aber Vater sagt, dass ich ihr ähnlich bin.« Als Lerina weitersprach, bekam ihre Stimme einen verträumten Ton. »Irgendwann gehe ich nach Laidon, und dann werde ich sie finden. Ich hoffe, sie bildet mich aus. Ich will auch Ärztin werden wie sie. Es gibt so viel zu wissen, Kadevis, du kannst es dir nicht vorstellen. Die Menschen aus Laidon sind so klug! Einer von ihnen, ein Mathematiker, hat Stöcke in die Erde gesteckt und die Länge ihres Schattens gemessen, und dann hat er ausgerechnet, wie groß die Welt ist. Ist das nicht fabelhaft?«

»Ja, beeindruckend.« Kadevis begriff nicht so recht, weshalb sich jemand mit einer solchen Frage aufhalten sollte. Mit dem Gras unter seinen Stiefeln, den duftenden Kräutern auf den Wiesen, dem Nachthimmel über sich und Lerina an seiner Seite fühlte er, dass die Welt genau die richtige Größe hatte, egal, ob man Stöcke in die Erde steckte oder nicht. Dass Lerina fortgehen wollte, hörte er allerdings nicht gern. »Wann willst du denn nach Laidon aufbrechen?«

Schweigen folgte seiner Frage, dann antwortete Lerina leise: »Ich weiß nicht. Vater würde es ja ohnehin nicht erlauben.«

»Mein Onkel ist gerade in Laidon. Wenn er zurückkommt, hat er bestimmt viel zu erzählen. Ich könnte dir ja dann alles berichten, wenn du willst.«

»Oh, das würdest du tun? Das wäre schön.« Lerina

seufzte. »Ich würde die Inselreiche so gern selbst einmal sehen – aber ich habe bisher nicht einmal ganz Kessel gesehen. Ich durfte Vater nur ein paar Mal in die Stadt begleiten … und seit Velmaruns Tod gar nicht mehr. Velmarun und er waren sehr gute Freunde, und Vater war froh, dass ich zufällig bei ihm war, als Velmarun erst krank wurde und dann so plötzlich gestorben ist. Er tat mir wirklich leid.« Die Schwermut verschwand so rasch aus ihrer Stimme, wie sie aufgetaucht war, als sie hinzufügte: »Da habe ich dich das erste Mal gesehen, weißt du noch?«

Kadevis grinste. »Das vergesse ich nie.«

Er hatte große Lust, sie an sich zu drücken und zu küssen, wenigstens aufs Haar, aber er nahm sich zusammen. Er wollte sie nicht erschrecken.

»Woran merkt man, dass man in jemanden verliebt ist?«, fragte Lerina ernst.

Die Frage traf ihn unvermittelt. »Das … äh … kann man nicht genau sagen.«

»Es muss doch eine Methode geben, das herauszufinden.«

Kadevis' Herz klopfte schneller, und die Gedanken überschlugen sich in seinem Kopf. Jemand anders – Vesekir vielleicht oder auch Malkar – hätte diese Gelegenheit sicher nutzen können, um sehr geistreiche und charmante Dinge zu sagen oder etwas zu tun, um Lerina zu überzeugen, dass sie auf jeden Fall in ihn verliebt war. Aber er stand nur vor ihr und lächelte ein wenig hilflos. »Na ja, das ist sicher bei jedem Menschen anders.«

»Bist du in mich verliebt?«

Kadevis schluckte. Was sollte er nun antworten? Von allen Möglichkeiten, die durch seinen Kopf jagten, kam nur eine in Frage.

»Seit ich dich zum ersten Mal gesehen habe.«

»Und wieso weißt du das so sicher?«

»Ich weiß es eben.«

»So was kannst du zu einer Wissenschaftlerin nicht sagen!« Lerina wandte sich ab und lief von ihm fort, den Hang hinunter. »Zuerst erzählst du mir, man kann es nicht genau sagen, und dann behauptest du, dass du es trotzdem weißt. Du willst mich wohl für dumm verkaufen.«

Geschicke, hatte er sie jetzt vor den Kopf gestoßen? »Warte!«, rief er ihr hinterher, aber sie blieb nicht stehen. »Ich muss an dich denken, seitdem du mit deinem Vater vor Velmaruns Haus aufgetaucht bist. Du bist das schönste Mädchen, das ich jemals gesehen habe. Glaubst du mir denn nicht?« Ihr helles Kleid hatte sich schon ein ganzes Stück von ihm entfernt, er sah es kaum noch, also blieb ihm nichts übrig, als ihr nachzulaufen. »Nun halt doch mal an!«

Am Fuß des Abhangs holte er sie ein, aber als er sie an der Schulter festhalten wollte, damit sie ihm nicht noch einmal entwischte, schlüpfte sie unter seinem Arm hindurch und flüchtete sich in den schwarzen Schatten eines Schuppens, der hier stand. Seine Dunkelheit verschluckte auch ihr Kleid: Auf einmal war sie verschwunden.

»Lerina?« Kadevis fühlte sich sehr töricht. Sie musste sich ganz in der Nähe befinden, trotzdem rief er laut nach ihr. Er hätte sich selbst in den Hintern treten können – was hatte er nur angerichtet? Verschreckt hatte er sie mit seinem albernen Liebesgeständnis. Sie war eben doch noch fast ein Kind. Wie sollte er das wiedergutmachen? »Du brauchst keine Angst zu haben, ich werde dich nicht anrühren. Ich versprech's. Aber komm wieder heraus! Ich bringe dich zum Haus zurück.«

Keine Antwort. Kadevis tastete sich in den Schatten rings

um den Schuppen hinein. Bäume wuchsen hier bis dicht an die Holzwände heran, ihre dichten Kronen dämpften das Mondlicht. Seine Finger stießen auf verwitterte Holzbretter, eine Türangel, einen Riegel, dann auf eine Tür, die einen Spaltbreit offen stand. Behutsam schob er sie auf – es knarrte nicht einmal – und betrat den Schuppen.

Es roch nach Moder und altem Holz, und es war vollkommen finster.

»Lerina? Bist du hier drin?« Hätte er doch nur die Lampe zur Hand gehabt! Doch die hatte zuletzt Lerina getragen.

Plötzlich hatte er Angst. Wenn sie jetzt verschwunden blieb, wenn ihr etwas zustieß …

Ein gellender Schrei ertönte direkt neben ihm. Vor Schreck machte Kadevis einen Satz zur Seite, prallte gegen die Wand, und seine Füße stolperten über etwas, was auf dem Boden lag. Er ging zu Boden und heulte selbst auf, als er heftig mit der Schulter gegen etwas Hartes stieß.

»Kadevis, Vorsicht! Wirf nichts um!« Lerina gluckste vor Lachen. »Warte, ich mache die Lampe an.«

Einen Augenblick später flammte ein warmes Licht auf, und im kleinen Flämmchen der Öllampe tauchte Lerina direkt vor ihm auf. Licht spiegelte sich in ihren Augen und überzog ihre Haut mit Goldglanz. »Du bist süß«, sagte sie, Grübchen bildeten sich in ihren Wangen, als sie sich zu ihm hinabbeugte. »Glaubst du etwa an Gespenster?«

Kadevis starrte sie an, er hatte den Schreck und das Pochen in seiner Schulter augenblicklich vergessen. Er stieß mit dem Fuß die Holzscheite beiseite, über die er gefallen war, und richtete sich auf. »Du bist also gar nicht vor mir weggerannt!«

»Ich wollte bloß sehen, ob du mir nachläufst.«

»Wieso das denn?«

Sie stellte die Lampe auf einer Kiste ab. »Weil das ein Beweis dafür sein könnte, dass du in mich verliebt bist.«

Verlegen klopfte sich Kadevis Staub und Spinnweben ab. Nicht zu fassen, dass ihn ein fünfzehnjähriges Mädchen so zum Narren gehalten hatte! »Und? Bist du jetzt zufrieden?«

Lerina runzelte leicht die Stirn. »Ein Beweis mehr könnte nicht schaden.«

»Was soll ich denn noch tun? Willst du dafür sorgen, dass ich in voller Kleidung in den nächsten Fluss springe?« Er wollte verärgert klingen, aber es gelang ihm nicht so recht.

»Gib mir einen Kuss.«

»Das kann nicht dein Ernst sein.«

»Doch. Takis sagt, dass es schön ist. Ich will wissen, ob es stimmt.«

Takis sagt auch, dass er mir die Nase plattschlägt, wenn ich … Aber Kadevis dachte den Gedanken nicht zu Ende. Wann würde eine solche Gelegenheit wohl zurückkehren? Er würde sich bis an sein Lebensende ärgern, wenn er sie nicht nutzte.

Lerina trat zu ihm, legte den Kopf zurück und spitzte leicht die Lippen. Kadevis wusste nicht, ob sie wirklich so wenig Ahnung hatte oder ob sie sich noch immer über ihn lustig machte, sicher wusste er nur, dass er noch nie etwas Süßeres gesehen hatte als Lerina, wie sie so vor ihm stand. Also beugte er sich vor und küsste sie ganz leicht auf die gespitzten Lippen. Einen Lidschlag später zog er sie an sich und küsste sie richtig. Zuerst war er vorsichtig, weil er fürchtete, es könne ihr nicht gefallen. Aber es dauerte nicht lange, bis auch sie ihn küsste, unbeholfen zwar, doch ihre zaghaften Versuche schickten Glut und Sternenstaub durch seinen Körper. Sie schmeckte nach Honig, er spürte ihre warme Haut und ihr leichtes Zittern durch den Stoff ihres Gewands. Am liebsten hätte er sie für immer festgehalten, leider musste er aufhören, als ihm die Luft wegblieb.

»Und?«, fragte er, nachdem er wieder etwas zu Atem gekommen war. »Hat Takis recht?«

Lerina antwortete nicht. Ihr Gesicht war rot angelaufen, und in ihrem Lächeln lag etwas von der alten Schüchternheit.

»Darf ich dich noch mal küssen?«

Sie nickte.

Sie küssten sich lange in dem Schuppen, und zwischendurch sagte Kadevis viele Dinge zu Lerina, an die er sich hinterher nicht mehr erinnerte. Er konnte kaum fassen, dass die Geschicke so großzügig zu ihm waren. Wie viele junge Männer sehnten sich nach einem Mädchen, das sie nicht haben konnten, und er bekam diesen Abend und diese Nacht einfach geschenkt! Nun, er wusste genau, wenn Takis oder gar Talvar das herausfanden, steckte er in Schwierigkeiten, aber er bevorzugte es, nicht darüber nachzudenken.

Irgendwann, sie machten gerade eine atemlose Pause, sagte Lerina, ihr Bruder habe sich nicht geirrt, und dazu lächelte sie wie ein listiger Waldgeist. Kadevis hatte noch nie ein Mädchen geküsst, das überhaupt keine Erfahrung hatte, und er musste zugeben, dass Lerina schnell lernte.

Allmählich wurde auch diese Sommernacht kühler. Kadevis hatte seinen Umhang in Talvars Haus abgelegt, ansonsten hätte er es sich nicht nehmen lassen, ihn Lerina überzuhängen, als er bemerkte, dass sie fröstelte. Sie hatte ja nur ein Kleid ohne Ärmel an. Er wärmte ihre Hände in seinen, aber wenn sie noch länger im Schuppen bleiben wollten – und nichts wollte zumindest er lieber –, sollte er besser eine Decke oder so etwas auftreiben.

»Warte hier«, sagte er. Die Öllampe in der Hand, blickte er sich um. Der flackernde Lichtkreis zeigte ihm Kisten über Kisten, alle aufeinandergestapelt. Im hinteren Teil des Schuppens stand etwas, gut doppelt so groß wie er und mit einer Pferdedecke verhüllt. Mit einem Ruck zerrte er die Decke herunter, knüllte sie zusammen und wollte sie zu Lerina tragen. Erst als er einige Schritte gemacht hatte, wurde ihm bewusst, dass er gerade irgendwo im Lampenschein einige fremdartige Buchstaben bemerkt hatte, einen Schriftzug ... Was hatte eigentlich unter der Decke gesteckt?

»Kadevis?«, fragte Lerina aus dem dunklen Teil des Schuppens. »Was machst du da?«

Kadevis antwortete nicht. Plötzlich voller Anspannung, kehrte er um, er musste wissen, was er da enthüllt hatte. Das Licht der Öllampe fiel auf einen marmornen Sockel, den Moos und Schmutz überzogen, auf dem aber dennoch deutlich lesbar Buchstaben in der verschnörkelten Schrift der Inselreiche eingraviert waren: CHRET. Er hob die Lampe höher, und im Lichtkreis wurde die Marmorgestalt einer leicht bekleideten Frau in vollem Lauf sichtbar. Sonne und Regen hatten die ehemals wohl rote Farbe ihres Haars und den Ton ihrer Haut fast völlig ausgelöscht, ansonsten hatte sich die Bemalung erhalten: Die Frau wirkte so lebensecht, als wolle sie jeden Moment den Bogen von ihrem Rücken reißen und auf Kadevis zielen. Aus ihrem hoch gebundenen Haar hatten sich Strähnen gelöst und flogen in unsichtbarem Wind, ihr Gewand wehte ebenfalls, und an ihrer Hüfte hüpfte die Jagdbeute, Fasane, an den Füßen zusammengebunden. Die Frau sah aus, als würde sie weinen,

Bahnen aus Schmutz zogen sich über ihr schmales, edles Gesicht. Neben ihr sprang ein leichtfüßiger Windhund, ebenfalls aus Marmor. Moos wuchs in seinem halb offenen Maul.

Kadevis wäre beinahe die Lampe aus der Hand gefallen. Er konnte sie eben noch festhalten.

»Oh, du hast die Jägerin gefunden.« Lerina kam herbei. »Ich habe mich schon gefragt, wohin Vater sie gebracht hat. Hier steckt sie also. Er sollte sie wirklich neu bemalen lassen und wieder in den Garten stellen – sie ist so schön!«

»Ja, wirklich«, wollte Kadevis antworten, aber er brachte nicht viel mehr als ein Krächzen hervor.

»Geht's dir gut? Hat sie dich erschreckt?« Lerina lachte leise und schlang von hinten die Arme um ihn. »Sie schießt nicht, sie sieht nur so aus. In Wahrheit ist sie ganz friedlich und fügt niemandem Schaden zu.«

Das würde ich nicht so sagen. Kadevis schloss die Augen und atmete tief durch. Lerinas Nähe beruhigte ihn, und er wusste, was er zu tun hatte.

»Decken wir sie besser wieder zu«, sagte er. »Und dann sollten wir vielleicht zum Haus zurückkehren, ehe noch jemand misstrauisch wird und sich fragt, wo du steckst.«

15

In dieser Nacht fand Kadevis keinen Schlaf mehr. Stundenlang drehte er sich in seinem Gästebett von einer Seite auf die andere. Sobald er die Lider schloss, sah er Lerinas schelmisches Lächeln und ihre glänzend schwarzen Augen vor sich, die sich im nächsten Moment in die aufgemalten Augen und die Tränen aus Schmutz der marmornen Jägerin verwandelten. Als er es nicht mehr aushielt, stand er auf, lehnte sich ins Fenster, starrte in die Nacht hinaus und wartete auf die Dämmerung.

Hoffentlich, dachte er, *habe ich Lerina nicht vor den Kopf gestoßen, als ich so plötzlich darauf bestanden habe, zum Haus zurückzukehren.* Ein wenig irritiert hatte sie auf jeden Fall gewirkt. Aber das war jetzt wohl nur eines seiner Probleme. Diese Statue – kein Kessler Künstler konnte etwas so Lebensechtes herstellen! – musste zu der Kriegsbeute gehören, die Talvar in Kyma gestohlen hatte. Sie trug ja sogar die Kennung, von der Malkar gesprochen hatte. Bestimmt hatte Talvar sie erst kürzlich aus seinem Garten entfernt und in dem Schuppen versteckt, ganz wie Malkar vermutet hatte; woher sollte er auch wissen, dass seine Tochter gerade ihn dorthin führen würde?

Kadevis war sich sicher, dass sich noch andere gestohlene Kunstwerke dort befanden, vielleicht in den Kisten, die er gesehen hatte. Jetzt musste er nur noch zu seinem Mentor zurückkehren und ihm alles berichten. So abseits, wie der Schuppen gelegen war, würden sie ohne Schwierigkeiten gemeinsam einbrechen können und die Beweise finden, die sie brauchten, um Talvar erneut vor Gericht zu bringen. Lerina würde bestimmt niemandem erzählen, wo sie mit ihm gewesen war, es blieb ihnen ausreichend Zeit dafür. Kurz überlegte Kadevis, ob er sie am Morgen fragen sollte, woher die Statue stammte und weshalb sie nicht mehr im Garten ihres Vaters stand. Doch dann verwarf er diesen Gedanken sofort wieder: Lerina schien es nicht zu wissen, und so sollte es bleiben.

Eigentlich wollte er gar nicht, dass Talvar vor Gericht gestellt wurde, dieser traurige Mann mit seinem verwelkten Blätterkranz und den kranken Olivenhainen, der Vater eines so wunderbaren Mädchens. Ihm war klar, dass der Bluthund Malkar ohne Mitleid über ihn herfallen würde.

Talvar war damals bei seiner Rückkehr aus Kyma aber nicht nur angeklagt gewesen, Kriegsbeute unterschlagen zu haben, sondern auch für den Mord an Kadevis' Eltern. Dass Talvar seine Mutter und seinen Vater tatsächlich ermordet hatte, wollte er nicht glauben. Dass er ein Dieb war, konnte er nun nicht mehr bezweifeln.

Was war damals in Kyma wirklich geschehen? Kadevis erinnerte sich, was Malkar zu ihm gesagt hatte, als sie nach ihrem ersten Besuch von Talvars Landgut fortgeritten waren: dass es eine verborgene Wunde in Talvar gab.

Eine verborgene Wunde …

Hätte er doch nie an dieser Decke gezogen und die Statue aufgedeckt!

Er wusste bereits, was er tun würde. Er würde schweigen, wegen Lerina. Sie liebte ihren Vater; wenn er verurteilt wurde, würde sie leiden. Und sie mochte ihn, Kadevis. Er wollte sie wieder in den Armen halten und küssen, noch viele Male. Er durfte das Vertrauen, das sie ihm geschenkt hatte, nicht verraten. Wenn das bedeutete, seinen Mentor zu belügen, war es eben so.

Vor einigen Tagen hatte er noch geglaubt, Malkar Loyalität zu schulden. *Ich schulde ihm gar nichts. Er hat mir auch nie etwas gegeben. Er hat mich nur bei sich aufgenommen, weil meine Tante es wollte, ich war ihm gerade gut genug als Laufbursche und als Werkzeug für seine politischen Pläne.* Die Erkenntnis machte Kadevis traurig, doch sie festigte auch seine Entscheidung.

Die erste graue Dämmerung zeigte sich am Himmel und ließ die belaubten Wipfel der Bäume als schwarze Silhouetten sichtbar werden. Bis es wirklich Tag war, würde noch Zeit vergehen. Und auch wenn auf einem Landgut früh mit der Arbeit begonnen wurde, Talvars Familie blieb nach der gestrigen Feier sicher noch lange liegen. Er musste nicht befürchten, jemandem von ihnen zu begegnen, vor allem nicht Talvar selbst.

Kadevis wandte sich vom Fenster ab, schlug den Vorhang seines Schlafraums zurück und machte sich barfuß auf den Weg in den Innenhof, um sich frisches Wasser aus dem Brunnen zu holen. Das Haus lag ganz still da, und so war Kadevis verwundert, als er im Innenhof neben dem Brunnen den schwachen Schein eines Öllämpchen bemerkte. Das Licht beleuchtete das hagere Gesicht von Talvar, der dort gebeugt an seinem Schreibtisch saß, die Kapuze so zurückgeschlagen, dass tiefe Schatten auf der entstellten, eingedrückten Seite seines Gesichts lagen. Kadevis hielt mitten in der Bewegung inne.

»Mist«, murmelte er unwillkürlich.

Talvar musste ihn gehört haben, denn er blickte auf und drehte suchend den Kopf. »Wer ist da?«, fragte er, es klang beinahe ängstlich.

»Ich bin's bloß«, sagte Kadevis, gab sich einen Ruck und trat aus dem Schatten.

Talvar zog sich hastig die Kapuze über den Kopf und richtete sich schwerfällig auf, um ihm entgegenzugehen. »Du kannst auch nicht schlafen? Ist vielleicht etwas mit dem Bett nicht in Ordnung?«

»Das Bett ist sehr bequem. Ich kann einfach … nicht einschlafen.«

»Das tut mir leid. Aber ich kenne das, ich selbst habe seit Jahren nicht mehr viel Schlaf gefunden. Warum setzt du dich nicht ein wenig zu mir, und wir vertreiben uns die Zeit bis zum Sonnenaufgang mit Geplauder?« Er wies auf einen Schemel vor dem Schreibtisch.

»Ich wollte mir nur etwas Wasser holen.«

Talvar kurbelte den Eimer am Brunnen empor und füllte ihm einen der bereitstehenden Becher. Schweigend trank Kadevis das kühle Wasser. Talvar ließ ihn keine Sekunde aus den Augen.

»Danke«, sagte Kadevis verlegen.

Talvar ließ sich wieder hinter seinem Schreibtisch nieder. Vor ihm türmten sich Wachstäfelchen, einige halb aufgerollte Papyrusbögen lagen dazwischen. Manches sah aus, als liege es schon eine Weile dort oder gar, als sei es von anderen Unterlagen begraben worden. Talvars dürre Finger spielten mit einem Schreibgriffel. »Du traust mir immer noch nicht«, stellte er bekümmert fest.

Kadevis schwieg. Er wusste, wenn er jetzt geantwortet hätte, hätte er gesagt, dass er die Statue im Schuppen gesehen hatte, und es war besser, wenn Talvar nichts davon wusste.

»Wie könnte ich es dir verübeln. Ich habe schon alles gesagt, was zu sagen war, aber natürlich wird es dich nicht überzeugen. Deine Eltern sind tot. Das kann nie wiedergutgemacht werden.«

»Ich will darüber nicht sprechen«, sagte Kadevis. Der Druck in seiner Brust, den er schon die ganze Zeit über gespürt hatte, verstärkte sich. »Warum lasst Ihr die Vergangenheit nicht einfach vergangen sein?«

Talvar ließ den Griffel los. Das Schreibgerät rollte über die Tischkante und fiel mit leisem, metallischem Klingen zu Boden, doch er achtete nicht darauf. »Setz dich zu mir, Kadevis. Bitte. Ich muss dir etwas sagen und weiß nicht, wie ich es am besten anfangen soll.«

O nein, das ist nicht gut! »Ich wollte eigentlich noch etwas schlafen.«

»Was soll ich tun, außer dich zu bitten?« Auch wenn Talvars Gesicht unter der Kapuze unsichtbar blieb, klang seine Stimme halb erstickt, als sei er den Tränen nah.

Kadevis fühlte, wie sich sein ganzer Körper verkrampfte. Nein, er wollte das nicht hören! Keine Liebeserklärung von einem Mann. Selbst wenn er Talvar damit noch so sehr vor den Kopf stoßen mochte, er musste das jetzt klären, bevor er noch einmal angefasst wurde oder noch ganz andere Dinge passierten. »Talvar, es … es ist so.« Er suchte nach Worten. »Das geht nicht. Ihr dürft nicht glauben, dass es wegen … wegen Eures Gesichts ist. Ich bin eben kein … ich meine, ich bin keiner von diesen Männern. Ich mag Frauen, versteht Ihr? Nur Frauen. Ihr seid sehr freundlich zu mir gewesen und all das. Aber ich könnte nicht!«

Er hatte damit gerechnet, dass Talvar gekränkt sein würde oder gar zornig, aber der Mann saß nur schweigend da. Schließlich sagte er tonlos: »Diesen Floh hat dir dein Mentor ins Ohr gesetzt, nicht wahr?«

Kadevis schluckte. »Ja, er hat mir von Euch und Velmarun erzählt. Stimmt es denn nicht?«

»Es stimmt«, bestätigte Talvar ruhig. »Ich habe Verim Velmarun geliebt, seit ich jung war, und wohl nie damit aufgehört. Aber seit meiner Verletzung hat er sich vor mir geekelt, fürchte ich, auch wenn er sich Mühe gegeben hat, es mich nicht merken zu lassen. Trotzdem fehlt er mir nun sehr. Und du … du bist so voller Leben, Kadevis. Ich habe das Gefühl, dass ich das Leben schon lange nicht mehr berührt habe. Aber ich hatte dir gegenüber nie *diese* Absicht. Ohnehin bin ich ein kranker und schwacher Mann.«

Kadevis wusste nicht, ob er erleichtert sein oder sich schämen sollte, überhaupt mit diesem Thema angefangen zu haben. »Aber Ihr habt mich angefasst.«

»Wenn ich dich damit irritiert habe, tut es mir leid.«

»Ist schon gut. Das macht ja nichts, ich dachte nur …«

Talvar schob beide Hände unter seine Kapuze, vielleicht rieb er sich die Augen. »Kadevis, all das ist doch nicht von Bedeutung. Mir geht es um etwas ganz anderes. Ich … Oh, ihr Geschicke, wie soll ich es nur sagen! Ich brauche deine Hilfe.«

»Wobei denn?«, fragte Kadevis skeptisch.

»Du musst mir dein Wort geben, dass du mit niemandem darüber sprichst, auch nicht mit meiner Familie.«

Nun *musste* er herausfinden, worum es ging. »Also schön, ich gebe mein Wort.«

»Danke.« Talvar vollführte eine müde Geste. »Du hast mein Haus gesehen, meinen Garten, meine Familie, meinen Olivenhain. Ich habe es in deinen Augen erkannt: Du weißt, dass mir die Geister ihr Wohlwollen entzogen haben.«

»Die Geister?«, wiederholte Kadevis verblüfft. Jeder Kessler, der auf dem Land lebte, erfuhr schon als Kind von den einfachen Leuten, dass das Wachsen und Sterben der Natur nicht von selbst geschah, sondern angeblich auf das Wirken der Geister zurückzuführen war, der Wesenheiten, die gestern beim Mittsommerfest durch das alte Theaterstück geehrt worden waren. Seine Tante hatte sich häufig über diesen, wie sie es zu nennen pflegte, »Unsinn für die Kinder« lustig gemacht, doch auch sie versäumte nie die traditionellen Feste und goss den ersten Krug Wein des Jahres stets auf dem Boden aus als Opfer für die Erdwesen. Man sprach möglichst wenig über Geister. Es brachte Unglück. Kadevis hatte nie viel über sie nachgedacht, selbst an Mittsommer nicht, er wusste nicht einmal, ob er wirklich an die Erdwesen glaubte. Aber als er jetzt den tiefen Ernst in Talvars Stimme hörte, wurde ihm unbehaglich zumute. »Warum denkt Ihr das?«

Ihm war bewusst, dass es zahllose Möglichkeiten gab, die Geister zu verärgern, jedenfalls wenn man den Erzählungen der alten Landarbeiter glaubte. Man konnte versehentlich ein fremdes Feld betreten und die Fragen des Geistes nicht richtig beantworten, der dort als alte Frau oder als Kind verkleidet lebte. Oder man erntete mehr, als man einlagern konnte, und warf den Überschuss einfach fort, anstatt ihn denjenigen zu geben, denen es an Essen fehlte. All die alten Geschichten, die Kadevis schon vergessen zu haben glaubte, schossen ihm nun durch den Kopf.

»Ich habe ein hilfloses Kind im Stich gelassen«, sagte Talvar, und seine Stimme klang so flach und erschöpft wie die eines alten Mannes.

»Es sieht so aus, als würde es Euren Kindern gut gehen«, entgegnete Kadevis vorsichtig.

»Nein, nicht Takis und Lerina. *Dich* habe ich im Stich gelassen.«

»Mich?«

»Es wäre meine Aufgabe gewesen, mich nach dem Tod deiner Eltern um dich zu kümmern.«

»Was? Aber meine Tante …«

»Ich habe es dir bisher nicht erzählt, aber« – er räusperte sich – »deine Mutter und ich, wir standen uns damals in Kyma recht nahe. Ich war ihr Militärstratege, sie vertraute mir. Sie machte sich Sorgen um dich, falls deinem Vater und ihr etwas zustoßen sollte. Der Gedanke, dass du dann von deiner Tante erzogen würdest, gefiel ihr nicht. Das Verhältnis zwischen ihr und ihrer Schwester schien nicht das beste zu sein. Also hat sie mich gebeten, mich um dich zu kümmern. Als Stratege war mein Platz nicht an der Front so wie ihrer.«

Nun hielt es Kadevis doch für besser, sich auf den Schemel zu setzen, denn plötzlich fühlten sich seine Knie allzu nachgiebig an. »Diesen Teil der Geschichte … kenne ich noch nicht. Aber es könnte stimmen. Meine Mutter und meine Tante haben sich wohl nie gut verstanden.«

»Sie erwartete wenigstens, dass ich ein Auge auf dich haben, dich unterstützen würde«, fuhr Talvar fort. Die Kapuze warf noch immer Schatten auf sein Gesicht, und Kadevis sah nur, wie sich seine Lippen bewegten. Auch Talvars Finger bewegten sich unablässig, schienen nach irgendetwas zu suchen, woran sie sich festhalten konnten. »Mit Geld, mit meinem Einfluss im Rat. Dein Freund hätte ich sein sollen. Stattdessen sind unsere Sippen zu Feinden geworden bei diesem fürchterlichen Prozess, und ich … ich wurde zwar freigesprochen, aber ich habe trotzdem alles verloren. Nicht alles auf einmal, nein, es ging so langsam, dass ich es selbst kaum bemerkte.«

Kadevis wusste nicht, was er sagen sollte. Talvars Niedergeschlagenheit legte sich wie ein lähmender Nebel um ihn. Nur mühsam fand er seine Stimme wieder. »Aber wenn das so ist, warum habt Ihr dann nie Kontakt zu mir aufgenommen? Das wäre doch nicht so schwierig gewesen.«

»Ich konnte nicht. Ich erwarte nicht, dass du das verstehst. Du weißt nicht, wie es ist, wenn der böse Zauber der Geister auf einem liegt. Es ist, als würde dich das Gewicht der ganzen Welt niederdrücken. Du fühlst, wie das Leben aus dir hinausläuft, und du kannst überhaupt nichts tun, nur daliegen und auf den Tod warten. Du bist zu schwach, um aufzustehen, nicht einmal sprechen kannst du mehr. Ja, ich dachte, ich würde sterben, und ich habe mich sogar danach gesehnt. Ich wollte nur noch, dass es aufhört. Ohne Lerina wäre ich nicht am Leben geblieben. Der Gedanke, dass auch sie ohne Vater aufwachsen muss, war schlimmer als alles andere. Vielleicht hatten die Geister ein Einsehen mit mir und haben mich verschont, weil sie erkannt haben, wie sehr ich meine Tochter liebe. Aber ihr Zauber ist nicht fort, Kadevis. Dieses Etwas … ist noch immer hier. Wie ein Schatten auf allem. Und ich habe nicht mehr viel Kraft. Ich könnte es nicht noch einmal abwehren. Wenn du nicht plötzlich vor Velmaruns Haus vor mir gestanden hättest – ich hätte dir wohl nie ins Gesicht blicken können. All die Jahre habe ich mich bemüht zu vergessen, wie ich mein Elend selbst verschuldet habe, aber als ich dich sah, da begriff ich endlich, was zu tun war.«

Kadevis wurde es flau. Gütige Geschicke, er hatte schon gehört, dass die Geister diejenigen niederschmettern sollten, die sie kränkten, aber noch nie hatte er mit jemandem gesprochen, dem so etwas tatsächlich widerfahren war! Plötzlich erinnerte er sich an Takis' Worte, dass sich sein Vater jahrelang geweigert hatte, am Theaterspiel zu

Mittsommer teilzunehmen – daran lag es also. Talvar fürchtete die Geister. Deshalb war er die ganze Zeit über so bekümmert gewesen.

»Ich weiß nicht, was Ihr von mir erwartet, Talvar.«

Talvar schüttelte langsam den Kopf. »Es ist absurd. Ich bin derjenige, der dir hätte helfen sollen, und nun bitte ich dich um Unterstützung. Ich hätte wie ein Vater für dich sein sollen, schon lange. Verstehst du jetzt, weshalb ich dein Mentor werden möchte?« Seine Stimme sank zu einem heiseren Flüstern herab, und seine Hände schlossen sich um die Kante des Schreibtischs. »Trotzdem, vielleicht ist es noch nicht zu spät. Wenn die Geister sehen, dass ich meine Schuld wiedergutzumachen versuche, werden sie ihren Zauber vielleicht von mir nehmen, von mir selbst, diesem Haus und den Olivenhainen. Ansonsten werden wir hier alle verdorren wie das Gras im Sommer. Ich brauche dich, Kadevis. Bitte. Du musst wie mein eigener Sohn sein. Werde mein Freund, mein Schutzbefohlener, ein Teil meiner Familie. Ich brauche dich. Geh nicht. Geh nicht!«

»O Geschicke«, murmelte Kadevis mit tauben Lippen. Sein Herz schmerzte von Mitleid, doch zugleich erfüllte ihn Entsetzen angesichts der Verzweiflung, die in jedem Wort, in jeder von Talvars matten Bewegungen lag. Und ihn schauderte bei der Vorstellung, der Mann könne jeden Moment aufspringen und ihn packen, ihn festhalten wollen, damit er nicht davonlief. Langsam erhob er sich von dem Schemel und trat zurück, aus dem Lichtkreis der Öllampe hinaus.

»Du gehst«, wisperte Talvar tonlos. »Du verlässt mich. Ich wusste es. Für mich gibt es keine Hoffnung mehr.«

Kadevis holte tief Atem. »Wenn Ihr wirklich die Geister gegen Euch aufgebracht habt, müsst Ihr den Rat der Hüter suchen. Sie können Euch sagen, was Ihr tun müsst. Ich verstehe nichts von diesen Dingen. Ich bin nur ein einfacher Weinbauer.«

Noch während er es aussprach, wusste Kadevis, dass das Unsinn war. Was sollte Talvar mit den Hinweisen der Hüter über irgendwelche Versöhnungsrituale aus der Vergangenheit anfangen? Er brauchte jemanden, der ihm half, kontrolliertes Feuer an seine Olivenhaine zu legen, um die gesunden Bäume zu retten. Und er musste sich mit seinem Verwalter zusammensetzen und ausrechnen, wie es um das Landgut stand. Obwohl Kadevis in beidem kein Spezialist war, kannte er die Namen von Leuten, die gegen angemessene Bezahlung helfen würden. Wenn er Talvar seine Unterstützung zusicherte – es schien ihm viel zu bedeuten –, vielleicht würde er die Kraft finden, diese längst überfälligen Arbeiten endlich zu erledigen.

Ein Teil von ihm wollte nichts lieber, als Talvar zu helfen. *Lerina braucht mich. Was ihr Vater verliert, verliert auch sie.* Der andere Teil von ihm wollte sofort von diesem düsteren Ort weg. Und dann war da noch eine Stimme – sie klang verdächtig nach Malkar –, die flüsterte: *Talvar ist noch immer nicht aufrichtig zu dir. Die gestohlenen Statuen hat er mit keinem Wort erwähnt, und wer weiß, was wirklich mit deinen Eltern passiert ist. Du kannst ihm nicht trauen. Beim Mittsommerspiel hast du selbst gesehen, dass er kein übler Schauspieler ist.*

Talvar blieb reglos und stumm. Kadevis schluckte. »Dieser Dolch, den Ihr mir geschenkt habt – ich werde ihn Euch zurückgeben. Ihr könnt es Euch doch gar nicht leisten, mir so teure Geschenke zu machen.«

Nach wie vor antwortete ihm nur Schweigen. Diese Stille war noch schlimmer als Talvars tonloses Wispern. Kadevis ertrug es nicht länger. »Ich weiß noch immer nicht, was genau Ihr von mir erwartet, aber ich werde darüber nachdenken, was ich für Euch tun kann, ja? Gebt mir etwas Zeit. Bitte. Talvar, hört Ihr mich?«

Ganz langsam lösten sich Talvars Hände von der Tischkante. »Etwas Zeit«, wiederholte er. »Habe ich denn eine Wahl?«

Kadevis ging davon aus, dass das Ja bedeutete. »Gut«, sagte er. »Ich bin müde. Ich lege mich noch etwas hin.«

Auf dem Rückweg in seinen Schlafraum musste er sich zusammennehmen, um nicht zu rennen. Sorgfältig schloss er den Vorhang vor der Tür und zog sich die Bettdecke bis über die Ohren. So starrte er in den Raum, wo in der grauen Morgendämmerung allmählich Möbel und Wandbilder sichtbar wurden wie geisterhafte Landschaften. Es war eine Sache, Talvars Diebstahl nicht zu verraten, etwas ganz anderes, was der verhüllte Mann jetzt von ihm verlangte. Wenn Kadevis nur jemanden gehabt hätte, den er um Rat fragen konnte! Doch Onkel Makis war weit fort in Laidon, und Malkar … Nein, es gab niemanden, der ihm helfen konnte. Er war allein.

Nicht ganz allein. Da war Lerina. Und auch wenn er wusste, dass sie die letzte Person war, die von alldem erfahren durfte, spürte Kadevis, wie ihm der Gedanke an sie Kraft gab. Hoffentlich würde diese Kraft genügen, um sich richtig zu entscheiden.

Als Kadevis nach dem Frühstück von Talvars Grundstück wegritt, musste er sich wieder und wieder umblicken. Er und Lerina hatten bei Tisch zwar nicht mehr als ein paar Blicke getauscht, aber an ihrem Lächeln glaubte er gesehen zu haben, dass sie sich in dem Schuppen nicht bloß einen

Scherz mit ihm erlaubt hatte. Sie liebte ihn. Er war ganz sicher. Und er liebte sie. Wenn er nur eine Möglichkeit fand, sie möglichst bald wiederzusehen!

Ob sie an einem Fenster stand und ihm nachblickte? Vorsichtshalber winkte er dem ganzen Haus zum Abschied zu, ehe es hinter einer Hecke verschwand. In dem hellen Sommermorgen löste sich der Schrecken, den ihm das Gespräch mit Talvar eingejagt hatte, auf wie Nebel. Verflucht von den Geistern? Waren das nicht Geschichten für Kinder?

Noch vor dem Frühstück hatte er sich vorgenommen, einen Umweg zurück zur Stadt zu nehmen. Zwischen dem Landgut seiner Tante und Kessel und damit ein Stück westlich von Talvars Besitz lebte auf halber Strecke die alte Julaka. Sie galt zwar als ein wenig verrückt, aber niemand wusste so viel wie sie über Krankheiten, die Tiere und Pflanzen befallen konnten. Onkel Makis hatte Kadevis manchmal nach ihr geschickt, wenn er sich Sorgen um die Reben machte oder wenn einer der Ackergäule kränkelte. Der Weg führte hangabwärts, in sanften Kurven, die sich einem kleinen Flusslauf anpassten. Das Gebiet musste zu Talvars Besitz gehören, denn wohin er blickte, sah Kadevis Olivenbäume. Diese waren jünger als diejenigen, die ihm Talvar gezeigt hatte, und sie sahen gesund aus. Ihre silbrigen Blätter glänzten in der Sonne. Zur Erntezeit herrschte hier bestimmt großer Betrieb. Kadevis wünschte sich, er könnte es miterleben.

Plötzlich stutzte er. Am Rand des Haines wuchsen eine Handvoll Bäume, an deren unteren Ästen sich die Blätter zusammengerollt hatten. Weiter oben wirkten sie kahl, als hätte ein Sommersturm ihr Laub zerrupft. Kadevis durchfuhr es kalt. Augenblicklich zog er die Zügel an, sprang vom Pferd und kletterte über den kleinen Graben am Wegrand auf das Feld. Noch immer hoffte er, den Zustand der Bäume auf das trockene Wetter schieben zu können. Doch schon sah er allzu deutlich die feinen Goldfäden, die über die Blätter liefen. Noch waren es wenige, dünn wie Spinnweben. Kadevis holte Atem, riss eins der aufgerollten Blätter ab und bog die Enden vorsichtig auseinander.

Im Inneren klebten die weißen Puppen der Baummotten.

Er ließ das Blatt fallen, als hätte er sich daran verbrannt. Nun sah er auch, dass an den kahlen Stellen des Baumes durchaus noch Blätter hingen, nur waren sie bis aufs Aderwerk abgenagt, skelettiert. Die winzigen Larven selbst waren fast durchsichtig und kaum zu erkennen, aber der Schaden, den sie angerichtet hatten, ließ keinen Zweifel aufkommen. Einen Moment lang empfand Kadevis tiefe Verzweiflung, fast, als wären es seine Olivenbäume. Dann zwang er sich zur Ruhe und sah sich um. Hier waren nicht alle Bäume befallen, nur am Rand des Hains hatten sich die Motten ansiedeln können. Die Trockenheit hatte offenbar bisher eine weitere Ausbreitung verhindert. Aber nach einem einzigen Regenguss würden die verpuppten Motten gleichzeitig schlüpfen und überallhin schwärmen, so wie sie auch von dem alten Hain beim Landgut bis hierher geraten waren – dann gab es nichts mehr, was Talvars Bäume noch retten konnte. Etwas musste geschehen, so schnell wie möglich.

Kadevis brach einen der Zweige voller goldschimmernder Fäden ab. Julaka würde beurteilen können, wie schlimm der Befall war, und vielleicht erkannte sie Einzelheiten, die ihm selbst entgingen. Bestimmt wusste sie Rat. Sie musste einfach.

16

Du kommst spät. Ich hätte dich eher zurückerwartet.« Malkar sah aus, als habe er sich die gesamte Zeit über nicht von seinem Schreibtisch wegbewegt.

»Ich habe noch eine alte Freundin besucht«, sagte Kadevis.

»Was für eine alte Freundin?«

»Hühner-Julaka. Nur eine alte Frau, sie wohnt bei den Schwarzwasser-Fällen. Ich habe ihr früher zu den großen Festen oft etwas zu essen vorbeigebracht, Geschenke von meiner Familie. Ich wollte sehen, wie es ihr geht. Na ja, als ich ohne Wein und Kuchen vor ihr stand, hätte sie mir am liebsten die Tür wieder vor der Nase zugeschlagen, das konnte ich ihr ansehen.« Kadevis gefror das Lachen, denn Malkars Miene verriet unverhohlenes Misstrauen.

»Die verrückte Frau mit den vielen Hunden, die sogar ihren Hühnern Namen gibt?«

»Sie versteht viel von Pflanzen und Tieren. Mein Onkel Makis …«

Mit einer Geste schnitt ihm Malkar das Wort ab. »Ich verstehe schon. Ja, ich habe von ihr gehört. Für einen jungen Mann bist du manchmal reichlich sentimental, Kadevis. Aber wer weiß, wozu es einmal gut ist. Hattest du denn eine erfreuliche Mittsommerfeier?«

»Ach ja. Ihr wisst ja, es ist nie dasselbe, wenn man nicht mit seiner Familie feiert.«

Ob das die richtigen Worte gewesen waren? Malkar reagierte kaum darauf. »Ich möchte alle Einzelheiten wissen«, sagte er schließlich, »aber nicht jetzt. Wir sehen uns zum Abendessen.«

Kadevis nickte. Er wusste, dass ihm eine schwere Prüfung bevorstand, seinen Mentor über die Erlebnisse in Talvars Haus zu belügen, aber er hoffte, dass die Geschichte ausreichen würde, die er sich zurechtgelegt hatte. »Wie habt Ihr denn den Mittsommerabend verbracht?«, erkundigte er sich vorsichtig. »Hattet Ihr Spaß?«

»Danke der Nachfrage, ich kann mich nicht beschweren. Ich bin mit meiner Rede gut vorangekommen, und vielleicht kann ich bis zum Abendessen noch einen weiteren Absatz ausarbeiten. Also geh nun und zieh dich um. Du riechst nach Pferd.«

Liebe Güte, wie habe ich das vermisst! Andererseits, so, wie die Dinge lagen, hatten Malkars Unfreundlichkeit und die Distanz zwischen ihnen fast etwas Beruhigendes.

»Und du hattest wirklich keine Gelegenheit, dich in Talvars Haus genauer umzusehen?«

»Nein, Meister Malkar.« Kadevis rührte nervös in seiner Suppe. Obwohl er wusste, dass er das Richtige tat, fühlte er sich alles andere als wohl dabei, seinen Mentor so offen zu belügen. »Talvars Sohn Takis ist mir den ganzen Abend nicht von der Seite gewichen. Ich wette, sein Vater hat ihn auf mich angesetzt, damit er mich im Auge behält. Wahrscheinlich ist Talvar schon beim letzten Besuch misstrauisch geworden. Er ahnt bestimmt, dass ich nach der Kriegsbeute suche.«

»Oder er hat bemerkt, dass du ein Auge auf seine Tochter geworfen hast. Was ist los? Du isst kaum etwas.«

»Mehlklöße«, murmelte Kadevis und beförderte einen

davon auf den Tellerrand. Jede Gelegenheit war willkommen, Malkar nicht in die Augen sehen zu müssen.

»Um auf Talvar zurückzukommen, hast du wenigstens den Rat beherzigt, den ich dir gegeben habe? Du weißt, was ich meine.«

»Das war ein Reinfall, Meister Malkar. Ich war sogar während der Nacht mit Talvar allein, aber diesmal hat er nicht mal versucht, mich anzufassen. Ich glaube eher, er macht sich Vorwürfe, weil er sich nie um mich gekümmert hat. Offenbar haben meine Eltern ihn darum gebeten, damals in Kyma.« Das war nicht einmal gelogen.

Malkar schob den Suppenteller von sich und rieb sich mit geschlossenen Augen die Nasenwurzel. Müde sah er aus. »Es scheint, als hättest du deine Zeit verschwendet. Wir müssen wohl unsere Taktik ändern. Ich werde mir etwas überlegen, aber das muss warten, bis der Prozess vorüber ist. Ich will mich jetzt ganz auf diesen Auftritt konzentrieren. Ein Sieg gegen die Selviden, wenn auch nur vor Gericht, wird einige Türen für mich öffnen. Für dich übrigens auch.«

»Wann beginnt der Prozess noch mal?«, fragte Kadevis, erleichtert, dass Malkar das Thema wechselte.

»Erzähl mir nicht, dass du das vergessen hast! Am nächsten Feuertag, und ich gehe nicht davon aus, dass er länger als zwei Tage dauern wird.«

»Bestimmt nicht«, sagte Kadevis. »Ihr werdet diese Selviden in die Pfanne hauen, da gibt es nichts.«

Malkar öffnete die Augen und sah ihn an. »So ist es«, bestätigte er, und seine Mundwinkel verzogen sich zu einem winzigen Lächeln.

Am folgenden Tag begleitete Kadevis unter einem Vorwand die Köchin auf den Markt. Er suchte einen Bauern aus dem Tal, der auf seiner Heimfahrt an Talvars Landgut vorbeikommen würde, und tatsächlich fand er nach kurzer Suche eine faltige Frau mit Strohhut, die, wie sie sagte, genau diesen Weg hatte. Während die Köchin Fische begutachtete, die ein paar Marktstände entfernt in Holzbottichen ihre Runden drehten, steckte Kadevis der Bäuerin eine Briefkapsel und ein Silberstück zu. Den Brief hatte er in der Nacht geschrieben, die Kapsel war an Takis adressiert. Kadevis bat den jungen Mann in seinem Schreiben dringend, zum »Kegeln« in die Rosenhecke zu kommen, und zwar schon morgen Abend. Hoffentlich erkannte Takis, wie wichtig sein Erscheinen war.

Talvar selbst würde nichts unternehmen, um seine Olivenhaine zu retten – er sah schon allzu lang tatenlos dabei zu, wie alles um ihn herum verfiel. Und er schien auch seinen Sohn im Unklaren darüber gelassen zu haben, wie schlimm es um seinen Besitz stand. Wenn Takis jedoch erfuhr, in welchem Zustand sich das Gut seines Vaters wirklich befand und was geschehen musste, um die gesunden Bäume zu retten, würde er hoffentlich nicht zögern, alle nötigen Schritte zu ergreifen, notfalls gegen Talvars Willen. Takis mochte nicht der schlauste Kerl sein, dem Kadevis jemals begegnet war, aber so viel würde er bestimmt begreifen: Die Großen Familien lebten von den Einkünften aus ihren Landgütern, also ging es für ihn und die Seinen um die Existenz.

»Was hast du mit meiner Schwester angestellt?«

Takis brüllte ihm ins Ohr, packte ihn, zerrte ihn ohne offensichtliche Anstrengung vom Stuhl hoch und presste ihn gegen die Wand. Kadevis hatte plötzlich keinen Boden mehr unter den Füßen und schnappte erschrocken nach

Luft. Er starrte in Takis' Gesicht. Es wirkte finster, aber ehrliche Wut konnte er darin nicht erkennen.

»Lass mich los!«

»Du konntest deine Finger nicht von ihr lassen, stimmt's?!«

»Und wenn du es noch lauter rumschreist, weiß es bald die halbe Stadt«, presste Kadevis zwischen den Zähnen hervor. Daraufhin lockterte sich Takis' Klammergriff; Kadevis plumpste wieder auf die eigenen Füße. Er rieb sich die gequetschte Schulter – Takis hatte einen Griff am Leib wie der Biss eines Pferdes! »Hör mal, ich werd's dir erklären, aber sei leiser. Außerdem habe ich dich nicht wegen Lerina hergebeten.«

»So sieht das also aus – du küsst sie und dann brichst du ihr das Herz, was?«

Trotz allem hatte Kadevis plötzlich Mühe, sich das Lachen zu verbeißen. »Es ist nicht so, wie du denkst. Jetzt komm und sei friedlich, ich hab uns Wein bestellt.«

Takis brummte missmutig, setzte sich dann aber zu ihm an den kleinen Ecktisch. Die Gäste der Rosenhecke, die sich bei ihrem Streit zu ihnen umgewandt hatten, beobachteten sie noch immer. Erst als sich Takis in seinem Stuhl zurücklehnte, nahmen sie ihre Gespräche wieder auf. Vermutlich waren sie enttäuscht über die ausgebliebene Prügelei.

»Da bin ich aber gespannt, was das alles soll«, sagte Takis. Er kippte den Wein, der vor ihm stand, in einem einzigen Zug hinunter.

»Was hat dir Lerina denn erzählt?« Kadevis versuchte, möglichst unauffällig zu fragen. So wenige Personen wie möglich durften erfahren, dass er mit Talvars Tochter in diesem Schuppen gewesen war, wo die verhüllte Statue stand. Und wenn Takis davon wusste …

»Ach, gar nichts. Aber ich kenne meine Schwester doch. Seit dem Mittsommerfest lacht sie viel mehr als sonst. Sie singt sogar, und sie singt schrecklich. Sie redet ja nicht über dich, aber mich könnt ihr beide nicht für dumm verkaufen. Ich hatte dich gewarnt, was passiert, wenn du sie anfasst!«

»Ich habe sie nur geküsst.«

Takis schnaubte. »Soll ich mich jetzt bei dir bedanken, weil du sie nicht entjungfert hast?«

Einige Gäste hoben erneut die Köpfe. Kadevis wartete eine Weile, ehe er leise erwiderte: »*Sie* wollte, dass ich sie küsse.«

»Was ist das denn für eine dämliche Ausrede? Ich sollte dir wirklich diese Geiernase plattschlagen!«

»Trink lieber und beruhige dich.« Kadevis schob ihm auch seinen eigenen Becher zu. »Du hast ja recht, es war nicht in Ordnung. Du hast mir vorher gesagt, dass ich nicht … aber es war einfach nicht anders möglich. Ich glaube, ich bin in deine Schwester verliebt.«

»Verliebt.« Takis betrachtete mit gefurchter Stirn erst den vollen Becher, dann Kadevis. »So richtig?«

»Ich denke schon. Was ich sagen will, Takis, ich verstehe, dass du dir Sorgen machst. Aber ich will genauso wenig wie du, dass Lerina unglücklich ist.«

Takis seufzte aus tiefster Seele, stützte die Ellbogen auf den Tisch und fuhr sich mit beiden Händen durch die Locken. »Wenn Vater das rausbekommt, bin ich so was von erledigt. Du kannst es dir nicht vorstellen. Und jetzt erzähl mir nicht, dass du bei ihm um Lerinas Hand anhalten willst oder so. Er würde sie dir nie geben. Allein der Gedanke, dass du sie geküsst hast, würde ihn wahnsinnig machen. Wenn's um Lerina geht, ist Vater nicht normal, Kadevis. Du solltest dich von ihr fernhalten. Ich hätte dich nie mit ihr zusammenbringen dürfen.«

Kadevis teilte Takis' Sorgen in Bezug auf ihren Vater, aber er durfte sich jetzt nicht davon ablenken lassen. Wichtigere Dinge lagen an. »Ich werde es keinem verraten. Mach dir deswegen keine Sorgen. Takis, hör zu: Ich habe dich aus einem anderen Grund hergebeten. Es geht um die Olivenhaine deines Vaters.«

Takis blickte auf. »Wie? Was ist denn damit?«

»Sie sind krank. Sie haben die Baummotten. Es sieht nicht gut aus.«

Und Kadevis erzählte ihm, was er selbst gesehen und was die alte Julaka ihm erklärt hatte. Während er zuhörte, veränderte sich Takis' Gesicht: Seine Augen weiteten sich, sein Mund blieb offen stehen. Zuletzt war er fahl, die Lippen waren ein Strich, und auf der Tischplatte hatten sich seine großen Hände zu Fäusten geschlossen. Auch seine tiefe Stimme klang ganz verändert, beinahe brüchig, als er sagte: »Vater hat mir erzählt, dass wir die Motten haben, unsere Arbeiter haben darüber gesprochen, und es ist mir ja auch selbst aufgefallen ... Aber er meinte, es würde vorbeigehen, spätestens nach dem nächsten Winter. Und es wäre nicht weiter schlimm. Ich hatte ja keine Ahnung!«

Erleichterung erfüllte Kadevis. »Das bedeutet, du glaubst mir?«

Takis nickte düster. »Leider. Obwohl's mir lieber wäre, ich würde es nicht. Du scheinst was von diesen Dingen zu verstehen. Und Vater ... ich weiß manchmal nicht, was in seinem Kopf vorgeht.«

»Julaka hat mir gesagt, dass es noch nicht zu spät ist, einen Teil der Bäume zu retten. Man muss die kranken Bäume abbrennen, und ein gutes Stück ringsum auch alle anderen. Sie können schon befallen sein, ohne dass man es sieht. Und es muss schnell passieren – nach jedem Regen werden mehr Bäume krank.«

Takis' Brauen senkten sich herab, und er schob den Unterkiefer vor. »Dann fangen wir am besten sofort an. Wo wohnt diese Frau, diese Julaka? Ich besuche sie selbst. Noch diesen Abend. Willst du mitkommen?«

»Ich würde schon, aber ich kann nicht. Wenn ich so lange wegbleibe, wird mein Mentor misstrauisch, und er darf ohnehin nicht erfahren, dass ich mich heute hier mit dir treffe.«

Plötzlich zeichnete sich neues Misstrauen in Takis' Miene ab. »Wie meinst du das, er darf es nicht erfahren?«

»Er ist immer noch mein Mentor. Ich komme aus dieser Sache nicht so schnell raus … Es ist einfach besser, wenn er nicht weiß, dass ich deiner Familie zu helfen versuche. Aber ich stehe auf eurer Seite. Wirklich, Takis. Du kannst mir vertrauen.«

Damit gab sich Takis glücklicherweise zufrieden. »Ja, ich vertraue dir. Hoffentlich werde ich mir nicht irgendwann selbst dafür in den Hintern treten, aber ich denke, du bist in Ordnung.«

»Denke ich auch. Also, dass du in Ordnung bist, meine ich.«

Über die Tischplatte hinweg reichten sie sich die Hände. Kadevis musste die Zähne zusammenbeißen, als ihm Takis die Finger quetschte, und sein Grinsen geriet etwas angestrengt. »Gibst du mir Bescheid, was du unternehmen willst? Ich werde dir helfen, wenn ich kann. Ich muss mir für meinen Mentor nur rechtzeitig eine Ausrede einfallen lassen. Aber das werde ich schon hinkriegen. Er ist im Moment ziemlich beschäftigt mit einem Prozess.«

»In Ordnung. Ich schicke Akama vorbei. Er soll unter deinem Fenster pfeifen. Wegen der Kopierarbeiten für Vater ist er ohnehin fast jeden Tag in der Stadt. Wenn du ihn hörst, kommst du am besten schnell nach draußen. Kadevis, ich weiß gar nicht, was ich sagen soll. Ich hätte dir fast die Nase gebrochen, aber du bist wirklich ein Freund.«

Von der schwülen Hitze klebten Kadevis die Haare an der Stirn. Auch seine Stute keuchte schon seit einer Weile, und als er in einer kleinen Senke abstieg und sie zum Bach führte, begann sie gierig zu trinken. Er lehnte sich an ihre feuchte Schulter und spähte in den Himmel. Das Wetter machte ihm Sorgen – er konnte das nahende Gewitter spüren wie ein Kribbeln auf der Haut. Es durfte auf keinen Fall regnen, ehe sie den kranken Teil von Talvars Olivenbäumen abgebrannt hatten! Dann mochten die Geschicke wissen, wie weit sich die Schädlinge noch verbreiten würden. Er erinnerte sich noch an die befallenen Bäume, die er als Kind gesehen hatte, und an die weißgrauen Wolken von Motten, die in die regenfeuchte Luft davonstoben.

Wenn sie sich beeilten, konnten sie es an einem Tag schaffen, hatte Julaka gesagt, und mit Glück würde das Gewitter erst in der Nacht niedergehen. Dennoch fühlte er sich unwohl. Er hatte sich in gewichtige Dinge eingemischt, die ihn nichts angingen, obwohl er viel zu wenig davon verstand, und jetzt war es zu spät, um sich wieder zurückzuziehen. Hoffentlich lief alles nach Plan!

Immerhin glaubte er nach wie vor daran, dass er das Richtige tat. Mit zusammengekniffenen Augen blickte er über die Hügel. In der Luft lag ein leichter Dunst, verschleierte die fernen Umrisse, dennoch meinte Kadevis an der flimmernden Linie zwischen Boden und Himmel schon die Olivenbäume zu erkennen, wegen denen er gekommen war. Das Licht stach.

»Komm, Mädchen«, murmelte er und zog die Stute vom Wasser weg. »Wir sind fast da, gleich kannst du dich ausruhen.«

Wenig später erreichte er den vereinbarten Treffpunkt: ein großes Feld, wo sich im Schatten einer Eiche zehn oder mehr Menschen niedergelassen hatten. Zwischen ihnen lagen hechelnd Julakas Lieblingshunde im Gras, der braune und der gefleckte. Einer der Männer erhob sich und blickte ihm entgegen, wobei er die Augen mit der Hand beschattete; an den breiten Schultern erkannte Kadevis Takis. Er trieb die Stute zu einem letzten Trab an. »He, Takis! Bin ich zu spät?«

»Kadevis!« Je näher er kam, desto breiter wurde Takis' Grinsen. Kaum war er bei der Gruppe abgesprungen, führte eine grauhaarige Frau seine Stute weg, und Takis umarmte ihn zur Begrüßung. »Da bist du ja endlich. Dann kann's losgehen.«

Die Männer und Frauen, allesamt mit den wettergegerbten Gesichtern von Feldarbeitern, standen langsam auf. In einigen Mienen spiegelte sich Misstrauen; Kadevis verstand es, schließlich war seine Familie offiziell noch immer mit Talvars verfeindet.

»Das ist Rojan, unser Aufseher«, stellte ihm Takis einen imposanten, bärtigen Mann vor, in dem Kadevis den Unermesslich Reichen aus dem Mittsommer-Theaterstück wiedererkannte. »Rojan, meinen Freund Tuvar Kadevis kennst du ja schon, er war Mittsommer unser Gast.«

Kadevis beschloss, es als gutes Vorzeichen zu betrachten, dass er dem Unermesslich Reichen vor dem Vorhaben die Hand schüttelte. Der Aufseher schlug ihm anschließend auf die Schulter, dass er beinahe in die Knie ging. »Takis hat mir erzählt, was du für seine Familie getan hast. Du sollst wissen, Junge, dass ich mich nicht an deiner Nase störe. Die Geister sollen dich großzügig segnen!«

Als die Hunde steifbeinig zu ihm trotteten und an seinen Beinen schnupperten, streichelte Kadevis ihnen die Köpfe. Inzwischen hatte er sich daran gewöhnt, wie eingefallen ihre Flanken und grau ihre Schnauzen geworden waren. Bei seinem Besuch vor ein paar Tagen war er richtig erschrocken gewesen, und er hatte sich gefragt, ob er wirklich so lange beim Militärdienst gewesen war. Er blickte sich nach Julaka um, die etwas abseits stand und ihm freundlich zunickte. Zumindest sie schien nicht gealtert zu sein – sie hatte wie eh und je ein Gesicht wie ein verschrumpelter Apfel.

»Und der Bluthund weiß nicht, dass du hier bist?«, fragte Takis.

»Er denkt, dass ich meinen Cousin besuche.« Kadevis trat in den Schatten der Eiche und wischte sich mit dem Handrücken den Schweiß von der Stirn. »Er ist ohnehin froh, wenn ich ihm im Moment nicht im Weg stehe. Übermorgen ist endlich sein Prozess, und er übt seit mehr als drei Tagen seine Rede, von früh bis spät! Und eine Laune hat er, nicht mal ein Hund würde sich in seine Nähe wagen. Außerdem macht ihm sein Fuß immer noch Probleme.«

Takis lachte. »Das klingt ja furchtbar! Du bist wirklich nicht zu beneiden. Na dann komm, ich zeige dir alles. Zum Glück kenne ich einige von den Arbeitern schon sehr lange. Sie helfen uns gern bei der Sache.«

»Was ist mit deinem Vater?«, fragte Kadevis. »Weiß er, was hier vor sich geht?«

Takis schüttelte den Kopf. »Ich sage es ihm erst hinterher. Vater würde niemals gestatten, dass wir Feuer an den alten Olivenhain legen, und überhaupt ist er sonderbar: Wer weiß, was ihm sonst noch einfällt, um uns aufzuhalten. Wir kommen leichter ohne ihn zurecht.«

»Wirst du keinen Ärger bekommen?«

»Na ja, im Vergleich dazu, was für einen Ärger ich kriege, wenn Vater das mit Lerina und dir erfährt – sagen wir's mal so, ich kann damit leben. Und vielleicht sieht er später ein, warum wir die Bäume verbrannt haben.«

Takis sprach von ihrem Vorhaben, als läge es bereits hinter ihnen, was tief in Kadevis' Magen ein unangenehmes Gefühl verursachte. »Hast du es Lerina erzählt?«

»Sie ist so neugierig, vor ihr kannst du nichts geheim halten. Aber ich habe ihr gesagt, dass sie sich hier nicht blicken lassen soll. Jemand muss schließlich aufpassen, dass Vater im Haus bleibt. Du hattest gehofft, sie wiederzusehen, was?«

»Schon. Aber besser, wir bringen das hier erst mal hinter uns. Julaka, was sollen wir machen?«

Die alte Frau pfiff ihre Hunde zu sich und marschierte dann auf Takis und Kadevis zu. Sobald alle Arbeiter einen Kreis um sie gebildet hatten, zog sie ein Gesicht wie ein Feldherr vor der Schlacht und legte los:

»Ihr müsst sehr vorsichtig sein, bei der Trockenheit könnte sich das Feuer schnell ausbreiten. Am besten, ihr brennt einen Baum nach dem anderen ab und löscht die Flammen hinterher sofort wieder. Der alte Olivenhain muss völlig abgebrannt werden, aber hier im Umland sind die meisten Bäume noch gesund. Ihr müsst also nur die kranken niederbrennen und alle, die rings um sie stehen. Das sollte genügen.«

Zwischen den Hainen zogen sich Bewässerungsgräben entlang, und auch zum Fluss war es glücklicherweise nicht weit. Alle hatten Eimer mitgebracht, und Takis schickte als Erstes einen Teil der Arbeiter, um Wasser zu holen. Kadevis hätte ihnen gern geholfen, denn es machte ihn kribbelig, einfach nur herumzustehen, aber Takis wollte, dass er zu der Gruppe gehörte, die das Feuer legte.

Takis hatte einen Plan von den Ländereien seines Vaters mitgebracht und darauf die Stellen eingezeichnet, wo Motten die Bäume befallen hatten. In der Mitte lagen das Anwesen und der alte Olivenhain, den Talvar Kadevis auf dem Mittsommerfest gezeigt hatte. Von dort aus schien sich der Befall auf die umliegenden Haine ausgebreitet zu haben.

Unter den strengen Augen Julakas begannen sie mit den Hainen am Rand, die am wenigsten vom Schädlingsbefall betroffen waren, und markierten alle befallenen Bäume mit einem Seil. Dann setzten sie die dünnen Zweige des ersten Baumes mit einer Fackel in Brand. Kadevis biss unwillkürlich die Zähne zusammen, als er sah, wie die Flammen hoch aus dem trockenen Laub hervorschlugen. Prasselnd verschlangen sie das Holz. Es war fürchterlich, das mit anzusehen, vor allem da der Baum bis auf wenige goldumsponnene Blätter noch gesund gewirkt hatte. Der rote Flammenschein fiel auf die starren Gesichter der Arbeiter, und Kadevis sah ihnen an, dass sie ebenso empfanden wie er selbst. Sogar die Hunde duckten sich hinter die Beine ihrer Herrin. Nachdem der erste Baum verbrannt und das Feuer gelöscht war, reckte er wie ein schwarzes Skelett seine verstümmelten Äste in den Himmel. Schweigend gingen sie zum nächsten Baum und wiederholten die Prozedur.

Der beißende Brandgestank erschwerte bald das Atmen, und Kadevis schwitzte inzwischen so stark, dass ihm die Tunika vorn und hinten am Körper klebte. Die Asche hatte sich überall auf seiner Haut und in seinen Haaren niedergelassen. Immer wieder nahm er einem der Arbeiter den Eimer ab und löschte sorgfältig alle glimmenden Funken, die er auf der qualmenden Erde noch fand und von denen es unzählige zu geben schien. Gerade wirbelte er mit seinen Füßen wieder Glut auf, als ihn Takis beim Arm griff und beiseitezog. »Mach nicht so ein verbissenes Gesicht«, sagte er leise. »Die Arbeiter kriegen ja Angst. Bisher läuft doch alles ganz gut.«

Kadevis rieb sich die Augen, die vom Rauch brannten. Seine Schultern und sein Nacken, alles schmerzte vor Anspannung. »Du hast recht«, murmelte er. »Entschuldige. Ich stell mir nur dauernd vor, das hier wären die Weinberge meiner Familie.«

»Hör mal, du bleibst besser etwas zurück. Am Ende verbrennst du dir noch deine Nase. Jetzt haben wir es schon beinahe geschafft, nur der alte Hain beim Haus fehlt noch, und der ist so klein, dass wir ihn als Ganzes abbrennen können. Warum wäschst du dir nicht im Bach die Asche ab und kommst nach? Du bist über und über schwarz.«

Kadevis strich sich über die Wangen und sah auf seine Finger. Ruß klebte daran, aber er wusste nicht, ob er von seinen Händen oder seinem Gesicht kam. Takis lachte, und auch Kadevis musste grinsen. »Ist gut. Bis gleich.«

Er war erleichtert, dass er nicht mitansehen musste, wie der älteste Olivenhain in Brand gesteckt wurde. Zu frisch war das Bild in seinem Kopf von Talvar, der mit seinem welken Laubkranz im Halbschatten stand und mit gebrochener Stimme über die Bäume sprach. Hoffentlich würde Talvar die Flammen nicht bemerken. Vom Haus konnte man bis zu dem Hain hinüberblicken.

Durch die Senke, die den alten Hain und einen anderen

Hügel voller Olivenbäume voneinander trennte, plätscherte ein Bach. Während sich Takis mit den Arbeitern entfernte, kletterte Kadevis die Böschung hinunter, kniete sich ins Ufergras, schöpfte Wasser und wusch sich das Gesicht und die Hände. Es tat gut, für einen Moment durchzuatmen. Er sollte sich nicht so in diese Sache hineinsteigern, schließlich hätte alles bis jetzt nicht besser laufen können.

»Kadevis?«

Er hob den Kopf. Lerina rannte mitten durch den alten Olivenhain auf ihn zu, barfuß, ihr bunter Schal flatterte hinter ihr. Kadevis kam gerade rechtzeitig auf die Füße, um sie aufzufangen, als sie sich in seine Arme warf.

»Pass auf«, rief er lachend, »ich bin ganz schmutzig!«

»Macht nichts.« Lerinas Augen glänzten. »Takis hat mir erzählt, dass du herkommen würdest, aber bei den anderen warst du nicht. Jetzt habe ich dich gefunden!«

Wie sie ihn ansah – Kadevis wurde einmal mehr bewusst, wie glücklich er sich schätzen konnte. Er drückte sie an sich und freute sich, dass sie da war. »Was ist mit deinem Vater? Takis sagte, du wolltest ihn im Auge behalten.«

»Vater liegt im Bett. Wenn ein Gewitter kommt, hat er häufig Kopfschmerzen, dann hängt er die Fenster zu und will niemanden sehen. Er merkt gar nicht, dass ich weg bin.« Mit einer spielerischen Bewegung griff sie nach Kadevis' Hand. »Wie läuft es bei den Olivenhainen?«

»Ganz gut, denke ich.« Kadevis hatte sich den anderen so schnell wie möglich wieder anschließen wollen, doch nun hatte er gar keine Eile mehr. Lerinas Hand in seiner fühlte sich zu gut an, um sie schnell wieder loszulassen. »Ich finde es nur traurig zu sehen, wie sie brennen, die schönen alten Bäume.«

Lerina gab ihm einen Nasenstüber. »Du bist süß.« Und

dann schlang sie die Arme um seinen Hals und küsste ihn. Aber wie!

»He«, rief er lachend, als er wieder Luft bekam, »mit wem hast du heimlich geübt?«

»Nur mit dir. Im Traum.«

17

Das war der letzte Baum.« Takis wischte sich mit dem Unterarm den Schweiß von der Stirn und verteilte Asche und Schmutz in seinem Gesicht. Um seine Knöchel schwirrten die letzten Funken. Vor ihm erstreckte sich eine Fläche der Verwüstung, schwarzer Boden, qualmende Stümpfe. Mehr war nicht übrig geblieben von Talvars ältestem Olivenhain, dem Erbe der Familie. Die Arbeiter und Julaka sammelten sich um Takis. Niemand sprach, und bis auf die alte Frau, die einen undurchdringlichen Gesichtsausdruck trug, wirkten sie alle noch etwas gelähmt angesichts dessen, was sie getan hatten. Vielleicht waren sie erschrocken über ihren eigenen Mut, ohne Erlaubnis ihres Herrn gehandelt zu haben.

Dann aber klopfte Takis dem Aufseher Rojan auf die Schulter. »Gute Arbeit!«, sagte er, und auf seinem aschegeschwärzten Gesicht breitete sich ein Grinsen aus. Es mochte das Signal sein, auf das alle gewartet hatten, jedenfalls sah Kadevis, wie die Betäubung von einem Moment auf den nächsten in Erleichterung umschlug. Die Arbeiter umarmten sich, Takis musste zahlreiche freundschaftliche Knüffe und Püffe einstecken, und sogar Julakas Hunde wurden geknuddelt. Auch er selbst fand sich bald innerhalb der Menge wieder, die ihn beglückwünschte und ihm dankte, als hätte er Talvars Besitz gerettet. Aus dem Augenwinkel sah er zu Lerina hinüber, die sich im Hintergrund hielt. Endlich konnte er aufatmen: Kein weiterer Baum musste mehr brennen, alles war glatt abgelaufen, und Talvar war nicht aufgetaucht! Jetzt würden sich die Schädlinge nicht weiter ausbreiten, und im nächsten Jahr konnten neue Bäume gepflanzt werden.

Während ihrer Arbeit hatte sich der Himmel mehr und mehr verdunkelt, und inzwischen lag ein Schleier über den Hügeln, der nur zum Teil von aufgewirbelter Asche stammte. Doch obwohl es immer wieder aus der Ferne gedonnert hatte, waren sie bisher von dem befürchteten Regen verschont geblieben. »Wir sollten uns waschen und dann in den Quartieren warten, bis das Gewitter vorbei ist«, sagte der Aufseher. »Dann lasst uns feiern! Wir haben uns alle einen guten Schluck verdient; ich werde einmal sehen, was ich auftreiben kann …«

Die Männer und Frauen brachen in Jubel aus, viele klatschten erfreut in die Hände. »Ich schaue nach meinem Vater«, rief Takis über den Lärm hinweg. »Bin gespannt, wie lang es dauert, bis er etwas merkt.« Noch immer wirkte er bewundernswert unbekümmert angesichts des Umstands, dass ihm bald der größte Ärger seines Lebens bevorstand.

Wenn ich so breite Schultern hätte, dachte Kadevis, *würde ich das alles vielleicht auch etwas gelassener sehen.*

Die Arbeiter begannen sich zu zerstreuen, bis nur noch Takis, Kadevis, Julaka und Rojan zusammenstanden. »Wollt Ihr uns Gesellschaft leisten?«, fragte der Aufseher die alte Frau.

Doch sie schüttelte den Kopf. »Meine Arbeit hier ist erledigt. Gegen die Baummotten habe ich Euch geholfen, so gut es ging, um alles andere müsst Ihr Euch selbst kümmern.«

»Was meint Ihr?«, fragte Takis verwundert.

»Die Geister der Olivenhaine müssen versöhnt werden«,

erwiderte Julaka ernst. »Ohnehin mögen sie es nicht, wie wir der Erde mit Gewalt ihren Reichtum abringen. Warum, glaubt Ihr, schicken sie uns sonst Plagen wie diese? Sie wollen uns daran erinnern, dass wir mit weniger zufrieden sein sollten, so wie unsere Vorfahren. Meine Großeltern kannten keine Baummotten, aber sie hatten auch nur eine Handvoll Olivenbäume, nicht tausend. Opfert den Geistern Wein und Öl und sorgt dafür, dass auf dieser Erde kein Blut vergossen wird, bis hier neues Leben gewachsen ist. Dann werden sie das Land vielleicht wieder segnen. Vorher betrete ich diesen Boden nicht mehr.«

Takis und der Aufseher wechselten einen Blick zwischen Unbehagen, Belustigung und Ärger, versprachen dann aber fast gleichzeitig, den ersten Wein der gemeinsamen Feier für die Geister auszugießen. Julaka nickte, wandte sich ohne Abschied um und wanderte über den nächsten Hügel allein in den Gewitterhimmel davon, flankiert von ihren alten Hunden. Sie würde mitten in das Unwetter geraten, aber offenbar war ihr das lieber, als sich länger auf Talvars verfluchtem Grund und Boden aufzuhalten.

Sie und Talvar würden sich gut verstehen – beide glauben an den Zorn der Geister!, dachte Kadevis. Er spürte, dass auch für ihn der Moment des Aufbruchs gekommen war. Er würde später zurückkehren, wenn Talvar den Verlust seiner Olivenbäume verdaut hatte. »Gibt es hier irgendwo eine Hütte, wo ich unterkriechen kann?«, fragte er. »Wenn ich jetzt in die Stadt zurückreite, werde ich klatschnass.«

Takis zog die Stirn in Falten. »Ganz in der Nähe steht ein Pavillon. Ich hoffe, das Dach ist noch dicht, denn wir nutzen ihn schon seit Jahren nicht mehr. Da drin solltest du das Gewitter gut überstehen.« Kadevis nickte und wandte sich ab, als Takis ihn am Arm zurückhielt. »Kadevis, wir können dir gar nicht genug für deine Hilfe danken. Irgendwann werde ich mich erkenntlich zeigen, versprochen.«

»Schon gut. Wo finde ich den Pavillon?«

»Ich bringe dich hin.«

»Nein.« Plötzlich stand Lerina neben Kadevis. »*Ich* bringe ihn hin.«

Takis sah sie streng an. »Hältst du das für eine gute Idee, Schwesterchen?«

Sie nickte und griff nach Kadevis' Hand. »Ich gehe mit ihm, egal, was du sagst«, erklärte sie sanft, aber bestimmt.

Kadevis hätte vor Stolz platzen mögen.

»Na schön. Da kann man wohl nichts machen. Aber, Kadevis, ich warne dich! Dass du uns heute mit den Bäumen geholfen hast, bedeutet noch nicht …« Doch er schien selbst nicht zu wissen, was er sagen wollte, und verstummte.

»Stellt ihr so lange mein Pferd unter?«

»Ja, ich kümmere mich drum.«

In diesem Augenblick zuckte das erste blendende Weiß eines Blitzes über den Himmel, einige Atemzüge darauf folgte der Donner.

»Los jetzt!«, rief Lerina und zog Kadevis mit sich. Ein Windstoß ließ Aschewolken aufwirbeln; plötzlich brannten seine Augen von der Asche, und er hustete. Blind stolperte er hinter Lerina her. Er hätte schwören können, dass Takis ihnen etwas hinterherrief, doch es ging im Fauchen des Windes unter.

Efeu und Moos überwucherten den Pavillon. Es war ein sechseckiges kleines Holzgebäude mit großen, offenen Fenstern, die den Blick ins Tal freigaben. Die Einrichtung schien vor langer Zeit hinausgeräumt worden zu sein, nur noch ein paar fleckige Kissen lagen auf dem festgetretenen

Stroh, mit dem der Boden ausgelegt war. Der Wind hatte Blätter hineingeweht, die leise unter Kadevis' Sohlen raschelten. Um den Sturm auszusperren, schlugen sie die klappernden Fensterläden zu und schoben die Riegel vor, nur das Fenster, das nicht in Windrichtung lag, ließen sie offen. Dort stellten sie sich dicht nebeneinander und sahen hinaus. Der Himmel zeigte alle Töne von Schwarz, Blau und Violett, und die Luft roch stechend. Der Donner rumpelte in immer größerer Nähe.

»Hast du Angst?«, fragte Kadevis und wollte schon schützend die Arme um Lerina legen. Die Frage hätte er sich jedoch sparen können. Während er bei einem neuerlichen Windstoß gegen die morschen Wände erschrocken einen Schritt zurücksprang, lehnte sie sich mit blitzenden Augen noch weiter aus dem Fenster, mitten hinein in den prasselnden Regen, und lachte trotz des Gewitters, das über ihren Köpfen tobte. So rasch, wie das Unwetter gekommen war, hatte es sich entladen, und schon bald donnerte es nur noch aus der Ferne. Als ringsum nur noch der Regen herabrauschte, setzten sie sich zusammen auf die alten Kissen und machten da weiter, wo sie bei der Mittsommerfeier in Talvars Schuppen aufgehört hatten.

»Du riechst nach Asche!«, beschwerte sich Lerina zwischen zwei Küssen.

»Ich hab mich schon gewaschen. Vorhin, im Bach.«

»So schlimm ist es auch nicht.«

Lerina roch und schmeckte noch immer nach Honig. Gut, dass er sich vorhin auch die Hände abgerubbelt hatte, sonst hätte er sicher schwarze Flecken auf ihrem Kleid hinterlassen, die ihr Vater bemerkt hätte. Wie konnte ein Mann wie Talvar nur eine Tochter wie Lerina haben, so voller Leben?

Schließlich rückte sie ein Stückchen von ihm weg. »Ich habe über dich nachgedacht.«

Sie sagte es so ernst, dass Kadevis unwillkürlich lächeln musste. »Über mich? Wieso denn?«

»Hast du schon einmal mit einem Mädchen geschlafen?«

Das kam etwas abrupt. »Warum willst du das wissen?«

»Also, hast du?«

»Ja.«

»Mit einem oder mehreren?«

Kadevis wusste nicht, ob er lachen sollte oder lieber ebenso ernst bleiben wie sie. »Ich bin schließlich ein paar Jahre älter als du«, sagte er schließlich ausweichend.

Über Lerinas Brauen entstanden dünne Falten. »Wer war die Erste?«

»Sie hieß Tiana und hat als Dienstmädchen für meine Tante gearbeitet. Hör mal, du musst nicht eifersüchtig sein …«

»Bin ich nicht. Wollte sie es zuerst? Oder du?«

Oh, diese schwarzen Augen! In diesem Moment wirkten sie undurchschaubar, und Kadevis fühlte sich verlegen wie ein kleiner Junge. »Das ist nicht so einfach zu beantworten. Es war während der Weinernte, schon am Abend, und wir fuhren den Wagen zum Hof zurück, da saß sie plötzlich ganz nah bei mir und … Ach, es hat keinen Sinn, darüber zu reden. Es ist eine Weile her.«

»Aber ich möchte es wissen. Ich möchte alles über dich wissen.«

»Über mich gibt es nicht viel zu wissen. Ich bin genau so, wie du mich hier siehst. Und ich hab dich wirklich sehr gern.«

»Dann würdest du auch mit mir schlafen?«

Für ein so unerfahrenes Mädchen war sie geradezu erschreckend direkt. »Lerina … hast du es damit nicht ein wenig zu eilig?«

Sie lehnte den Kopf an seine Schulter und pikste ihn mit dem Finger in die Seite. »Heißt das nein?«

»Dein Bruder würde mir alle Knochen brechen! Und dein Vater …«

»Heißt das, du hast Angst?«

»Das nicht.«

»Findest du, dass ich zu jung bin?«

Wer so genau weiß, was er will, ist nicht zu jung. »Nein, aber wir haben uns doch gerade erst kennengelernt.«

Ein Tonfall, der an Trotz erinnerte, lag in Lerinas Stimme, als sie erwiderte: »Stimmt, und gerade sind wir allein, mein Vater liegt zu Hause im Bett, und bald steht er wieder auf und will wissen, wo ich bin! Was ist denn? Bin ich für dich nicht hübsch genug?«

Ihre Hände streichelten seinen Rücken. Obwohl die Berührung etwas ungeschickt war, hinterließ sie durch die Tunika hindurch eine Spur aus Hitze auf seiner Haut.

»Ich hab es dir schon am Mittsommerabend gesagt, du bist das schönste Mädchen, das ich kenne.« Die Geschicke mochten ihm beistehen! Natürlich wollte er mit ihr schlafen, und es machte ihn schwindelig, dass sie es auch wollte; doch ein Rest Vernunft ihn ihm wusste, dass das keine gute Idee war, nicht jetzt. Sie sollten warten. Zwischen ihren Familien gab es noch zu viel zu klären.

Dann küsste ihn Lerina erneut, und der Rest Vernunft schien irgendwo zu versickern wie draußen das Regenwasser. Er strich eine Haarsträhne aus ihrem Gesicht und schloss die Augen; hinter seinen Lidern vermischten sich die Bilder der brennenden Olivenbäume mit Blütenduft und dem Geruch von Sommererde.

»Hast du keine Angst, ein Kind zu bekommen?«, fragte er nach dem Kuss ein wenig atemlos.

Die Frage schien sie zu irritieren. »Beim ersten Mal? Geht das denn?«

»Nun … ich denke, doch.« Liebe Güte, so genau wusste er auch nicht, wie das bei den Frauen war.

Lerina runzelte die Stirn. »Ich habe mit den Dienerinnen geredet. Sie sagten nur, dass es beim ersten Mal weh tut. Aber ich weiß nicht, ob ich das glauben soll. Du würdest mir doch bestimmt nicht weh tun, richtig?«

»Es gibt da auch ein paar andere Möglichkeiten, sich nahe zu sein, weißt du. So müsstest du nicht befürchten, ein Kind zu bekommen.«

Sie musterte ihn mit leisem Misstrauen. »Das haben mir die Dienerinnen auch gesagt. Aber es ist nicht dasselbe, oder?«

»Du willst es wirklich genau wissen!«

Stolz schob Lerina ihr Kinn vor. »Meine Mutter kommt von den Inseln. Vergiss nicht, mein Volk hat ausgemessen, wie groß die Welt ist. Natürlich will ich alles genau wissen!«

Kadevis musste lachen, und in Lerinas Augen blitzte es zornig auf. »Lachst du mich etwa aus?«

»Nein, bestimmt nicht. Komm her. Ich zeig dir ein paar Dinge. Ich denke, das wird dir gefallen.«

»Du meinst wohl, ich weiß gar nichts, was? Und du weißt alles?« Trotz ihres halbherzigen Protestes ließ sie zu, dass er sie an sich zog.

»Du weißt sehr viel«, murmelte er in ihre weichen Lippen. »Aber von einigen Sachen verstehe ich mit Sicherheit mehr als du.«

Er musste sie dazu bringen, mit ihrer Fragerei aufzuhören, der Rest würde von allein gehen. Geschicke, es kostete ihn ja selbst Mühe, sich zusammenzunehmen! Aber was blieb ihm schon übrig? Wenn er ihrem Wunsch nachgab und es irgendwie herauskam, riskierte er großen Ärger mit Talvars Familie und würde Lerina nie wiedersehen.

»Mach die Augen zu. Hab keine Angst.«

Lerina schloss die Augen und öffnete sie dann halb wieder, um ihm unter gesenkten Lidern einen provozierenden Blick zuzuwerfen. »Du bist es doch, der hier Angst hat.«

»Halt bloß den Mund, du! Oder ich höre sofort auf.«

Mit einem Kuss erstickte er ihre nächste unverschämte Antwort – es war Zeit, seine Worte in Taten umzusetzen. Zwar hatte er noch nicht mit mehr als einer Handvoll Frauen geschlafen, aber Tiana, die Dienerin seiner Tante, hatte genau gewusst, was ihr gefiel. Das meiste, was er über Frauen wusste, hatte sie ihm beigebracht. Lerina war noch ein Mädchen, weich und süß, wo Tiana knochig und herb gewesen war, doch Kadevis vertraute auf sein Wissen. Es hatte sich bisher meist als nützlich erwiesen. Er würde dafür sorgen, dass Lerina diesen Nachmittag mit seinem Aschegeruch und seinem Gewitterregen in guter Erinnerung behielt.

Sanft sagte er: »Gib mir deine Hand. Und halt mich fest, wenn ich dich irgendwo anfasse, wo du es nicht magst.«

»Gut.« Sie lächelte ihn an, dass sich alles in seinem Kopf drehte.

Er schob ihr Kleid hoch, höher, und fing langsam an, sie mit Händen und Lippen zu liebkosen. Oh, sie mochte es. Er hörte es an ihrem Atem, und nun hielt sie tatsächlich die Augen geschlossen. Aber hatte er wirklich geglaubt, er könnte sie dazu bringen, keine Fragen mehr zu stellen?

»Wo hast du das gelernt?«, wollte sie wissen. »Kadevis, woher …« Sie zuckte zusammen und gab ein ganz kleines

Geräusch von sich, wie ein frisch geschlüpfter Vogel. »Nein, schon gut, das ist schön, mach weiter … aber wie kannst du wissen …?« Allmählich glätteten sich die winzigen Falten auf ihrer Stirn. »Was passiert noch?«

Kadevis' Herz hämmerte vor Glück darüber, dass er eine solche Wirkung auf sie hatte. »Das merkst du schon.«

Dumm war nur, dass es ihm selbst noch viel, viel besser gefiel. Lerina war so wunderbar, und er war schon viel zu lange keinem Mädchen mehr so nahe gewesen. Seine guten Vorsätze bröckelten dahin. War es denn wirklich so falsch, richtig mit ihr zu schlafen, so wie sie es sich selbst wünschte? Er würde eben vorsichtig sein. Die Geschicke würden verhindern, dass sie gleich ein Kind zeugten.

Lerina schlug die Augen auf. »Warum hörst du auf?«

»Warte. Vielleicht sollten wir doch …«

»Du hast es dir anders überlegt?«

Kadevis streifte seine Hose ab – auf einmal hatte er es so eilig, dass er fast über die Hosenbeine stolperte –, nahm erneut Lerinas Hand und führte sie unter seine Tunika. »Nicht erschrecken.«

Aber Lerina erschrak nicht, sie kicherte nur ein wenig, und ihr Gesicht färbte sich eine Spur dunkler. »Kann ich's sehen?«

Wie konnte er ihr das abschlagen? Kadevis ließ Lerinas neugierige Hände seine Tunika hochschieben und stellte fest, dass es mit seiner Selbstbeherrschung nicht so weit her war, wie er geglaubt hatte. Ihm wurde schwindelig, als sie ihn erst nur ansah, und als sie ihn vorsichtig berührte, zog es ihm fast die Beine unter dem Körper weg.

Lerina betrachtete ihn nachdenklich. »Ich kann mir immer noch nicht recht vorstellen, wie das nun gehen soll«, befand sie.

Unwillkürlich zuckte Kadevis zusammen. »Pass auf, was du mit deiner Hand machst.«

»Du magst das?« Sie lachte plötzlich. »Du solltest dein Gesicht sehen! Jetzt hab ich dich, was?«

So hatte er sich das irgendwie nicht vorgestellt – aber der Gedanke war weggespült, ehe er ihn ganz festhalten konnte, und dann gab es nur noch Lerina und ihn. Aber auch das dauerte nur einen Moment. Ein kalter, nasser Luftzug streifte ihn, dann packte ihn jemand, riss ihn von Lerina weg. Plötzlich war der Pavillon von zornigen Stimmen erfüllt, Schwärze krachte gegen sein Gesicht, benommen tastete er nach der tauben Stelle an seinem Kiefer. Erst als er das Blut an seinen Fingern sah, spürte er den Schmerz, und er begriff.

»Takis?!«

Kadevis raffte sich auf, heilfroh, dass seine Tunika fast bis zu den Knien reichte – was jedoch nichts daran änderte, dass seine Hose irgendwo neben den Kissen auf dem Boden lag. Lerina war aufgesprungen, ihr Kleid fiel herab, als wäre nichts passiert, doch wer sie eben gesehen hatte …

»Du Schwein! Ich hätte es wissen müssen!«

Wieder ging Takis auf ihn los, schlug ihn mit voller Wucht ins Gesicht, dass Kadevis rückwärts gegen die Holzwand prallte. Er sah grelle Lichtfunken und hörte Lerina schreien: »Lass ihn in Ruhe! Lass ihn!«

Takis' Gesicht befand sich ganz dicht vor seinem, mit beiden Händen hielt er ihn an den Schultern gepackt und drückte ihn gegen die Wand. Nun sah er überhaupt nicht mehr freundlich aus, in den dunklen Augen glänzte die Wut. »Halt du bloß den Mund, Rina!«, presste er hervor und warf einen drohenden Blick über die Schulter.

»Ich wollte nicht …« Kadevis' Mund fühlte sich taub an.

»Du wolltest nicht, so. Dann war es nicht, wonach es aussah?«

»Lerina und ich lieben uns. Ich muss mich nicht rechtfertigen!«

»Verdammt, Kamerad, zieh deine verfluchte Hose an, mein Vater …«

Noch ehe Takis zu Ende gesprochen hatte, hörte Kadevis eine andere Stimme, voller Angst: »Meine Blume, bist du hier?«

Talvar. Er stand in der Tür, wie üblich in sein weites dunkles Gewand mit Kapuze gehüllt, das jetzt fleckig war vom Regen, und setzte einen mühsamen Schritt über die Schwelle. Kadevis sah es mit an wie in einem Traum.

»Lerina!« Talvar hielt erstarrt inne, als er den Anblick in sich aufnahm, dann wandte er den Kopf langsam Kadevis zu. »Tuvar«, sagte er. Seine Stimme klang beinahe gebrochen. Und plötzlich war Kadevis zumute, als stünde Talvar wieder zum ersten Mal vor ihm – dasselbe hatte er damals auch gesagt, in demselben Ton. Auch ohne Talvars Augen zu sehen, spürte Kadevis, wie sich der ungläubige Schrecken des Mannes in Wut verwandelte. Sein Mund öffnete und schloss sich mehrmals, als suche er nach Worten, dann brach es aus ihm heraus »Ich habe dir vertraut! Und du – du hast mein Vertrauen missbraucht. Du hast es nicht anders gewollt! Ich bringe dich um!«

Metall blinkte in Talvars Hand, ein Messer zum Zurechtschneiden von Schreibrohren. Es war eine lächerliche Waffe, aber solange Takis ihn noch festhielt, konnte Kadevis nicht ausweichen. Er spürte, wie Wut auch in ihm hochstieg. Talvar bedrohte sein Leben, mit welchem Recht? »Versucht es doch! Ihr könnt Euch doch kaum selbst auf den Beinen halten.«

»Du bist nicht mehr wert als deine Eltern.« Talvar zitterte am ganzen Körper, im Schatten der Kapuze sah Kadevis seine Augen funkeln. »Ich hätte auch dich umbringen sollen, als ich die Gelegenheit dazu hatte. Aber nein, ich musste ja den Friedensstifter spielen! Erniedrigt habe ich mich vor dir, mit Geschenken um deine Freundschaft gebettelt! Und du – du hast nichts anderes im Kopf, als meine Tochter zu … zu …«

Lerina versuchte, Talvar von Kadevis wegzuziehen, blass vor Schreck. »Vater, bitte lass ihn, er hat nichts getan!«

Talvar beachtete sie gar nicht. »Meine Lerina, was habe ich denn noch auf der Welt außer ihr? Du wirst sie mir nicht wegnehmen!«

Kadevis hatte nicht damit gerechnet, dass sich Talvar so flink bewegen konnte. Der Mann duckte sich plötzlich, das Messer schnitt durch die Luft. Unvermutet löste sich Takis' eiserner Griff, und Kadevis konnte sich gerade noch rechtzeitig zur Seite werfen. Dennoch streifte die schmale Klinge seine Schulter, Kälte zerschnitt ihm die Haut. Erschrocken schnappte er nach Luft und wirbelte zu dem alten Mann herum. Im nächsten Moment drängte sich Takis' breiter Körper zwischen sie.

»Du wirst das nicht tun«, erklärte Takis mit Bestimmtheit. »Gib mir das Messer!«

Einen Augenblick später hatte er seinen Vater gepackt und ihm die Waffe aus den Fingern gewunden. Mit leisem Klirren fiel sie zu Boden.

»Du stellst dich gegen deinen eigenen Vater? Dafür werden dich die Geister bestrafen!«

Kadevis fand sich auf den Knien wieder. Seine Beine trugen ihn auf einmal nicht mehr. Gern hätte er gekämpft, zumindest die Fäuste geballt, aber seine Hände schienen das nicht zu wollen. Er fühlte warmes Blut seinen linken Arm hinunterlaufen, weh tat es nicht. Mühsam raffte er sich auf. Was war es, was hatte Talvar eben gesagt? Er bekam es erst nicht zu fassen, doch dann, plötzlich, wurde es ihm klar.

»Ihr wolltet mich töten«, murmelte er, »mich *auch* – so wie meine Eltern, ja? Ich wusste die ganze Zeit über, dass Ihr sie getötet habt.«

Ja, irgendwie hatte er es immer gewusst, spätestens von dem Zeitpunkt an, als er die geraubte Statue gesehen hatte. Wahrscheinlich hatte er nur gehofft, dass sich Talvar nicht verraten würde – sei es wegen Lerina oder weil er selbst den Ärger scheute.

Takis trat von seinem Vater zurück. »Ist das wahr?«

»Schert euch an den Schattenfluss, alle miteinander!«, stieß Talvar hervor. »Ihr habt euch doch abgesprochen! Alles wollt ihr mir wegnehmen: Meine Bäume brennt ihr ab. Und meine Tochter habt ihr zu einer Hure gemacht. Mein armer Liebling …« Unvermittelt stürzte er sich auf Lerina und packte ihren Arm, einen bedrohlichen Glanz in den Augen. Ohne zu überlegen, warf sich Kadevis auf Talvar. Auf keinen Fall würde er zulassen, dass dieser Verrückte Lerina etwas antat! Heftig prallte er gegen den abgemagerten Körper des Mannes und drängte ihn mit aller Kraft zurück, obwohl ihm selbst die Luft wegblieb. »Weg von ihr! Schwein, Mörder!«

»Kadevis!« Lerina hängte sich an seinen Arm. »Nein!«

Plötzlich wehrte sich Talvar nicht mehr. Vom Schwung des Angriffs zurückgestoßen, taumelte er rückwärts gegen die Wand des Pavillons und sackte zusammen wie ein Toter. Nur noch ein leichtes Zittern lief durch seinen Körper. Sofort knieten Takis und Lerina neben ihm, beugten sich über ihn, zogen die Kapuze zurück und klopften ihm die Wangen. Als er nicht reagierte, betteten sie ihn auf den Boden und legten seine Beine hoch. Kadevis sah, dass Talvars Augen offen standen und das Weiße zeigten, ein Speichelfaden rann ihm aus dem Mund. Ein eisiger Schreck fuhr ihm in die Glieder.

»Geschicke, er ist doch nicht etwa tot, oder? Das wollte ich nicht!«

Noch während er sprach, erinnerte er sich, dass Talvar schon einmal auf diese Weise zusammengebrochen war, damals, als ihn Malkar beim Essen attackiert hatte. Diese Schwächeanfälle verdankte er seiner Kopfverletzung.

»Lerina …« Kadevis streckte die Hand nach ihr aus. Wie gern wollte er sie umarmen und ihr sagen, dass alles gut werden würde. Aber sie kniete wieder neben Talvar auf dem Stroh und strich ihm sanft über die Stirn. Kadevis sah sie nicht einmal an. Ihre Wangen glänzten feucht. »Mein Vater ist kein Mörder«, flüsterte sie. Sie klang so verstört, dass es Kadevis schmerzte. »Wie kann man so was behaupten? Er ist der freundlichste Mann auf der Welt, nicht mal einen Hund könnte er schlagen!«

Takis erhob sich – seine sonst so geschmeidigen Bewegungen wirkten plötzlich steif –, wandte sich zu Kadevis um und starrte ihn an. Sein Gesicht war grau. »Hau ab«, sagte er. »Und lass dich hier nie mehr blicken.« Er bückte sich nach Kadevis' Hose und warf sie ihm vor die Füße; eine Geste tiefer Verachtung.

Kadevis hob die Hose auf und wich zurück. Halb hoffte er, dass Lerina zu ihm laufen und sich an seinen Hals werfen würde, dass sie mit ihm kommen würde. Aber sie hatte nur Augen für ihren Vater. Und er begriff, dass er nichts tun konnte.

Er flüchtete.

Seine Stiefel waren im Pavillon zurückgeblieben. Barfuß rannte er durch das nasse Gras, Regen prasselte ihm auf Kopf und Schultern. Etwas in ihm tat so weh, dass er einfach nur schreien wollte. Er lief, bis seine Lunge brannte, dann blieb er stehen und blickte hoch, hinauf zu Talvars Anwesen auf dem Hügel vor ihm. Da lagen sie, die Überreste des alten Olivenhains, weißgraue Asche und kohlschwarze Stümpfe, zwischen denen noch letzte Rauchfäden aufstiegen.

18

»Hier ist die Stute. Danke noch einmal für alles, Tuvar Kadevis!« Eine grauhaarige Arbeiterin, deren Wangen vom Wein gerötet waren – sie hatte beim Kampf gegen die Schädlinge geholfen –, führte Kadevis' Pferd gesattelt in den Hof. »Wenn die Geister des Landes gnädig sind, hat die Feindschaft zwischen den Großen Familien im Tal bald ein Ende. Irgendwann wird Sotan Talvar Euch dafür danken, dass Ihr seine Olivenbäume gerettet habt!«

Kadevis hatte den Eindruck, viel fehlte nicht, und sie hätte ihm kameradschaftlich auf die Schulter geklopft. Offensichtlich wusste sie noch nicht, was sich im Pavillon zugetragen hatte. Er nickte ihr zu, lächelte mit zusammengepressten Lippen und schwang sich auf den Rücken der Stute. Dann stieß er ihr die Fersen in die Flanken, um möglichst schnell Abstand zwischen sich und Talvars Landgut zu bringen.

Er konnte nicht fassen, was passiert war. Einen Moment zuvor war noch alles so wundervoll gewesen, wie es nicht besser hätte sein können. Was hatte er eigentlich geglaubt? Dass er mit Lerina zusammen sein könnte? Sie heiraten könnte? Dass Talvar und Tante Nisra irgendwann miteinander am selben Tisch Gewürztee trinken und den Kindern beim Spielen zusehen würden – Kindern, die Kadevis' Nase und Lerinas Augen hatten? Nein, er hatte offenbar überhaupt nicht nachgedacht. Blind war er gewesen und so dumm, dass er sich selbst am liebsten geohrfeigt hätte. Und dabei wusste er nicht einmal, ob er sich über Talvar, Lerina oder sich selbst am meisten ärgerte.

»Grünschnabel« hatte ihn Malkar genannt. *Und er hat recht*, dachte Kadevis, *wenn er damit sagen will, dass ich von nichts eine Ahnung habe. Er hatte immer recht.*

Noch immer regnete es. Als Kadevis endlich die Stadt erreichte, klebte ihm die Kleidung am Körper, als wäre er in einen Fluss gefallen, und trotz des Sommerabends fröstelte er. Als Malkars Stadthaus in Sicht kam, hielt er an. Er wusste, dass ihm nichts anderes übrigblieb, als dorthin zurückzukehren. Er verabscheute seinen Mentor, dessen herzlose Worte, die verächtlichen Gesten, aber das Schlimmste war: Hätte er von Anfang an auf Malkar gehört, dann wäre er nie in diese Lage gekommen, in der er sich jetzt befand, dann täte es jetzt nicht so weh.

Aber er hatte ja mit Talvars Familie Mittsommer feiern müssen, er hatte sich ja seine herzzerreißenden Geschichten über einen Geisterfluch anhören und seine Tochter küssen müssen! Er ließ die Stute stehen, Siadan würde sie in den Stall bringen, und klopfte an die Tür. Die Köchin öffnete ihm. Erschrocken riss sie die Augen auf, als sie ihn tropfnass, barfuß und blutverschmiert auf der Schwelle stehen sah, doch bevor sie eine Frage stellen konnte, drückte er sich an ihr vorbei und lief die Treppe hinauf. In seinem Zimmer zog er den Vorhang hinter sich zu und warf sich aufs Bett, nass und schmutzig, wie er war. Es fühlte sich nicht an, als würde er vorerst wieder aufstehen.

Er wusste nicht, wie viel Zeit vergangen war, als sich Schritte näherten, begleitet vom Pochen des Stocks auf den Fliesenboden, dann raschelte der Vorhang.

»Wo hast du gesteckt, Grünschnabel?« Malkars Stimme. »Ich hätte dich heute gebraucht! Nun musste ich Siadan zum Bezirksgericht schicken, um die letzten Unterlagen einzureichen. Wie siehst du überhaupt aus? Liegst hier auf dem Bett wie ein Bündel nasses Stroh, hinterlässt Pfützen im ganzen Haus und … Kadevis? Ist alles in Ordnung? Du bist doch nicht etwa krank?«

Kadevis presste sein Gesicht fester in die Kissen und hielt die Luft an. Vielleicht würde Malkar wieder weggehen, wenn er so tat, als würde er ihn nicht bemerken.

Es blieb still. Nach einer Weile hörte Kadevis, wie sich die Schritte entfernten. Er hob den Kopf und blickte sich um.

Malkar war tatsächlich fort.

Auch am folgenden Tag sprach er kaum ein Wort mit Malkar, und sein Mentor ließ zu, dass er in seinem Zimmer blieb. Dort wälzte Kadevis die Ereignisse in seinem Kopf herum, immer und immer, ohne zu einem Ergebnis zu gelangen, und es schien ihm, als müsse es ewig so weitergehen. Er wusste, es lag an ihm, Talvar zu bestrafen oder nicht. Er wusste auch, dass er Lerina wahrscheinlich nie wiedersehen würde, solange sie im Haus ihres Vaters lebte. Aber wie sollte er entscheiden, was das Beste war?

Anfangs hatte er noch gehofft, er werde Akama auf der Straße pfeifen hören, vielleicht rief ihn jemand aus Talvars Familie zu sich, um mit ihm zu sprechen. Doch obwohl immer wieder Leute auf der Straße pfiffen – und Kadevis stürzte bei jedem Pfiff ans Fenster –, befand sich Akama nicht darunter.

Wenn er nicht grübelte, schlief er, und seine Träume waren voll mit den Dingen, die Lerina und er nicht getan hatten.

An diesem Morgen hatte ihn Malkar geweckt mit den

Worten »Auf mit dir, und rasier dich«, und Kadevis hatte es tatsächlich geschafft, aufzustehen und nach dem Rasiermesser zu suchen. Nun trug er seinem Mentor die Mappe mit seinen Unterlagen hinterher. Sie waren zu dem Prozess gegen die Selviden unterwegs, auf den Malkar hingearbeitet hatte, seitdem Kadevis unter seinem Dach wohnte. Die Sonne strahlte vom tiefblauen Himmel, und die ganze Stadt duftete süß und würzig nach Hochsommer. Doch in Kadevis war alles dunkel; er spürte, dass er nicht hierher gehörte, in diese Straßen voller Licht und aufgeregter Menschen.

Immerhin würde ihn der Prozess ein wenig ablenken. Noch nie hatte er einen so unmittelbar beobachtet. Als sie ankamen, war der Platz vor dem Ratssitz schon fast voll, und noch immer strömten Leute zusammen. Mit seinem Mentor drängte sich Kadevis durch das Gewühl bis zu den Podesten für die Richter und die davor aufgebauten Bankreihen, auf denen getrennt die beiden Streitparteien samt Kläger, Verteidiger und ihren Familien Platz finden würden. Um Malkar scharte sich augenblicklich die Familie der Angeklagten. Noch immer musste sich Malkar auf seinen Stock stützen, aber er sah sehr gut aus und wirkte so beschwingt und ausgeruht, als wäre er gerade von einer Erholungsreise wiedergekommen. Mit seiner roten Mähne, der schlichten Kleidung und seinem grünen Sommerumhang bot er das Bild eines weltgewandten Städters, kompetent und dennoch bescheiden. Für jeden, der ihn ansprach, schien er die richtigen Worte zu haben, finstere Mienen hellten sich auf, und Kadevis hörte sogar ab und an jemanden lachen.

Kadevis rief sich noch einmal den Fall in Erinnerung: Juma Kalima hatte einen Bediensteten der Selviden vergiftet, aber der Anschlag galt eigentlich einem jungen Mann aus der verfeindeten Familie, das war es zumindest, was ihr vorgeworfen wurde. Die Hintergründe waren unendlich verwickelt, voller Namen, Ereignisse und Handlungen, die offenbar alle miteinander zusammenhingen und die Kadevis nie recht hatte auseinanderhalten können. Auf seinem Sitzplatz ganz nah bei den Richtern wurde er von beiden Seiten von Familienmitgliedern der Angeklagten eingequetscht, eine Wolke von blumigem Duftöl und Schweiß umhüllte ihn, während Malkar entspannt mit dem Vorsitzenden des Gerichts und dessen Assistentin plauderte. Die Angeklagte, Kalima, saß ein wenig abseits, die Beine anmutig übereinandergeschlagen. Als Schutz vor der Sonne hatte sie die Kapuze über ihr helles Haar gezogen und wirkte nicht so bekümmert und angespannt, wie Kadevis erwartet hätte.

Nachdem die Glocke geläutet worden war, breitete sich Stille auf dem Platz aus. Zunächst wurden die Anklagepunkte verlesen, und anschließend sprach der Redner der Selviden, ein hochgewachsener, hagerer Mann. Seine Heftigkeit und sein unversöhnliches Auftreten stimmten Kadevis traurig, denn er dachte an die Feindschaft zwischen Talvars Familie und seiner eigenen, eine Feindschaft, die beinahe so alt war wie er selbst. Und hier ging es nur um den Tod eines Bediensteten, das eigentliche Opfer des Anschlags hatte überlebt! Trotz des hellen Tages lag bald eine düstere Stimmung über dem gesamten Platz, und Kadevis entging nicht, wie die Leute finstere Blicke auf die Seite der Angeklagten schickten.

Die Rede mochte gut anderthalb Stunden gedauert haben. Als der Mann endlich den Mund schloss, sengte die Mittagssonne erbarmungslos auf Kadevis' Kopf hinab, und er war dankbar für die Pause, in der er Obst und Wasser kaufen und sich ein Weilchen im Schatten eines Baumes in der Nähe des Marktplatzes entspannen konnte. Ein öffentlicher Prozess wie dieser, bei dem sich zwei adlige Familien bekriegten, sei ein großer Spaß, hatte seine Tante immer gesagt. Aber Kadevis dröhnte bereits nach der Anklagerede der Schädel, und er wünschte sich in Malkars kühles Haus zurück.

Nach der Pause war Malkar als Verteidiger an der Reihe. Kadevis erkannte seinen Mentor nicht wieder: Malkar, sonst die Selbstsicherheit in Person, trat mit gesenktem Kopf vor die Richter und hob nur für ein scheues Lächeln den Blick. Verärgertes Gemurmel aus dem Teil der Menge, wo der Kläger und seine Gefolgsleute saßen, begleitete jede seiner Bewegungen. Malkar schwieg und blickte verlegen auf seine Stiefel, bis sich Stille ausbreitete. Dann wandte er sich mit komischer Vertraulichkeit an den Vorsitzenden des Gerichts und begann zögernd, als müsse er sich jedes Wort abringen:

»Meine Großmutter pflegte immer zu sagen, Mutter Natur habe den Menschen diese schönen Sommertage zu ihrer Freude geschenkt, und wir sollten dieses Geschenk nicht durch Arbeit entweihen. Wenn sie heute hier wäre, würde sie sich gewiss wundern, was ich hier tue, warum Ihr, verehrte Richter, nicht in Euren Landhäusern und bei Euren Familien seid. Ich würde ihr wohl oder übel erklären müssen, dass der verschobene Termin der Verhandlung der Pflichtvergessenheit eines einzelnen Mannes geschuldet ist: Verim Velmarun, mein geschätzter Kollege, der zuvor für meine Gegner gearbeitet und sich leider auf geschickteste Art aus der Affäre gezogen hat. Obwohl ich nicht für diese Unannehmlichkeit verantwortlich bin, ist es mir höchst unangenehm, Euch hier noch weiter festhalten zu müssen, vor allem, nachdem mein Gegner Eure Ohren bereits mit so gewichtigen Worten belastet hat. Aber ich verspreche, mich kurz zu fassen, um Euch diesen Sonnentag nicht noch mehr zu ruinieren.«

Das war nicht lustig, im Gegenteil. Doch Malkar hatte während seiner Rede mehr und mehr Fahrt aufgenommen, hatte zugleich so leichthin und so trocken gesprochen, dass die Menge kicherte. Auch Kadevis musste gegen seinen Willen grinsen. Er warf einen Blick zu Kalima, der Angeklagten: Sie verbarg ihr Lächeln hinter vorgehaltener Hand.

Als Malkar daraufhin den Hergang der Tat schilderte, war seinen Worten zwar nur mit Mühe zu entnehmen, was sich ereignet haben mochte, dafür lachten die Menschen Tränen. Der Bezirksrichter, der gerade aus einem Becher getrunken hatte, spuckte einmal vor Lachen auf seine Unterlagen und reichte sie verschämt seiner Assistentin zum Trocken. Und so ging es weiter: Malkar, der sich mit so verbissenem Ernst auf den Prozess vorbereitet hatte, sprach nun darüber, als wäre dieser Gerichtsfall die witzigste Sache der Welt, als könne man nichts so wenig ernst nehmen wie die Vorwürfe gegen seine Mandantin Kalima. Höhepunkt der Rede war es, als er mit großen Worten den Schatten Selvid Silars beschwor, des legendären Tyrannenmörders und Vorfahren der Selvidensippe:

»Stellt Euch vor, ein Nekromant würde Selvid Silar aus dem grauen Reich jenseits des Schattenflusses zurückrufen, was würde er wohl zu den Umtrieben seiner Sippe sagen? Ich kann es mir lebhaft vorstellen. So würde er vor uns stehen, der würdige alte Mann mit seinem langen Haar und seinem Bart – damals, als die Vorfahren der Familie Selvid lebten, pflegte man sich ja noch nicht zu rasieren oder zu waschen.« Malkar zerzauste sich die Haare und lehnte sich wie ein Greis zittrig auf seinen Stock. »Und er würde sagen: ›O meine Kinder und Kindeskinder, warum habt Ihr nicht besser auf Euren Diener achtgegeben? Nicht, dass ich begreifen würde, wozu Ihr ihn überhaupt benötigt, denn zu meiner Zeit pflegte ich mir die Stiefel selbst zu schnüren, aber sei's drum. Weshalb attackiert Ihr Eure Freunde und Verbündeten, die Sippe Juma und Hesvar? Wisst Ihr nicht, dass ich nur mit ihrer Hilfe den Dolch in den Palast des Tyrannen schmuggeln konnte, den Dolch, der den Ruhm dieser Familie begründet hat? Aber, ach, wenn ich Euch ansehe, spüre ich, dass von diesem Ruhm nicht mehr viel übrig ist. Anstatt Euch auf Anstand und Ehre und die alten Freundschaften zu besinnen, zwingt Ihr Juma Kalima um einer Nichtigkeit willen vor Gericht und gebt dadurch Euer eigenes Ansehen der Lächerlichkeit preis! Fällt Euch denn sonst nichts ein, meine lieben Kinder, womit Ihr Euch die Zeit vertreiben könnt?‹« Malkar hatte mit hoher, näselnder Stimme und erhobenem Zeigefinger wie ein närrischer alter Mann gesprochen, der seine Familie belehrte und damit allen auf den Geist ging. Er spielte seine Rolle täuschend echt, und Wellen von Gelächter rollten über das Publikum hinweg.

»Er muss aufhören«, keuchte die Frau, die neben Kadevis auf der Bank saß und sich den Bauch hielt, »oder ich ersticke!«

Nach einer guten Stunde beendete Malkar seine Rede. Die Richter berieten sich nur sehr kurz miteinander, bevor sie den Freispruch von Juma Kalima entschieden: Es sei unwahrscheinlich, dass sie das genannte Verbrechen begangen habe; der Tod des Bediensteten sei auf eine Kette unglücklicher Umstände zurückzuführen, die Anklage jedoch sei aus Missgunst erfolgt. Der Kläger und sein Redner waren aufgefordert worden, sich zu erheben, bevor das Urteil verkündet wurde. Da standen sie nun, beide rot angelaufen vor Ärger. In den Applaus der Menge mischte sich ein hämisches Johlen. Die Stimmung hatte plötzlich etwas von einem Volksfest.

Malkar war nach seiner Rede auf die Bank gesackt, nur ein paar Schritte schräg vor Kadevis, und keuchte wie nach einem Gewaltmarsch. Sein Gesicht glänzte vor Schweiß, das rote Haar klebte ihm an der Stirn. In seinen Augen lag ein hungriges Leuchten, und als das Urteil verkündet wurde, breitete sich ein Lächeln auf seinem Gesicht aus, das Kadevis irgendwie beängstigend fand. Kaum hatten die Richter das Verfahren für beendet erklärt, sprangen ringsum Kalimas Gefolgsleute auf, die bereits während der Rede immer wieder applaudiert hatten, drängten sich um ihn und seine Mandantin, es gab anerkennendes Schulterklopfen, Lobeshymnen auf seine Redekunst, Glückwünsche für Kalima. Malkar verschwand in der Menge, Kadevis hörte nicht mehr, was er auf all das Lob erwiderte. Nur Kalimas helle Stimme klang aus dem Lärm hervor, die sagte, sie habe so viel Spaß gehabt, dass sie hoffe, bald wieder angeklagt zu werden.

Was ist hier geschehen?, fragte sich Kadevis. Mit seiner Rede hatte Malkar Juma Kalima vermutlich vor einer Strafe gerettet, vielleicht sogar vor der Verbannung. Kadevis hatte keine Ahnung, ob sie schuldig war, aber er war gern bereit, das zu glauben, was Malkar gesagt hatte, weil es überzeugend war, weil es ihn zum Lachen gebracht hatte. Die Rede der Gegenpartei hatte das nicht vermocht. Was aber, fragte er sich unwillkürlich, wenn Malkar für den Gegner gearbeitet hätte? Hätte er genauso überzeugend gesprochen, und wäre Kalima dann verurteilt worden? Hätten sie alle dann auch so lachen müssen?

Ein Gefühl schlich sich in sein Herz zurück, von dem er gedacht hatte, es ein für alle Mal verloren zu haben: etwas wie Angst vor seinem Mentor. Trotzdem sprang er auf und schob sich zu Malkar durch, um ihn zu beglückwünschen. Aus der Nähe konnte er sehen, dass Malkar auch die Tunika nassgeschwitzt hatte, aber er roch noch immer nach Duftöl.

»Bei Sonnenuntergang treffen wir uns bei Lidda«, sagte Juma Kalima, die ganz nahe bei Malkar stand und ihn strahlend anlächelte. »Ihr seid alle herzlich eingeladen, vor allem natürlich du, mein Lieblingsbluthund. Ja, ich weiß, du hast noch zahlreiche Pflichten, aber das muss warten! Es gibt viel zu besprechen, jetzt, wo die Karten neu gemischt werden.«

»Die Einladung ehrt mich«, antwortete Malkar. »Ich nehme an, sie gilt auch für meinen Schützling?«

»Auf jeden Fall.« Kalima musterte Kadevis und sagte mit sonderbarer Betonung: »Es ist ja nichts so angenehm für die Alten, wie wenn ihnen die Jungen aufmerksam zuhören.«

Sie sah keineswegs alt aus, in ihrem blonden Haar glänzten nur an den Schläfen ein paar graue Strähnen. Kadevis musste daran denken, was sein Mentor vor einiger Zeit beim Essen zu ihm gesagt hatte, dass ein Sieg in diesem Prozess einige Türen für sie beide öffnen würde.

»Oh, natürlich. Danke, ich komme gerne«, murmelte er und fühlte sich ein wenig hilflos.

»Hat dir die Rede gefallen?«, fragte Malkar. Sie saßen einander gegenüber in einer Sänfte, auf dem Weg zurück zu Malkars Haus. Die Menge hatte sich schließlich doch noch zerstreut, die aufgekratzte Stimmung gelegt. Malkar wirkte wieder so nüchtern wie eh und je.

»Die Rede war toll.« Kadevis meinte es ernst. »Ich bin fast von der Bank gefallen vor Lachen. Und trotzdem habe ich alles, was Ihr gesagt habt, genau begriffen. Die Richter konnten gar nicht anders entscheiden.«

»Tja, die Selviden pflegen selbst allzu wenig zu lachen, daher unterschätzen sie die Macht des Humors. Vermutlich hast du heute eine Menge gelernt?«

»Ich denke schon.«

»Fühlst du dich besser?«

Die Frage kam unvermittelt. »Was ... äh ... meint Ihr?«

»Weich mir nicht aus. Es ist offensichtlich, dass es dir die letzten Tage sehr schlecht ging, dein Essen hast du auch kaum angerührt. Was ist vorgefallen?«

Diese hellen Augen – ihr Blick schien Kadevis festzuhalten. »Nichts. Nichts Wichtiges, Meister Malkar. Ich habe mir wohl den Magen verdorben oder so was.«

»Oh. Zu viel Gemüsesuppe mit Mehlklößen, nehme ich an?«

Fragte Malkar das im Ernst, machte er sich über ihn lustig, oder stellte er ihm gerade eine Art Falle? *Jetzt nur nicht ins Stottern geraten!* »Wahrscheinlich eher schlechtes Fleisch. In der Rosenhecke geben sie immer so viele Kräuter dazu, dass man gar nichts mehr schmeckt.«

»Dann warst du also in der Rosenhecke, wenn ich dich in letzter Zeit vermisst habe.«

»Ja. Zum Kegeln. Ich ... bin ganz verrückt danach.«

»Ich verstehe. Nun, heute Abend wirst du ein Kegeln der ganz anderen Art erleben. Ich verlasse mich darauf, dass du allen, denen du vorgestellt wirst, mit höchstem Respekt begegnest.«

»Ja, sicher.«

Sie hatten Malkars Haus erreicht und stiegen aus der

Sänfte, Malkar etwas umständlich mit seinem Stock. Siadan, der sie bereits aus dem Fenster erspähte hatte, öffnete ihnen die Tür und nahm seinem Herrn den Umhang ab. Kadevis brannte darauf, von seinem Mentor wegzukommen und in sein Zimmer zurückzukehren – er musste nachdenken.

»Eins noch, Kadevis.« Unvermutet hielt Malkar ihn bei der Schulter fest. Es war fast eine freundliche Geste. »Ich weiß, wir hatten manchmal unsere Unstimmigkeiten. Aber ich bin noch immer dein Mentor, und eines sollst du wissen: Wenn du in Schwierigkeiten steckst, kannst du damit jederzeit zu mir kommen. Ich werde dir helfen, worum auch immer es sich handelt. Du hast heute erfahren, dass ich das kann. Und wenn du einen Rat brauchst: Ich unterstütze dich gern dabei, das Für und Wider einer Entscheidung zu erwägen. Als Redner ist das meine leichteste Übung.«

Kadevis starrte ihn an. *Er kann nicht wissen, was bei Talvar vorgefallen ist, er kann es nicht wissen!* »D-danke«, brachte er schließlich hervor. »Aber ich denke, ich werde in nächster Zeit einfach mehr Gemüse essen.«

19

Lieber wäre Kadevis in seinem Zimmer geblieben, aber als es dunkel wurde, blieb ihm keine Wahl, als Malkar zu Liddas Absteige zu begleiten. Dort herrschte an diesem Abend drückende Enge, wie Nebel waberten bläuliche Rauchschwaden über den Köpfen der Gäste, und der süßliche Geruch brachte ihn zum Husten, sobald sie die Türschwelle überschritten hatten. Ein Mädchen in einem schulterfreien, pfirsichfarbenen Kleid führte Malkar und ihn zu einem Tisch in einer Nische, wo schon zwei Männer und eine Frau saßen. Die Frau war Kalima, sie winkte Malkar, sich neben sie zu setzen. Kadevis hielt sich dicht an seiner Seite und versuchte sich zu erinnern, ob er die Gesichter der beiden Männer schon einmal gesehen hatte – auf Malkars Feier vielleicht? –, doch da stellte sie Kalima einander bereits vor.

»Turik, dies ist Tuvar Kadevis, Mündel meines guten Freundes Malkar. Kadevis: mein Verwandter Hesvar Turik, momentaner Bauminister. Du hast sicher von der aufwendigen Sanierung des Ostbads gehört? Das ist Turiks Verdienst. Und das hier ist Turiks Mündel, Verim Siman, trotz seiner Jugend schon ein herausragender Rechtskundiger.«

Der jüngere Mann, er mochte in Kadevis' Alter sein, errötete bei diesem Lob und reichte ihm schüchtern die Hand.

»Aber genug der Förmlichkeiten«, fuhr Kalima fort. »Es ist eine Weile her, dass ich die Muße gefunden habe, mit Freunden zu plaudern.«

Kadevis musste den Kopf weit vorstrecken, um überhaupt verstehen zu können, was gesprochen wurde, so dröhnte der Keller von Stimmengewirr. Zunächst unterhielten sich alle nur über Malkars Prozessrede, darüber, was sie essen und welchen Tabak sie rauchen wollten. Das Essen wurde bestellt und gebracht, üppige Platten voller Fleisch, Gemüse und Brot, doch Kadevis fühlte sich nicht hungrig und nahm nur ein paar Bissen, weil Malkar ihn drängte. Es war schließlich der Wein zum Essen, der zum ersten Mal seit Tagen den Knoten in seinem Magen aufzulösen schien; und er fand immer mehr Geschmack daran, denn jedes Mal, wenn er den Becher geleert hatte, kam das Mädchen im pfirsichfarbenen Kleid zurück, um ihm nachzuschenken.

»Ihr müsst wissen, der Hüter Hesvar Makis ist Kadevis' Ziehvater«, sagte Malkar, nachdem Kadevis auf die Fragen, die die anderen an ihn gerichtet hatten, nur einsilbig geantwortet hatte. »Jetzt, da er unsere Interessen in Laidon vertritt, macht sich mein junger Freund hier natürlich Sorgen um ihn. Deswegen ist er so schweigsam.«

»Das müsst Ihr nicht«, sagte Hesvar Turik, der Kadevis direkt gegenüber saß. Sein fleischiges Gesicht hatte sich bereits jetzt vom Wein rot verfärbt. »Hüter Makis hat sich früher schon auf Feldzügen bewiesen. Mit den Schwätzern von den Inseln wird er mit links fertig.«

Gütige Geschicke, Onkel Makis! Ihn hatte Kadevis bei all der Aufregung schon beinahe vergessen. Wenn sein Onkel nur hier wäre, ihm könnte er alles erzählen, was passiert war, und ganz bestimmt hätte er Verständnis dafür. Doch was nützte es, darüber nachzudenken. Kadevis zwang sich dazu, wenigstens freundlich die Mundwinkel zu verziehen, und antwortete: »Ich weiß.«

Nun wandte sich Kalima mit ihrem strahlenden Lächeln ihm zu. »Den Hüter Makis kenne ich gut. Unsere Urgroßväter waren Brüder. Das macht uns zu Verwandten, Kadevis. Oh, Makis ist ein großer Mann, er hat viel für unseren Staat getan.«

Kadevis kannte seinen Onkel vor allem als Weinbauern, nicht als Politiker, doch er freute sich über Kalimas Worte. Vage schien es ihm, als würden ihn auf einmal alle mit mehr Respekt behandeln als auf Malkars Feier oder während der Ehrenwache – als hätte durch den Prozesssieg seines Mentors auch er selbst an Ansehen gewonnen.

»Ich nehme an, dir liegt viel an der Sicherheit und Ordnung in unserer Stadt, Kadevis?«, fuhr Kalima fort.

Malkar gab ihm mit einem angedeuteten Nicken zu verstehen, dass er zustimmen sollte, daher sagte er: »Natürlich.«

»Dann nehme ich an, dass du dich auch schon mit der Frage befasst hast, welche Gefahr schädliche Magie für unsere Gemeinschaft bedeuten könnte.«

Wieder dieselbe Geste von Malkar. »Nun ja …«, murmelte Kadevis. *Was, bei der Urne der Geschicke, wird hier eigentlich gespielt?*

»Seine Tante hat nicht umsonst mich als seinen Mentor ausgewählt«, sprang Malkar ein. »Du weißt, Kalima, dass ich die Geschichte der Schriftmagier in dieser Stadt genau kenne, und Kadevis wird nicht müde, mich danach zu befragen.«

Kadevis, der sich noch nie um Magie irgendeiner Art gekümmert hatte, begriff, dass er das Spiel mitzuspielen hatte, und nickte zustimmend.

»Ich werde das im Hinterkopf behalten.« Kalimas Blick löste sich von Kadevis und wandte sich wieder Malkar zu.

»Was dich betrifft, mein Freund: Jetzt, da meine Aussichten, zur Kanzlerin dieser Stadt gewählt zu werden, wieder besser stehen, benötige ich fähige Berater.«

»Es wäre mir eine Ehre, für diesen Fall der Kanzlerin mit meinen bescheidenen Fähigkeiten zu helfen.«

»Ich kenne niemanden, der sich so gut mit den Gesetzen auskennt wie du.«

»Das bringt der Beruf mit sich.«

»Du weißt, im Staatsdienst erwirbt man sich nichts außer Ruhm. Aber ich bin sicher, gerade das wird dich reizen, deine Kenntnisse dem Gemeinwesen zur Verfügung zu stellen.«

»Nichts anderes habe ich mir jemals gewünscht.«

»Es wäre ja auch ein Jammer«, mischte sich nun auch der Bauminister, Hesvar Turik, in das Gespräch ein, »wenn Eure Expertise nicht der Allgemeinheit zur Verfügung stünde, Bluthund. Wenn Ihr Euch um den Staat so verdient macht wie heute um Eure Mandantin, wird man Euch irgendwann bestimmt auch bei einem wohlwollenderen Namen nennen.«

Malkar lächelte. »Mein Name ist sauer verdient, und ich wünsche mir keinen anderen. Mein junger Freund Kadevis allerdings wartet noch darauf, sich den seinen zu erwerben. Und er hofft, dass man sich nicht in erster Linie an seine adlige Nase erinnern wird. Nicht wahr, Kadevis?«

Die Tischgesellschaft lachte, und Kadevis bemühte sich mitzulachen, auch wenn ihm nicht danach zumute war.

Hesvar Turik sah ihn durchdringend an und sagte: »Er wird sicher bald einen Namen tragen, auf den er stolz sein kann. Dasselbe erhoffe ich mir natürlich auch für Siman. Bluthund, Ihr wisst, wie sehr Siman sich schon von Kindheit an für die Rechtskunde interessiert hat.«

»Natürlich. Ich bin überzeugt, er würde einen fähigen Bezirksrichter abgeben.«

»Würdet Ihr diese Ansicht auch als, sagen wir, Justizminister vor dem Rat vertreten?«

Malkar neigte zustimmend den Kopf. »Ich hatte schon immer ein Gespür für junge Talente.«

Es war wie ein Frage-und-Antwort-Spiel, das nach festgelegten Regeln ablief, fand Kadevis, und alle schienen schon zu wissen, was zuletzt dabei herauskommen würde. Auch er selbst schien ein Teil dieses Spiels zu sein. Es war eindeutig, dass es um die Verteilung zukünftiger Staatsämter ging. Malkar war klug und erfahren, er würde als Politiker gewiss ebenso viel Eindruck hinterlassen wie als Redner. Doch was konnte er selbst schon für den Staat tun? Ganz gewiss *nichts* gegen schädliche Magie! Aber das störte hier offensichtlich niemanden. Der andere junge Mann, Kerim Siman, starrte angestrengt auf seinen Teller, und Kadevis ahnte, dass mit ihm derselbe Kuhhandel getrieben wurde.

Juma Kalima hatte diese Themen wie nebenbei aufgegriffen, und wie nebenbei ließ sie sie auch wieder fallen, als das Mädchen mit neuem Wein kam. Nun unterhielt sie sich mit Malkar und Turik wieder über alltägliche Dinge, vor allem wurde kräftig über Personen gelästert, die Kadevis nicht oder kaum kannte. Er fühlte sich fehl am Platz und sehnte sich nach der Stille und Einsamkeit seines Zimmers.

Nach einer Weile beugte sich Malkar zu ihm. »Du scheinst dich nicht besonders zu amüsieren.«

Er zuckte nur die Achseln.

»Du solltest es mit etwas Nebelkraut versuchen. Das wird dich aufheitern.«

»Ich würde lieber gehen.«

»Juma Kalima bestimmt, wenn wir gehen!«, erwiderte Malkar, und in seiner Stimme lag ein warnender Ton. »Ich lasse uns Nebelkraut bringen. Und du wirst versuchen, dich zu entspannen. Ach ja, gleich tritt Nadjiba auf, das willst du doch sicher nicht verpassen.«

Nadjiba, die schöne Tänzerin. Wie hatte sie ihn überwältigt, als er sie die letzten Male tanzen gesehen hatte. Kadevis griff nach seinem Becher Wein, trank ihn leer und hielt ihn dem Mädchen hin, damit es nachschenkte. Verdammt, er wollte, er *musste* Nadjiba tanzen sehen! Keinen Augenblick lang ließen ihn die Gedanken an Lerina los, und ihm war klar, dass es so auf Dauer nicht weitergehen konnte. Es gab andere Mädchen, andere Frauen auf der Welt. Nadjibas Tanz zu sehen würde ihm sicher nicht schaden.

»Wann ist es so weit?«, fragte er.

»Eine halbe Stunde vielleicht, nicht mehr.«

Sein Becher wurde wieder bis zum Rand gefüllt, tiefroter, bittersüßer Wein. Kadevis seufzte. »Ich weiß nicht, was mit mir los ist.«

Malkar sah ihn aufmerksam an. »Wie meinst du das?«

»Ach, nichts. Vergesst es einfach.«

»Ich habe deinem Onkel versprochen, mich gut um dich zu kümmern, erinnerst du dich? Wie gesagt, wenn du in irgendwelchen Schwierigkeiten steckst …«

Kadevis schüttelte den Kopf. »Ich kann nicht darüber sprechen.«

»Kannst du es nicht, oder möchtest du es nicht?«

»Ich weiß nicht. Beides.«

Liddas Mädchen brachte zwei Pfeifen mit Nebelkraut und zündete sie für Kadevis und Malkar an. Sein Mentor begann zu paffen und kunstvolle Rauchringe zu blasen, während Kadevis vorsichtig an seiner Pfeife sog. Er erinnerte sich noch, wie er beim ersten Mal hatte husten müssen. Die Aufmerksamkeit von Juma Kalima hatte sich von ihnen abgewandt, sie unterhielt sich eifrig mit den anderen am Tisch.

»Und dabei hat dich jemand geschlagen und ist mit dem Messer auf dich losgegangen«, sagte Malkar. »Du hättest das den Wachen melden sollen.«

Vor Schreck zog sich Kadevis' Magen zusammen. »Woher wisst Ihr das?«

»Ach, Grünschnabel. Blaue Flecken im Gesicht und eine zerschlitzte Tunika – sehe ich aus, als wäre ich blind? Wirst du von jemandem bedroht? Erpresst? Haben sie es vielleicht auf mein Geld abgesehen?«

»Oh, nein, Meister Malkar. Das hat überhaupt nichts mit Euch zu tun.«

»Geht es um deine Familie?«

»Nein. Das heißt, doch. Ich weiß es nicht.«

»Dann geht es vor allem um dich.«

Kadevis biss sich auf die Lippen und holte tief Atem. Doch bevor er etwas sagen konnte, sprach erneut Malkar: »Du brauchst dich nicht zu schämen, Kadevis. Ich war auch schon unglücklich verliebt, ich weiß, wie du dich fühlst.«

»Bitte?!« Gütige Geschicke, war Malkar ein Magier, der in die Köpfe anderer Menschen blicken konnte? Er hatte sich doch alle Mühe gegeben, das zu verbergen! »Ich bin nicht verliebt.«

Malkar winkte ab. »Ist schon gut. Solche Dinge passieren, und am besten ist es, du vergisst das Mädchen so schnell wie möglich. Wenn sie deine Gefühle nicht erwidert, kannst du daran ohnehin nichts ändern, auch wenn es bitter ist. Aus welcher Familie stammt sie denn? Oder ist sie am Ende ein Einfacher Name?«

Kadevis schwieg und rauchte. Vor einigen Wochen hätte

er Malkar wohl noch das Herz ausgeschüttet, doch nun war er nicht mehr sicher, ob es wirklich Anteilnahme war, die aus diesen Worten sprach.

Als könnte er Gedanken lesen, fuhr Malkar fort: »Du hältst mich vielleicht für einen hartherzigen Mann, der nur Gefühle kennt, soweit man sie durch eine Rede in anderen Menschen erweckt. Aber so war es nicht immer.« Er sog nachdenklich an der Pfeife und blies den Rauch zur Decke. »Als junger Bursche habe auch ich mich zum Narren gemacht. Und hätte ich diesen aussichtslosen Kampf nicht rechtzeitig aufgegeben, säße ich jetzt nicht hier. Glaub mir, kaum etwas fiel mir jemals so schwer wie das Aufgeben, obwohl ich wusste, dass es um meine Sache von Anfang an nicht gut gestanden hatte. Hätte auch nur die geringste Aussicht bestanden, ihr Herz doch noch zu erobern, ich hätte alles dafür getan. Manchmal frage ich mich noch immer, ob ich damals richtig entschieden habe … Aber wir sollten nicht hier darüber reden. Es gibt Dinge, die selbst Kalima nicht wissen muss.«

Vor Verblüffung hätte Kadevis fast die Pfeife ausgehen lassen. Wieso vertraute ihm Malkar so persönliche Dinge an? Tat er das aus Berechnung, oder machten ihn Nebelkraut und Wein zugänglicher? War dieser Mann wirklich einmal verliebt gewesen? Kadevis fühlte, wie ihm die Gedanken entglitten, wie sich die süßen, weißen Qualmwolken um seinen Verstand legten. Er folgte seinem Mentor, als dieser ihn in eine freie Sitznische winkte, ließ sich neben ihm in die weichen Polster fallen und lehnte seinen schweren Kopf an die Rückwand. Der Schmerz über die Ereignisse auf Talvars Landgut war einer angenehmen Betäubung gewichen. »Eure Geschichte und meine könnt Ihr nicht vergleichen. Mein Mädchen … liebt mich.«

»Dann meinen es die Geschicke gut mit dir.«

Kadevis seufzte. »Wenn's doch nur so wäre. Aber wir können wohl nie zusammen sein.«

»Weshalb nicht? Ist sie tatsächlich ein Einfacher Name?«

»Nein. Aber es soll eben nicht sein.«

»Wäre dies ein Gerichtsprozess, würdest du dir durch eine solche Argumentation von Anfang an die Möglichkeit eines Sieges nehmen. Wo genau liegt das Problem? Du weißt, ich bin ein Problemlöser. Wenn ich den Fall näher kennenlerne und er nicht aussichtslos ist – und nach allem, was du sagst, ist er das nicht –, finde ich Argumente, an die du noch nicht einmal gedacht hast.«

Malkars Augen lagen im Schatten, nur ein schwacher Glanz von der Kerze auf dem Tisch fing sich auf seinen hellen Wimpern. *Oh, es wäre so schön, wenn Worte alles verändern könnten!* »Argumente werden mir nicht helfen«, sagte Kadevis. »Es ist … ihr Vater will es nicht. Und ich glaube nicht, dass Ihr ihn überzeugen könnt, seine Meinung zu ändern.«

»Talvar«, sagte Malkar ruhig.

Mit einem Ruck setzte sich Kadevis aufrecht hin. Er war in die Falle getappt. »Das war wohl nicht schwer zu erraten«, murmelte er und schwankte zwischen Ärger auf seinen Mentor und sich selbst, weil er sich hatte überrumpeln lassen. »Talvar hat uns zusammen erwischt, und er hätte mich am liebsten umgebracht. Ich weiß, Ihr habt mich von Anfang an gewarnt, dass ich mir Lerina aus dem Kopf schlagen soll. Aber ich war nun mal so dumm … und jetzt vergesse ich sie am besten sofort wieder, so wie Ihr gesagt habt.«

Malkar erwiderte ruhig wie zuvor, ohne seinem aufmüpfigen Ton Beachtung zu schenken: »Talvar ist natürlich ein schwerer Fall, Argumenten der Redekunst ungefähr so zugänglich wie die Stadtmauer, wo sie am dicksten ist. Aber das bedeutet nicht, dass du aufgeben müsstest, Kadevis. Es gibt glücklicherweise noch eine andere Art von höchst überzeugenden Argumenten – nennen wir sie die kunstlosen, für die es nicht einmal eine Ausbildung in Rhetorik braucht.«

Kadevis runzelte die Stirn. Malkars Stimme schien an- und abzuschwellen wie die Flötenmelodie eines vhaskalanischen Schlangenbeschwörers. »Ich verstehe nicht, was Ihr meint.«

»Diese zweitgenannten Argumente oder auch Beweise sind von unterschiedlicher Art: Gesetze, Zeugenaussagen, Geständnisse, die im Verhör gewonnen werden, kurz gesagt alles, was einen Menschen unter Druck setzen kann, ohne die Worte eines Redners zu benötigen. Wenn es dir gelingt, *so* einen Beweis zu finden, könntest du Talvar zwingen, deiner jugendlichen Liebe zu seiner Tochter nicht länger im Weg zu stehen.«

Er weiß es. Die Geschicke mögen wissen, woher, aber er weiß, was ich gefunden habe. Kadevis hielt den Atem an.

»Kadevis. Hast du einen solchen Beweis?«

»Talvar ist alt und krank. Selbst wenn ich einen Beweis hätte, könnte ich ihn nicht benutzen, auch wenn er es verdient hätte.«

»Du sagst, Talvar habe es verdient – was meinst du damit?«

In Kadevis' Kopf waberte das Nebelkraut. Der Zorn und die Enttäuschung, die er die letzten Tage so gut wie möglich verdrängt hatte, quollen in ihm empor. Er erinnerte sich an das erste Treffen am Lindentor, als Talvar über seine Mutter gesprochen hatte, als hätte er sie geschätzt und respektiert. Er war ein Lügner, ein Mörder! Er hatte versucht, sich mit einer rührseligen Geschichte Vertrauen zu erschleichen, das ihm nicht zustand. Fast gegen seinen Willen öffneten sich Kadevis' Lippen: »Dass er meine Eltern umgebracht hat.« Nun war es heraus. Er sah zu Malkar, doch der wirkte weder überrascht noch schockiert.

»Hat er das gesagt?«

»Ja. Aus Versehen, denke ich. Er war wütend auf mich.«

Malkar tippte sich mit einem Finger gegen das Kinn. »Hast du Zeugen dafür?«

»Lerina und Takis waren dabei. Aber sie stellen sich bestimmt nicht gegen ihren Vater. Sie werden sicherlich behaupten, dass er meine Eltern nicht mal erwähnt hat.«

Malkar sah ihn durchdringend an. »Dann willst du den Mörder deiner Eltern ungestraft davonkommen lassen? Als wir zum ersten Mal in diesem Etablissement waren, habe ich dir schon gesagt, was dann geschehen wird.«

»Das hat doch keinen Sinn. Bitte, Meister Malkar, wir sollten von etwas anderem reden.«

»Kadevis. Es geht hier um deine Zukunft, und nicht nur um die politische. Dir ist doch klar, dass du dieses Mädchen nicht bekommen wirst, solange Talvar in ihrer Nähe ist?«

»Glaubt Ihr allen Ernstes, ich wäre besser dran, wenn ich dafür sorgen würde, dass er eingesperrt wird – oder gar verbannt?«

»Du musst nur die einzelnen Gesichtspunkte zusammenzählen. Es hilft niemandem, wenn Unrecht ungestraft bleibt, schon gar nicht den Kindern des Verbrechers. Eines Tages wird sich Lerina der Wahrheit über ihren Vater stellen müssen, und dann wird sie jeden einzelnen Tag bereuen, den sie an seine Lügen geglaubt hat. Du hast die Wahrheit nicht zu verantworten, Kadevis. Aber wenn du Lerina liebst, musst du in ihrem Interesse handeln.«

Wenn Malkar das sagte, klang es logisch, und von dieser Seite hatte er es noch gar nicht betrachtet. Trotzdem war er nicht dabei gewesen, hatte nicht gesehen, wie sich Lerina über ihren bewusstlosen Vater gebeugt hatte, wie sie Kadevis mit Tränen in den Augen zugerufen hatte, ihr Vater könne nicht einmal einen Hund schlagen.

Andererseits …

»Ihr meint, ich tue Lerina einen Gefallen, wenn ich beweise, dass Talvar damals zu Unrecht freigesprochen wurde?«

»Auf jeden Fall. Und wenn sie klug ist, wird sie es eines Tages erkennen.«

»Sie ist sehr klug. Aber was, wenn Ihr Euch irrt? Wenn sie mich stattdessen für den Rest ihres Lebens hasst?«

»Erstens glaube ich das nicht, und zweitens muss man manchmal Risiken in Kauf nehmen, um erfolgreich zu sein.«

Das alles hörte sich sinnvoll an, aber es änderte nichts daran, dass sich Kadevis schrecklich unentschlossen fühlte. Er sog an seiner Pfeife, hüllte sich in einen Rauchnebel ein. Der ganze Raum schien sich um ihn zu drehen, ebenso wie die Gedanken in seinem Kopf.

»Und wenn ich nun Beweise gegen Talvar hätte, was würde dann passieren?«

»In diesem Fall solltest du mir alles sagen, was du weißt.« Malkar klang, als spräche er über etwas ganz Nebensächliches. »Wenn es ausreicht, um Talvars Schuld nachzuweisen, würde ich eine staatsgerichtliche Untersuchung beantragen. Bis zur Genehmigung würde es gewiss eine Woche dauern, daher müsste ich dich bitten, diese Zeit über strengstes Stillschweigen zu bewahren. Was genau die Beamten dann unternähmen, hinge von der Art der Beweise ab.«

»Würden sie Talvar ins Gefängnis werfen lassen?«

»Unwahrscheinlich, immerhin ist er das Oberhaupt einer Großen Familie. Sind die Beweise belastend, würde man ihn wohl in seinem Landhaus unter Arrest stellen, bis sein Prozess beginnt.«

Bei diesem Gedanken empfand Kadevis eine Welle von Genugtuung. Nach allem, was Talvar getan hatte, verdiente er es, unter Arrest zu stehen! Bis sich ein anderes Bild vor seine Augen schob: wie der Mann von einem Moment auf den anderen zusammengebrochen war wie ein Toter, als er sich auf ihn geworfen hatte. Wie würde er reagieren, wenn Staatsbeamte in Begleitung der Stadtwache in sein Haus kämen?

»Er ist sehr krank.«

»Ja, seine ruhmreiche Kopfverletzung, die unser Freund einst im Kampf auf Leben und Tod davongetragen hat.« Malkar lächelte spöttisch.

»Aber wenn Talvar wirklich unter Arrest gestellt wird, Lerina würde doch nichts passieren? Talvar hält sie ohnehin schon all die Jahre auf seinem Landgut fest. Sie hat in ihrem Leben noch nicht einmal ganz Kessel gesehen, und dabei ist sie so wissbegierig.«

»Ich vermute, sie war nicht die Komplizin ihres Vaters?«

»Nein, nein, ganz sicher nicht. Sie hat nichts damit zu tun! Sie wusste nicht einmal, woher die Statue stammt.«

Gleich nachdem er den Mund geschlossen hatte, begriff Kadevis, was er gesagt hatte, und der Schreck darüber war wie ein Guss kaltes Wasser.

»Über diese Statue solltest du mir mehr erzählen, Kadevis«, sagte Malkar freundlich.

Kadevis schwieg und biss sich auf die Lippen.

»Ich nehme dir nicht übel, dass du mir verheimlicht hast,

was du weißt«, fuhr Malkar fort. »Obgleich ich es könnte, immerhin bin ich dein Mentor, und du bist mir gegenüber zur Aufrichtigkeit verpflichtet. Aber vergessen wir das. Ich möchte dir nur helfen, den Mörder deiner Eltern vor Gericht zu bringen – umso besser, wenn wir beide dabei auch noch dem Mädchen einen Gefallen tun, das du liebst.«

Kadevis holte tief Luft. »Also gut. Ich erzähle Euch alles, aber Ihr müsst mir Euer Wort geben, dass niemand Lerina etwas antut.«

»Das verspreche ich dir.«

Malkars Händedruck war kühl, trocken und fast schmerzhaft fest.

»Ich habe die Statuen aus Kyma gesehen«, sagte Kadevis, ohne Malkar anzusehen. »Zumindest eine davon, eine Jägerin. Sie steht in einem Schuppen, wo ich mit Lerina war. Vorher muss sie lange in Talvars Garten gestanden haben, sie war ganz ausgebleicht und verwittert vom Regen …«

Die Worte quollen aus ihm hervor, nachdem er sie so lange zurückgehalten hatte. Wie in einem bösen Traum hörte er sich selbst Talvars Geheimnisse preisgeben, nicht nur, wo die Statue der Jägerin versteckt war, sondern auch die Krankheit seiner Olivenbäume, zuletzt all das, was Talvar ihm damals in der Nacht nach der Mittsommerfeier anvertraut hatte. Und Malkar lachte. Zuerst grinste er nur, aber als Kadevis ihm vom »Fluch der Geister« erzählte, an den Talvar glaubte und auf den er all sein Unglück schob, lehnte er sich weit zurück und lachte schallend. »Nein, das ist köstlich! Das schlägt dem Fass den Boden aus!«

Und Kadevis begann selbst zu lachen, dann presste er die Hand auf den Mund, weil ihm übel wurde. Gerade noch rechtzeitig schaffte er es auf den Abtritt, ehe er sich übergeben musste. Als er zurückkam, erfüllte der Klang von

Trommeln und Flöten den Raum, und auf der Tanzfläche bog sich Nadjiba in einem gelbroten, halb durchsichtigen Kleid. Mit zitternden Knien ließ sich Kadevis wieder auf die Bank neben Malkar sinken.

»Offenbar bekommt dir das Nebelkraut nicht«, sagte sein Mentor. »Ich denke, das Wichtigste weiß ich nun, alle Einzelheiten kannst du mir später berichten. Wir gehen wohl besser nach Hause, damit du dich ausruhen kannst. Ich werde Kalima darum bitten, dass wir uns zurückziehen dürfen.«

Kadevis schüttelte den Kopf. Jetzt, nachdem er alles erzählt hatte, fühlte er sich zugleich so erleichtert und so leer, dass ihm der Gedanke, allein in seinem Zimmer zu liegen, plötzlich unerträglich vorkam. »Ich will Nadjiba tanzen sehen.«

Malkar nickte zustimmend, sie legten die Pfeifen weg, und gemeinsam richteten sie ihre Blicke auf die schlanke Gestalt in der Mitte des Raums. Nach ihrem ersten Tanz warf Nadjiba die obere Schicht ihres Rockes fort – darunter trug sie eine zweite aus noch dünnerem Stoff – und stieg von der Bühne herab. Die Musik ging in ein schnelleres Tempo über, die Flöten wurden schriller, die Trommeln drängender. Nadjiba bewegte sich zwischen den Tischen, und Kadevis' Herz begann zu hämmern, als sie sich der Nische näherte, wo er mit Malkar saß. Ihr Duft nach Blumen und Gewürzen, süß und scharf, stieg ihm in die Nase, und benommen starrte er sie an, als sie dicht vor ihm stehen blieb und ihn antanzte, als wären sie allein in dem großen Raum. Ihre Hände schienen die Luft zu streicheln wie etwas Festes, und er folgte dem Weg, den sie ihm zeichneten: von ihrem Haar über ihre Brüste, über ihren Bauch bis zu den Hüften. Oh, diese Hüften! Sie bewegten sich, als hätten sie ein Eigenleben, und Kadevis wurde es heiß, während er hinsah. Davon, dass ihm eben noch übel gewesen war, spürte er nichts mehr. Wie anders, zurückhaltender, hatte Nadjiba auf Malkars Feier getanzt! Doch Kadevis konnte nicht behaupten, dass ihm missfiel, was er jetzt sah.

Einen Moment später hatte sich Nadjiba Malkar zugewandt. Sie griff nach seinem Stock, der an der Wand lehnte, ließ ihn über der Schulter herumwirbeln, richtete ihn zunächst spielerisch wie eine Waffe auf Malkar und machte dann Bewegungen damit – hätte Kadevis es nicht selbst vor sich gesehen, er hätte es nicht geglaubt. Schließlich warf sie Malkar den Stock zu, und er fing ihn mit der Andeutung eines Lächelns sicher aus der Luft auf. Nicht einmal rot geworden war er.

Der Rhythmus der Musik schwoll an, das Stück näherte sich seinem Ende, und Nadjiba kam noch näher – Kadevis war überzeugt, jetzt werde sie seinen Mentor küssen. Aber das tat sie nicht, stattdessen sprang sie Kadevis auf den Schoß wie eine Katze, presste sich an ihn und drückte ihre Lippen auf seine. Sie keuchte vom Tanz, er fühlte ihr Herz schnell klopfen. Sie war ganz sehnig und roch nach Schweiß und fremdartigem Duftöl, hart gruben sich ihre Finger in seinen Rücken, und ihr Haar kitzelte ihn. Durch den dünnen Stoff, den sie am Körper trug, spürte er die Feuchtigkeit ihrer Haut auf seiner. Kadevis presste die Lider zusammen, weil ihm schwindelig wurde. Unwillkürlich erwiderte er ihren Kuss, doch es dauerte nur einen Augenblick. Ehe er auch nur auf den Gedanken kam, sie festzuhalten, war sie wieder fort wie ein plötzlicher Windstoß und wirbelte inmitten der Tische herum. Die Musik wurde langsamer. Die Menge um sie herum klatschte und ließ Münzen auf sie regnen.

Kadevis schnappte nach Luft.

»Nadjiba erkennt ein einsames Herz, wenn sie eines sieht«, sagte Malkar mit gesenkter Stimme zu ihm. »Sie hat dir schon beim ersten Mal gefallen, nicht wahr?«

»Wem würde sie nicht gefallen?« Obwohl Kadevis wusste, dass Nadjiba seinen Schmerz um Lerina nicht heilen konnte, sprach sein Körper eine andere Sprache, und er konnte einfach nicht anders, als auf diese Hüften zu starren.

»Ich kann in die Wege leiten, dass sie nach diesem Auftritt nur für dich allein tanzt.« Malkars Lächeln hatte etwas Wölfisches an sich, doch bevor Kadevis sich fragen konnte, warum, flog ein weiteres Tuch zwischen die Tische, und jetzt konnte er erkennen, dass sich Nadjiba zwischen den Beinen rasiert hatte. So etwas hatte er noch nie gesehen. Zudem waren nicht nur ihre Arme und Beine, sondern ihr ganzer Körper war mit schimmernden silbernen Mustern bedeckt – wie die Schuppen der Glanzschlangen, die Kadevis früher manchmal in den Wäldern nahe dem Weingut gefunden hatte. Und wie eine Schlange ließ sie jetzt Wellen durch ihren Körper laufen, vom Kopf bis zu den Zehen.

Er nickte langsam. »Ich liebe Lerina«, sagte er, und obwohl es die Wahrheit war, klang es selbst in seinen Ohren kraftlos wie eins der alten Gebete an die Geister, die die Feldarbeiter bei Gewitter vor sich hinmurmelten.

»Du bist nicht mit dem Mädchen verlobt. Hast du mit ihr geschlafen?«

Kadevis spürte, wie ihm das Blut ins Gesicht schoss. »Nein.«

»Du hast heute eine schwierige, aber richtige Entscheidung getroffen. Du hast eine Belohnung verdient. Ich rede mit Lidda.«

Malkar stemmte sich mit seinem Stock hoch und hinkte quer durch den Keller in den Vorraum, wo Lidda ihre Gäste begrüßte. Kadevis hätte ihn zurückhalten können, doch er tat es nicht.

20

Fahles Morgenlicht lag über der Stadt. In den Häusern rührte sich noch nichts, und Kadevis vermutete, dass es vielleicht vier oder fünf Uhr morgens sein mochte. Er tappte die Straße Richtung Marktplatz entlang, in der Hoffnung, vielleicht dort einen Frühaufsteher zu finden, der Gewürztee verkaufte. Sein Körper war erschöpft und sein Kopf leer, aber er konnte nicht zu Malkars Haus zurückgehen, um zu schlafen. Er wollte seinen Mentor nicht sehen.

Als er an einer Straßenkreuzung an einem kleinen öffentlichen Brunnen vorbeikam, senkte Kadevis den Eimer hinab und kurbelte ihn hoch, sobald er das Glucksen des Wassers hörte. Es tat gut, sich wenigstens das Gesicht zu waschen und den Mund auszuspülen. Zwischen seinen Zähnen knirschte noch immer der glitzernde Staub, mit dem Nadjiba ihre Haut bemalt hatte.

Immerhin schien Nadjiba ihn wirklich zu mögen …

Nein, das tut sie nicht, sie wird dafür bezahlt, es dir vorzuspielen. Bilde es dir gar nicht erst ein. Die Stimme in seinem Kopf klang wie Malkars. Kadevis holte tief Luft und setzte sich auf den Brunnenrand. Die Welt war bleigrau und trostlos an einem Sommermorgen, ehe die Sonne aufging. Je mehr sich die Nebelkrautschleier um seinen Geist lichteten, desto deutlicher begriff er: Er hatte Talvar verraten, Takis, die ganze Familie – aber vor allem Lerina, das Mädchen, in das er verliebt war.

Kadevis fuhr sich übers Gesicht. Malkar hatte gesagt, es

liege in Lerinas eigenem Interesse. Vielleicht stimmte das sogar, doch das änderte nichts daran, dass er ein Verräter war. Und dass er auch wusste, weshalb er es in Wahrheit getan hatte, machte es nicht besser! Er hatte Lerina nicht um ihrer selbst willen helfen wollte. Er hatte Malkar von den Statuen erzählt, weil er wollte, dass Talvar von Lerina weggebracht wurde. Solange ihr Vater in der Nähe war, würde er sie nicht bekommen. Und er wollte nicht von ihr getrennt sein, er wollte nicht, dass jemand sie ihm wegnahm.

Was für ein lausiger Grund für einen solchen Verrat! Er war ein Gast in ihrem Haus gewesen. Weil er ihm vertraute, war ihr Bruder sogar bereit gewesen, Feuer an die Olivenbäume seines Vaters zu legen. Hilflos suchte Kadevis in sich nach der Wut, die er empfunden hatte, als Talvar mit seinem winzigen Messer auf ihn losging, als er sich als Mörder seiner Eltern zu erkennen gegeben hatte. Er fand sie nicht mehr. Talvar mochte ein Mörder und ein Dieb sein, aber Kadevis spürte jetzt nicht mehr als müdes Mitleid für ihn.

Wahrscheinlich verdiente es Talvar, dass man ihn für seine früheren Verbrechen vor Gericht zerrte, wo ihn Malkar mit seinem ganzen ätzenden Essig überschüttete und zuletzt die Richter dazu brachte, ihn aus der Stadt zu verbannen. Aber Kadevis fragte sich, ob der Dieb und Mörder überhaupt noch dieselbe Person war wie der niedergeschlagene alte Mann, der ihm seine Sorgen anvertraut hatte und der sich vor einem Fluch der Geister fürchtete. Talvar hatte gelitten, daran zweifelte er nicht. Und nun hatten sie beide vor genau derselben Sache Angst: Wie Kadevis wollte auch Talvar nicht von Lerina getrennt sein und fürchtete sich davor, dass jemand sie ihm wegnahm.

Ich muss ihn warnen! Es ist noch nicht zu spät. Malkar

hat gesagt, dass es einige Tage dauert, bis die Untersuchung genehmigt wird, die er beantragen will. In dieser Zeit muss Talvar die Statuen fortschaffen. Dann kann ihm niemand mehr etwas nachweisen.

Auf Malkars Stute konnte er Talvars Anwesen noch vor dem Mittag erreichen. Kadevis sprang voller Tatendrang auf, blieb aber bereits nach wenigen Schritten stehen, als ihm dämmerte, was für ein Kindskopf er war. Erwartete er tatsächlich, dass ihm Talvar auch nur einen Augenblick lang zuhören würde nach allem, was geschehen war? Außerdem würde das bedeuten, vor Talvar – und schlimmer, vor Lerina – einzugestehen, dass er ein Verräter war.

Was er auch unternahm, er würde sich in Schwierigkeiten verstricken. Und obwohl ihm bewusst war, dass er eigentlich nicht verpflichtet war, den Mörder seiner Eltern zu schützen, erschien ihm der Gedanke, die Schuld an Talvars Untergang zu tragen und Lerina dadurch vielleicht für immer zu verlieren, an diesem grauen Morgen als das größere Übel. Wenn er das vermeiden wollte, blieb ihm keine Wahl. Er hatte selbst zu verantworten, dass er in dieser Lage steckte. Nun musste er dafür geradestehen.

»Hast du dich verlaufen?«, fragte plötzlich eine tiefe Stimme hinter ihm. »Kann ich dir helfen?«

Kadevis schnellte herum. An einem Laternenpfeiler lehnte ein Soldat im grünen Umhang der Stadtwache. Er fragte sich, wie lange ihn der Mann wohl schon beobachtete. Hatte er gesehen, wie er sich am Brunnen gewaschen hatte?

»Nein danke, ich komme zurecht.«

»Wie du meinst, Junge. Du siehst ein bisschen verloren aus.«

Die kameradschaftliche Freundlichkeit des Soldaten löste einen Knoten in Kadevis' Gedanken: Akama würde ihm helfen, zu Talvar durchzudringen! Egal was in den letzten Wochen geschehen war, sie hatten die Militärzeit miteinander verbracht, und nichts würde ihre Freundschaft so rasch beenden. Er war seine letzte Möglichkeit!

Kadevis erinnerte sich, wie Takis in der Rosenhecke davon gesprochen hatte, dass Akama jeden Morgen von Talvars Landgut in die Stadt ritt, um Kopierarbeiten in den Stadtarchiven zu erledigen. Er würde, er *musste* auch heute dort sein.

»Verschwinde!«

Akama war hinter seinem Arbeitstisch aufgesprungen. Er trug keine Waffe, aber die Art, wie er Kadevis anstarrte, genügte, um ihn auf Abstand zu halten.

»Ich muss mir dir reden. Dringend.«

»Nein, ich rede nicht mit dir! Hau ab!«

Erst jetzt, auf den zweiten Blick, sah Kadevis, dass Akama mehr erschrocken als wütend wirkte. Er fragte sich, was Talvars Familie über ihn verbreitet haben mochte. »Es ist nicht so, wie du denkst«, sagte er aufs Geratewohl.

Akamas Hände umklammerten die Tischplatte. »Was ist nicht so? Dass du Lerina vergewaltigen oder dass du Talvar umbringen wolltest? Man müsste dich einsperren!«

»Das hat Talvar also behauptet?« Obwohl es Kadevis nicht überraschen sollte, fühlte er Wut in sich aufsteigen über diese Unverschämtheit. »Das ist Blödsinn, eins wie das andere!«

»Takis kann es bezeugen.«

»Takis lügt. Er weiß so gut wie ich, dass das nicht stimmt.«

Im trüben Licht einer Öllampe erschien derselbe alte Aufseher, den Kadevis noch von seinem ersten Besuch im

Archiv kannte, im Türrahmen und legte mahnend einen Finger an die Lippen. »Bitte, ehrenwerte Herren, achtet auf die Lautstärke«, sagte er, »andere möchten hier arbeiten.«

Sobald er fort war, zischte Akama: »Und Lerina? Lügt die etwa auch?«

»*Sie* hat gesagt, dass ich sie vergewaltigt habe?«

»Na ja. Nicht direkt. Das war ihr Vater. Aber du brauchst trotzdem nicht zu glauben, dass ich mit dir rede!«

»Das tust du doch schon. Und jetzt setz dich wieder hin. Du kennst mich. Wir waren zusammen in den Inselreichen, haben im selben Zelt geschlafen. Du weißt genau, dass ich so etwas nicht tun würde.«

Akama holte sichtbar Luft. »Ich kann es ja auch kaum glauben. Aber Talvar war vollkommen außer sich, und Takis auch. Ich habe die beiden noch nie so erlebt, vor allem Takis nicht. Er ist normalerweise die Ruhe selbst. Und du hast Lerina von Anfang an mit deinen Blicken verschlungen, das konnte ein Blinder sehen. Was soll ich denn denken, wo alle mir dasselbe erzählt haben?«

»Ja, ich mag Lerina, ich liebe sie sogar! Aber ich würde ihr nie etwas antun. Ihr Vater hat uns bloß in einem ungünstigen Moment erwischt.«

Akama schwieg, und Kadevis konnte ihm ansehen, wie es in seinem Kopf arbeitete. »Ist das wirklich wahr? Du hast nichts von alldem getan?«

»Nein! Soll ich es dir beim Namen meiner Familie schwören?«

Akama schüttelte den Kopf und sagte langsam: »Ich glaube dir, was Lerina betrifft.« Mit einem Anflug von Neid fügte er hinzu: »Ich weiß, du hast das nicht nötig. Du bist mit deiner Nase schon immer gut bei den Mädchen angekommen. Aber was ist mit Talvar? Bist du wirklich mit einem Messer auf ihn losgegangen?«

»Nein. *Er* ist auf *mich* los wie ein Verrückter, als er Lerina und mich zusammen gesehen hat. Es war auch sein Messer. Und dann ist er plötzlich zusammengebrochen. Hier, du kannst noch sehen, wo er mich getroffen hat.«

Er krempelte den Ärmel seiner Tunika hoch und zeigte Akama die Wunde an seiner Schulter, jetzt nicht viel mehr als ein rötlicher Strich. Akama machte den Hals lang und beäugte sie, dann nickte er zögernd. »Talvar ist ein bisschen seltsam, vor allem, wenn's um seine Tochter geht. Und du würdest so etwas nicht tun. Du konntest schon im Feldlager kaum mit einem Dolch umgehen.«

Kadevis empfand eine Welle der Erleichterung, dass Akama ihm glaubte. Er zog sich einen Schemel heran und setzte sich. Auch Akama ließ sich zögernd wieder vor seinen Notizen nieder. »Wenn Talvar rausfindet, dass ich mit dir gesprochen habe …«

»Das wird er nicht, und das ist jetzt auch nicht wichtig. Hör mir zu: Ich habe eine Riesendummheit gemacht, du musst Talvar und seine Familie warnen. Mein Mentor will eine Untersuchung beantragen, in einer Woche stehen wahrscheinlich schon die Beamten in seinem Haus, und vielleicht werden sie ihn ins Stadtgefängnis werfen …«

»Halt! Nicht so schnell! Ich versteh überhaupt nichts mehr. Worum geht's hier eigentlich?«

»Du kennst doch die Geschichte mit dem Prozess vor fünfzehn Jahren?«

»Du meinst, dass Talvar angeklagt war, deine Eltern umgebracht zu haben? Ja, sicher, das weißt du doch.«

»Er war außerdem angeklagt, Kriegsbeute unterschlagen zu haben.«

»Aber er wurde doch freigesprochen!«

»Er ist schuldig! Ich habe die Beweise selbst gesehen. Und ich habe meinem Mentor davon erzählt.«

»Was?« Ungläubig starrte Akama ihn an. »Das ist ja wohl nicht dein Ernst! Talvar ist kein Verbrecher, das Gericht hat es bestätigt. Das hier ist das Hinterhältigste, was ich je erlebt habe! Vielleicht stichst du ihn nicht mit einem Messer nieder, aber du setzt den Bluthund auf ihn an, fünfzehn Jahre später – nur weil Talvar nicht will, dass du seine Tochter vernaschst.«

Als Kadevis widersprechen wollte, schob sich erneut der Kopf des Aufsehers durch die Tür. »Junge Herren, *bitte*!«

Unwillkürlich verstummten sie beide, und erst, als sie wieder alleine waren, sagte Kadevis leise: »Ich hab ja gesagt, es war eine Riesendummheit. Aber warum, glaubst du, erzähle ich dir das? Es tut mir leid, und ich will nicht, dass Talvars Familie etwas passiert!«

Akama hatte sich wieder ein wenig beruhigt. Nachdenklich sah er ihn an, dann fragte er: »Moment mal, du hast gesagt, du hast Beweise, dass Talvar … was getan hat?«

»Kriegsbeute unterschlagen.«

»Willst du damit behaupten, dass mein Mentor ein Dieb ist?«

»Ich habe eine der Statuen aus Kyma selbst gesehen, eine Jägerin mit einem Hund. Und ich bin sicher, da sind noch andere. Die Beamten werden sie finden, wenn sie sein Landgut durchsuchen.«

»Redest du etwa von den Statuen aus der Werkstatt dieses Bildhauers, der unter Talvars Kommando getötet wurde? Die ein Vermögen wert sein sollen?«

»Der Künstler hieß Chretes oder so ähnlich. Er benutzt das Kürzel *CHRET*. Malkar hat mir erzählt, wenn man diese Buchstaben auf einem Gegenstand findet, bedeutet das, dass er aus seiner Werkstatt aus Kyma stammt. Und ich habe genau diese Kennung auf dem Sockel der Statue entdeckt.«

»Eine Jägerin, sagst du? Ich hab so was nie gesehen. Als ich zu Talvar kam, hat er mir seinen ganzen Besitz gezeigt, auch einige Steinskulpturen. Aber sie waren aus Kessel, und er hat mir erzählt, sie wären Erbstücke und so gut wie wertlos …«

Akamas Stimme verlor sich in einem Murmeln. Kadevis konnte ihm ansehen, wie allmählich die Bedeutung dessen, was er eben erfahren hatte, in seinen Kopf hineinsickerte. Er schilderte Akama genau, wo er die Jägerin entdeckt hatte, und als er geendet hatte, sah sein Freund ihn entgeistert an. »Er hat die Statuen versteckt und all seine Gäste getäuscht – und mich auch?«

»So sieht es aus.«

»Ich kann's nicht glauben.«

»Dann sieh dir die Kennung der Statue selbst an.«

Akama starrte ins Leere. »Ach, du Dreck.«

Als er Kadevis wieder ansah, stand in seinen Augen die Frage nach dem Mord an Kadevis' Eltern, aber er sprach sie nicht aus, und auch Kadevis schwieg. Schließlich fragte Akama: »Warum willst du dann, dass ich Talvar warne? Du weißt, jetzt muss ich es tun. Immerhin ist er mein Mentor. Ist es wegen Lerina?«

»Ja. Außerdem kann sowieso niemand mehr ändern, was damals in Kyma passiert ist.«

»Wie du meinst. Ich hab zwar keine Ahnung, wie ich Talvar dazu bringen soll, dass er mir zuhört, wenn es um dich geht, aber irgendwie werd ich es schon hinkriegen.« Hastig schob Akama sein Schreibzeug zusammen und stopfte es in seine Mappe.

»Ich danke dir, Akama. Aber ich muss wissen, was Talvar

geantwortet hat. Du hältst mich doch auf dem Laufenden, oder?«

»Wie soll das gehen? Ich reite ein paar Stunden von hier bis zu Talvars Landhaus. Und ich weiß nicht, wann ich das nächste Mal in die Stadt komme – vor allem nach dieser Botschaft.«

»Versuch es trotzdem.«

»Also gut, sobald ich kann, komme ich zu Malkars Haus und pfeife unter deinem Fenster. Verdammt, Kadevis. Ich wollte, ich wäre da nicht mit reingezogen worden.«

Ja, das wollte Kadevis auch. »Das vergesse ich dir nie.«

Nachdem Akama auf seinem Pferd davongaloppiert war, hatte Kadevis noch eine Weile in den Straßen herumgelungert, doch inzwischen stand die Sonne hoch am Himmel und ließ die Luft über den Straßen flimmern. Kadevis war durstig und ihm knurrte der Magen – es half nichts: Er musste zu Malkar zurückkehren. Auf dem Weg zu dessen Haus schwor er sich, dass er, auch wenn er gezwungen war, mit seinem Mentor unter einem Dach zu wohnen, sich nicht noch einmal von ihm manipulieren lassen würde. Wenig später ließ er sich die Tür öffnen und schlüpfte geradewegs in die Küche, um die Reste des Mittagessens abzustauben. Jetzt, da er wusste, dass Akama Talvar warnen würde, brachte er zumindest endlich etwas hinunter.

»Ihr seht ja schon wieder furchtbar aus!«, sagte die Köchin. »Feiern scheint ganz schön anstrengend zu sein. Dem Herrn ist das gute Leben auch mal wieder auf den Magen geschlagen. Im Salon sitzt er, ich glaube, er wartet auf Euch. Ein Glück, dass die Feier nicht hier im Haus war, letztes Mal musste ich tagelang schrubben, um die Böden sauber zu bekommen!«

Dass Malkar auf ihn wartete, konnte sich Kadevis allerdings vorstellen. Er hatte am Vortag gesagt, dass er alle Einzelheiten der Geschichte über Talvar hören wollte.

»Na schön, ich gehe zu ihm.« Kadevis griff nach seinem Teller und machte sich kauend auf den Weg. Ihn schauderte, wenn er an Malkars durchdringende Augen dachte. Wie sein Mentor herausbekommen hatte, dass er längst von Talvars Schuld wusste – es schien ihm noch immer, als könnte er auf den Grund seiner Seele blicken wie ein Magier.

Aber Malkar hatte die Augen geschlossen, als er in den Salon eintrat; er lehnte auf dem Sofa, fahl im Gesicht und ein feuchtes Tuch auf der Stirn. Vor ihm auf dem Tisch lagen mehrere offene Ledermappen und Schreibzeug, doch in seiner unmittelbaren Reichweite stand nur ein dampfender Becher. Es roch nach Pfefferminztee.

Kadevis räusperte sich. »Ihr wolltet mich sprechen, Meister Malkar?«

Langsam schlug Malkar die Augen auf und richtete seinen Blick auf Kadevis. Offensichtlich gab er sich Mühe, den Kopf möglichst wenig zu bewegen. »Ich habe mich schon gefragt, wann du auftauchst.«

»Ich konnte mich einfach nicht von Nadjiba trennen.«

Malkars Lider schlossen sich wieder. »Ja, sie ist schon etwas Besonderes.« Es klang, als rede er mit sich selbst. »Vor einigen Jahren habe ich auch etwas Zeit mit ihr verbracht.«

Kadevis legte nicht viel Wert auf diese Information. »Was wünscht ihr heute von mir?«

»Wusstest du, dass sie in ihrer Heimat eine angesehene Künstlerin war?«

»Wer? Nadjiba?«

»Ja, sie war Tänzerin am Hof des Bassa von Vhaskalar. Damals hätte die Palastwache jedem Mann die Hand abgehackt, der es gewagt hätte, sie zu berühren. Sie hat es mir damals selbst erzählt. Aber Intrigen haben sie gezwungen, das Sandland zu verlassen. Nun gehört sie zu Liddas beliebtesten Huren. Wenn du mich fragst, am besten ist sie immer noch, wenn sie einfach nur tanzt. Nicht so lasziv wie gestern. Wenn sie als die Künstlerin tanzt, die sie einmal war.«

Ein seltsamer Ton lag in Malkars Stimme. Leise ließ sich Kadevis auf einem der Sessel nieder und schob seinen Teller vor sich auf die Tischplatte. Inzwischen hatte er gelernt, dass sein Mentor jede beliebige Rolle spielen konnte, wenn er wollte, und er fragte sich, welche Rolle dies wohl sein mochte.

»So wie auf Eurer Feier?«, fragte er.

»Ja. Wunderschön, nicht wahr?«

In welche neue Falle wollte ihn Malkar diesmal locken? »Ihr habt doch so viel Geld«, sagte er vorsichtig. »Wenn Euch etwas an Nadjiba liegt, warum helft Ihr ihr dann nicht da heraus?«

»Warum sollte ich? Sie hat sich selbst für dieses Leben entschieden.«

»Vielleicht blieb ihr keine andere Wahl.«

»Nein, nein, man hat immer eine andere Wahl. Und Nadjiba hat einen Grund, dieses Leben zu führen: Sie braucht das Geld. Viele Menschen verkaufen sich selbst und alles, was ihnen etwas bedeutet, weil sie sich einen bestimmten Lohn erhoffen – aber sie erwerben sich nur ihr eigenes Unglück.«

Die Worte tropften ihm zäh von den Lippen. Offenbar war er sehr müde, und es schien ihm wirklich nicht gut zu gehen. Kadevis erinnerte sich noch deutlich an Malkars Zustand nach seiner Feier im Frühjahr und wollte lieber gar nicht wissen, wie er diesmal die Nacht verbracht hatte.

»Habt Ihr die Durchsuchung von Talvars Haus schon beantragt?«, fragte er, bemüht, seine Stimme gleichgültig klingen zu lassen.

»Nein, noch nicht. Ich werde mich wohl morgen an die Beamten wenden. Ist das erst einmal in die Wege geleitet, könnte es schon sein, dass zufällig rasch ein Termin für den Prozess frei wird. Das heißt, die Untersuchungen begännen schon einige Tage später.«

»So schnell? Ihr habt doch so lange gebraucht, um die Rede für den Prozess gestern zu schreiben …«

»Das lass meine Sorge sein.«

Kadevis starrte auf das Schreibzeug, das vor ihm auf dem Tisch lag, und eine ungute Ahnung beschlich ihn. Hatte sein Mentor die Anklage gegen Talvar etwa schon viel früher, vor dem gestrigen Abend vorbereitet? Hatte er darum so oft noch bis spät in die Nacht gearbeitet, weil er nicht an einer Rede schrieb, sondern an zwei zugleich?

Das ist doch Unsinn! Wie hätte Malkar wissen sollen, was passieren würde? Aber das flaue Gefühl in Kadevis' Magen blieb.

»Ich wollte dir noch einmal sagen, dass ich stolz auf dich bin«, fuhr Malkar schließlich fort. »Aber du wolltest mir noch einige Einzelheiten erzählen. Was genau hat es mit dieser Baumkrankheit auf sich?«

21

Kadevis erkannte den durchdringenden Pfiff sofort. Mit hämmerndem Herz stürzte er ans Fenster, doch unten auf der Straße waren nur die üblichen Passanten für diese Tageszeit unterwegs: ein paar Bauern, die mit ihren Karren vom Markt nach Hause fuhren, sowie Dienstmädchen mit Einkaufskörben für das Abendessen, junge Leute auf dem Weg in eine Schänke. Von Akama keine Spur.

Wieder dieser Pfiff, so schrill, dass es in den Ohren gellte – nun war er sich sicher, das war sein Freund, und er war klug genug, sich nicht zu zeigen. Hastig nahm Kadevis seine Stiefel in die Hand und schlich den Gang und die Treppe hinunter. Malkar war zum Glück nirgendwo zu sehen, vermutlich ruhte er sich noch immer von der letzten Nacht aus. *Oder er arbeitet die neuen Informationen, die ich ihm vorhin gegeben habe, in seine Anklagerede ein. Wenn er wüsste, dass ich alles dransetzen werde, damit dieser Prozess nicht stattfindet …*

Sobald er die Eingangstür hinter sich zugezogen hatte, schlüpfte Kadevis in seine Stiefel. Ein Blick die Hauswand hoch zeigte ihm, dass niemand an den Fenstern stand. Erleichtert wandte er sich ab und machte sich auf die Suche nach Akama. Er war bereits ein Stück die Straße in die Richtung hinuntergegangen, aus der er das Pfeifen gehört hatte, als ihn eine Hand am Oberarm packte.

»Kadevis! Hierher!« Akama zog ihn in eine schmale Gasse zwischen zwei Häusern hinein. Er war ganz und gar mit dem hellen Staub der Straße gepudert, sogar im Gesicht. »Ein Glück, dass du da bist! Lerina will dich sprechen, am Westtor. Los, beeil dich! Hast du ein Pferd?«

»Ja, aber es fällt bestimmt auf, wenn ich es hole.« Erst nach seiner Antwort begriff Kadevis, was Akama gerade gesagt hatte. »Lerina? Sie ist hier? Und sie will …?«

»Ja, du bist ein verdammt glücklicher Kerl, nun mach den Mund wieder zu.« Akamas Grinsen geriet etwas kläglich. Er musste den ganzen Tag geritten sein, dachte Kadevis, in der stechenden Sonne zu Talvars Landgut und wieder zurück, er war sichtlich erschöpft.

»Weiß ihr Vater, dass sie hergekommen ist? Und überhaupt, hast du ihm erzählt, dass ich Malkar alles verraten habe?«

Akama winkte ab. »Talvar schläft. Aber Lerina habe ich alles gesagt.«

»Was? Das hatten wir so nicht besprochen! Wie hat sie reagiert?«

Akamas Augen schienen im Dreck am Straßenrand nach einer Antwort zu suchen. »Das kannst du dir wohl selbst vorstellen.«

»Sie ist bestimmt wütend. Und sie will mich trotzdem sehen?«

»Das habe ich doch gerade gesagt.«

»Wie konnte sie aus dem Haus entwischen? Jemand muss doch merken, dass sie nicht mehr da ist!«

»Ich hab ihr geholfen. Und bestimmt merkt Talvar, dass sie nicht da ist, wenn er wieder wach wird. Komm jetzt, wir sollten Lerina nicht warten lassen.«

Aufgeregt folgte Kadevis Akama durch die kleine Gasse, bis sie wieder auf einer breiten Straße ins warme Abendlicht traten. Hier, an einem Stapel schwerer Holzfässer, war

Akamas nassgeschwitzter Wallach angebunden. Sobald Akama aufgestiegen war, verfielen sie in ein rasches Tempo. Es war ein gutes Stück Weg bis zum Westtor, aber Kadevis' Füße liefen wie von allein. Er konnte nicht erwarten, Lerina wiederzusehen. Oh, warum war er die letzte Nacht nur so dumm gewesen, sich mit Nadjiba einzulassen? Lerina verdiente das nicht, sie liebte ihn, sie kam sogar gegen den Willen ihres Vaters heimlich her, um mit ihm zu sprechen.

Als sie das Westtor erreichten, das als einziges der vier Stadttore zu jeder Tages- und Nachtzeit geöffnet war, war die Sonne bereits untergegangen und am Horizont nur noch ein schmaler Streifen Dunkelrot übrig. Die ersten Sterne zeigten sich am Himmel. Auf der Straße, die durch das Tor führte, waren außer zwei mit langen Lanzen bewaffneten Wachen nur noch wenige Menschen zu sehen. Die meisten Stadtbewohner schienen sich inzwischen in den Tavernen oder ihren Häusern aufzuhalten. Kadevis blickte sich um. Das war kein sicherer Platz für ein schönes Mädchen aus guter Familie.

»Hast du sie etwa hier draußen allein zurückgelassen?«, fuhr er Akama an, der abgestiegen war und sein Pferd nun am Zügel führte.

»Komm mit.«

Schweigend traten sie durch den steinernen Bogen, die Wachen warfen ihnen nur einen gelangweilten Blick zu. Vor ihnen erstreckte sich eine gepflasterte Landstraße, die an Feldern und Gehöften vorbei in die Berge führte. Akama wählte einen Seitenweg nach rechts, der dem Verlauf der Stadtmauer folgte. Der Wind rauschte in den Bäumen, es war inzwischen so dunkel, dass Kadevis nicht mehr sehen konnte, wohin er trat. Allmählich wurde ihm unbehaglich zumute. In diesem Moment zog Akama zum Glück eine Fackel aus einer Satteltasche und zündete sie an. Dann räusperte er sich und sagte: »Wir sind gleich da. Siehst du das Wäldchen dort hinten?« Im Fackellicht glänzten Akamas Augen sonderbar, und unwillkürlich fragte sich Kadevis, weshalb er so ängstlich aussah.

Gegen den dunkelblauen Himmel hoben sich die Laubbäume gerade noch ab. Sie hielten darauf zu und blieben erst am Waldrand stehen. Kadevis kniff die Augen zusammen. Zwischen den Stämmen rührte sich nichts, nirgends flackerte Licht.

»Wo ist Lerina?«, fragte er und drehte sich zu Akama um, der ein wenig zurückgeblieben war.

Er hatte kaum den Mund geschlossen, da packte ihn jemand von hinten und hatte ihm im gleichen Moment schon die Arme auf dem Rücken verdreht. Vor Schreck schrie Kadevis laut auf, aber als er sich wand, um sich zu befreien, schoss ein so heftiger Schmerz seine Arme hinauf, dass er augenblicklich erstarrte.

»Was soll das?!«, zischte er durch die zusammengebissenen Zähne.

»Beweg dich nicht, dann passiert dir auch nichts«, antwortete eine bekannte Stimme dicht an seinem Ohr.

Kadevis schnappte nach Luft. »Takis?! Verdammt, Akama, was soll das? Ich dache, du wärst mein Freund!«

»Er schuldet vor allem seinem Mentor Loyalität.« Aus der Dunkelheit rechts von Kadevis löste sich eine Gestalt: In seinem dunklen Kapuzenumhang war Talvar so gut wie unsichtbar. Auch jetzt erhellte das Fackellicht nicht mehr als die fahle untere Hälfte seines Gesichts und seine knochigen Hände.

Tränen der Wut brannten in Kadevis' Augen – schon wieder war er in eine Falle geraten, und diesmal hatten sie seine Freundschaft zu Akama und seine Sehnsucht nach Lerina als Köder benutzt. »Lerina ist nicht hier, richtig?«

»Richtig«, erwiderte Talvar. »Jetzt gehörst du mir, Tuvar. Dank Akama weiß ich, was du getan hast. Wir müssen uns unterhalten.«

»Ich habe Euch gar nichts zu sagen!«

»Lüg mich nicht an! Ich durchschaue deinen Plan. Erpressen willst du mich, mich dazu zwingen, dir das Wundervollste und Kostbarste zu geben, was ich habe. Seit ich von deinem Verrat erfahren habe, habe ich alle Möglichkeiten bedacht. Ich könnte dich augenblicklich töten oder dich zu einem Zweikampf fordern – aber mir bleibt keine Kraft mehr zum Kämpfen.« Talvar trat einen Schritt näher, und als er weitersprach, lag bittere Verachtung in seiner Stimme. »Du hast gewonnen, Tuvar. Du hast Lerinas Körper geschändet und ihr Herz vergiftet. Wenn das die Rache ist, die du an mir nehmen willst, sei stolz auf dich: Du hättest mir nichts Schlimmeres antun können.«

Kadevis konnte nicht fassen, was er hörte.

»Nein, Talvar, so ist es nicht. Ich liebe Lerina! Ich wollte sie Euch nie wegnehmen, das schwöre ich. Ich liebe sie einfach nur. Und … ich will Euch auch nicht erpressen. Ich wollte Euch nicht an meinen Mentor verraten, aber er hat so lange auf mich eingeredet, bis ich ihm alles erzählt habe. Liebe Güte, Talvar, versteht Ihr nicht, dass ich Euch bloß warnen will?«

»Worte!«, schleuderte ihm Talvar entgegen. »Davon hatte deine Mutter auch mehr als genug.«

»Haltet meine Eltern aus dieser Sache heraus! Wenn hier jemand einen Fehler gemacht hat, dann war ich das.«

»Unstet, gedankenlos, geschwätzig«, fuhr Talvar fort, ohne auf Kadevis zu achten. »Wie ähnlich du deiner Mutter doch bist! Jeden Tag sprach sie darüber, wie sie nach dem Sieg über die Kymaner bei ihrer Rückkehr nach Kessel gefeiert werden würde. Aber ihre Pläne, die Inselleute zu besiegen, scheiterten einer nach dem anderen. Sie war vollkommen unfähig, ein Kommando zu führen, und die Talente deines Vaters reichten gerade dafür aus, ihr tagsüber noch zusätzlich im Weg zu stehen und sie nachts wach zu halten. Ich hatte gar keine andere Wahl, als beide zu beseitigen!

Hast du mir tatsächlich geglaubt, ein Stratege aus der Familie Sotan und Lira beginge einen so schwerwiegenden Fehler und wüsste nicht, wo der Feind seinen nächsten Angriff plant? Hah! Deine Mutter war töricht genug, mir zu vertrauen. Die Inselleute durchbohrten sie und deinen Vater mit ihren Pfeilen, während sie vor ihnen davonrannte.«

Kadevis starrte auf die Stelle in der Dunkelheit unter der Kapuze, dort, wo Talvars Augen sein mussten. »Das ist nicht wahr, oder?«

»Dass du deiner Mutter ähnelst? O doch, und ich habe es dir bereits bei einem unserer ersten Treffen gesagt.«

Langsam schüttelte Kadevis den Kopf. Er erinnerte sich kaum an seine Mutter, aber der Gedanke, wie sie von Pfeilen durchbohrt wurde, erfüllte ihn mit Entsetzen. Und Talvar sprach darüber, als wäre er stolz darauf. Noch vor kurzem hatte ihm derselbe Mann Geschenke gemacht, sogar seine Sorgen mit ihm geteilt – und er, Kadevis, war beinahe bereit gewesen, ihm zu vertrauen! Seine Beine fühlten sich plötzlich sehr schwach und zittrig an; hätte ihn Takis nicht so fest gehalten, er hätte sich vielleicht nicht aufrecht halten können.

Takis. Wie dachte er über die Taten seines Vaters? Jedenfalls blieb Takis' Griff so eisern, wie er war. Akama stand mit elender Miene daneben und hielt die Fackel.

»Mörder!«, sagte Kadevis hilflos.

»Es war notwendig, deine Mutter zu entfernen, auch wenn die Geschicke das nie einsehen konnten. Sie haben mich nach ihrem Tod ins Unglück gestürzt, mich gequält, gefoltert …« Talvars Stimme brach, dann holte er hörbar Atem und fuhr ruhiger fort: »Ich möchte, dass du eins weißt, Kadevis. Auch wenn du mein Vertrauen auf abscheuliche Weise missbraucht hast, war ich dir gegenüber nie unaufrichtig. Ich hätte mich um dich gekümmert wie um einen eigenen Sohn, und ich bereue, dass ich das versäumt habe. Lerina und du, ihr hättet aufwachsen müssen wie Bruder und Schwester. Das wäre der Wunsch der Geister gewesen. Doch die Geschicke haben anders entschieden.« Er beugte sich vor, und Kadevis sah den Flammenschein in seinen dunklen Augen tanzen. Talvars Geruch nach Staub und Moder und bitteren Kräutern drang ihm in die Nase, und plötzlich musste er gegen einen Brechreiz ankämpfen.

»Hör mir zu, Tuvar Kadevis. Ich gebe dir meine Tochter zur Frau. Der Streit zwischen unseren Familien muss enden, und ich schwöre dir: Der Fluch der Geister soll *dich* treffen, wenn du Lerina jemals zum Weinen bringst. Aber zuvor musst du etwas erledigen.«

»Wie bitte?«, murmelte Kadevis. Bis vor einem Augenblick hatte er damit gerechnet, wie seine Eltern sterben zu müssen. Und nun bot ihm Talvar an, Lerina zu heiraten? Das war absurd! Als Talvars knochige Hand Kadevis' Schulter umklammerte, versuchte er sie trotz Takis' festem Griff abzuschütteln, erfolglos.

Mit leiser, eindringlicher Stimme sagte Talvar: »Du hast dem Bluthund alles verraten, was du über mich weißt. Er wird von nun an keine Ruhe mehr geben, ehe er mich vor Gericht gebracht hat – nicht um der Gerechtigkeit willen, sondern nur, um sein eigenes Ansehen zu vergrößern. Wenn er mein Haus durchsuchen lässt, ist meine Familie verloren. Ich bin krank und müde und kann die Meinen nicht mehr verteidigen. Meine geliebte Tochter, mein guter Takis, mein gesamter Haushalt … Es kann uns niemals gelingen, alle Gegenstände aus Kyma rechtzeitig beiseitezuschaffen. Aber ich kenne die Bürokratie der Stadt und das lange Prozedere, bis die Durchsuchung meines Hauses bewilligt wird. Hat sich der Bluthund schon an die Verwaltung gewandt?«

»N-nein, das hat er nicht. Er hat es mir vorhin selbst gesagt.«

»Gut. Dann musst du ihn beseitigen, ehe er es tut.«

Kadevis glaubte, nicht recht gehört zu haben. »Ihr wollt, dass ich … Malkar umbringe?«

»Ja. Du hast deinen Militärdienst abgeleistet und weißt, wo das menschliche Herz sitzt. Die geeignete Waffe hast du bereits. Der Dolch, den ich dir auf seiner verwünschten Feier geschenkt habe, ist scharf genug, um sofort zu töten; die Magie, die ihm innewohnt, sorgt dafür, dass er sein Ziel nicht verfehlt. Und der Bluthund schläft unter demselben Dach wie du. Die Lage könnte nicht günstiger sein. Zur Sicherheit habe ich Kräuter mitgebracht, die dafür sorgen, dass er heute Nacht tiefer schläft. Du musst sie ihm nur ins Getränk mischen.«

Bei den letzten Sätzen hatte Talvars Stimme wieder so sanft und bekümmert wie üblich geklungen. Ungläubig stieß Kadevis hervor: »Das könnt Ihr nicht von mir verlangen! Ich bin doch kein Mörder!«

»Dann wird man meine Kinder in Schande aus der Stadt jagen. Oh, ich kann schon vor mir sehen, wie sich Lerina barfuß von Hof zu Hof bettelt, wenn die Herbststürme kommen.« Talvar löste den Griff um Kadevis' Schulter, rieb sich die Schläfe und holte zittrig Atem: »Ohne den Bluthund wird es keine Anklage geben. Kadevis, du kennst ihn. Du weißt, dass er den Tod verdient. Wenn du es nicht tust, gibt es keine Zukunft für Lerina und dich.«

Kadevis schüttelte langsam den Kopf. »Malkar ... er ist erbarmungslos ... kaltherzig ... hinterhältig ... er hat mich nur benutzt, seit ich bei ihm wohne ... Aber das bedeutet doch nicht, dass ich ihn im Schlaf erdolche!«

»Ist das dein letztes Wort?«

»Ja, natürlich!«

»Dann ist es besser, ich sterbe noch heute Nacht zusammen mit meiner Familie, um der Schande zu entgehen«, sagte Talvar und fügte bitter hinzu: »Das ist es doch, was du wolltest, nicht wahr? Aber so muss ich mir wenigstens nicht mehr ausmalen, wie sich eine schmutzige Geiernase wie du über meine geliebte Blume hermacht ...«

»Was meint Ihr damit? Ihr wollt doch nicht etwa Euch oder Lerina irgendwas antun?«

»Sie wird überhaupt nicht merken, wie sie den Schattenfluss überquert, und dann wird sie schlafen wie eine Blüte im Winter. Aber vorher wirst *du* über den Schattenfluss schwimmen.«

Ohne Vorwarnung griff Talvar an seinen Gürtel, und im Fackellicht flammte das Metall eines Schwertes orangerot auf. Ein eisiger Schreck durchfuhr Kadevis, als er die Klinge plötzlich auf sich gerichtet sah. Doch bevor er reagieren konnte, geschahen mehrere Dinge gleichzeitig.

Der Griff um Kadevis' Arme löste sich abrupt, als Takis auf seinen Vater zustürzte und ihm in den Arm fiel. »Das genügt jetzt!«, rief jemand, und Kadevis brauchte einen Moment, um zu verstehen, dass es nicht die Stimme von

Takis oder Akama war. »Sotan Talvar, Ihr seid verhaftet im Namen des Kessler Rats.«

»Wer ist da?«, rief Talvar, plötzlich voller Angst. Den Schwertgriff hielt er noch immer umklammert. Kadevis, endlich frei, wich vor ihm zurück, dabei zitterten seine Knie so sehr, dass er fast über seine eigenen Füße gestolpert wäre.

Zwischen den Bäumen traten Schatten ins Fackellicht hervor, allen voran eine vierschrötige Person, die Kadevis vage bekannt vorkam, und plötzlich wusste es, wer es war: Er hatte ihren Namen vergessen, aber diese Söldnerin hatte ihn bei seinem Treffen mit Talvar in den Stadtgärten begleitet. Ihr folgten weitere Bewaffnete, mehr als Kadevis im Dunkeln mit einem Blick erfassen konnte. Gleich darauf waren sie eingekreist von blanken Klingen.

»Bewegt Euch nicht, wenn Ihr wisst, was gut für Euch ist«, sagte die Stimme erneut. Sie gehörte zu einer weiteren Frau, wie Kadevis jetzt bemerkte. Doch erst als die schlanke Gestalt zwischen die Söldner trat, sich die Kapuze vom Kopf zog und helles Haar enthüllte, sah er, dass es Juma Kalima war. Den Mann, der ihr folgte, erkannte Kadevis auf Anhieb, auch wenn er seine Kapuze nicht abgenommen hatte: Malkar.

Kadevis wusste nicht, ob er erschrocken oder erleichtert war. Immerhin besaß Malkar ein unschlagbares Gespür für den richtigen Zeitpunkt zum Eingreifen.

»Mein Freund, du hast so deutlich wie ich gehört, dass diese Leute einen Anschlag auf ein Mitglied des Kessler Rats planten«, sagte Kalima zu Malkar.

»Sehr richtig«, erwiderte er, »auf mich.« Und zu den Söldnern gewandt, fügte er hinzu: »Lasst den Jungen mit der Nase gehen. Ihr seid Zeugen, dass er sich geweigert hat, das Spiel mitzuspielen.«

Die Söldnerin gab Kadevis mit einer Handbewegung zu verstehen, er solle verschwinden. Doch er konnte sich nicht vom Fleck bewegen.

»Kadevis«, sagte Malkar sanft. »Gehen wir nach Hause.«

Kadevis hörte, wie Talvar wenige Schritte entfernt nach Luft rang. Das Schwert glitt ihm aus den Fingern und landete mit einem dumpfen Geräusch im Gras. Dann sackte er auf die Knie. Augenblicklich war Takis bei ihm und bückte sich nach der Waffe.

»Mistkerl!«, zischte er, und seine Hand schloss sich um den Schwertgriff. »Das könnte dir so passen, uns hier zu fangen wie die Kaninchen, verfluchter Rotgürtel!«

Mit einer einzigen, geschmeidigen Bewegung stürzte er sich auf Malkar. Bevor die überraschten Söldner reagieren konnten, sprang Kadevis, dessen Kopf völlig leer zu sein schien, nach vorne, um ihn zurückzuhalten; aus dem Augenwinkel sah er, wie Akama die Fackel fallen ließ und dasselbe tat. Zu zweit umklammerten sie Takis' Arme, doch stark, wie er war, riss er sie beide ein Stück weit mit sich, ehe er vom Schwung seines Angriffs mitgerissen nach vorne fiel. Akama hatte versucht, Takis' Schwerthand auf seinem Rücken zu verdrehen, und als Takis im Sturz halb ausholte, schlitzte die Schwertklinge Akamas Tunika auf und schnitt über seinen Unterleib und einen Oberschenkel. Ehe Kadevis noch recht wusste, was vor sich ging, schrie Akama gellend und hatte die Hände voller Blut.

»Ich blute! Es tut weh! Verdammt, es tut weh!« Seine Stimme überschlug sich. »Ich werde verbluten!«

Einer der Söldner hatte geistesgegenwärtig die Fackel hochgerissen und die Funken ausgetreten, die bereits im Gras schwelten. Nun hob er sie hoch über seinen Kopf, sodass alle sehen konnten, wie im flackernden Feuerschein

Akama dastand: mit aufgerissenen Augen, weiß im Gesicht und am ganzen Körper zitternd. Während sich alle um ihn drängten, mochte Kadevis kaum hinsehen.

»Das wollte ich nicht!«, sagte Takis voll ehrlichen Entsetzens. »Ich dachte nur ... O Geschicke, ist es sehr schlimm?«

»Lass mich sehen.« Kalima schob zwei Söldner zur Seite. »Leg dich hin, Junge. Und du, leuchte hierher mit der Fackel. Ja, so ist es gut. Nun halt still.« Wo das Schwert bereits ganze Arbeit geleistet hatte, riss sie den blutgetränkten Stoff der Tunika weiter auseinander und beugte sich mit gerunzelter Stirn über die Verletzung. Akama blutete so heftig, dass sich Kadevis der Magen umdrehte, doch Kalima winkte nur mit einer Hand. »Malkar, gib mir deinen Umhang. Die Blutung muss gestillt werden.«

Akama keuchte, als sie ihm Malkars zusammengeknüllten Umhang in die Wunde drückte, und krallte sich vor Schmerzen ins Gras. »Hier«, sagte Kalima, »schön festhalten, hörst du? Nicht loslassen.«

Akama nickte mit verzerrtem Gesicht, das Fackellicht glänzte auf seinen hervorquellenden Augen. Erst vorsichtig, dann fester drückte er beide Hände auf den Stoff.

»Wie geht es ihm?«, flüsterte Kadevis. Immerhin hatte Akama aufgehört zu schreien. »Er wird doch nicht etwa sterben, oder?«

»Er muss ein Weilchen die Zähne zusammenbeißen«, erwiderte Kalima. »Enna und Savrik, bringt ihn in die Stadt, aber tragt ihn vorsichtig. Ein Heiler muss das nähen. Zum Glück ist die Wunde nicht tief, aber achtet trotzdem darauf, dass er bei Bewusstsein bleibt.«

»Ich gehe mit«, sagte Takis sofort.

Kalima maß ihn mit einem kalten Blick. »Nein. Du hast

ein Ratsmitglied angegriffen und wirst unter Arrest gestellt, ebenso dein Vater.«

»Dann begleite ich ihn!« Kadevis fand den Gedanken furchtbar, dass zwei Söldner seinen Freund wegschleppten, der blutete und Schmerzen hatte – er konnte Akama jetzt nicht allein lassen.

»Du kommst mit mir«, sagte Malkar, und seine kühlen Finger schlossen sich um Kadevis' Unterarm. Er konnte keinen Widerstand leisten, als Malkar ihn beiseitezog. Er konnte einfach nicht. Hilflos sah er zu, wie die Söldner Akama hochhoben – einer packte ihn unter den Armen, der andere bei den Knien – und davontrugen wie einen Sack Äpfel. Der verängstigte Ausdruck auf Akamas Gesicht brannte sich in seinen Kopf.

»Was ist mit Talvar?«, fragte er und sah zu Takis, der neben der reglosen Gestalt seines Vaters Aufstellung bezogen hatte. Der junge Mann wirkte jetzt eher verzweifelt als kampfeslustig. Als zwei Söldner neben ihn traten, machte er mit hängenden Schultern Platz.

»Er wacht gleich wieder auf«, sagte Takis fast kleinlaut, als Malkar schwieg. »Er hat eine Kopfverletzung … Wohin wird er gebracht?«

»Eigentlich sollte man Sotan Talvar ins Staatsgefängnis werfen«, sagte Malkar, und es war allzu deutlich, dass er nur Kadevis, nicht Takis antwortete, »aber in Anbetracht seiner Stellung als Ratsherr und Familienoberhaupt halte ich es für angemessener, ihm Zuflucht in meinem Haus zu bieten, bis die Verhandlung beginnt. Was seinen Sohn betrifft, können wir ihn leider nicht ebenfalls festsetzen. Die Gesetze schreiben vor, dass bei der Verhaftung eines Familienoberhaupts der unmittelbare Stellvertreter Gelegenheit erhalten muss, sich um die Geschäfte der Sippe zu kümmern. Wir müssen Sotan Takis die Rückkehr zum Landgut seines Vaters gestatten.«

Takis starrte Malkar an, als erwäge er einen weiteren Angriff. Und Kadevis ertappte sich bei dem Gedanken, was wohl geschehen wäre, hätte Takis' Schwert sein Ziel gefunden.

»Du bist der Rechtsexperte von uns beiden, mein Bluthund«, sagte Kalima zu Malkar, »und du bist es auch, der sowohl angegriffen als auch verraten wurde.« Sie nickte knapp in Takis' Richtung, aber ihr Blick ruhte auf Kadevis.

Malkar grinste. Es war ein humorloses Grinsen. »Die jungen Männer sticht der Hafer. Wir müssen ihnen gegenüber großzügig sein und dürfen nicht vergessen, dass wir selbst auch einmal jung waren.«

Inzwischen hatten zwei der verbliebenen Söldner Talvar auf die Füße gezerrt und in ihre Mitte genommen, jeder legte sich einen seiner Arme über die Schultern. Er war noch immer halb bewusstlos und hing mehr in ihren Armen, als dass er stand, sein Kopf pendelte von einer Seite auf die andere. Trotz allem, was zwischen ihnen vorgefallen war, stimmte es Kadevis traurig, Talvars hageren, zerbrechlichen Körper zwischen den vierschrötigen Gestalten in ihren Lederrüstungen zu sehen. Er war beinahe froh, dass Lerina nicht gekommen war und all das nicht miterlebt hatte.

Malkar wandte sich Takis zu. »Lauf nach Hause, Sotan Takis«, sagte er, »und komm mir nicht noch einmal unter die Augen.«

22

Von irgendwoher hatte Juma Kalima eine Sänfte organisiert, darin drängten sie sich zu viert: auf der einen Seite Talvar und die Söldnerin, auf der gegenüberliegenden Malkar und Kadevis, der an jedem anderen Ort der Welt lieber gewesen wäre. Kalima selbst war in ihrer eigenen Sänfte verschwunden, nachdem sie sich kurz von Malkar verabschiedet hatte. Mit zugezogenen Vorhängen wurden sie durch die stillen Straßen getragen. Obwohl Talvar inzwischen wieder zu sich gekommen war, starrte er vor sich hin, als wäre er noch immer ohne Bewusstsein. Er schien sie alle überhaupt nicht wahrzunehmen.

Niemand sprach ein Wort.

»Akama wird sterben, oder?«, sagte Kadevis schließlich in die Stille hinein. Es war die Frage, die ihn im Augenblick am meisten beschäftigte.

Zum ersten Mal, seitdem sie in die Sänfte gestiegen waren, sah Malkar ihn an. »Wie kommst du denn auf den Gedanken?«

»Ihr meint, er bleibt am Leben?«

»Das hoffe ich doch. Er hat zwar stark geblutet, aber Kalima sagte, die Wunde sei nicht tief.«

»Er muss einfach. Von uns allen kann er doch am wenigsten für … das alles.«

Weder Malkar noch Talvar gaben ihm eine Antwort.

Sobald die Sänftenträger vor Malkars Haus stehen geblieben waren, zerrte die Söldnerin Talvar aus der Sänfte und stieß ihn zum Hauseingang, wo bereits der alte Diener Siadan wartete. Malkar folgte ihnen. Kadevis beobachtete durch einen Spalt im Vorhang, wie sein Mentor Anweisungen gab und mit knapper Geste die Treppe hinaufdeutete, so selbstverständlich, als habe er nichts anderes erwartet, als in dieser Nacht gerade dies zu tun. Sobald die Söldnerin mit Talvar im Dunkel des Hauses verschwunden war, kroch auch Kadevis widerwillig aus der Sänfte. Er hatte es nicht eilig, in Malkars Haus zurückzukehren. Doch sein Mentor wartete in der geöffneten Tür auf ihn.

»Komm, Kadevis. Es war ein langer und anstrengender Tag.«

»Eigentlich könnt Ihr doch gar nicht laufen«, sagte er und kam sich töricht vor. »Habt Ihr nicht einen kaputten Fuß? Ihr seid doch die letzten Wochen nie ohne Stock aus dem Haus gegangen …«

»Die Verletzung ist wohl schneller geheilt als angenommen.«

Kadevis fragte sich, ob es überhaupt irgendetwas gab, worin Malkar ihn nicht belogen und hintergangen hatte.

»Ich werde meiner Tante erzählen, was Ihr getan habt!«

Malkar schloss die Tür hinter ihm. »Ja, tu das. Wenn sie hört, dass du dabei geholfen hast, den Mörder ihrer Schwester festzusetzen, und dass ihre Familie voraussichtlich bald an Kriegsbeute im Wert des einen oder anderen schönen Weinbergs gelangen wird, wird sie dich vielleicht sogar einmal loben. Als sie mich als deinen Mentor ausgewählt hat, schien sie von deinen Fähigkeiten keine allzu hohe Meinung zu haben. Aber jetzt entschuldige mich kurz, ich will mich überzeugen, dass unser Gast gut untergebracht ist. Geh schon einmal in den Salon. Wir wollen auf unseren Erfolg anstoßen.«

Anstoßen war gewiss das Letzte, was Kadevis jetzt wollte! Dennoch trottete er ins Wohnzimmer, ließ sich in den Sessel fallen, auf dem er Malkar viel zu oft gegenübergesessen hatte, biss die Zähne zusammen und wischte sich die Augen mit einem Zipfel von Malkars Quastenkissen. Sein Mentor sollte bloß nicht sehen, wie ihm zumute war. Er konnte sich nicht erinnern, schon einmal im Leben so enttäuscht und zugleich so wütend gewesen zu sein. Halb verstand er es selbst nicht: Talvar hatte seine Eltern ermordet, feige und skrupellos, und allein bei dem Gedanken, dass er fast bereit gewesen war, diesem Mann zu vertrauen, drehte sich ihm der Magen um. Talvar verdiente es, vor Gericht gebracht zu werden. Dennoch schrie alles in ihm, dass all dies nicht richtig war, so wie es geschehen war, es war nicht richtig.

Nach einer Weile kehrte Malkar zurück. In einer Hand trug er einen verschlossenen Tonkrug, in der anderen zwei Becher, beides stellte er auf dem Tisch vor Kadevis ab. »Ich habe Sotan Talvar in deinem Zimmer einquartiert«, sagte er. »Auch wenn ihm meine Gastfreundschaft offenbar nicht übermäßig zusagt, im Staatsgefängnis müsste er auf nassem Stroh schlafen. Mach dir keine Gedanken wegen des Zimmers, das ist nur eine Übergangslösung. Es trifft sich außerordentlich gut, dass ich vorsichtshalber schon in wenigen Tagen einen Termin für die Verhandlung anberaumt habe. So bleibt ihm lästige Warterei erspart, und du kannst bald wieder in deinem eigenen Bett schlafen.«

»Ihr wusstet, was passieren würde«, stellte Kadevis fest. »Ihr wusstet alles.«

»Das war nicht schwierig, zumal das Verhalten der Menschen berechenbar ist. Ich musste nur die einzelnen Gesichtspunkte zusammenzählen. Außerdem pfeift dein

Freund so durchdringend, dass man es kaum überhören kann. Alles Übrige entwickelte sich dann quasi von allein.« Malkar nahm auf dem Sofa Platz und legte die Fingerspitzen aneinander. Einen Moment lang schien er nachzudenken, dann fügte er hinzu: »Ich muss dir doch zugutehalten, dass du nicht bereit warst, mich im Schlaf zu erdolchen – und das, obwohl ich ein so erbarmungsloser, kaltherziger und hinterhältiger Mann bin. Darauf sollten wir trinken.«

Er entkorkte den Krug und schenkte sich ein. Das war kein Wein, sondern Schnaps, deutlich stieg Kadevis der scharfe Geruch in die Nase. Malkar kippte die durchsichtige Flüssigkeit hinunter und schob Kadevis den Krug hin, doch der schüttelte den Kopf.

»Los«, sagte Malkar mit plötzlicher Schärfe, »trink auf unseren Sieg. Wir haben beide genügend dafür geopfert. Vor allem du. Nun wirst du dir wohl nicht zu schade sein, mit deinem Mentor auf das anzustoßen, was wir gemeinsam erreicht haben.«

»Ich habe überhaupt nichts erreicht, und das wisst Ihr verdammt genau! Für all das seid Ihr allein verantwortlich!«

Malkar starrte ihn an. »Trink«, wiederholte er.

Und wie von allein griffen Kadevis' Finger nach dem Krug und anschließend nach dem Becher. Der Schnaps schmeckte nach nichts, hinterließ aber eine feurige Spur in seinem Hals.

Malkar schenkte sich nach. »Wie fühlst du dich? Bist du zornig? Sonderbar, nicht wahr – du warst mir eine große Hilfe dabei, einen Verbrecher festzusetzen, von dessen angeknackstem Verstand du dich selbst überzeugen durftest, und dennoch empört sich dein jugendlicher Stolz noch immer darüber, dass du von mir benutzt wurdest … Das ist beinahe rührend. Ja, Unschuld kann ein mächtiger Schutz sein, sie hüllt dich in einen Panzer aus Vertrauen in die Welt und in die Menschen. Aber irgendwann kommt der Zeitpunkt, da wird der Panzer spröde und bricht. Ausgeliefert bist du und musst lernen, als Erster zuzuschlagen, wenn du dieses Schlachtfeld lebend verlassen willst.«

Er nickte, wie um seine Worte zu bekräftigen, und schüttete den zweiten Becher Schnaps in sich hinein. Erst jetzt begriff Kadevis, dass mit seinem Mentor etwas ganz und gar nicht stimmte.

»Ihr seid ja betrunken!«

Malkar verzog bei diesen Worten nur missbilligend das Gesicht. *Den ganzen Tag über hat er sich schon so seltsam aufgeführt,* dachte Kadevis, *erst am Morgen dieses beinahe sentimentale Gerede über Nadjiba … Es hätte mir früher auffallen müssen!*

»Talvar wird den Prozess nicht überstehen«, sagte Kadevis laut und beugte sich nach vorne. »Ich weiß, er ist schuldig, aber er kann doch ohnehin niemandem mehr schaden.« Ihm war bewusst, dass Talvar sich mit ihm in diesem Haus befand, ganz nah. Aber Malkar hätte ihn ebenso gut am anderen Ende der Stadt einsperren können – es gab nichts, was er für ihn tun konnte, nichts, womit er kämpfen konnte, abgesehen von Worten, und darin war Malkar so viel erfahrener als er.

»Grünschnabel, wann wirst du lernen, zu dem zu stehen, was du getan hast? Als du mir verraten hast, wo die Beweise gegen Sotan Talvar zu finden sind, hast du ihn im selben Moment bereits vor die Richter geführt. Alles Übrige, vor allem dein Versuch, seine Familie zu kontaktieren, hat nur dazu beigetragen, seinen Untergang zu beschleunigen.«

Unter dem Tisch ballte Kadevis die Fäuste, doch er

wandte den Blick nicht ab. Er wollte Malkar bei seiner nächsten Frage ins Gesicht sehen.

»Warum habt Ihr gestern gelacht, als ich Euch von Talvar und dem Fluch der Geister erzählt habe? Was ist daran lustig?«

»Oh, es ist nicht lustig«, erwiderte Malkar. »Zumindest nicht für Talvar. Du hast wohl recht, wenn du sagst, dass der Prozess unnötig ist. Eigentlich hat der Mann dem Gericht bereits die Arbeit abgenommen.« Zum ersten Mal hörte Kadevis, wie Malkars sonst so flinke Zunge zu stolpern begann. Dieser letzte Becher war offenbar einer zu viel gewesen. »Böse Geister, ha! Die ihn mit ihren Zaubern lähmen! Originell ist das, man muss es ihm lassen. Aber Talvars angeschlagener Kopf bringt sicherlich die absonderlichsten Traumbilder hervor.«

»Dann glaubt Ihr nicht an einen Fluch?«

»Ach, Kadevis. Ich verstehe nicht viel von der Wissenschaft, die sie auf den Inseln betreiben, und ich weiß nicht, was den Kosmos zusammenhält. Aber du bist ein kluger Junge und hast bestimmt gehört, was die laidonischen Naturphilosophen behaupten: Wenn man die Welt auseinanderreißt – unsere prächtige Stadt, die Weinberge da draußen, die Kontinente und die Meere –, und jedes ihrer Stücke wieder und wieder zerteilt, erhält man zuletzt den Stoff, aus dem sich alles zusammensetzt: nichts anderes als feinen Staub. Nirgends würde man auch nur die Ohrenspitzen eines Geistes entdecken. Die Natur aller Dinge ist Staub, und es wären vermutlich nur ein paar Handvoll Staub angesichts der Leere, die sich in allem verbirgt, mehr Leere, als sich irgendein Mensch vorstellen kann.«

Fassunglos hörte Kadevis die Worte seines Mentors. Er war mit der Naturphilosophie nicht allzu vertraut – seine

Familie hatte diesen neumodischen Strömungen nie viel Beachtung geschenkt, und sein Hauslehrer hatte damals den Schwerpunkt auf andere Dinge gelegt –, und es schauderte ihn. Die Vorstellung einer bedeutungslosen Welt, wie Malkar sie beschrieb, besaß für ihn viel mehr Schrecken als die einer Welt, die von bösartigen und rachsüchtigen Geistern beherrscht wurde.

»Nein, so ist es nicht«, widersprach er.

»Nicht für Talvar«, sagte Malkar. »Er bevorzugt es, sich mit den Gedanken an Geistermagie selbst für das zu bestrafen, was er getan hat. Er hat die Gesetze der Menschen gebrochen und sein Haus mit dem Reichtum der Inseln vollgestopft, aber anstatt die Früchte seines Verbrechens zu genießen, hat er sich alles selbst wieder weggenommen. Deshalb habe ich gelacht, Kadevis. Ich lache nur über die Dummheit der Menschen!«

Und Malkar lachte wieder, ein Lachen, das Kadevis kaum weniger unheimlich war als das, was er über die Welt gesagt hatte, denn es lag nicht die geringste Freude darin.

»So ist die Welt auf keinen Fall«, widersprach Kadevis noch einmal, diesmal entschlossener. »Und Ihr glaubt das auch selbst nicht. Weshalb seid Ihr sonst Gerichtsredner geworden? Ihr helft mit, die Stadt und die Gesetze der Geisterhüter zu schützen!«

»Ich helfe oder schütze überhaupt nicht«, sagte Malkar. »Ich überlebe nur auf dem Schlachtfeld und halte die erbärmlichen Staubkörner zusammen, aus denen dieser Körper besteht … und vielleicht auch dieses flüchtige Etwas, das die Philosophen Seele nennen. Wer weiß, wie lange mir das noch gelingt.«

Erneut neigte er den Krug und goss Schnaps in seinen Becher.

Kadevis stand auf und wich vor ihm zurück. Das war also der Grund, warum Malkars erbarmungsloser Spott nichts und niemanden verschonte, warum ihm Freundschaft nichts zu bedeuten schien, warum es ihm so leichtgefallen war, ihn, Kadevis, für seine Zwecke zu benutzen.

»War ich also das die ganze Zeit für Euch … ein bisschen Staub? Von Anfang an?«

»Nimm es nicht persönlich, Grünschnabel. Jeder Mensch hält sich für etwas Besonderes, aber wenn man sie so betrachtet, sind sie alle gleich.«

Ein unbekanntes Gefühl erwachte in Kadevis. Malkars Lachen, diese hellen Augen, reglos wie die eines Fischs und jetzt ein wenig glasig, die eleganten Hände, Finger und Handrücken voller Sommersprossen, das glänzende rote Haar und dieses herbe Duftöl, in das sich jetzt der scharfe Schnapsgeruch mischte – am liebsten hätte er mit den Fäusten auf das alles eingeschlagen.

»Das ist nicht wahr!«

»Du wolltest dich mit mir anfreunden, nicht wahr? Du hast mich bewundert, als du mir zum ersten Mal begegnet bist. Ja, ich habe es in deinen Augen gesehen. Später hast du geglaubt, eine Nacht bei Regen und Schlamm unter einem Baum mache uns zu so etwas wie Kameraden, wie? Du hast keine Ahnung, wie allein die Menschen sind, in all der Leere, aus der wir bestehen.«

»Hört endlich auf! All das ist nicht wahr!« Kadevis schrie fast. »Vielleicht besteht *Ihr* aus Staub und Leere, aber ich bestimmt nicht, und Lerina erst recht nicht!«

Ruckartig hob Malkar den Kopf, sein Grinsen war verschwunden. Stattdessen lag wieder dieser wölfische Ausdruck auf seinem Gesicht. »Du hast es immer noch nicht begriffen, nicht wahr? Und dabei habe ich mein Bestes getan, um dir ein guter Mentor zu sein. Diese Welt ist erbarmungslos. Sie wird dich nicht schonen, weil du jung bist, weil du alt bist, wegen deiner schönen Augen oder deines hübschen Lächelns oder weil du ein Mal zu heftig auf den Kopf geschlagen wurdest. Du musst rechtzeitig lernen, dich zu schützen, oder du wirst nicht überleben.«

Kadevis biss die Zähne zusammen, es kostete ihn alle Kraft, Malkars Blick standzuhalten.

»Es gibt in unserm Volk ein altes Ritual«, sagte Malkar, »vielleicht hast du davon gehört: Wer Schande über seine Familie gebracht hat, muss sich das Leben nehmen. Es ist die Strafe für diejenigen, die versagt haben, die ihre Unfähigkeit öffentlich gemacht haben oder die ihre Verbrechen nicht geschickt genug verhüllen konnten, und es schützt die Überlebenden.«

»Ja, ich kenne es«, stieß Kadevis hervor, »aber das hat seit hundert Jahren niemand mehr getan!«

»In deiner Sippe vielleicht nicht, Tuvar, Sohn der sonnigen Täler und der lieblichen Weinberge.« Der Spott verschwand aus Malkars Stimme, als er fortfuhr: »Meine Mutter reichte meiner Großmutter den Dolch, nachdem sie ihren letzten Prozess verloren hatte. Ich sah zu, als sie sich die Pulsadern aufschnitt. In diesen wenigen Augenblicken lernte ich mehr über die Welt als in all der Zeit, während der sie meine Mentorin war.«

»Sie war … Eure Mentorin?« Davon hatte Malkar bisher noch kein Wort gesagt. »Geschicke, das ist ja furchtbar!«

»Ja«, sagte Malkar nachdenklich, »es war furchtbar. Aber es war wohl notwendig, damit ich meine Lektion lernte. Sie hätte eben nicht versagen dürfen.«

Und plötzlich fügten sich die Bruchstücke von Malkars Geschichte aneinander und ergaben ein klares Bild.

»Dieser Prozess, es war der gegen Sotan Talvar, nicht wahr?« Kadevis konnte kaum so schnell sprechen, wie sich seine Gedanken formten. »Eure Großmutter war die Anklägerin, aber Verim Velmarun hat sie besiegt. Deswegen – jetzt begreife ich! – deswegen wollt Ihr unbedingt, dass der Fall neu aufgerollt wird. Ihr wollt die Arbeit Eurer Großmutter zu Ende führen. Weil … weil Ihr sie sehr mochtet, nicht wahr? Und weil sie sterben musste.«

Malkars Gesicht war zu einer Maske erstarrt. »Nein, Kadevis. Du verstehst wirklich überhaupt nichts. Es hat nichts mit meiner Großmutter zu tun. Ich will diesen Prozess um deinetwillen. *Und* um meinetwillen, weil der Sieg uns beiden Respekt verschaffen wird. Man wird lernen, dass es nicht ratsam ist, die Konfrontation mit uns zu suchen.«

»Das glaube ich Euch nicht.« Kadevis' Herz begann zu hämmern. »*Ihr* wolltet Talvar unbedingt besiegen. Aber er hatte Euch überhaupt nichts getan. Trotzdem habt Ihr keine Ruhe gegeben, bis heute … Habt Ihr deshalb zugestimmt, mein Mentor zu sein, damit Ihr mich als Köder benutzen könnt … um Talvar zu fangen?«

»Dummer Junge«, sagte Malkar voller Verachtung, »das alles habe ich nur zu deinem eigenen Besten gemacht. Ich wollte dir ein besserer Lehrer sein, als meine Großmutter es für mich war. Sie kannte keine Disziplin, ließ mir alles Mögliche durchgehen. Einmal hat sie mich sogar gezwungen, meine Studien zu unterbrechen, weil sie wollte, dass ich einen Teil meiner Zeit lieber mit unnützen Dingen vergeude: mit Mädchen schwatzen, tanzen, sogar angeln. Und anstatt mich zu tadeln, wenn meine Übungsreden nicht gut genug waren, pflegte sie zu sagen, ich würde mich mit der Zeit schon von allein verbessern. Kein Wunder, dass sie selbst versagt hat, als es darauf ankam!«

»Sie war nur freundlich zu Euch«, sagte Kadevis hilflos.

Langsam fuhr sich Malkar mit beiden Händen übers Gesicht. In dieser Geste lag eine solch tiefe Niedergeschlagenheit, dass es Kadevis Angst einjagte. »Ich will dein Geschwätz nicht mehr hören«, sagte er.

Erneut griff er nach dem Krug, goss sich ein und trank. Gleich darauf begann er zu würgen und zu husten. Es klang beängstigend. So hatte Kadevis Malkar schon einmal erlebt, im Frühling, nach seiner Feier. Damals war er an die Seite seines Mentors geeilt, hatte ihm eine Schüssel gebracht, ihn gestützt. Doch jetzt konnte er nur dastehen und beobachten, wie Malkar nach Luft rang, sich mühsam hochstemmte und einige Schritte forttaumelte, Richtung Tür. Falls sein Ziel das Bad war, schaffte er es nicht mehr rechtzeitig. Mitten im Zimmer sackte er auf die Knie und übergab sich auf seinen kostbaren Teppich. Er schien nicht viel gegessen zu haben, trotzdem würgte er unter Krämpfen, bis nur noch Speichelfäden aus seinem Mund liefen. Kadevis sah auf ihn hinab, sah, wie er am ganzen Körper zitterte. Es war unwirklich, wie ein verrückter Traum, in dem man davonrennen wollte, sich die eigenen Beine aber so wenig vom Boden lösen wollten wie Baumwurzeln.

»Ihr wolltet, dass ich so werde wie Ihr«, sagte er. Die eigene Stimme klang laut in seinen Ohren. »Aber so bin ich nicht.«

Malkar hob den Kopf und starrte zu ihm hoch, die Arme um den eigenen Körper geschlungen wie jemand, der schrecklich fror. Das rote Haar hing ihm zersaust ins Gesicht. »Kadevis … hilf mir … hoch«, keuchte er, »ich bekomme … keine Luft …«

Langsam schüttelte Kadevis den Kopf. Alles in ihm sträubte sich dagegen, Malkar zu berühren.

»Kadevis … *bitte!*«

Und wenn er erstickt? Wenn er direkt vor meinen Augen stirbt? Kadevis spürte Entsetzen in sich aufsteigen, doch da war auch eine leise Stimme in ihm. Sie flüsterte, dass Malkar doch sehen sollte, wie er zurechtkam, wenn er so wenig Wert auf andere Menschen legte.

Und die Stimme flüsterte noch mehr: Was würde mit Talvar geschehen, wenn Malkar starb? Würde sein Prozess verschoben werden, käme er vielleicht sogar frei? Was mochte das für seine Familie bedeuten, für Lerina? All das schoss Kadevis in einem Lidschlag durch den Kopf.

Malkar versuchte aufzustehen, aber ein neuer Hustenanfall schüttelte ihn. Halb gelähmt vor Ekel sah Kadevis zu, wie er auf allen vieren zur Tür kroch und sich am Vorhang hochzog. Er musste beide Hände in den Stoff krallen, um sich auf den Füßen zu halten. »Du willst mir also nicht helfen«, keuchte er. Der Stoff hielt seinem Gewicht nicht stand und begann zu reißen. Malkar ließ los und lehnte sich stattdessen an den Türrahmen, es war offensichtlich, dass ihn seine Beine nicht trugen. Klumpen von Erbrochenem klebten an seiner Tunika. »Du hasst mich. So sehr, dass du mich am liebsten schlagen würdest, richtig?« Seine Stimme klang gepresst. »Dazu hast du auch allen Grund. Wahrscheinlich fragst du dich … was passieren würde … wenn ich tot wäre.«

»Nein …« Kadevis bekam die Lippen kaum auseinander.

Malkar atmete tief durch: »Kennst du diese Geschichte? Ein Mann wurde von einer Giftschlange in die Hand gebissen, er hieb sich selbst den Arm ab, aber das Gift … war bereits in seinem Blut, und er starb. Verstehst du, Grünschnabel? Du *bist* bereits so wie ich. Auch wenn du es selbst noch nicht weißt.«

»Nein!«

Kadevis begriff nur die Hälfte von dem, was Malkar sagte, aber er wusste, dass die Antwort nein war, nein auf alles. Er musste hier weg!

»Hört endlich auf! Ihr habt zu viel getrunken und solltet Euch hinlegen. Morgen fühlt Ihr Euch bestimmt besser, dann können wir uns weiter unterhalten. Ich gehe jetzt an die frische Luft.« Mit aller Willensanstrengung zwang er sich, seine Panik mit Vernunft zu bekämpfen.

»Du willst weglaufen? Wovor denn?« Malkar lachte, bis er nach Luft rang. »*Du* hast Sotan Talvar getötet, auch wenn du alles versucht hast, es nicht zu tun. Pah, in dieser Stadt gibt es keinen Platz für Unschuld. Schon bald wird der Rat deinen Mut und deine Liebe zu deinen toten Eltern loben und dich zu einem der ihren machen. Kalima, meine liebe Kalima, wird dir den Gürtel umlegen und selbst den Knoten binden. Dann wirst du verstehen, was es bedeutet, ein Rotgürtel zu sein. Es bedeutet, dich selbst so zu hassen, wie du jetzt mich hasst.«

»Nein, niemals!«

Malkar zog seine Hand vom Türrahmen zurück und machte einen mühsamen, schwankenden Schritt auf Kadevis zu. »Du siehst, Kadevis, wir könnten beinahe Brüder sein.«

Der Geruch von Erbrochenem stieg Kadevis in die Nase, von scharfem Alkohol und bittersüßem Duftöl. Wie ein Schwarzmagier aus den Mythen erschien ihm Malkar in diesem Moment, der alles absterben und vertrocknen ließ, was er berührte. Plötzlich hatte er fürchterliche Angst, vor Malkar, vor sich selbst, vor allem, was passieren würde. Das Herz hämmerte ihm bis in die Schläfen. Er wich vor der ausgestreckten Hand seines Mentors zurück, doch Malkar kam immer näher, grinsend wie ein Blutgeist und mit Augen wie ein Untoter.

»Geht weg! Lasst mich in Ruhe!«

Als Malkar darauf nicht reagierte, biss Kadevis die Zähne zusammen und stieß ihn mit beiden Händen von sich. Sein Mentor taumelte rückwärts, prallte mit dem Rücken gegen den Türrahmen. Kurz verzog er schmerzerfüllt das Gesicht, um dann erneut auf Kadevis zuzugehen.

Und Kadevis begriff, dass er die Macht hatte, Malkar Schaden zuzufügen, ihm weh zu tun. Obwohl diese Erkenntnis etwas Unwirkliches hatte, wusste sein Körper genau, was er zu tun hatte: Diesmal warf er sich mit dem ganzen Gewicht gegen seinen Mentor, rammte ihm den Ellbogen in den Magen. Malkar ächzte, schwankte. Vor Ekel vor seinem Mentor und dem, was er selbst tat, schossen Kadevis Tränen in die Augen, trotzdem gab er ihm einen weiteren Stoß. Diesmal fiel Malkar der Länge nach hin und schlug dumpf mit dem Kopf gegen die Kante einer hölzernen Kommode.

Vorsichtig trat Kadevis näher. Malkars Körper war wie ein *Ding*, wie etwas, was hier schon lange lag, wie seine Kissen oder Decken; kaum zu fassen, dass er eben noch aufrecht gestanden und all diese Dinge zu ihm gesagt hatte. Mit angehaltenem Atem beugte sich Kadevis über ihn. Malkars Gesicht war weiß, die Augen waren geschlossen. *Ich habe ihn umgebracht*, dachte Kadevis, *Geschicke, das wollte ich nicht! Bitte, Meister Malkar, bewegt Euch!* Doch das Einzige, was sich an Malkar bewegte, war der Faden aus dunklem Blut, der unter seinem Haar hervorkroch und sich langsam seinen Weg über den Teppich suchte, bis ihn die weichen Stofffasern aufsaugten.

»Herr Malkar, bitte kommt rasch nach o…!«

Kadevis fuhr herum. In der Tür stand Siadan. Als er seinen Herrn am Boden liegen sah, leuchtete das Weiße in seinen Augen auf, er hastete herbei.

»Ich weiß nicht, was passiert ist!« Kadevis schrie fast. »Er hat zu viel getrunken, er ist gestürzt … ich … ich wollte ihm helfen, aber …«

»Geschicke, steht uns bei! Wir brauchen den Herrn, es ist etwas Schreckliches passiert … Jiana! Komm schnell!« Der Mann rief mit schriller Stimme nach der Köchin. »Hol einen Heiler! Der Herr ist verletzt!«

»Was ist denn passiert?«

»Der Gefangene, junger Herr!« Erst jetzt fiel Kadevis wieder ein, dass der Diener bereits beim Betreten des Zimmers ganz außer sich gewesen war. Seine Lippen zitterten, er rang offenbar um Fassung. »Es ist furchtbar! All das Blut …«

»Talvar?« *Natürlich, wer denn sonst?* Wie von allein rannten Kadevis' Beine los, er stürzte aus dem Raum und die Treppe hinauf. Malkar hatte gesagt, dass er, Kadevis, Talvar getötet hatte – ihm durfte einfach nichts zugestoßen sein!

Die Söldnerin, die Talvar die Treppe hinaufgezerrt hatte, stand mit steinerner Miene vor Kadevis' Zimmer. »Wo ist Ratsherr Kelven Malkar?«, fragte sie.

»Es geht ihm nicht gut. Ich vertrete ihn. Ich … ich muss mit Sotan Talvar sprechen.«

Die Frau zögerte, brummte etwas Unverständliches und schlug schließlich den Vorhang zurück. Kadevis setzte nur einen Schritt über die Schwelle, dann erstarrte er. Auf seinem kleinen Schreibtisch brannte eine Öllampe. In ihrem gelben Licht saß Talvar, zusammengesunken, den Kopf auf den Armen. Seine Rechte umklammerte einen Dolch mit dunkler Klinge. Überall war Blut, es befleckte die Akten auf dem Schreibtisch, durch die sich Kadevis noch vor einigen Tagen gekämpft hatte, tropfte von der Tischplatte und durchtränkte den Raum mit seinem metallischen Geruch.

»Talvar?« Kadevis glaubte, seine Beine müssten unter ihm nachgeben. Ihm war übel. Geschicke, warum half Talvar denn niemand? »He, Ihr da draußen, Söldnerin!«, rief er so laut er konnte. »Wir brauchen hier einen Heiler, schnell!« Im nächsten Moment stand er selbst neben Talvar, rüttelte ihn bei der Schulter, versuchte zu erkennen, wo er sich verletzt hatte, obwohl er die Antwort bereits ahnte. Über Talvars Unterarme liefen mehrere tiefe Schnitte. Während seines Militärdienstes hatte er gelernt, dass man einem Verwundeten das Leben retten konnte, indem man Stoffstreifen oder etwas in der Art fest um die verletzten Körperteile knotete. Mit fliegenden Fingern nahm Kadevis den Gürtel ab und versuchte ihn um einen von Talvars Armen festzuziehen, aber er wollte nicht halten, denn alles war glitschig von Blut. Verzweifelt versuchte er es wieder und wieder, bis sich plötzlich von hinten eine Hand auf seine Schulter legte. Er zuckte zusammen, schnellte herum und sah direkt in das breite Gesicht der Söldnerin.

»Lasst sein, Junge«, sagte sie, »er ist schon über den Schattenfluss.«

»Ihr hättet das verhindern müssen!«, schrie Kadevis. »Ihr habt ihn bewacht!«

»Ich hab ihm sogar seinen Gürtel weggenommen, damit er sich nichts antut. Aber was nützt das, wenn ihn der Ratsherr hier unterbringt, wo Dolche rumliegen?« Die Söldnerin wandte sich von Kadevis ab, löste mit einem beherzten Griff die Waffe aus Talvars Fingern und hielt sie ihm hin. Auf der schwarzen Klinge war nur der feuchte Glanz des

Blutes zu erkennen. »Seht Ihr? Vhaskalanischer Stahl. In Blut gehärtet und verzaubert. Es gibt nichts Schärferes. Ein Schnitt an der richtigen Stelle, und nichts kann Euch mehr retten.«

Kadevis hatte den Dolch sofort erkannt: Talvars vhaskalanischer Seelenfänger. Hier hatte er ihn aufbewahrt, in einer Schublade des Schreibtischs. Nun war der Dolch zu seinem früheren Besitzer zurückgekehrt, und wenn wirklich ein Zauber auf ihm lag, hatte er seine Wirkung erfüllt. Aber wie war es möglich, dass Malkar dieses Detail nicht berücksichtigt hatte, Malkar, der sonst an alles dachte, der immer genau wusste, was passieren würde? Er hatte die Waffe doch selbst gesehen, hatte ihren Wert eingeschätzt …

In seinem Inneren breitete sich eine tiefe, kalte Leere aus. Kadevis zog Talvar die Kapuze vom Kopf – Talvars Haut fühlte sich noch warm an – und drehte vorsichtig seinen Kopf auf die Seite. Im Lampenlicht warf die eingedrückte Seite von Talvars Gesicht tiefe Schatten. Seine Augen standen offen. Kadevis schluckte und drückte sie zu. Talvars Gesicht schien so zerbrechlich wie das eines Kindes, sein Haar war schütter und weich.

»Ich werde seine Familie benachrichtigen«, sagte Kadevis. »Ich mache mich sofort auf den Weg.«

23

Kadevis blinzelte in das Licht der aufgehenden Sonne. Seine Augen brannten. Obwohl er die ganze Nacht lang nicht geschlafen hatte, fühlte er sich nicht müde – er wusste überhaupt nicht, wie er sich fühlte. Er wusste nur, dass er Lerina und Takis einen Bericht darüber schuldete, was geschehen war.

Vor ihm lag Talvars Anwesen. Im grellen Morgenlicht glänzten sogar die bemoosten Dächer wie frisch gedeckt. Aus einem der Schornsteine stieg Rauch auf, und schon um diese frühe Zeit liefen die ersten Arbeiter über den Vorhof. Kadevis zügelte sein Pferd und nahm den Anblick in sich auf. Ein so friedliches Bild, trotz allem – er scheute sich, die vermeintliche Idylle mit seinen Neuigkeiten noch mehr zu zerstören. Aber es musste sein.

Eine Frau öffnete ihm. Kadevis hatte sie noch nie gesehen, mit ihrem Kopftuch war sie wahrscheinlich eine Bedienstete. Er nahm sich keine Zeit für Höflichkeit. »Ich muss Sotan Takis und Lira Lerina sprechen.«

»Der junge Herr hat mir verboten, irgendjemanden ins Haus zu lassen«, erwiderte die Frau, »vor allem« – sie ließ den Blick voller Misstrauen über ihn wandern – »Euch, denn die Beschreibung passt.«

»Bitte, es ist wichtig.«

»Der junge Herr hat gesagt, das würdet Ihr bestimmt behaupten.«

»Könnte ich wenigstens einen Brief …«

»Nein.«

Vor seiner Nase schlug die Tür wieder zu. Kadevis seufzte und rieb sich die Schläfen, denn ein stechender Schmerz begann sich in seinem Kopf auszubreiten. Was sollte er tun? Wenn er nicht unverrichteter Dinge wieder nach Kessel zurückkehren wollte, musste er einen Weg finden, Takis seine Nachricht zu überbringen. Er wanderte um das Gebäude herum und versuchte sich die Lage der einzelnen Teile und Räume zu vergegenwärtigen. Im Gästequartier, wo er beim Mittsommerfest übernachtet hatte, stand einer der hölzernen Fensterflügel offen. Kadevis blickte sich um, keine Menschenseele befand sich in der Nähe. Kurz entschlossen öffnete er das Fenster ganz und zwängte sich hindurch. Im Gegensatz zum Weg in Velmaruns Keller war das eine einfache Übung.

Von dem schlichten Gästezimmer, in dem er gelandet war, nahm er den Weg in den Innenhof, vorsichtig, um nicht von einem Diener entdeckt zu werden, aber seine Sorge war überflüssig: Die Gänge waren wie ausgestorben. Als er endlich den Hof erreichte, sah er ihn: Zwischen Stapeln aus Mappen, losen Papieren und Tontäfelchen saß am Schreibtisch nun statt Talvar Takis. Er wirkte, als habe er die letzten Stunden vor allem damit verbracht, sich die Haare zu raufen. Direkt vor ihm stand ein Weinkrug, ein weiterer neben seinem Stuhl auf dem Boden. Takis blickte nicht auf, er hielt die müden Augen auf eine Schreibtafel in seiner Hand geheftet. »Nein, Muna«, murmelte er. »Ich hab doch schon gesagt, dass ich nichts brauche.«

»Ich bin es«, sagte Kadevis leise.

Jetzt hob Takis doch den Kopf, und Kadevis sah seine Züge starr werden. »Was machst du denn hier?«, stieß er hervor. »Wieso hat dich Muna reingelassen?«

»Ich bin durchs Fenster eingestiegen.«

»Du hast vielleicht Nerven, hierherzukommen! Wenn du eine Nachricht von deinem Bluthund für mich hast, vergiss es. Ich werde mir das bestimmt nicht anhören!« Er knallte eine Faust auf den Tisch und erhob sich. »Wenn du weißt, was gut für dich ist, dann verschwinde! Sofort! Und wenn du noch einmal auf das Land meiner Familie kommst, hetze ich die Hunde auf dich!« Trotz seiner offensichtlichen Erschöpfung hatten seine beeindruckende Größe und seine breiten Schultern noch immer etwas Bedrohliches. Kadevis zwang sich, nicht zurückzuweichen. Flüchtig dachte er, dass Takis kein Recht hatte, so mit ihm zu sprechen, nachdem er seinem Vater dabei geholfen hatte, ihn in eine Falle zu locken. Aber was bedeutete das jetzt noch. »Ich muss mit dir und Lerina reden«, sagte er. »Hast du einen Moment Zeit?«

»Was ist das denn für eine blöde Frage? Ich muss mich um einen Anwalt für meinen Vater und um ein Landgut kümmern, natürlich hab ich nichts Besseres zu tun, als mit dir zu reden, Geiernase!«

»Kannst du nun Lerina holen?«

Falten bildeten sich zwischen Takis' Brauen. »Ganz sicher nicht. Außerdem habe ich gesagt, dass du verschwinden sollst!«

»Geschicke, Takis, ich bin nicht hergekommen, damit du mich wieder rauswirfst, du musst mir zuhören!«

»Kadevis? Kadevis!«

Das war Lerina. Sie kam plötzlich aus einer der Türen, die vom Innenhof abgingen, hervorgestürzt, und ehe Kadevis recht wusste, was ihm geschah, hatte sie ihm beide Arme um den Hals geschlungen und drückte sich an ihn. Die Wärme ihres Körpers, ihr Duft nach Wiesen und Blumen, ihr Haar in seinem Gesicht – Kadevis wusste nicht, was ihm mehr ins Herz schnitt: ihre plötzliche Nähe oder dass Takis seine Schwester einen Augenblick später am Arm fasste und von ihm wegzerrte.

»Hör auf damit! Er ist ein Feind, verdammt!«

»Du verstehst gar nichts!«, schrie Lerina ihren Bruder an. »Lass mich los!«

Takis schüttelte sie. »Du benimmst dich unmöglich.«

»Und du benimmst dich schlimmer als Vater!«

Daraufhin löste Takis seinen Griff – deutlich zeichnete sich Verzweiflung in seinem Gesicht ab. »Was soll ich denn tun?«

»Das weiß ich nicht, und das ist mir auch egal, denn *ich* weiß, was ich zu tun habe.« Lerina schob das Kinn vor; hätten ihre Lippen nicht so gezittert, sie hätte fast hochmütig gewirkt. Sie ergriff Kadevis' Hand, und dann tat sie etwas, womit er nie gerechnet hätte: Sie sank vor ihm auf die Knie.

»Was machst du?« Hilflos sah Kadevis auf sie hinunter. »Tu das nicht! Lerina, ich muss euch etwas …«

»Ich möchte mich entschuldigen.« Tränen glänzten in Lerinas Augen, aber ihre Stimme bebte nicht. »Akama hat uns alles erzählt. Ich weiß, nichts kann wiedergutmachen, was mein Vater getan hat, aber ich … ich schäme mich dafür. Wahrscheinlich kannst du mir nie verzeihen. Aber du musst verstehen, ich wusste nichts von alldem. Mein Vater war immer sehr gut zu mir. Er ist so ein sanfter Mann. Ich hätte niemals geglaubt …«

Kadevis schnitt ihr das Wort ab. »Bitte nicht!« Er konnte nicht mehr mitansehen, wie Lerina ihn um Verzeihung bat für etwas, wofür sie nichts konnte. Wo er es doch war, der sie um Verzeihung bitten sollte! »Nicht jetzt! Komm, hoch mit dir.« Er löste seine Finger aus Lerinas Griff und trat einen Schritt zurück. Wie gern hätte er ihr Gesicht berührt, sie getröstet, doch er wagte es nicht. »Es ist etwas passiert.«

Takis trat an die Seite seiner Schwester. Sie wehrte sich nicht, als er sie mit sanfter Gewalt hochzog. »Zum letzten Mal, Geiernase, halt den Mund und hau ab.«

»Lerina, Takis, euer Vater ist tot. Er hat sich umgebracht.«

In der plötzlichen Stille hörte Kadevis weit entfernt einen Vogel seinen Sommerruf anstimmen.

Lerina fand als Erste die Sprache wieder. »Das ist nicht wahr, oder? Das sagst du doch nur so?«

»Ich wollte, es wäre so.«

Takis legte seiner Schwester den Arm um die Schultern und drückte sie fest an sich. »Was ist passiert?«, fragte er mit rauher Stimme. »Wie … ist er gestorben?«

»Er hatte einen Dolch.« Kadevis wollte nicht über die Einzelheiten sprechen. Es war gut, dass Lerina all das Blut nicht hatte sehen müssen. »Er wollte wohl lieber sterben, als vor Gericht zu kommen.«

Lerina gab ein fast lautloses Schluchzen von sich, presste das Gesicht gegen Takis' Brust und schlang die Arme um seinen Körper. Ein wenig ungeschickt strich er ihr übers Haar. Es gab Kadevis einen Stich, dass sie bei ihrem Bruder Trost suchte, nicht bei ihm. *Du Narr, was denkst du dir denn?!*

»Ich hatte das befürchtet«, murmelte Takis, wie zu sich selbst.

Kadevis wollte, er würde die richtigen Worte finden, um zu sagen, wie leid es ihm tat. Sicher wusste Takis ebenso gut wie er, dass Talvar zuletzt nicht mehr bei klarem Verstand gewesen war, immerhin hatte er gedroht, Kadevis, sich selbst und seine eigene Familie umzubringen. Doch das konnte er nicht aussprechen. Geschicke, er würde alles tun, damit Lerina nicht mehr weinte, wenn er es nur könnte!

Er räusperte sich. »Es tut mir so leid. Ich stecke selbst bis zum Hals im Mist. Mein Mentor … wir hatten Streit, und er ist gestürzt und lag da wie tot. Wenn ich Pech habe, suchen sie mich bald als seinen Mörder.«

»Erwartest du etwa von uns, dass wir dir helfen?«, fragte Takis.

»Äh, nein, natürlich nicht …«

»Ich hoffe, der Bluthund *ist* tot. Es geschieht ihm nur recht.«

Darauf wusste Kadevis nichts zu erwidern.

»Du hast uns gesagt, was du musstest. Geh jetzt. Und komm ja nie wieder. Ich muss meine Mutter verständigen.«

Kadevis verstand ihn. Aber er wünschte, Takis würde an das Mittsommerfest denken, das sie zusammen verbracht hatten, an ihr heimliches Treffen in der Taverne, an die brennenden Olivenhaine, an ihre Erleichterung und Freude, als sie sicher sein konnten, Talvars gesunde Bäume gerettet zu haben. Vor allem wünschte er sich, dass Lerina ihren Bruder daran hinderte, ihn wegzuschicken. Aber sie weinte nur, das Gesicht abgewandt, Schluchzen schüttelte ihren Körper.

»Ich liebe dich, Lerina«, sagte er zu ihrem Rücken. Einen Moment lang wartete er auf ihre Antwort. Als keine kam, wandte er sich ohne ein weiteres Wort zum Gehen.

»Du? Kannst du dich nicht vorher ankündigen wie jeder halbwegs gesittete Besucher? Liebe Güte, Kadevis, du siehst ja zum Weglaufen aus!«

Gewöhnlich hätte es Kadevis vermieden, seinen Cousin um Hilfe zu bitten, vor allem wenn er sich elend fühlte.

Aber im Augenblick war ihm alles egal. »Darf ich reinkommen, Ves?«

»Meinetwegen, aber zieh vorher die Stiefel aus, die sind ja voller Erde! Was haben sie mit dir gemacht?«

»Gar nichts«, sagte Kadevis matt. Jetzt, da er im Stadthaus seines Cousins stand, in der trügerischen Geborgenheit der bemalten Wände, schlug die Erschöpfung wie eine Welle über ihm zusammen. »Ich muss schlafen. Hast du ein Bett für mich?«

»Warum bist du nicht bei deinem Mentor?«

»Kann ich das im Gästezimmer nehmen?«

»Kadevis! Hast du Streit mit ihm? Hat er dich rausgeworfen?«

»Nein, das nicht … es ist wegen … Ach, er hat mich gebeten, nicht darüber zu sprechen.« Das stimmte sogar; Malkar hatte ihm tatsächlich verboten, irgendjemandem etwas über die Angelegenheit mit Talvar zu erzählen. Was seine Tante nicht wissen sollte, galt bestimmt umso mehr für seinen Cousin.

Vesekir beäugte ihn voller Misstrauen. »Du hast etwas ausgefressen, richtig?«

Kadevis zuckte die Achseln.

»Großartig. Und was mache ich, wenn auf einmal die Wache bei mir vor der Tür steht?«

Bei diesen Worten zog sich Kadevis' Magen zusammen. Die Wache, ja, das konnte wirklich passieren – mit welchem Recht zog er seinen Cousin da mit hinein? Aber wo konnte er sonst Zuflucht suchen? Es gab keinen Ort mehr, an den er gehen konnte. Außerdem hatte Onkel Makis ihm vor seiner Abreise geraten, sich an Vesekir zu wenden, falls er in Schwierigkeiten geraten sollte. Und genau das tat er jetzt.

»Blödsinn. Hör mal, Ves, ich leg mich jetzt hin. Tu einfach so, als wäre ich gar nicht hier, ja?«

Die Wände des Gästezimmers zeigten einen Sommerhimmel voller Vögel. Kadevis machte sich nicht einmal mehr die Mühe, Tunika und Hose auszuziehen, in voller Kleidung kroch er ins Bett und zog sich die Decke bis zu den Ohren. Wie ein schwarzer Strudel griff die Müdigkeit nach ihm und zog ihn mit sich, dorthin, wo er für eine Weile vergessen konnte, was geschehen war.

Kurz erwachte Kadevis nach einem traumlosen Schlaf, benommen vor Müdigkeit schleppte er sich ins Bad, kehrte ins Bett zurück und schlief augenblicklich weiter. Erst als ihm durch das schmale Fenster die Mittagssonne ins Gesicht schien, fühlte er sich etwas wacher. Dennoch konnte er sich nicht aufraffen aufzustehen. Immer wieder sah er dieselben Bilder vor sich: Talvar an seinem Schreibtisch, von dem das Blut tropfte, und Malkar, reglos wie ein Toter auf dem Boden zu seinen Füßen. Endlich setzte er sich auf die Bettkante und starrte die Wand an. Was Lerina wohl jetzt tat? Ob sie noch immer weinte? Und wie ging es Akama? Ihn hatte er schon beinahe vergessen. Wenn ihn die Söldner nur rechtzeitig zu einem Heiler gebracht hatten!

Geschicke, und was sollte nur mit ihm selbst werden? Zu Malkar konnte er nicht zurückkehren. Trotz allem war der Gedanke, dass er seinen Mentor vielleicht getötet hatte, unerträglich. Und das viele Blut – nein, ihm fehlte die Kraft, Malkars Haus noch einmal zu betreten. Kadevis wusste, dass er auch bei seinem Cousin nicht lange bleiben konnte, und darauf, auf das Landgut und zu den Weinbergen seiner Familie zurückzukehren, durfte er schon gar nicht hoffen. Dort hätte er jetzt zwar am liebsten Zuflucht gesucht, aber seine Tante würde das niemals gestatten.

Ich sollte von hier verschwinden, irgendwohin, ganz weit weg, in die Inselreiche oder noch weiter, nach Vhaskalar ins Sandland … Doch anstatt zu überlegen, wie er das bewerkstelligen konnte, kroch er zurück unter die Bettdecke und dämmerte den größten Teil des Tages vor sich hin, bis ihn Vesekir am Abend aufscheuchte.

»Hoch mit dir, Cousin! Ich komme gerade aus dem Rat. Ich glaube, du bist mir eine Erklärung schuldig. Was um alles in der Welt hast du mit Sotan Talvar zu schaffen? Und was genau ist überhaupt geschehen?«

Widerwillig erhob sich Kadevis. Noch immer fühlte er sich zutiefst erschöpft. Jetzt war es also so weit, aber musste es ausgerechnet sein Cousin sein, der ihn als Erster ausfragte?

»Das ist eine lange Geschichte. Wer hat dir davon erzählt?«

»Juma Kalima. Du kennst sie doch? Sie wird wahrscheinlich zur nächsten Kanzlerin gewählt. Sie sagt, dass du Kelven Malkar bei Nachforschungen über ein sehr altes Verbrechen geholfen hast. Und sie hat angedeutet, dass es dabei um die Kriegsbeute geht, die uns Talvar vor fünfzehn Jahren geraubt hat.«

»Ich darf darüber nicht sprechen, Ves. Das habe ich doch schon gesagt.«

»Sei nicht blöd. Mir kannst du es doch erzählen. Immerhin betrifft es unsere Familie!«

Kadevis schwieg.

»Dann wird es dich sicher interessieren, dass Sotan Talvar tot ist.« Vesekir klang beinahe triumphierend. »Selbstmord! Die Pulsadern soll er sich aufgeschnitten haben. Ist das nicht wunderbar? Das ist so gut wie ein Eingeständnis seiner Schuld! Kadevis, das ist eine große Sache für unsere Familie, wenn du wirklich was damit zu tun hast …«

»Hast du auch mit Malkar selbst gesprochen?«, unterbrach ihn Kadevis vorsichtig.

»Nein, er war nicht bei der Sitzung. Juma Kalima hat gesagt, dass er zu beschäftigt ist. Wahrscheinlich hatte er den Prozess gegen Talvar schon vorbereitet und kümmert sich jetzt, wo sich durch seinen Tod die Lage geändert hat, um den ganzen Papierkram – aber das solltest du doch eigentlich am besten wissen!«

Kadevis seufzte. Lieber wäre ihm eine sichere Bestätigung gewesen, dass Malkar noch lebte. Andererseits hätte es sich bestimmt schon herumgesprochen, wenn er tot gewesen wäre, oder? Schließlich wusste Kalima bereits von Talvars Selbstmord.

»Malkar ist immer beschäftigt«, sagte er. Noch wagte er nicht, erleichtert zu sein.

»Glaubst du, er kann durchsetzen, dass uns die Kriegsbeute zurückgegeben wird? Liebe Güte, es sollen Statuen von Chretax von Kyma dabei sein. Die sind eine Stange Geld wert. Du solltest sofort zu deinem Mentor zurückkehren und ihm auf die Finger schauen. Wer weiß, was er sich alles in die eigene Tasche schiebt, wenn wir nicht aufpassen!«

»Das hat er nicht nötig.«

»Ich verstehe nicht, wie du so ruhig sein kannst, Kadevis, schließlich geht es auch um dein Geld!«

»Ich bin nicht ruhig. Ich fühle mich nur nicht besonders gut. Tut mir leid.«

Sichtlich verärgert presste Vesekir die Lippen aufeinander. »Manchmal verstehe ich dich einfach nicht. Du musst zu deinem Mentor zurück, und zwar sofort. Wenn du etwas Dummes angestellt hast, ist es umso wichtiger, dass du das regelst. Stattdessen verschläfst du hier fast den ganzen

Tag! Jetzt wasch dich und dann sieh zu, dass du deinen Hintern hier rausbewegst!«

»Du willst mich doch wohl nicht heute Abend vor die Tür setzen? Es wird ja schon dunkel.«

»Das sieht dir mal wieder ähnlich! Schon als Kind, wenn du Mutter verärgert hattest, wolltest du nie dazu stehen. Du hast alles versucht, um ihr aus dem Weg zu gehen, solche Angst hattest du vor ihr. Sogar unter dem Bett versteckt hast du dich, weißt du noch? Und jetzt willst du dich in *meinem* Bett verkriechen, um deinem Mentor auszuweichen? Werd endlich erwachsen, Kadevis!«

Wie Vesekir vor ihm stand, mit seinem dunklen, hageren Gesicht, sah er seiner Tante sehr ähnlich, selbst ihren verächtlichen Ausdruck hatte er in Vollendung übernommen.

»Ich fühle mich nicht gut«, wiederholte Kadevis, worauf sein Cousin finster den Kopf schüttelte.

»Meinetwegen, eine Nacht kannst du noch bleiben. Aber morgen ...«

»Morgen kehre ich zu Malkar zurück.« Der Gedanke legte sich wie ein zusätzliches Gewicht auf Kadevis. »Schon verstanden.«

In dieser Nacht bekam Kadevis hohes Fieber, und obwohl er seit Tagen kaum etwas gegessen hatte und auch bei Vesekir fast nichts zu sich nahm, verbrachte er einen guten Teil der nächsten Tage im Bad. Fast war er froh, dass er durch die Krankheit Zeit gewann, denn nicht einmal sein Cousin konnte ihn in diesem Zustand hinauswerfen. Hätte er ihn nur auch in Ruhe gelassen! Aber Vesekir schimpfte mit ihm, sobald er ihn zu Gesicht bekam, trieb ihn, zu Malkar zurückzukehren, und tat überhaupt sein Bestes, um sich ebenso unfreundlich zu verhalten, wie Kadevis es von seiner Tante gewohnt war. Schließlich berichtete sein Cousin, er habe versucht, mit Malkar zu sprechen, sei aber von seinem Diener an der Tür abgewiesen worden. Mit Schrecken erkannte Kadevis, dass es an der Zeit war, die Wahrheit zu erzählen, bevor Vesekir sie noch selbst herausfand und seiner Tante davon erzählte, denn das würde die Lage erst recht verschlimmern. Vielleicht hatte sein Cousin sogar recht, wenn er behauptete, es sei für ihn an der Zeit, erwachsen zu werden und zu dem zu stehen, was er getan hatte.

Erschöpft von der Krankheit, mit zerzaustem Haar und unrasiert saß er auf der Bettkante. Doch erst als Vesekir fast im Türrahmen stand, gelang es ihm, sich den nötigen Ruck zu geben.

»Warte einen Moment. Ich muss dir etwas sagen.«

Vesekir drehte sich um, jetzt mit lauernder Miene. »Ach, endlich?«

»Mein Mentor und ich hatten Streit. Ich bin auf ihn losgegangen und habe ihn … verletzt. Wie schwer, weiß ich nicht.«

Einen Moment lang wirkte Vesekir ehrlich erschrocken, dann versteinerte sein Gesicht, und er frage: »Streit? Warum?«

»Es ging um Sotan Talvar. Malkar hat mich benutzt, um ihn in die Finger zu bekommen … um seine Schuld am Raub der Kriegsbeute vor fünfzehn Jahren nachzuweisen, damit er ihn erneut anklagen kann. Es ist eine lange Geschichte.«

»Und worin genau bestand dein Problem? War es nicht in deinem Sinn, einen kompetenten Mann wie Malkar zum Wohl deiner eigenen Familie bei seinen Nachforschungen zu unterstützen?«

Kadevis schwieg. Nach einer Weile trat Vesekir dicht vor das Bett und baute sich vor ihm auf. »Du erzählst mir besser alles, wenn du weißt, was gut für dich ist!«

Auch wenn Vesekir alle anderen Mitglieder der Familie an Körpergröße übertraf, war er genauso dürr wie hochgewachsen, und was den Verstand betraf, hatte er es nie mit Onkel Makis oder Tante Nisra, dem Familienoberhaupt, aufnehmen können. Kadevis hatte ihn nie respektiert oder gar gefürchtet, und er konnte es auch jetzt nicht. »Hatte ich ohnehin vor. Aber du solltest dich besser hinsetzen.«

Mit misstrauischer Miene ließ sich Vesekir neben ihm aufs Bett fallen, wenn auch in einigem Abstand. Und Kadevis berichtete ihm von Malkars Plan, von seinem Treffen mit Talvar, von den Olivenhainen, der beginnenden Freundschaft mit Takis und zuletzt von Talvars Gefangennahme und Selbstmord. Nur über Lerina sprach er so wenig wie möglich. Das ging Vesekir nichts an. Als er ans Ende seiner Geschichte kam, war Vesekir schon wieder aufgesprungen, lief ruhelos im Zimmer auf und ab und warf, sobald Kadevis verstummte, frustriert die Arme in die Luft.

»Ich kann es nicht fassen! Kelven Malkar hat den perfekten Plan entwickelt, wie unsere Familie einen alten Feind loswird, und du … du … Wie dumm bist du eigentlich?«

Die Beschimpfung seines Cousins konnte Kadevis nicht beeindrucken. »Malkars Plan ist aufgegangen«, sagte er, »Talvar ist tot. Wenn die Alven und Tuvar es nötig haben, kranke alte Männer aus dem Weg zu räumen, worüber beschwerst du dich?« Die nächsten Worte – Gedanken, die ihm die ganzen letzten Tage im Kopf herumgegangen waren – fanden wie ohne sein Zutun den Weg in seinen Mund: »Aber sein Plan hat nie darauf gezielt, unserer Familie einen Gefallen zu tun.«

»Er ist seit vielen Jahren ein treuer politischer Verbündeter.«

»Malkar kennt nur sich selbst. Seine Familie hat vor fünfzehn Jahren einen Prozess verloren, und er als Anwalt will diesen Schandfleck auswaschen – um seines eigenen Ansehens willen. Er hat nicht nur mich benutzt, sondern uns alle, Ves, auch dich.«

»Wen kümmert das«, sagte Vesekir, »solange unsere Familie davon profitiert? Kadevis, du musst zu Malkar zurückkehren und dich mit ihm aussprechen, sofort. Wenn Mutter herausfindet, was du getan hast, wird sie dich derartig zur Schnecke machen, dass du anschließend in eins ihrer Schminktöpfchen passt!«

»Ja, ich rede mit ihm.« Kadevis sprach langsam, ordnete seine Gedanken. »Ich muss wissen, wie es ihm geht. Aber ich werde nicht zu ihm zurückkehren, und ich werde nicht noch einmal mit ihm zusammenarbeiten. Dazu kann mich niemand zwingen, selbst Tante Nisra nicht.«

Vesekir sah nicht aus, als würde ihm das Gehörte sonderlich gefallen, aber er erwiderte: »Wie du meinst, kleiner Cousin. Ich werde Mutter nichts erzählen, vorerst.« Er zögerte. »Du siehst noch immer ziemlich blass aus. Was hältst du davon, wenn ich morgen Malkar zum Essen hierher einlade? Nicht dass du mir noch auf dem Weg zu ihm zusammenklappst.«

So viel Rücksicht von Vesekirs Seite hätte Kadevis gar nicht erwartet. Er zog die Schultern hoch. »Ist mir recht.«

Mehr als seinen Mentor wiederzusehen, fürchtete Kadevis, ihn *nicht* wiederzusehen, weil er ihn im Streit getötet hatte. Aber bereits früh am nächsten Morgen wurde er von seinem Cousin mit den Worten »Dein Mentor ist gekommen«

aus dem Bett gescheucht. Er kleidete sich hastig an und folgte Vesekir in den Innenhof.

Dort wartete Malkar.

Kein Zweifel, er war es wirklich, in seinem grünen Sommerumhang, die Kapuze halb über den Kopf gezogen, sehr lebendig.

»Ich grüße Euch«, sagte Kadevis. Die eigene Stimme kam ihm fremd vor. »Sehr freundlich von Euch, dass Ihr der Einladung meines Cousins gefolgt seid …«

Langsam wandte sich Malkar zu ihm um und musterte ihn. Kadevis wurde bewusst, dass er sein Erscheinungsbild während der letzten Tage ziemlich vernachlässigt hatte und er nun zerzaust und stoppelbärtig vor ihm stand, doch sein Mentor gab dazu keinen Kommentar ab. »Kadevis. Ich bin froh, dich zu sehen. Man sagte mir, du seist krank, aber du scheinst dich auf dem Weg der Besserung zu befinden. Ich möchte mich mit dir unterhalten. Wie wäre es, wenn wir uns irgendwo hinsetzen?«

Die Frage war an Vesekir gerichtet. Vor dem höherrangigen Ratsmitglied hatte Kadevis' Cousin alle Arroganz abgelegt und hätte nicht höflicher und dienstbeflissener auftreten können. »Selbstverständlich, Ratsherr. Bitte folgt mir ins Mondzimmer. Dort ist es auch um diese Jahreszeit angenehm kühl. Ich lasse Euch etwas zu trinken bringen. Mein Koch bereitet schon das Essen vor, bis dahin …«

»Vielen Dank für Eure Gastfreundschaft, Tuvar Vesekir«, unterbrach ihn Malkar, »aber ich werde nicht bis zum Essen bleiben. Sobald ich mit Kadevis gesprochen habe, muss ich weiter. Vielleicht haben wir ein andermal Gelegenheit, zusammen zu speisen.«

Vesekirs Mondzimmer trug seinen Namen nach der Deckenmalerei, die einen dunkelblauen, sternenübersäten

Nachthimmel zeigte, gekrönt von einer mächtigen Mondscheibe. Bald darauf saßen Kadevis und Malkar unter diesem Nachthimmel einander gegenüber und nippten an Bechern mit gemischtem Fruchtsaft, den ein Diener gebracht hatte. Vesekir hatte sich verabschiedet, um ihre Unterhaltung nicht zu stören.

Verstohlen musterte Kadevis seinen Mentor, überzeugt, irgendwo müsse er Spuren der Verletzung entdecken, die er ihm zugefügt hatte. Doch Malkar sah aus wie immer, abgesehen davon, dass seine Nase und die Wangen von der Sonne gerötet waren. Offenbar hatte er sich zuletzt viel im Freien aufgehalten. Alles Übrige … Kadevis hatte es noch nie bemerkt, aber hatte sein Mentor schon immer diese bläulichen Adern auf den Lidern gehabt? Jetzt, da er mit halb geschlossenen Augen dasaß, fiel es deutlich auf. Oder diese einzelnen weißen Haare an den Schläfen? Über Malkars Gesicht schien etwas Verwittertes zu liegen, fast wie bei Talvars gestohlenen Statuen, deren Gesichter Sonne und Regen gezeichnet hatten.

»Es trifft sich gut, dass dein Cousin mich eingeladen hat. Ich habe Neuigkeiten, die dich interessieren dürften«, eröffnete Malkar das Gespräch. »Es wird dich sicherlich freuen, dass sich dein Freund, der junge Sikur Akama, allmählich erholt. Mit mir selbst wollte er zwar nicht sprechen, aber der Heiler hat mir glaubhaft versichert, dass seine Wunde gut verheilen wird, auch wenn es wohl noch drei oder vier Wochen dauert, bis er wieder auf den Beinen ist.«

Das waren tatsächlich gute Nachrichten. Kadevis holte tief Luft. »Danke. Ich bin froh, dass Ihr mir das sagt.«

»Es ist bedauerlich, dass er überhaupt verletzt wurde. Nun zu etwas anderem: Die letzten Tage habe ich auf Sotan Talvars Landgut verbracht. Die Beamten benötigten meine

Kenntnisse über kymanische Kunst, um eine Liste aller Wertgegenstände aufzustellen, die Talvar zurückgelassen hat.«

»Ihr wart dort?« Fast wäre Kadevis aus seinem Korbsessel aufgesprungen. »Habt Ihr mit Talvars Kindern gesprochen? Mit … mit Lerina?«

»Nein. Als wir dort eintrafen, war das Haus bereits verlassen. Sämtliche Diener und Arbeiter waren fort, und auch von der Familie haben wir keine Spur gefunden. Sogar die Asche im Ofen war bereits kalt. Es ist mir zwar gelungen, Talvars Ehefrau Midara aufzuspüren – sie hatte Zuflucht bei einem ihrer Brüder gesucht –, doch auch sie konnte oder wollte mir nicht weiterhelfen, obwohl sie bereit zu sein schien, in einem Prozess auszusagen. Ich nehme an, dass Talvars Kinder geflüchtet sind, um sich nicht vor Gericht für die Taten ihres Vaters verantworten zu müssen.«

Lerina fort, auf der Flucht? Bisher hatte Kadevis nicht daran gedacht, dass so etwas geschehen könnte. Er war bestürzt; wenn er bisher darauf gehofft hatte, sie doch noch um Verzeihung zu bitten, war es jetzt zu spät.

»Hat Lerina etwas für mich zurückgelassen? Einen Brief vielleicht?«

»Nein.«

»Habt Ihr eine Ahnung … äh … wohin sie gegangen sein könnte? Sie hat einmal zu mir gesagt, sie würde gern nach Laidon fahren, um ihre Mutter …«

Malkar schüttelte den Kopf. »Dafür gibt es keinerlei Hinweise. Kadevis, schlag dir jeden Gedanken an Kontakt mit dieser Familie aus dem Kopf! Das würde dich nur unglaubwürdig machen und deinen Erfolg im bevorstehenden Prozess gefährden. Und ich muss dich wohl nicht darauf hinweisen, was deine Tante davon halten würde. Sei froh, dass dieses Mädchen verschwunden ist und dich nicht weiter belastet. Ihr Bruder wird schon für sie sorgen.

Was ich dir aber leider mitteilen muss: Talvars Haus ist gründlich geplündert worden. Alles, was sich tragen ließ, wurde weggeschleppt. Die Statuen aus Chretax' Werkstatt sind noch da, teils in Schuppen und Verschlägen, wie du gesagt hast, teils im Keller oder an anderen Orten. Insgesamt haben wir sieben entdeckt. Aber sie sind in schlechtem Zustand und haben einen großen Teil ihres früheren Wertes verloren. Ich hatte gehofft, Geschirr, Statuetten oder Schmuck zu finden, Dinge, für deren Herstellung Chretax ebenfalls berühmt war, aber wenn es das jemals gab, ist davon nun nichts mehr übrig. Tja, Kadevis, es sieht aus, als wäre uns die Beute, die wir ursprünglich gejagt haben, durchs Netz gegangen.«

Sieben kaputte alte Statuen? Und dafür musste Talvar sterben? Kadevis sprach es nicht laut aus, doch als hätte er seine Gedanken erraten, fuhr Malkar fort: »Wenn wir es geschickt anstellen, wird deine Familie dennoch großen Nutzen aus der Angelegenheit ziehen. Schließlich hat Talvar seinen Diebstahl begangen, als die Statuen frisch angefertigt und wertvoll waren. Auch wenn sich nicht mehr nachweisen lässt, was er darüber hinaus gestohlen hat, ist deine Familie in der Position, Genugtuung einzufordern – nicht zuletzt wegen des Mordes an deinen Eltern. Und da kommst du ins Spiel. Dein Verlust ist zweifellos der größte und schmerzlichste. Dir steht ein Ausgleich zu, aber dazu musst du deinen Anspruch geltend machen. Was du verloren hast, muss in Form von Geld oder Ackerland an deine Familie zurückerstattet werden. Es schadet nichts, dass niemand von Talvars Sippe mehr hier ist, der die Formalitäten übernehmen kann.«

»Habt Ihr nicht gesagt, dass Ihr seine Ehefrau …«, begann Kadevis.

Malkar schnitt ihm mit einer Geste das Wort ab. »Sie hat sich von Talvars Sippe losgesagt und kann nicht mehr belangt werden. Aber mach dir keine Gedanken. Ich werde schon einen weitläufigeren Verwandten finden, der sich darum kümmert. Der Prozess gegen Talvar wird also wie geplant stattfinden, wenn auch etwas anders als ursprünglich gedacht. Und dich möchte ich bitten, die Klage einzureichen.«

»Das war von Anfang an Euer Plan, nicht wahr? Ich sollte Talvar verklagen, damit Ihr mich vor Gericht vertreten könnt.«

»Das spielt doch keine Rolle, Kadevis. Wichtig ist, dass du vor Gericht Präsenz zeigst. Ich habe vor, deine aktive Rolle bei Talvars Verhaftung zu unterstreichen. Das würde auch deiner zukünftigen Karriere zugutekommen.«

»Was meint Ihr damit?«

»Das dürfte dir doch klar sein. Wenn Juma Kalima im nächsten Frühjahr zur Kanzlerin gewählt wird und ich zum Justizminister, können wir ohne Schwierigkeiten deine Ernennung zum Quisitor in die Wege leiten. Es ist ein Amt mit wenig Arbeitsaufwand und geringer Verantwortung, ideal für Neulinge im Rat.«

»Ich will kein Amt!«, platzte Kadevis heraus. Allein der Gedanke, auch noch belohnt zu werden für das, was er getan hatte, stieß ihn ab.

»Ich glaube dir das«, erwiderte Malkar, »aber deine Tante wird wollen, dass du eines bekleidest, und wir beide dienen ihr. Ich wäre ein schlechter Mentor, wenn ich mich nicht nach Kräften für deine Karriere einsetzen würde.«

Kadevis schwieg.

»Der Prozess wird in fünfzehn Tagen stattfinden. Bis dahin hast du dich hoffentlich ausreichend erholt. Nun ist es auch an der Zeit, deine Tante von all dem zu benachrichtigen. Oder hat sich dein Cousin bereits darum gekümmert?«

»Noch nicht.«

»Möchtest du das tun, oder ist es dir lieber, wenn ich es übernehme?«

»Ist mir egal.«

»Gut, ich denke, es ist besser, wenn du es selbst erledigst, sobald du dich gesund genug fühlst. Ich muss mich ohnehin noch um genügend anderes kümmern. Gleich habe ich einen Hausbesichtigungstermin, und die Prozessrede muss ich auch noch umschreiben.«

Kadevis horchte auf. »Eine Hausbesichtigung? Wollt Ihr umziehen?«

Ein Hauch von Belustigung zeichnete sich auf Malkars Gesicht ab. »Nun, ein lebensmüder Mann hat die Blutgeister über meine Schwelle gelockt. Es ist nicht ratsam, in einem solchen Haus zu bleiben.«

»Ich dachte, Ihr glaubt nicht an Geister.«

»Das stimmt. Aber meine Klienten tun es.«

Bilder, die er lieber vergessen hätte, schoben sich erneut vor Kadevis' Augen. Der besudelte Schreibtisch, der schwarze Dolch in Talvars Händen. »Wie konntet Ihr nur diesen Dolch vergessen? Ihr hättet Euch doch denken können, dass er in meinem Zimmer war, wo Ihr Talvar festgehalten hattet.«

»Du hast recht, das hätte mir nicht passieren dürfen. Aber auch ich bin leider nicht unfehlbar. Es ist wahrlich tragisch, dass Talvar für meine Unaufmerksamkeit mit dem Leben bezahlt hat.«

Kadevis sah Malkar in die Augen, die so hell waren und

trotzdem undurchdringlich. Er konnte nicht erkennen, ob sein Mentor log. Aber er erinnerte sich genau, was Malkar über den Tod seiner Großmutter erzählt hatte: Sie hatte sich vor seinen Augen die Pulsadern aufschneiden müssen, nachdem sie den Prozess gegen Talvar verloren hatte. Womöglich war sie die einzige Person, die sich ihm gegenüber jemals freundlich verhalten hatte. Ob Malkar den Dolch also tatsächlich vergessen hatte? Kadevis wusste, es würde ihm niemals gelingen, die Wahrheit herauszufinden.

»Habt Ihr Vesekirs Einladung zugestimmt, um mich abzuholen, damit ich wieder bei Euch einziehe?«, fragte er.

Malkar schüttelte wie abwesend den Kopf. »Das wäre nicht sinnvoll. Ich lasse bereits meine Sachen packen, beim Umzug wärst du mir nur im Weg. Zwar musst du noch immer viel lernen, aber du hast dich schon als gelehriger Schüler erwiesen. Es ist also nicht mehr nötig, dass du unter meinem Dach lebst. Ich halte es für besser, dass du dich nach einer eigenen Bleibe umsiehst. Das entspricht deiner Stellung auch mehr, wenn du bald dein erstes Amt bekleidest. Du wirst Besucher empfangen müssen, wenn auch zunächst nicht sehr viele. Vielleicht sprichst du das Thema schon einmal gegenüber deiner Tante an.«

Zum ersten Mal, seitdem das Gespräch begonnen hatte, empfand Kadevis so etwas wie Erleichterung. Wenigstens verlangte nicht einmal sein Mentor, dass er zu ihm zurückkehrte nach allem, was passiert war! »Also gut. Ich denke … Ihr habt recht, ich werde meinte Tante danach fragen.«

»Sehr gut. Ich muss jetzt leider gehen.« Malkar erhob sich. »Der Makler wartet schon auf mich. In einigen Tagen werde ich mich wieder bei dir melden, dann weiß ich sicher schon Einzelheiten zum Prozess.«

»Ich bringe Euch zur Tür.«

Schweigend gingen sie zum Vordereingang. Die Worte saßen Kadevis in der Kehle, aber er wagte nicht, sie auszusprechen: Was war mit Malkar geschehen, nachdem er ihn zu Boden geworfen hatte? Wie konnte es sein, dass er kein einziges Wort über den Vorfall verlor? Es hatte ausgesehen, als wäre er tot!

Als sich sein Mentor in der offenen Tür zu ihm umwandte und mit den Worten »Wir sehen uns, und weiterhin gute Besserung« verabschiedete, hielt Kadevis es nicht mehr aus.

»Wartet einen Moment! Ich ... da ist etwas, worüber wir reden müssen.«

»Ja?«

Malkars Gesicht war eine Maske. Kadevis holte tief Luft. »Wir können nicht einfach so weitermachen, als wäre nichts passiert. Wir haben uns gegenseitig schreckliche Dinge an den Kopf geworfen. Und ich ...« *Ich hätte Euch fast getötet.* Ihm fehlte die Kraft, es laut auszusprechen, aber Malkar musste doch verstehen, was er meinte!

Sein Mentor schwieg einen Moment. Dann sagte er ruhig: »Siadan hat mir berichtet, was an jenem Abend vorgefallen ist. Ich habe wohl zu viel getrunken, bin gestürzt und habe mir den Kopf angeschlagen. Falls wir beide uns gestritten haben sollten, so erinnere ich mich daran nicht. Genau genommen ist meine letzte Erinnerung, wie wir Talvar in diesem Waldstück verhaftet haben. Nun, der Heiler hat gesagt, in meinem Fall seien Gedächtnislücken nichts Ungewöhnliches.«

Einen Augenblick lang war Kadevis sprachlos. Er hörte selbst, wie kratzig seine Stimme klang, als er fragte: »Wart Ihr schwer verletzt?«

»Nein, nicht besonders. Nur eine Beule und ein Brummschädel – nichts, wogegen etwas Bettruhe nicht geholfen hätte. Du siehst, ich bin schon wieder gut auf den Beinen. Und ich erinnere mich an nichts. Aber es scheint, dass ich mich mit dem Alkohol hätte zurückhalten sollen. Kadevis, wenn ich also etwas getan oder gesagt habe, was mit meiner Würde als Ratsherr und meiner Stellung als dein Mentor unvereinbar ist, dann bitte ich dich aufrichtig um Entschuldigung.«

Kadevis schluckte. Damit hatte er nicht gerechnet. Auch wenn ihm sein Gefühl sagte, dass Malkar auch diesmal nicht aufrichtig war, begriff er, dass er ein solches Angebot nicht ablehnen konnte. »So genau … erinnere ich mich auch nicht mehr. Und auch ich möchte mich entschuldigen, wenn ich etwas Dummes getan habe.«

»Schwamm drüber, Kadevis, sprechen wir nicht mehr davon.« Malkar streckte ihm die Hand hin, und Kadevis ergriff sie. Malkars Händedruck war kühl und hart. »Wir müssen jetzt an die Zukunft denken. Auf uns beide wartet eine Menge Arbeit.« Kurz hielt er inne. »Im Übrigen, Kadevis, bin ich froh, dass wir das klären konnten und dass ich dich hier überhaupt angetroffen habe. Kurz hatte ich befürchtet, du könntest versucht haben, in die Inselreiche zu deinem Onkel aufzubrechen. Aber weit wärst du ohnehin nicht gekommen. Auf dem Meer herrscht völlige Flaute, angeblich konnte aus Sandwike seit Wochen kein Schiff abfahren, und die Windstille soll noch anhalten.«

Nachdem er fort war, wollte Kadevis eigentlich zurück ins Bett. Stattdessen fand er sich im Bad vor dem Spiegel wieder, wo er sich mit Vesekirs Rasierzeug die Bartstoppeln abschabte. Wie er jetzt aussah, konnte er seiner Tante unmöglich unter die Augen treten, und es war wohl das Beste, wenn er den unangenehmen Besuch bei ihr sofort hinter sich brachte. Er schnitt sich mehrmals, denn seine Finger zitterten ein wenig. Trotzdem fühlte er sich besser, als er frisch rasiert und sauber war.

Lerina war also fort. Noch wollte das nicht recht in seinen Kopf hinein. Konnte er Malkar überhaupt glauben? Am liebsten hätte er sich mit eigenen Augen davon überzeugt, dass Talvars Landgut verlassen war. Aber warum hätte Malkar ihn in dieser Angelegenheit belügen sollen? Nach allem, was er gesagt hatte, war er zusammen mit Staatsbeamten dort gewesen. Nein, Kadevis musste sich eingestehen, dass er diesen Teil der Geschichte nicht anzweifelte. Er hoffte nur, dass es Lerina gut ging.

Kadevis starrte sein Spiegelbild an. Was mochte Lerina jetzt von ihm denken? Was würde Onkel Makis von ihm halten, wenn er alles erfuhr, was passiert war? Und Tante Nisra, wenn er ihr gegenübertrat? Sie hatte bisher nur sehr selten ein gutes Wort für ihn übrig gehabt. Aber er kannte Tante Nisra. Sobald es um Geld ging, konnte sie sich begeistern. Vermutlich würde sie auf der Stelle die Kutsche anspannen lassen und in die Stadt fahren, um sich mit eigenen Augen zu überzeugen, dass Malkar alles tat, um den höchstmöglichen Gewinn aus der Angelegenheit zu schlagen.

Warum hatte Malkar das mit seinem Onkel gesagt? Glaubte er tatsächlich, er würde es wagen, ohne die Erlaubnis seiner Tante in die Inselreiche zu flüchten? Wenn es nach ihm ginge, wäre er wirklich weit weg, und am liebsten auf dem Weg nach Laidon oder wenigstens nach Sandwike, wohin wahrscheinlich auch Lerina …

Kadevis erstarrte, ließ den Kamm fallen, mit dem er gerade seine Locken hatte bändigen wollen, rannte aus dem Bad, durch den Gang und stürmte auf die Straße.

»Meister Malkar!«

Doch sein Mentor war fort. Nirgends im Gedränge zu beiden Seiten vor Vesekirs Haus sah Kadevis sein rotes Haar aufleuchten. Er wusste zwar nicht, weshalb Malkar das tat, aber ihm war klar, dass er keine Zeit verlieren durfte. Hastig kehrte er ins Haus zurück und rief nach seinem Cousin, um ihm mitzuteilen, dass er sofort aufbrechen würde. Wohin, das brauchte vorerst niemand zu wissen.

24

He, aus dem Weg, Junge!«

Kadevis sprang zur Seite, gerade rechtzeitig, bevor der Mann ihn mit seinem Karren streifte. Auf der Ladefläche türmten sich graubraun gesprenkelte Soldatenkrebse, wie er sie auf Malkars Feier gesehen hatte, ein kleines Vermögen. Sie füllten seine Nase mit einem frischen Salzduft, der für einen Moment den allgegenwärtigen Gestank nach faulendem Tang überlagerte. Auch wenn Sandwike nur zwei Tagesreisen von Kessel entfernt lag, fühlte sich Kadevis, als sei er in eine andere Welt geraten. Statt mit gebranntem Ton, wie er es aus Kessel kannte, waren die Häuser hier mit grauem Stein oder mit großen Büscheln faserigen, getrockneten Seetangs gedeckt – er hatte das sonderbare Baumaterial an seinem Geruch erkannt.

Sandwike war ein kleiner, aber wichtiger Hafen, dessen Häuser sich um den Fuß einer weiß schimmernden Klippe gruppierten. Ein Netz von Stegen verzweigte sich auf dem Meer, das glatt und in trübem Graugrün unter einem beißend blauen Himmel lag. Die Schiffe, die überall festgemacht waren – es mussten hundert sein! –, dümpelten so reglos in der leichten Dünung wie schlafende Tiere, sogar die bunten Wimpel an ihren Masten hingen in der Windstille schlaff herab. Schwärme von graubraunen Vögeln schossen dicht über der Wasseroberfläche dahin, tauchten ins Meer ein und kamen erst eine Weile später wieder an die Oberfläche, manchmal mit einem Fisch im Schnabel. Solche Vögel hatte Kadevis noch nie gesehen. Noch unbekannter erschienen ihm aber die Menschen, und das, obwohl in Kessel viele Fremde lebten.

Seitdem er angekommen war, waren ihm schon Sandländer mit rötlichen, Inselleute mit olivgrünen oder schwarzen Gesichtern und noch andere Menschen, die er nicht einordnen konnte, begegnet. In seiner Heimat passten sich die Sandländer mit Tunika und Hose den Gepflogenheiten ihrer Umgebung an – es sei denn, sie wollten auffallen wie Nadjiba. Aber hier sah Kadevis mehrere Männer und Frauen in langen roten und gelben Gewändern. Einer hatte sich sogar das Fell einer gefleckten Raubkatze wie eine Schärpe über die Schulter drapiert. Verblüfft folgte Kadevis dem hochgewachsenen Mann mit den Blicken, ehe er im Gedränge am Pier verschwand. Ein junger Mann, der, wie Kadevis aus seiner grünbraunen Haut schloss, von den Inseln stammen musste, rollte auf einem schmalen Weg zwischen Häusern und Meer ein Fass vor sich her. Er war nackt bis auf ein Tuch um die Hüften und hatte das schwarze Haar geflochten und um den Kopf gewickelt wie ein Mädchen. Kadevis konnte gerade noch seinen Fuß zurückziehen, ehe das Fass an ihm vorbeirumpelte. Von hinten sah er, dass der Mann sogar etwas im Haar trug, das aussah wie Glasperlen. Keinem Kessler wäre es eingefallen, sich derartig aufzuputzen, und das hier war offenbar nur ein einfacher Seemann.

Eine Weile stand Kadevis da, gefangen und verwirrt von all der Fremdartigkeit, dann verließ er die Gasse in Richtung Stege. Unter all den Reisenden und fremdartigen Seeleuten, die den Ort bevölkerten und auf den Aufbruch ihres Schiffes warteten, schien es unmöglich, eine bestimmte Person zu finden. Schließlich fasste er sich ein Herz und ging auf eine Frau zu, die eine winzige Nussschale von Schiff ans

Ufer gezogen und umgedreht hatte und nun hingebungsvoll die Algenschicht vom Rumpf abkratzte. Erst als er sich dicht neben sie stellte und sie ansprach, hob sie den Kopf. Doch auf sein »Entschuldigung, ich suche jemanden« sprudelten nur Worte in einer Sprache hervor, die Kadevis noch nie gehört hatte.

Er versuchte sein Glück bei anderen Leuten, aber selbst diejenigen, die ihn verstanden, konnten ihm nicht helfen: Niemand schien Lerina oder ihren Bruder gesehen zu haben. Alles, was er herausfand, war, dass die Seeleute in der Nacht mit frischem Wind rechneten, und das jagte ihm Angst ein. Wenn er Lerina bis zum Abend nicht fand, würde er sie wahrscheinlich nie mehr sehen!

Nach Stunden des vergeblichen Herumspürens und Fragens fühlte er sich vollkommen erschöpft von der Reise und der sengenden Sonne. Er zog sich auf eine Bank vor einer Taverne zurück, wo ein großes aufgespanntes Tuch Schatten spendete. Still saß er zwischen den Männern, die wie er aus Tonkrügen tranken, und beobachtete die Kinder, die zwischen den Tischen einem Kreisel aus Holz hinterherjagten. Wenigstens das war ein vertrauter Anblick.

Der Kreisel schnurrte in seine Richtung und zog dabei eine kleine Staubfahne hinter sich her. Plötzlich kam Kadevis ein Gedanke. Er griff nach dem Holzspielzeug, ehe die Kinder es erwischen konnten, und wartete, bis sie sich mit vorwurfsvollen Blicken um ihn versammelten.

»Das gehört mir!«, sagte ein Junge von vielleicht sieben Jahren ärgerlich. Er war mager und zerzaust und von dem allgegenwärtigen Sand wie gepudert.

»Ich gebe dir den Kreisel gleich zurück«, sagte Kadevis, »aber erst einmal müsst ihr mir zuhören. Ihr alle. Ich brauche eure Hilfe. Ich suche jemanden in dieser Stadt, eine

Freundin. Glaubt ihr, dass ihr sie finden könnt? Dem, der es schafft, gebe ich ein Silberstück.«

Die Kinder wurden aufgeregt wie ein Schwarm Spatzen. Nachdem Kadevis ihnen erklärt hatte, wie sie Lerina und ihren Bruder erkennen konnten, rannten sie alle gleichzeitig davon. Den Kreisel hatten sie vergessen. Kadevis bestellte sich noch etwas zu trinken und wartete. Es dauerte nicht einmal eine halbe Stunde, bis der erste seiner kleinen Informanten zurückkehrte; nach und nach trudelten alle ein. Doch die Hinweise, die sie lieferten, klangen nicht allzu vielversprechend: Wenn man ihnen glauben konnte, hatten sich Lerina und Takis in ungefähr jedem Gasthaus des Ortes einquartiert. Er gab den Kindern die Münze dennoch, bezahlte den Wirt und machte sich daran, die Informationen systematisch abzuarbeiten. Die ersten drei Gasthäuser waren zwar überfüllt, aber von Lerina oder Takis hatte dort niemand gehört.

Die Sonne hatte sich bereits tief über das Meer gesenkt, als er das vierte Gasthaus erreichte, einen heruntergekommenen Lehmbau, weiß von Möwendreck. Und noch bevor er das Gebäude betreten hatte, sah er die beiden plötzlich: Sie standen nebeneinander im Schatten der angrenzenden Kaimauer und starrten angestrengt aufs Meer hinaus. Hastig zog er sich hinter das Verkaufsschild einer Garküche zurück, wo Muscheln angeboten wurden; keinen Moment ließ er sie aus den Augen. Nach einer Weile wechselten Takis und Lerina einen Blick und traten gemeinsam auf einen der Stege hinaus. Kadevis folgte ihnen unbemerkt. Er hoffte, Lerina früher oder später ohne Takis abzufangen. Aber noch hielten sich die Geschwister dicht beieinander, beide in unauffälliger, dunkler Kleidung, aber ohne die verräterischen Flecken trockener Erde, wie sie für Trauernde in

Kessel üblich waren. Lerina hatte ihr Haar unter einem schwarzen Kopftuch verborgen. Zerbrechlich wirkte sie, und obwohl sie sich noch immer voller Anmut bewegte, schienen ihre Schritte viel von der Leichtfüßigkeit des Mädchens verloren zu haben, das Kadevis an dem Tag, als sie Feuer an die Ölbäume gelegt hatten, die Bachböschung hinab entgegengelaufen war. Als Takis den Arm um ihre Schultern legte, lehnte sie sich an ihn.

Bei ihrem Bruder, dachte Kadevis, *ist sie gut aufgehoben,* und wieder empfand er den sinnlosen Stich von Eifersucht gegenüber Takis.

Die zwei traten auf einen der Bootsstege und bewegten sich auf einen der schaukelnden Kähne zu, vor dem ein Seemann mit drahtigem grauen Bart auf einem Hocker saß und Segeltuch flickte. Als sie vor ihm stehen blieben, blickte er auf und ließ einen Blick über Lerina wandern, der ein äußerst unbehagliches Gefühl in Kadevis weckte. Takis ging es offenbar ähnlich, denn er wechselte einige Worte mit seiner Schwester und bedeutete ihr dann mit einer Geste, auf Abstand zu bleiben, während er selbst dem Seemann ins Schiff folgte. Das war die Gelegenheit, auf die Kadevis gewartet hatte. Rasch verließ er seine Deckung, einen auf dem Steg abgestellten Fangkorb, und eilte zu ihr.

Die Abendsonne wärmte ihm Schultern und Nacken, während er über den Steg lief, und ließ orangerotes Licht über die gekräuselte Oberfläche des Meeres zucken. Lerinas Blick war auf das Schiff gerichtet. Als sich Kadevis' Schritte näherten, blickte sie sich angstvoll um – und riss die Augen auf.

»Kadevis!« Ihren Tonfall konnte er nicht deuten, weder zornig noch überrascht, auch nicht erfreut. »Warum bist du gekommen?«

Er hatte nicht erwartet, dass sie so rasch auf den Punkt kam, und all die Worte, die er sich zurechtgelegt hatte, schienen sinnlos. Als er schwieg, sagte Lerina: »Pass lieber auf, dass Takis dich nicht sieht.«

»Ich habe keine Angst vor ihm. Lerina, ich … Was für ein Glück, dass du noch hier bist! Wenn du nach Laidon übergesetzt hättest, ohne dass ich noch einmal mit dir gesprochen hätte …«

»Es macht doch keinen Unterschied, ob wir miteinander sprechen. Ich hoffe, du willst uns nicht bitten, nicht zu fahren. Takis und ich können nie nach Kessel zurückkehren, das weißt du doch genauso gut wie ich.« Mit einer Bitterkeit, die Kadevis schmerzte, fügte sie hinzu: »Oder bist du hier, um das Geschirr und den Schmuck zu holen, den Vater deiner Familie gestohlen hat? Die Diener haben uns alles genommen, gleich nachdem du weggeritten bist. Wir verdanken es dem alten Rojan, dass wir überhaupt noch am Leben sind.«

»Das glaubst du von mir? Lerina, nein, hör zu, ich will mich nur bei dir entschuldigen. Du hast mich um Verzeihung gebeten, dabei hätte ich das tun müssen!«

Mit einer Stimme, die nicht wie die eines Mädchens klang, sagte Lerina: »Das brauchst du nicht. Ich bin dir nicht böse.«

»Aber ich …«

Lerina legte einen Finger auf ihre Lippen und wandte sich um. Takis zog sich aus dem Schiffsrumpf empor – und bewegte sich gleich um einiges schneller, als er Kadevis sah.

»Bei allen bösen Geistern, dich wird man wohl nie los! Aber du wirst uns nicht noch einmal verraten!«

Auf dem Steg gab es kein Ausweichen. Takis' Faust traf Kadevis direkt in den Magen und schleuderte ihn rückwärts und damit kopfüber ins Wasser. Trübgrüne Brühe schwappte über ihm zusammen, Kadevis schnappte nach Luft und begriff augenblicklich seinen Fehler. Während er panisch versuchte, an die Oberfläche zu gelangen, packten ihn kräftige Arme, drückten ihn tiefer unter Wasser. Takis musste ihm hinterhergesprungen sein. Kadevis schlug um sich und strampelte um sein Leben. Schon wurde ihm schwarz vor Augen. Da löste sich plötzlich der Klammergriff, jemand zerrte erneut an ihm, diesmal sanfter, Stimmen dröhnten in seinen Ohren, alles verschwamm. Das Nächste, was Kadevis wusste, war, dass er auf dem Steg kniete und bräunliches Meerwasser erbrach. Sein Magen schmerzte, und erst nach einer Weile bekam er wieder genug Luft, um sich den Mund abzuwischen und den Kopf zu heben.

»Ich wollte ihn nicht umbringen!«, verteidigte sich Takis. Eine Gruppe junger Männer – ihrer ausgebeulten Kleidung nach zu urteilen Seeleute – hatte ihn umstellt, zwei hielten ihn fest. »Verdammt, ich wollte ihm nur eine Lektion erteilen!«

»Es reicht.« Das war Lerina. Furchtlos trat sie zwischen die Seeleute, stellte sich dicht vor ihren Bruder und blickte dem schwarzbärtigen Mann ins Gesicht, der die Gruppe offenbar anführte. »Ihr könnt meinen Bruder loslassen. Er wird sich nicht noch einmal danebenbenehmen. Nicht wahr, Takis?«

Als Takis, tropfnass und zähneknirschend, nickte, lösten die jungen Männer den Klammergriff um seine Arme. Kadevis war es peinlich, würgend auf den Holzplanken zu knien, also richtete er sich ein wenig zittrig auf.

»Gebt euch die Hände!«, forderte Lerina ihn und ihren Bruder auf, und als sie zögerten, befahl sie noch einmal schärfer: »Los, gebt euch die Hände!«

Kadevis streckte Takis seine Hand entgegen. Er ergriff sie und quetschte ihm schmerzhaft die Finger zusammen.

»Was soll's«, sagte Takis, »ich muss deine Geiernase hoffentlich ohnehin nie wieder sehen. Aber glaub nicht, dass ich jemals vergesse, was du getan hast!«

»Kann's dir nicht übelnehmen«, antwortete Kadevis leise. Irgendwie mochte er ihn noch immer.

»Können wir euch jetzt gehen lassen, ohne dass ihr euch gegenseitig an die Kehle springt?«, fragte der Anführer der Seeleute. »Ich will keinen Streit in der Nähe der Wellenfee.«

»Ja«, erwiderte Lerina anstelle der beiden, »sie werden jetzt vernünftig sein.«

Wenig später standen sie wieder allein auf dem Steg. »Ich werde euch nicht verraten«, sagte Kadevis zu Takis. »Ich wollte es nie. Bitte glaub mir das.«

Etwas Mattes, halb Erloschenes lag in Takis' eben noch flammendem Blick, als er mehr zu sich selbst als zu Kadevis sagte: »Du warst ein Freund. Freundschaft hat meine Familie seit langer Zeit nicht mehr gekannt. Ich glaube, Vater hatte doch recht damit, dass der Fluch der Geister auf uns liegt. Wir hätten den alten Olivenhain nicht abbrennen dürfen, oder wenigstens hätten wir die Geister des Ortes versöhnen müssen, wie die alte Julaka gesagt hat. Vielleicht wären wir dann noch immer Freunde. Das alles hat eben doch Unglück gebracht.«

»Glaubst du wirklich an diesen Fluch?«, fragte Kadevis skeptisch.

Takis erwiderte nichts, aber Lerina sagte: »Vater hatte immer Angst, dass die Wahrheit über ihn herauskommt, das verstehe ich jetzt. Das war sein Geisterfluch.« Sie berührte die Schulter ihres Bruders. »Was hast du herausgefunden? Legt das Schiff bald ab?«

Takis wirkte erleichtert, dass sie das Thema wechselte. »Ja, gleich morgen früh.«

»Ich muss meine Sachen trocknen«, sagte Kadevis, »und dir könnte es auch nicht schaden, Takis.« Er empfand keine Wut, nicht den Wunsch, es Takis heimzuzahlen. »Ich setze mich ein bisschen in die Sonne. Wenn wir reden wollen …«

»Ich bestimmt nicht«, sagte Takis, »ich bereite lieber unsere Abfahrt vor.« Nach einem letzten Blick auf Kadevis und Lerina stapfte er davon.

Kadevis sah sich nach einem ruhigen Platz um, dann nahm er Lerinas Hand und zog sie abseits von den Pieren zu einem kleinen Grasfleck, wo sich die Böschung sanft zum Wasser hinabneigte. Sie ließen sich schweigend nieder und sahen aufs Meer hinaus. Tatsächlich begann seine Kleidung in der Resthitze des Tages bereits zu trocknen. Er hoffte, dass Lerina als Erste das Wort ergreifen würde, und sah sie aus den Augenwinkeln an. Mit angezogenen Beinen saß sie neben ihm, die Hände um die Knie geschlungen. Endlich wandte sie sich ihm zu und blickte ihn ruhig und ernst aus ihren schwarzen Augen an.

»Was wirst du jetzt machen?«, fragte sie.

Kadevis fuhr sich durch die feuchten Haare. »Ich gehe in die Politik, nehme ich an.«

»Willst du das?«

»Ich weiß nicht. Ich nehme an, es … wird erwartet.«

Lerina antwortete nicht. Eine Weile rührte sich niemand von ihnen, dann rutschte sie näher an ihn heran und legte einen Arm um ihn, zögernd.

»Du riechst so anders«, sagte sie.

»Vielleicht hat mich Takis nicht gründlich genug gewaschen.«

Lerina schnupperte an seinem Haar. »Nein, irgendwie bitter. Ein bisschen wie dein Mentor.«

»Vielleicht klebt der Geruch von seinem verdammten Duftöl an mir.«

Doch trotzdem ließ Lerina ihn nicht los, und auch er hielt sie nun mit beiden Armen fest. Wie schön es war, zu fühlen, wie sie den Kopf gegen seine Schulter lehnte. Sie roch ebenfalls anders, weniger süß, aber ihr Körper fühlte sich so gut an wie zuvor, und er wollte nicht loslassen.

Doch das musste er. Sie würden sich so oder so trennen, und es würde einfacher werden, je kürzer dieser Augenblick dauerte. Im selben Moment lösten sie sich voneinander, und er schob sie sanft von sich. Lerinas Augen waren traurig, doch um ihre Mundwinkel lag ein leises Lächeln.

»Ich bin froh, dass du gekommen bist«, sagte sie. »Wir konnten uns gar nicht richtig auf Wiedersehen sagen.«

Auf Wiedersehen – das klang besser als Lebwohl.

»Stimmt«, erwiderte er. Mehr fiel ihm nicht ein, auch nicht, als Takis ihn und Lerina auf der kleinen Wiese fand. Später saßen sie einander in einer der helleren und saubereren Tavernen gegenüber, und er bezahlte ihr und Takis ein Abendessen. Gemeinsam tunkten sie Brot und gebratenes Fleisch in dieselben Soßenschalen und führten Gespräche, die nur aus wenigen Worten bestanden, während Takis schweigend und mit finsterer Miene daneben saß. Doch weder bedrohte er Kadevis, noch tat er etwas, um ihn und Lerina voneinander fernzuhalten. Und langsam, als der dritte Weinkrug gebracht wurde, änderte sich auch die Stimmung zwischen den beiden jungen Männern: Die Kälte ließ nach, wenn auch nur allmählich, so wie der Frost im Frühling den Boden und die Flüsse freigab, und sie erinnerten sich an die gemeinsamen Momente, die sie erlebt hatten, an das Schlechte und auch an das Gute. Lerina fiel glücklich in die Erzählungen ein und berichtete lachend, wie sie Kadevis mit Kletten beworfen hatte.

Als sie die Taverne verließen und Richtung Meer gingen, war es Nacht geworden, und ein kühlerer Wind streifte über das Wasser und ließ Staubwolken vom trockenen Boden aufwirbeln. Sie wanderten an den Geschäften vorbei, die am Hafenrand standen und der Reihe nach ihre Fensterläden zuklappten.

»Es stimmt! Das Wetter ändert sich!« Für den Moment klang Lerinas Stimme wieder wie früher. Sie hatte das Kopftuch gelöst und schwenkte es in der Luft. »Nun legt unser Schiff bestimmt morgen früh ab. Oh, ich kann es kaum erwarten, Laidon zu sehen.«

Morgen früh schon. Kadevis betrachtete Lerina, ihre schmale, leichtfüßige Gestalt, ihr glattes Haar, das hinter ihr wehte, als der Wind hineingriff. Ja, das Wetter schlug um. Er fühlte die Feuchtigkeit des Windes auf den Wangen, roch den nahen Regen darin.

»Wo schlaft ihr überhaupt?«, fragte er. »Ich brauche auch noch eine Unterkunft ... Könnt ihr eure empfehlen?«

»Ich glaube, die Betten, die wir uns leisten können, sind zu schmal für einen Tuvar«, sagte Takis. Kurz war seine Feindseligkeit zurückgekehrt, doch schon drängte sich Lerina an Kadevis' Seite, fasste nach seiner Hand und flüsterte ihm etwas zu, was er erst beim zweiten Mal verstand: Sie wollte ihm ihr Quartier zeigen.

»Ich glaube nicht«, sagte Kadevis leise, »dass dein Bruder damit einverstanden ist.«

Natürlich hatte Takis ihn genau gehört. Doch er schnitt nur eine Grimasse, die sowohl Zorn als auch Hilflosigkeit verriet, wandte sich ab und starrte auf das schwarze Meer hinaus.

»Ich weiß, Takis.« Lerina legte ihre Hand sanft auf seinen Rücken. »Vater hätte das nicht erlaubt. Aber er hätte auch nie erlaubt, dass wir nach Laidon fahren. Wir waren lange genug eingesperrt, findest du nicht? Und du bist nicht wie Vater, oder?«

Takis schnaubte. Einen Moment lang stand er starr, dann murmelte er Lerina etwas zu, tätschelte ungeschickt ihre Schulter und ging mit raschen, steifen Schritten davon.

»Wohin will er?«, fragte Kadevis.

»Noch einmal mit dem Kapitän sprechen, sagt er.«

Erneut schob sich Lerinas Hand in seine. Viel Zeit blieb ihnen nicht, die Sommernächte waren kurz, und Seeleute pflegten in aller Frühe aufzubrechen.

»Willst du das wirklich, nach allem, was passiert ist?«, fragte er.

»Es war nicht deine Schuld. Oder selbst wenn – es war jedenfalls nicht deine Absicht.«

Von seiner Schuld konnte ihn wohl niemand freisprechen. Aber was Lerina sagte, war die Wahrheit, und vielleicht genügte sie, zumindest für den Augenblick.

»Vergiss nicht, Kadevis, dass du mir noch etwas beibringen wolltest.«

Kadevis musste lächeln. »Das wird schwierig. Du bist doch ohnehin viel klüger als ich.« So viel hatte Kadevis begriffen: Lerina war ein Kind der Inselreiche, rätselhaft und klug und voller Wissensdurst. Sie gehörten in verschiedene Welten, und es war richtig, dass sie nach Laidon ging, in die Stadt der Wissenschaftler. Er dagegen hatte dort nichts verloren.

Sie gab ihm einen leichten, tadelnden Klaps und küsste ihn wie selbstverständlich auf den Mund.

»Kann sein. Aber über ein paar Sachen weißt *du* mehr als ich.«

Er lachte leise. Es tat gut. »Wenn das so ist, dann nur noch heute Nacht. Du lernst so schnell, dass es einem Angst macht.«

Anmerkungen zu den Kessler Namen

Kessel ist eine Oligarchie. Es wird von einem Rat regiert, der die Entscheidungen über die Zukunft der Stadt und das von ihr annektierte Gebiet fällt. Zwar ist es jedem Kessler Bürger und jeder Bürgerin gestattet, Mitglied des Rates zu werden; da jedoch in Kessel das Sprichwort gilt »Nur der Rat wählt den Rat«, muss man dazu weniger herausragende Leistungen vorweisen als vielmehr gute Kontakte zu den Mächtigen und viel Geld. So kommt es, dass sich der Rat seit Jahrhunderten hauptsächlich aus den Mitgliedern von zehn wohlhabenden Familien zusammensetzt, sozusagen dem Kessler Adel, auch die »Großen Familien« oder »Großen Namen« genannt. Sie bilden die wirtschaftliche und politische Elite des Staates und wollen, dass es so bleibt.

In jeder Großen Familie gibt es zwei Familiennamen, einen weiblichen und einen männlichen. Der Familienname steht an erster Stelle, anschließend folgt der individuelle Name. Viele Kessler tragen außerdem noch einen Beinamen. Er ist nicht vererbbar und richtet sich nach Besonderheiten, Charaktereigenschaften oder speziellen Leistungen, die die Person vollbracht hat.

So ist beispielsweise Kelven Malkar der Bluthund ein Mitglied der Familie Lansa (so lautet nämlich der weibliche Familienname) und Kelven. Er hat sich durch seine Erfolge vor Gericht einen Beinamen erworben, der gewisse Rückschlüsse auf seine Fähigkeiten und seinen Charakter zulässt.

Kessler, die keine Mitglieder Großer Familien sind, tragen meist nur einen einzelnen Namen und werden daher von der Elite als »Einfache Namen« bezeichnet. Sie können sich natürlich einen Beinamen verdienen und versuchen das auch nach Kräften, wenn sie an einer politischen Karriere interessiert sind.

Dramatis Personae

Sotan Talvar – Oberhaupt der Großen Familie Lira und Sotan

Kiris Midara – aus der Großen Familie Kiris und Verim, seine Ehefrau

Sotan Takis – sein Sohn mit Midara

Lira Lerina – seine Tochter mit Thesme

Sikur Akama – aus der Großen Familie Talika und Sikur, sein Schützling

Rojan – Aufseher des Landguts

Muna – Dienerin

Alven Nisra – Oberhaupt der Großen Familie Alven und Tuvar

Hesvar Makis der Löwe – aus der Großen Familie Juma und Hesvar, ihr Ehemann

Tuvar Vesekir – ihr Sohn mit Makis

Alven Kamaren – ihre jüngere Schwester, verstorben

Tuvar Kadevis – ihr Neffe und Adoptivsohn, Sohn von Kamaren

Juma Kalima – Oberhaupt der Großen Familie Juma und Hesvar

Hesvar Turik – aus der Großen Familie Juma und Hesvar, Kessler Bauminister

Kelven Malkar der Bluthund – aus der Großen Familie Lansa und Kelven, Gerichtsredner, Mentor von Kadevis

Verim Velmarun – aus der Großen Familie Kiris und Verim, Gerichtsredner

Verim Siman – aus der Großen Familie Kiris und Verim, Schützling von Turik

Thesme (»Sismi«) von Chtonis – Heilkundige aus Kyma in den Inselreichen

Siadan – Malkars Diener

Jiana – Malkars Köchin

Nilia – Söldnerin, die sich als Leibwächterin verdingt

Julaka – auch Hühner-Julaka genannt, alte Frau und Heilerin, die sich mit Baumkrankheiten auskennt

Nachwort und Danksagung

Postquam Crassus carbo factus
Carbo crassus factus est

besagt ein lateinischer Spottvers aus dem ersten Jahrhundert v. Chr.: »Nachdem Crassus zu Kohle geworden war, wurde Carbo dick.« Hinter diesen vermeintlich witzigen Worten verbirgt sich die Geschichte einer erbitterten persönlichen Feindschaft. Der römische Politiker und Redner Carbo bekämpfte seinen Konkurrenten Crassus mit allen Mitteln, und nur Crassus' Tod setzte der Fehde schließlich ein Ende. Den Vers, der mit den Namen der beiden Rivalen spielt, habe ich immer als ziemlich menschenverachtend empfunden. Aber er hat mich auch auf die Idee für diesen Roman gebracht. Selbst wenn »Schattendämmerung« nicht mehr viel mit dem Schicksal der zwei Streithähne zu tun hat, kann die Geschichte ihren römischen Ursprung nicht ganz verleugnen.

Als ich anfing, an »Schattendämmerung« zu schreiben, damals noch unter dem Arbeitstitel »Fette Kohle«, tat ich es ohne einen Gedanken an Veröffentlichung, aus reinem Spaß an der Freude. An der Welt von Kessel bastelte ich damals schon mehrere Jahre, und sie ist mit der Zeit zu meiner geistigen Zweitheimat geworden. Dadurch entwickelte sich auch »Schattendämmerung« zu einem ganz besonderen

Herzensprojekt. Ich genoss es, Zeit mit meinen Figuren zu verbringen und ihre Geschichte mitzuerleben. Dass der Roman schließlich doch seinen Weg zum Verlag gefunden hat, überrascht mich ein wenig und macht mich sehr glücklich. Das verdanke ich meiner Agentin Natalja Schmidt, die an ihn geglaubt hat, obwohl er sich in kein Genre pressen lässt.

Während der Entstehung dieses Romans haben mich vor allem zwei Menschen durch Probelesen und hilfreiche Kommentare ermutigt: Herzlichen Dank an Birthe und Judith! Steffi danke ich für eine Gesamtüberprüfung, nachdem der Roman schon fertig war.

Ganz besonderen Dank möchte ich meiner Lektorin aussprechen, Martina Vogl, die »Schattendämmerung« so liebevoll betreut hat, dass ich während unserer Zusammenarbeit immer das Gefühl hatte, das Projekt bedeutet ihr genauso viel wie mir.

Auch Martina Wielenberg danke ich für ihre Unterstützung, ganz besonders bei der Auswahl des Covers.

Liebe Leser, hoffentlich habt ihr eine schöne Zeit in Kessel verbracht – vielleicht kehrt ihr ja irgendwann noch einmal dorthin zurück!

Mehr Informationen zu Kessel findet ihr auch auf meiner Homepage: www.kaja-evert.de.

Ich hoffe, wir lesen uns wieder.

Eure Valerie

Eine Million Einwohner
Neun intrigante Statthalter
Ein Herrscher, den niemand je zu Gesicht bekommt

Markus Heitz

Wédōra

Staub und Blut

Roman

Im Mittelpunkt einer gigantischen Wüste liegt die schwer befestigte Stadt Wédōra. Sämtliche Handelswege der fünfzehn Länder rings um das Sandmeer kreuzen sich hier, Karawanen, Kaufleute und Reisende finden Wasser und Schutz. Hierhin verschlägt es den Halunken Liothan und die Gesetzeshüterin Tomeija. Die beiden kommen zum ungünstigsten Zeitpunkt in die Stadt, steht Wédōra doch kurz vor einem gewaltigen Krieg, denn die geheimnisvollen Stämme der Wüste rufen zum Sturm auf die mächtige Stadt. Liothan und Tomeija geraten schnell in ein tödliches Netz aus Lügen und Verschwörungen, besitzen sie doch Fähigkeiten, die für alle Seiten kriegsentscheidend sein können.

KNAUR

»Gut und Böse sind keine Entscheidungen, die man nur einmal trifft und die dann für immer Bestand haben.«

Christopher Husberg

Frostflamme

Die Chroniken der Sphaera

Roman

Ein düsteres Geheimnis bestimmt das Schicksal von Noth, der seine Vergangenheit enträtseln muss, damit er eine Zukunft haben kann. Winter, eine junge Frau aus dem Volk der Tiellan, verliebt sich in den Fremden, obwohl ihn ihr Volk als Feind betrachtet. Als sie durch einen brutalen Angriff getrennt werden, riskiert Winter alles, um ihn zu finden – sogar, sich durch ihre Magie selbst zu verlieren. Gemeinsam mit der Priesterin Cinzia, die als Inquisitorin ihre eigene Schwester jagen soll, müssen Noth und Winter sich einer Verschwörung stellen, die bis in die höchsten Kreise hinaufreicht und die Welt in Finsternis zu stürzen droht.

Der Auftakt zur aufregendsten Fantasy-Serie der letzten Jahre: eindringlich, abenteuerlich, episch!

KNAUR

»Dunst verschleierte den Himmel, wo heute keine Krähen im Wind tanzten. Heute gehörte er Alba allein.«

Julia Lange

Irrlichtfeuer

Roman

Die junge Alba träumt vom Fliegen und arbeitet heimlich an mechanischen Schwingen. Doch dazu benötigt sie das Irrlicht-Gas, einen wertvollen Brennstoff, auf den die Herrschenden des Stadtstaats Ijsstedt das Monopol haben. Albas Nachforschungen bringen sie in Kontakt mit einer kriminellen Bande aus den Arbeitervierteln der Stadt, die am Irrlicht teilhaben will. Denn das mysteriöse Gas taugt nicht nur als Brennstoff, sondern birgt ein gewaltiges Potenzial: Wer mit dem Irrlicht in Berührung kommt, kann magische Fähigkeiten entwickeln, so wie einst die sogenannten Irrlichtkinder, und das politische Gleichgewicht gefährden. Albas Traum vom Fliegen katapultiert sie schließlich mitten in einen Volksaufstand und stellt sie vor die Frage, welchen Preis sie zu zahlen bereit ist, um ihr Ziel zu erreichen.

»Diese Geschichte ist ein einziges schillerndes Wunderwerk. Als hätten sich Jules Verne, die Brüder Grimm und Hayao Miyazaki in einem gemeinsamen Traum gefunden.«

Christoph Marzi, Autor von LYCIDAS

KNAUR